HEYNE
BÜCHER

ERIC VAN HOFFMANN

ENGEL DES TODES

Die unfaßbare Geschichte
eines Ehepaares

Aus dem Englischen
von Hans Schuld

Deutsche Erstausgabe

WILHELM HEYNE VERLAG
MÜNCHEN

HEYNE ALLGEMEINE REIHE
Nr. 01/8562

Titel der Originalausgabe
A VENOM IN THE BLOOD

Redaktion: Inge Schneider-Obelshausen

Printed in Germany 1993
Umschlaggestaltung: Atelier Ingrid Schütz, München
Satz: Compusatz GmbH, München
Druck und Bindung: Elsnerdruck, Berlin

ISBN: 3-453-06395-3

Für meine Schwester LCH, deren Rat und unermeßliche Hilfe dieses Buch möglich machten.

Danksagung

Dank und Anerkennung meinem Agenten Joe DeRogatis, dem Allerbesten, und natürlich GCH, die immer da war. Ein großes Dankeschön an UOS für die Ermutigung und an David Gibbons, der ein Lektor ist, wie ihn sich jeder Autor erträumt. Vor allen Dingen ist dieses Buch aber all den Kameraden, die mit eisernen Fäusten und dickem Fell da draußen auf den Straßen ihren Dienst tun, mit der inständigen Hoffnung gewidmet, daß unsere Notrufe rasch beantwortet werden.

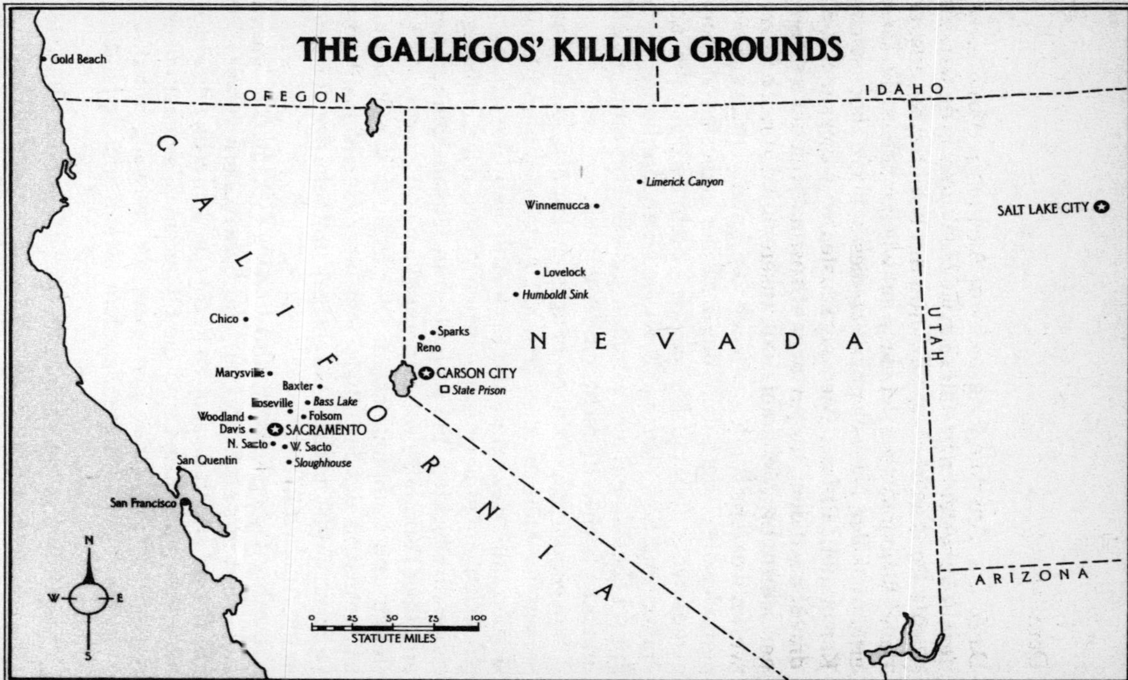
THE GALLEGOS' KILLING GROUNDS
Gold Beach
OREGON
IDAHO
CALIFORNIA
NEVADA
UTAH
ARIZONA
SALT LAKE CITY
Limerick Canyon
Winnemucca
Lovelock
Humboldt Sink
Chico
Sparks
Reno
CARSON CITY
State Prison
Marysville
Baxter
Bass Lake
Folsom
Woodland
Davis
SACRAMENTO
W. Sacto
Sloughhouse
San Quentin
San Francisco
N
W
E
S
0
25
50
75
100
STATUTE MILES

Vorwort

Im Jahr 1972 kam es in Amerika plötzlich zu völlig neuartigen Mordfällen. Die Medien, die immer schnell mit einprägsamen Schlagworten bei der Hand sind, bezeichneten die Täter als Serienkiller. Nach einer FBI-Statistik von 1987 über solche Morde gibt es in den Vereinigten Staaten wenigstens 5000 aktive Serienkiller, die permanent im ganzen Land ihr Unwesen treiben. Die Mehrzahl sind Psychopathen, die über Männer, Frauen oder Kinder herfallen, die ihnen wehrlos erscheinen oder die etwas haben, das der Killer in diesem Moment gerade will oder braucht. Meistens dreht es sich dabei um Frauen und Sex, aber da sie wie jeder andere Bürger auch ihren Lebensunterhalt bestreiten müssen, sind ihnen Geld und/oder Sachwerte nicht minder wichtig.

Soweit die Experten es beurteilen können, sind diese Serientäter Männer, die allein auf Autobahnen und Landstraßen unterwegs sind und nach Anhaltern Ausschau halten, nach einem liegengebliebenen Wagen oder ähnlich geeigneten Objekten. Sie schleichen in Einkaufszentren herum, über Parkplätze von Supermärkten, auf einsamen Raststätten und Campingplätzen. Die Art ihres Vorgehens hat nach Ansicht des FBI etwas von einer Guerillataktik: das Opfer ausfindig machen, zuschlagen und sofortiger Rückzug in die Anonymität.

Da ihre Opfer Fremde sind und da es keinerlei Zeugen gibt, wird nur einer von tausend Serienkillern gefaßt. Der FBI-Report erklärt dies, ob zu Recht oder Unrecht, folgendermaßen: »In der Regel sind die Opfer eines Serientäters anonyme, unbedeutende Personen, die freiwillig mit ihrem Mörder in Kontakt treten, zu dem sie keinerlei Verbindung haben.«

Nirgendwo in den zahllosen Statistiken oder offiziellen Polizeidokumentationen gibt es einen Hinweis auf ein Ehepaar, das gemeinsam als Serientäter aufgetreten ist. Deshalb ist die Vorgehensweise der Gallegos in die Kriminalakten jedes größeren Polizeireviers im Land eingegangen und wird im Ausbildungszentrum des FBI in Quantico, Virginia, als Lehrbeispiel benutzt.

Ich hörte irgendwann Ende 1984 die Geschichte von einem Verwandten von Gerald Gallegos Mutter. Sie war Schauspielerin und 1950 bei den alten MGM-Studios unter Vertrag gestanden. Damals war meine Mutter Produzentin, Autorin und Regisseurin bei MGM, und die beiden Frauen schlossen während ihrer Zusammenarbeit an mehreren Filmen Freundschaft. Als ich die Geschichte gehört hatte, wurde meine Neugier aufgrund der Tatsache geweckt, daß hier ein Ehepaar gemeinschaftlich tötete. »Ich hab's getan, weil ich meine Mutter hasse« – »Gott hat es mir befohlen« – solche und ähnliche Varianten sind ja beinahe schon alltäglich, aber diese Sache schien mir anders gelagert, und ich beschloß herauszufinden, ob die Geschichte interessant genug sei, um darüber zu schreiben.

Leider mußte ich feststellen, daß es nahezu unmöglich war, Details zu erfahren. Die meisten Gerichtsakten waren versiegelt, und selbst bei Ämtern und Behörden waren kaum hieb- und stichfeste Informationen über Gerald oder Charlene Gallego zu erhalten, da sie verschiedene Namen benutzt hatten. Hinzu kam, daß die gesamte Familie Gallego eine verschworene Gemeinschaft war. Nicht einer hatte bis dahin mit einem Außenstehenden ein Wort darüber geredet. Geralds Mutter behauptete sogar, sie sei nur die Haushälterin, als die Polizei sie über ihren Sohn und ihre Schwiegertochter befragen wollte. Gerald und Charlene sprachen nach ihrer Gefangennahme und auch während der Prozesse nie ein Wort zur Presse und haben es auch bis heute nicht getan.

Aber da die ehemalige Schauspielerin mich Geralds Mutter, Lorraine Davies, vorgestellt hatte, willigte die ein, mir Namen und Adressen von Personen zu geben, die die Mörder gut gekannt hatten, und befahl ihnen förmlich, mit mir zu reden. Die meisten ihrer Geschichten, einschließlich die von Lorraine selbst, schienen so abwegig und grauenvoll, daß mir schnell die Notwendigkeit klar wurde, gründlicher nachzuforschen.

Als ehemaliger Polizist hielt ich mich für ziemlich abgebrüht Barbareien gegenüber, die Menschen einander antun können. Aber in meiner ganzen Laufbahn habe ich von keinem Verbrechen gehört oder gelesen, das so brutal, bizarr und sinnlos war wie diese zehn Fälle von Entführung, Vergewaltigung und Mord.

An die zwanzig Pfund wog schließlich mein gesammeltes Material über Gerald und Charlene Gallego, und ich verbrachte viele Wochenenden damit, es durchzugehen. Die beispiellose und unglaubliche Tatsache, daß eine Ehefrau Derartiges nicht nur hinnahm, sondern selbst den Köder spielte, um die Opfer anzulocken, und dann bereit war, ihrem Ehemann bei einer ganzen Serie von gewalttätigen Sexualverbrechen zu helfen, ja ihm sogar dabei in nichts nachstand, war etwas Neues für mich.

Merkwürdigerweise plädierte keiner der Beschuldigten auf geistige Unzurechnungsfähigkeit. Im Gegenteil, sie nahmen solche Andeutungen eher übel und stritten nie ab, daß sie genau das waren, was die Anklageschrift angab – zwei Menschen, die ihre sexuellen Phantasien auslebten und ihre Opfer töteten, um nicht identifiziert zu werden. Ich beschloß, möglichst viele Ex-Frauen, Geliebte, Zellengenossen und Verwandte Geralds ausfindig zu machen und sie persönlich zu befragen. Hauptsächlich dank der ehemaligen Schauspielerin und dank Lorraine sind 95 Prozent dieser Interviews erfolgreich verlaufen und in diesem Buch verarbeitet worden. Mit Lorraine selbst konnte ich mich mehr als dreißigmal zu geheimen Gesprächen treffen. Sie hatte schreckliche Angst vor ihrer eigenen Familie und hatte sich deshalb wie die meisten Gallegos, bisher strikt geweigert, mit jemandem zu reden. Auch mit Gerald, der zu dieser Zeit in der Todeszelle saß, wurde mir ein Exklusiv-Interview gewährt.

Nichts in diesem Buch ist erfunden. Es sind die eigenen Worte der beiden Mörder, eidesstattliche Aussagen von Informanten, alte Gerichtsakten und Äußerungen der Menschen, die die beiden am besten kannten.

Es ist weder ein Krimi noch ein psychiatrisches Lehrbuch über Serientäter oder gar ein Versuch, zu erklären oder zu entschuldigen, *warum* Gerald Armond Gallego und Charlene Adelle Gallego plötzlich beschlossen haben, zehn Menschen innerhalb von knapp drei Jahren zu entführen, zu vergewaltigen und zu ermorden. Außerdem sind ihre Beweggründe kristallklar, wenn man sich mit ihren Lebensgeschichten beschäftigt oder auch Bemerkungen wie die folgende von Charlene hört: »Wir hatten nun mal diese sexuellen Phantasien und taten es einfach, weil es so leicht war.«

In den meisten Tatsachenberichten sind die Namen der Ermittlungsbeamten, die mit der Sache zu tun hatten, als Gegenleistung für ihre Zusammenarbeit mit dem Autor erwähnt. Das war in diesem Fall unnötig, denn die Polizei von Sacramento County trug absolut nichts dazu bei, die Mordserie der Gallegos aufzuklären, und wenn Charlene in einem Anfall eifersüchtiger Wut kein Geständnis abgelegt hätte, um sich an ihrem Ehemann zu rächen, würden Gerald und sie sehr wahrscheinlich noch immer junge Mädchen töten.

Mein aufrichtiger Dank dagegen gilt dem halben Dutzend altgedienter Polizisten aus drei Bundesstaaten, auch wenn ich ihre Namen auf ihren eigenen Wunsch verschweige. Sie haben mir authentische, bisher nur intern bekannte Berichte über diesen Fall geliefert und dazu noch viele Kostproben ihres so typischen schwarzen Humors.

Manche Namen, Beschreibungen und Ortsangaben in diesem Buch sind geändert worden. Zum einen, weil einige Zeugen bis zum heutigen Tag Vergeltungsmaßnahmen durch die Mitglieder der Familie Gallego fürchten. Zum anderen wurden die Namen der Opfer verändert, um ihren Freunden und Familien, die unter der Entführung und Ermordung ihrer Angehörigen schon genug gelitten haben, weiteren Schmerz zu ersparen.

1. Kapitel

Fremde Wanderer in einem fremden Land

Sloughouse ist ein kleines, verschlafenes Nest, weit abgelegen im Südwesten von Sacramento in Kalifornien. Allerdings gibt es in diesem Teil des Sacramento Valley das fruchtbarste Ackerland im ganzen Staat, das zwei äußerst ertragreiche Ernten pro Jahr an Zwiebeln, Trauben, Zuckerrüben, Tomaten und verschiedenen Bohnensorten hervorbringt.

An Mord wird an einem solchen Ort nicht einmal gedacht, geschweige denn einer begangen.

Portugiesen, Italiener, Schweizer und Deutsche waren die Vorfahren der Farmer, denen dieses Land gehört. Sie entstammen den ersten Pionierfamilien Kaliforniens, sind fleißig, wohlhabend und politisch einflußreich. Nach außen hin treten sie bescheiden auf, erwähnen niemals ihre enormen Bankkonten und erreichen ihre Ziele durch entsprechenden finanziellen Einfluß auf Politiker.

Da in Kalifornien alles mit über einem Viertelmorgen Land »Ranch« heißt, nennt man sie Rancher und keinesfalls Farmer, was sie gewaltig beleidigen würde. Sie fahren eher einen Mercedes als einen Kleintransporter, tragen Anzüge statt Overalls und Stetsons für fünfhundert Dollar statt buntbedruckter Baseballmützen.

Seit 140 Jahren schon gehört eine solche Ranch der Familie Marcello Silvero. Sie liegt an einer zweispurigen Landstraße, der Sloughouse Raod. Am 13. September 1978 gehen bei Sonnenuntergang zwei seiner Erntehelfer auf diese Straße zu, in der Hoffnung, per Anhalter nach Sacramento zu kommen. Dort wollen sie die Schecks mit ihrem Lohn einlösen und das Geld an ihre Familien in Jalisco, Mexiko, überweisen.

Julio Chavez und Cesar Aguilar sind seit ihrer Kindheit enge Freunde. Sie haben gemeinsam mit demselben Schlepper illegal die Grenze überquert und waren dann im Kofferraum eines Autos zur Silvero Ranch verfrachtet worden, wo sie als Bewässerungshelfer arbeiteten.

»Was ist das?« Cesar Aguilar deutete auf ein weißes Bündel im trockenen Gras, etwa hundert Meter vom Weg entfernt.

»Sieht aus wie ein paar alte Kleider«, antwortete Chavez. »Vielleicht sind's auch die Höschen von einem Mädchen, das sie hier vergessen hat... du weißt doch, wie gern die Gringos raus aufs Land fahren und Liebe machen.«

»Sehen wir mal nach. Vielleicht es ist was, das wir gebrauchen können.« Aguilar sprang über den schlammigen Bewässerungsgraben.

»Ich warte hier«, rief Chavez ihm hinterher, der sich seine neue Cowboystiefel nicht schmutzig machen wollte.

Aguilar musterte das Bündel im trüben Licht der einsetzenden Dämmerung. Ganze zwei Minuten lang rührte er sich nicht. »Was ist es?« rief Chavez ungeduldig. »Etwas Wertvolles?«

Da wirbelte Aguilar herum, sprang wie gehetzt über den Graben und packte seinen Freund bei den Schultern.

»Es ist eine Leiche!« keuchte er, bleich vor Angst und Bestürzung.

»O Gott!« Julio bekreuzigte sich.

»Eine tote Gringofrau... in den Kopf geschossen.«

»O mein *lieber* Gott!« murmelte Julio und schlug erneut ein Kreuzzeichen.

Die beiden Männer schauten einander stumm an. Sie verstanden sich ohne Worte. Die Frage war – sollten sie anständig sein und den Fund melden oder lieber klug und sich schleunigst davonmachen?

In einen Mordfall hineingezogen zu werden war das letzte, was sie sich leisten konnten – schon gar nicht, wenn es um eine ermordete Gringofrau ging, die kaum 500 Meter von der Baracke entfernt lag, die sie ihr Zuhause nannten. Bestenfalls mußten sie mit einem Verhör rechnen und würden wertvolle Arbeitszeit verlieren; schlimmstenfalls könnte man sie verhaften und ihnen die Sache anhängen. Aguilar und Chavez waren tiefreligiöse, fleißige, unerfahrene Burschen vom

Land, die noch nicht einmal eine Toilette mit Wasserspülung gesehen hatten, ehe sie nach Kalifornien kamen. Aber sie waren vertraut genug mit den Fallgruben des Lebens, um zu wissen, daß Polizisten überall auf der Welt gleich sind – die schnellste und unkomplizierteste Art, ein Verbrechen zu lösen, ist ihnen die liebste.

Beide Männer zitterten vor Angst, denn es war ihnen klar, daß zwei alleinstehende, illegale Einwanderer ohne Familie, ohne Geld und mit kaum brauchbaren Sprachkenntnissen die idealen Verdächtigen waren.

Und sie wußten, daß die Justiz der Gringos nicht aus einer letzten Zigarette und einem Erschießungskommando bestand wie zu Hause in Mexiko. Sie hatten von dem Todestrakt in San Francisco gehört, wo Männer mit einem giftigen Gas hingerichtet wurden, das ihnen langsam die Lungen zerfraß...

»Wir könnten die Leiche vergraben«, flüsterte Chavez, »oder in diesen alten Brunnen werfen...«

»Du blöder Arsch!« tönte Aguilar, der seinen Freund immer als netten, wenn auch etwas einfältigen Kerl betrachtet hatte. »Nimm mal an, wir werden dabei erwischt... und jeder auf der Ranch weiß, daß wir hier gegangen sind. Nimm an, Mr. Andersen beobachtet uns gerade und sieht, was wir tun?«

Olli Andersen war der Oberaufseher der Ranch, und Chavez blickte ängstlich in Richtung des kleinen, weißen Pächterhauses, in dem er lebte.

»Was sollen wir sonst tun?« fragte er und streifte Aguilars Hände von seinen Schultern.

»Wir gehen zu Mr. Andersen. Er spricht fließend Spanisch, und für einen Gringo ist er kein schlechter Mann. Wir vertrauen auf Mr. Andersen... und auf Gott.«

»Du kannst ja Mr. Andersen vertrauen, und ich vertraue auf Gott.« Julio Chavez bekreuzigte sich zweimal, während er darum betete, daß Gott einen ruhigen Abend und Zeit hatte, zwei völlig verängstigten und unschuldigen illegalen mexikanischen Einwanderern ohne allzu viele Schwierigkeiten aus dieser scheußlichen Geschichte rauszuhelfen.

Es war bereits völlig dunkel, als Andersen, Chavez und Aguilar zurückkehrten. Am Rand des Bewässerungsgrabens blieben sie stehen, und Ollie Andersen beleuchtete das Gelände mit seiner Taschenlampe.

»Ungefähr da?« Im gleichen Moment erblickte er das kleine, weiße Bündel im braunen Gras.

»Ich glaube nicht, *Patron*«, antwortete Aguilar, »es war weiter unten...«

»O mein *Gott*!« keuchte Julio Chavez. Außer sich vor Entsetzen bekreuzigte er sich hastig. »Jetzt sind es zwei Leichen!«

Fünfundvierzig Minuten später erschienen zwei Streifenwagen der Polizei von Sacramento County, gefolgt von einer Ambulanz. Die uniformierten Beamten fanden zwei tote weiße Frauen, die exakt 5 Meter und 74 Zentimeter voneinander entfernt lagen. Eine Leiche lag in einer kleinen Senke, was erklärte, warum Aguilar sie das erste Mal nicht gesehen hatte. Julio Chavez dankte Gott und schlug erleichtert ein Kreuz, weil er nun wenigstens wußte, daß nicht der Teufel sein grausames Spiel mit ihnen trieb, indem er jedesmal eine neue Leiche herbeizauberte, wenn sie sich umwandten.

2. Kapitel

Die Müllsammler

Sechs uniformierte Hilfssheriffs und die Besatzung der Ambulanz stapften rücksichtslos durch das aufgeweichte Feld und machten sämtliche Fußspuren oder andere Beweise, die es möglicherweise gab, unbrauchbar. Als eine Stunde später zwei Bullen in Zivil vom Morddezernat des Sacramento County erschienen, waren die Leichen bereits im Rettungswagen. Der ältere Polizist zog den Reißverschluß des Plastiksacks auf und musterte die beiden mit Blut und Schlamm bedeckten Körper, die eher Wachspuppen glichen als menschlichen Wesen.

So sehen sie immer aus, dachte er.

»Teenager«, bemerkte der jüngere mehr oder weniger zu sich selbst.

»Tja«, grunzte sein Partner, »garantiert sind es Ausreißerinnen, die wir nie identifizieren werden. Wann kapieren diese dummen Dinger endlich, daß Trampen und Herumbumsen ungefähr so harmlos ist wie ein Sack voller Kobras?«

Er bückte sich und öffnete beide Leichensäcke der ganzen Länge nach.

»Keine Höschen«, nickte er. »Ich brauche gar nicht erst den Bericht des Gerichtsmediziners, um dir zu sagen, daß sie gefickt worden sind – ob aber gegen ihren Willen oder mit ihrem Einverständnis, weiß ich nicht. Jedenfalls sieht es mir so aus, als hätten sie anschließend einen ordentlichen Schlag auf den Kopf gekriegt und drei, vielleicht vier Schüsse aus einer kleinkalibrigen Waffe in den Schädel. Zwei ganz hübsche Mädchen...« Er bemerkte Schwangerschaftsstreifen auf dem Bauch der einen. Vielleicht eine ledige Mutter, überlegte er. Dann gab es möglicherweise die Chance, über eine Wohlfahrtseinrichtung etwas über sie zu erfahren, wenn sie herausfanden, woher sie stammte. »Gottverdammt, wann lernen sie endlich, daß es zu Hause bei Mama nicht halb so schlimm ist, wie auf diese Weise zu sterben?«

»Das kapieren sie wohl erst zehn Sekunden vor ihrem Ende«, antwortete sein Partner. »Irgendein Typ bietet ihnen einen Joint oder eine Prise Koks, und sie meinen, dafür mal schnell die Beine breit zu machen sei ein gutes Geschäft.«

»Ja, eine Muschi ist heutzutage längst nicht mehr so wertvoll wie zu meiner Zeit. Wahrscheinlich weil's zu viele davon gibt. Und jetzt haben wir eine Generation von Burschen, die mit einem schlichten Fick nicht mehr zufrieden sind und vielleicht einer Nummer auf französisch. Diese Arschlöcher müssen töten oder brauchen wenigstens die Vorfreude darauf, ehe sie ihn hochkriegen.«

Beide Männer waren altgediente Bullen. Sie haßten die Opfer, mit denen sie sich gezwungenermaßen beschäftigen mußten, fast ebensosehr wie die Mörder, die sie selten erwischten – kein ungewöhnliches Phänomen. Nach Ansicht von Psychologen beginnen wir alle früher oder später das zu hassen, was uns am meisten quält, seien es die greisen Eltern, Kinder, Liebhaber, Vorgesetzte oder ein Auto, das in der Morgenkälte nie anspringen will.

Zusammen hatten die beiden über Vierzig Jahre Erfahrung auf dem Buckel. Dienstzeiten als Beamte im Strafvollzug, im Verkehr, Einsätze als Drogenfahnder, in Abteilungen für Schwerkriminalität, Raub und Einbruch lagen hinter ihnen, und seit zwölf Jahren arbeiteten sie nun schon im Morddezernat.

Beide Männer waren Mitte vierzig und pensionsberechtigt. Der ältere wollte demnächst einen Schlußstrich ziehen und sich seiner zwei Morgen großen Pfirsichfarm in der Nähe von Marysville widmen. Er hoffte, dann endlich seine Frau kennenzulernen, mit der er seit zwanzig Jahren verheiratet war und die trotz der vielen einsamen Nächte, die eine Ehe mit einem hart arbeitenden Bullen mit sich brachte, bei ihm geblieben war.

Sein jüngerer Kollege wußte, daß er seine dreißig Jahre voll machen mußte. Bei drei Ex-Frauen und insgesamt neun Kindern, für die er zu zahlen hatte, war kein großes Rechenkunststück nötig, um einzusehen, daß eine Pension von fünfzig Prozent des Gehalts nicht annähernd reichen würde.

In seiner linken Hosentasche trug er ein dickes, zerknittertes Notizbuch mit sich herum, in dem er Einzelheiten über beinahe tausend Mordfälle – entweder selbst ermittelt oder bei Kollegen aufgeschnappt – registriert hatte, da er mit der Idee liebäugelte, eines Tages ein Buch zu schreiben. Ein Versuch ist es wert, dachte er oft. Genau das hat schließlich auch Joseph Wambaugh getan und ist ein reicher Mann geworden.

Allerdings konnte er kaum ein Wort mit mehr als zwei Silben korrekt buchstabieren und hatte keine Ahnung, wie er die Sache anfangen sollte. Und im Grunde dachte er gar nicht allzu gern daran, was er im Lauf von zwölf Jahren in diesem Journal des Horrors aufgezeichnet hatte. Es war die Geschichte über einen jahrelang schwelenden Haß zwischen einem Ehepaar, der schließlich in einem Mord endete, oder die Beschreibung von Kindern, deren Mütter, Väter oder beide gemeinsam sie zu Tode geprügelt hatten; Bilder von Sexualmorden, bei denen Baumäste oder Wagenheber aus einer Vagina, dem Magen oder dem Rektum ragten: Bilder von Männern, Frauen und Kindern, die zu Tode getrampelt, erstickt, enthauptet, erschossen, erstochen, verbrannt worden waren – das alles war in diesem alten Notizbuch aufgelistet.

Aber hauptsächlich steckten diese ganzen Details in seinem Kopf. Und er wußte, was er in Wirklichkeit war – kein Bulle aus dem Morddezernat, sondern ein Sammler menschlichen Mülls. Er und seine Kollegen rannten jedes Jahr hinter etwa 50000 Morden her, lasen die Reste auf, lösten 20 Prozent der Fälle, vergaßen die übrigen und versuchten irgendwie bis zur Pensionierung durchzuhalten, ohne darüber den Verstand zu verlieren.

»Das war's dann«, sagte sein Partner und knallte die Tür des Rettungswagens zu. »Fahren wir zurück in die Stadt und gönnen uns ein gutes Abendessen. Ich hätte Lust auf Leber mit Zwiebeln. Diesen beiden Mexikanos hab' ich gesagt, sie sollen verschwinden.« Ihm war klar, daß sie die Hosen voll hatten. Man würde sie die der Ausländerbehörde überstellen. Aber was hatten sie schon verbrochen, außer sich ins Land zu schleichen, um Arbeit zu suchen? Wahrscheinlich hätte er an ihrer Stelle das gleiche getan. Um solche Sachen sollte sich gefälligst der Staat kümmern und mehr Leute einstellen, um die illegalen Einwanderer aufzustöbern. »Was dagegen?«

»Woher denn? Was sind schon ein paar mehr von der Sorte, und gegen die ehrlichen habe ich nichts. Meinst du, der Gerichtsmediziner liefert uns morgen was Brauchbares?«

»Nee, nichts, was wir nicht jetzt schon wissen. Vergewaltigt, niedergeschlagen, erschossen. Bloß zwei hohlköpfige Backfische mehr auf der Liste. Wir werden den Burschen nie finden, es sei denn, er taucht persönlich auf und legt ein Geständnis ab. Selbst wenn wir durch das Sperma seine Blutgruppe rauskriegen... was nützt es uns, falls er nicht daherspaziert kommt und gesteht?«

Mit seiner Bezeichnung für weibliche Teenager mochte er zwar ein bißchen hinter der Zeit herhinken, aber alles übrige stimmte wahrscheinlich haargenau. Das war seinem Kollegen klar. Er entzündete eine Zigarette und folgte ihm langsam über den schlammigen Weg zum Wagen. Er war übermüdet und versuchte an etwas Angenehmes zu denken, während er vorsichtig durch den Matsch tappte, der seine nagelneuen, in Korea gefertigten Mokassins für 30 Dollar ruinierte.

Er würde nach Hause in sein schäbiges kleines Apartment gehen, seinen Hund füttern und den neuesten Roman von Joe Wambaugh lesen... dem Lieblingsautor jedes Bullen in Amerika. Der gute alte Joe nennt einen Schwulen einen Schwulen und einen beschissenen Dieb einen beschissenen Dieb, bei ihm gibt's kein Drumherumgerede. Er spricht so, wie die Leute wirklich reden, und haßt alle Welt, weil er die ganze Scheiße aus eigener Anschauung kennt, genau wie wir. Er weiß, daß es keine anständigen Verbrecher mehr gibt. Heute heißt es nur noch: wir auf der einen und sie auf der anderen Seite...

Vielleicht schreibe ich dieses Buch, wenn ich in Pension gehe, dachte er, und suche mir einen Literaturagenten in New York oder besser einen in Hollywood, der dafür sorgt, daß es auch noch richtig toll verfilmt wird und mich steinreich macht. Dann kaufe ich mir ein Haus für zwei Millionen Dollar direkt neben Wambaughs Kasten auf Linda Isle in Newport Beach, schaff' mir einen Jollenkreuzer an und segle an den Wochenenden nach Catalina Island, treib's mit wunderschönen Starlets vom Film, die's auf französisch machen, statt mit plumpen Kellnerinnen, die an Körpergeruch leiden und nach Bratfett riechen. Klar, Mann, was soll's, jeder hat schließlich seine Träume ... selbst ein Müllsammler wie ich.

3. Kapitel

Der Bericht des ersten Gerichtsmediziners

Die Position eines amtlichen Leichenbeschauers und Pathologen in Großstädten ist ein bekanntermaßen lausiger Job, weil die Bezahlung und die Arbeitsbedingungen armselig sind und er keinerlei Prestige oder Anerkennung mit sich bringt. Nicht mal ein freundliches Schulterklopfen fällt dabei an. Nur ein kaltschnäuziger Arzt, der auf kurze Arbeitszeiten und eine staatliche Pension erpicht ist, wird sich einen solchen Wirkungskreis aussuchen, in dem sich menschliches Strandgut sammelt, alte, von Krankheit zerfressene Körper und Mordopfer, die Horrorgestalten aus einem Zombiefilm ähneln.

Die meisten Leute glauben, der Bericht eines amtlichen Leichenbeschauers sei eine brillante Synthese aus forensischer Wissenschaft und medizinischen Erkenntnissen über den Hergang des Mords. Damit sei ein klar umrissenes Bild des Verbrechers erstellt, und die Bullen bräuchten nur noch den Bericht zu lesen und dann den Mörder zu verhaften.

Was ein Gerichtsmediziner, je nachdem wieviel Zeit, Lust und Geschick er hat, wirklich tun kann, sieht anders aus als in den Geschichten im Fernsehen, in Filmen oder Krimis. Er kann nur vermuten, wie das Opfer starb, was mit ihm vor und/oder nach dem Tod angestellt worden ist, und er kann den Zeitpunkt des Todes bestimmen. Damit ist der ganze Zauber auch schon vorbei. Die Zeitangabe ist meistens aus der Erfahrung geschätzt, und je nach Temperatur oder Fundort der Leiche kann diese Schätzung um mehr als achtundvierzig Stunden danebenliegen.

Es war elf Uhr abends, als die beiden ermordeten Frauen, die auf Silveros Ranch gefunden worden waren, ins Leichenschauhaus gebracht wurden. Der diensthabende Assistent unterschrieb die nötigen Papiere exakt um 23.03 Uhr.

Er war ein netter junger Mann Anfang Dreißig mit schwarzem, welligem Haar und sanften, braunen Augen, und er sprach mit einem leichten Stottern. Seit fünf Jahren arbeitete er als Hilfskraft in der Gerichtsmedizin und verdiente 9 Dollar und 50 Cent die Stunde.

Er rollte die Leichen in einen kleinen, hellerleuchteten, weißgekachelten Raum, wo er beide Opfer wie üblich nackt auszog und ihre Kleider in separate Plastikbeutel steckte.

Eine Leiche war barfuß, aber die Schuhe des zweiten Opfers untersuchte er sorgfältig nach Notizen, Geld oder Drogen. Bargeld oder Stoff behielt er stets für sich, und von irgendwelchen Notizen machte er Kopien für den Fall, daß ein Reporter etwas dafür springen ließ.

Die Schuhe dieses Opfers waren leer, aber er staunte immer wieder, wie viele einen Hundertdollarschein, einen Beutel Gras oder Koks in ihren Schuhen hatten.

Einige Minuten lang betrachtete er die toten Teenager unter der grellen Lampe, dann ging er den Flur hinunter zu seinem Spind und kam mit einer Polaroidkamera zurück.

Er fotografierte beide Leichen aus einiger Entfernung und machte anschließend Nahaufnahmen. Die Leichenstarre war bereits vergangen, und sie waren biegsam wie Sauerteig, als er ihre Beine spreizte für einen Zielschuß, wie man im Pornogewerbe sagt.

Der Helfer hatte viele nekrophile Kunden, die scharf auf solche Bilder waren – von Sacramento bis Los Angeles und San Francisco, darunter Autoren von Krimi-Magazinen und hochberühmte Persönlichkeiten aus dem Filmgeschäft. Diese heutigen Aufnahmen würde er einem pensionierten Richter verkaufen, der mit Freuden 100 Dollar pro Foto von jedem toten Mädchen im Teenageralter mit zur Schau gestellten Genitalien bezahlte.

Nachdem er seine Kamera und die Bilder weggeschlossen hatte, bedeckte er beide Leichen mit einem fadenscheinigen, schmuddeligen Laken und schob sie in den Kühlraum, wo sie auf ihre letzte Demütigung warten würden – die Autopsie am folgenden Morgen.

Jeder einigermaßen intelligenter Mensch wünscht sich, in Würde zu leben und im Schlaf zu sterben, falls er das Alter und/oder den Mut hat, darüber nachzudenken. Vor allem wünscht sich wohl jeder, daß seine Leiche mit Respekt behandelt wird, bis sie unter tränenreicher Anteilnahme von trauernden Verwandten und Freunden zur letzten Ruhe gebettet ist.

Jeder, der diesen verständlichen Wunsch hat, sollte dafür sorgen, daß er kein Mordopfer wird.

Ermordet zu werden ist kein würdiges Ende – es passiert erstens fast nie im Schlaf, und zweitens gehört deine Leiche vom Augenblick der Entdeckung an vollständig dem Staat oder dem Bezirk, in dem sie gefunden worden ist. In der Gerichtsmedizin, wo sie laut Gesetzesvorschrift landet, ist das Wort »Würde« ungefähr so selten wie ein unzensierter Leitartikel in der ehemaligen *Prawda*.

Am 14. September um 15.30 Uhr beendete ein Hilfspathologe seine Autopsie der beiden ermordeten Teenager. Er ließ seine Bandaufzeichnung abtippen und schickte den offiziellen Bericht hinüber an das Morddezernat des Sheriffs von Sacramento County.

Aus dem lateinischen Kauderwelsch, das sämtliche Mediziner so überaus gern benutzen und das immer noch wimmelt von allen möglichen Einschränkungen (vermutlich, Anzeichen von, scheinbar, eventuell), die mehr als ausreichen, um jeden Juristen mit Abschluß in Harvard zu befriedigen, lautet er schlicht übersetzt folgendermaßen:

Nr. 91478-13-04: Unbekannte weibliche Leiche Eins ist eine gutgenährte, normal entwickelte Weiße, 15-18 Jahre alt, 1,58 m groß, Gewicht 135 Pfund, langes bräunliches Haar, offenbar nicht gefärbt. Keine besonderen Kennzeichen, Narben oder Tätowierungen.

Kleidung besteht aus einem rosa-blau gestreiften Pullunder, Bluejeans, Turnschuhen aus braunem Wildleder mit dicken Kreppsohlen. Keine Unterwäsche.

Gemäß der üblichen Routine wurde die Leiche vom Ösophagus bis zur Pubes geöffnet. Körperorgane erscheinen normal. 12x12 mm große Proben von Lunge, Herz, Leber, Uterus und Zunge wurden entfernt und für mögl. zukünftige pathol. Unters. schockgefroren.

Opfer hatte zur Todeszeit Menstruation und einen Tampon der Marke Tampax in die Vagina eingeführt.

Samenspuren wurden in oder in der Umgebung der Vagina nicht gefunden, und es gibt keine Anzeichen für Vaginaltrauma, dagegen Einrisse im Bereich des Afters. Im Rektum und Mund des Opfers wurden 1,2 ml Sperma gefunden.

Da das normale Ejakulat eines Mannes, je nach Alter, zwischen 3 und 5,5 Milliliter Sperma enthält, ist bei der hier vorliegenden Menge nicht von einer normalen Ejakulation auszugehen.

Ein vorläufiger Boron-X5 Test dieses Samens hat ergeben, daß die Blutgruppe des Täters »0« ist, die häufigste aller menschlichen Blutgruppen.

Eine tiefe Bißwunde einen Zentimeter unterhalb der linken Brust läßt auf Biß eines Menschen schließen, ferner ist die Brustwarze fast durchtrennt, vermutlich ebenfalls durch Biß. Die Zahnabdrücke sind 4x8 mm groß und scheinen von normalgroßen, natürlichen, menschlichen Vorderzähnen zu stammen (Fotos beiliegend).

Klebrige Rückstände an beiden Hand- und Fußgelenken deuten darauf hin, daß Hände und Füße des Opfers möglicherweise vor oder nach dem Tod mit Klebeband gefesselt wurden.

Im Haar des Opfers finden sich Kiefernnadeln, Blätter und Baumrinde (Probe beiliegend).

An der linken Kopfseite ist eine tiefe Wunde in Schläfennähe erkennbar, die auf einen Schlag mit einem festen, runden Gegenstand deutet, möglicherweise durch einen Wagenheber oder Schraubenschlüssel hervorgerufen.

Im Kopf des Opfers sind drei 6 mm große Schußverletzungen (vermutlich durch Waffe des Kalibers 25), von denen jede den Tod herbeigeführt haben könnte. Durchschüsse erfolgten in einem Winkel von 40 Grad, zerfetzten den rechten Hirnquadranten und traten 3 mm unterhalb des linken Wangenknochens aus, wobei sie 2 obere Backenzähne zerschmetterten und den Kieferknochen verschoben.

SCHLUSSFOLGERUNG: Todesursache sind wahrscheinlich eine oder alle drei Einschüsse im Kopf. Opfer dürfte vor Eintritt des Todes bewußtlos gewesen sein, vermutlich infolge Schlag auf den Kopf. Opfer wurde anal mißbraucht und führte offensichtlich am Täter Fellatio aus.

Geschätzte Todeszeit: innerhalb der letzten 48 Stunden.

Nr. 91478-13-05: Unbekannte weibliche Leiche Zwei ist eine gutgenährte, normal entwickelte weiße Frau, 16-24 Jahre alt, 1,70 m groß und wiegt 110 Pfund. Kleidung besteht aus schwarzweißem Pullunder, Bluejeans. Keine Unterwäsche. Keine Schuhe oder Socken.

Keine Narben oder Tätowierungen. Schwangerschaftsstreifen am Unterbauch und Vernarbungen am Gebärmutterhals deuten auf eine vollständig ausgetragene Schwangerschaft hin. Gemäß der üblichen Routine wurde Leiche von Ösophagus bis zur Pubes geöffnet. Körperorgane erscheinen normal. 12x12 mm große Proben von Lunge, Herz, Leber, Uterus und Zunge wurden entfernt und schockgefroren für mögl. zuk. pathol. Unters.

In der Vagina des Opfers fanden sich 3 ml Sperma, im Rektum 4,5 ml. Spuren von Samenflüssigkeit wurden außerdem in Mund und linkem Ohr gefunden. Die Differenz zwischen der Samenmenge in Vagina und Rektum dürfte darauf hindeuten, daß vor der vaginalen Penetration wahrscheinlich Analverkehr verübt wurde.

Nach der erheblichen Differenz der Samenmenge in Rektum und Mund beider Leichen zu schließen, ist wahrscheinlich Opfer Zwei zuerst sexuell mißbraucht worden. Spermaproben zeigen, daß die Blutgruppe des Täters »0« ist.

Auf der linken Gesäßseite ist ein tiefer Biß, 2 cm links neben der Afteröffnung. Zahnabdrücke sind 6x7 mm und zeigen, daß der Täter normalgroße, natürliche Vorderzähne besitzt. (DER DEUTLICHE UNTERSCHIED IN DER ZAHNGRÖSSE IM VERGLEICH ZU BISS BEI OPFER EINS ZEIGT, DASS ES VERMUTLICH ZWEI TÄTER GIBT, Fotos beiliegend).

Tiefe Wunde an der rechten Brustwarze des Opfers dürfte infolge Einwirkung menschlicher Zähne hervorgerufen worden sein (Fotos beiliegend).

An Hand- und Fußgelenken ist ein klebriger Rückstand festzustellen, der darauf hindeutet, daß Hände und Füße vor oder nach dem Tod mit Klebeband gefesselt waren.

Hinter dem linken Ohr findet sich ein nicht tödlicher Streifschuß. Die Schädeldecke des Opfers weist eine schwere Verletzung auf infolge eines Schlags mit einem abgerundeten Metallgegenstand, möglicherweise einem Wagenheber oder Schraubenschlüssel.

Im Kopf befinden sich drei 6 mm große Schußwunden, die anzeigen, daß Opfer Eins und Opfer Zwei mit derselben Waffe erschossen worden sind, vermutlich einer Handwaffe des Kalibers 25. (Die drei entnommenen Kugeln, alle in erstklassigem Zustand, sind beigefügt). Sie durchdrangen den Schädel in einem Winkel von 60 Grad, zerrissen kreuzförmig schräg das Hirngewebe und blieben vor dem linken Wangenknochen stecken. Trotz des Schlags auf den Kopf und des Streifschusses war Opfer vermutlich bei Bewußtsein, als der tödliche Schuß abgefeuert wurde.

ZUSAMMENFASSUNG: Todesursache vermutlich eine oder alle drei Schußwunden im Kopf. Die schweren Verletzungen im Bereich von Genitalien und After lassen darauf schließen, daß das Opfer anal mißbraucht und anschließend vergewaltigt worden ist, wobei in beide Körperöffnungen Ejakulation erfolgte. Opfer vollzog zuvor am Täter Fellatio. Ob dabei Ejakulation im Mund des Opfers erfolgte, ist nicht festzustellen.

Geschätzte Todeszeit: innerhalb der letzten 48 Stunden.

Während der Autopsiebericht am 14. September um 20.30 Uhr auf einem Schreibtisch im Morddezernat herumlag und gelegentlich von einigen gleichgültigen Bullen durchgeblättert wurde, von denen keiner sonderlich erpicht auf Ermittlungen in einem neuen Mordfall war, weil sie alle wenigstens zwei Dutzend ungelöster Fälle in ihren Akten hatten, trafen sich ein Detektiv, der bei der Polizei von

Sacramento für Vermißte zuständig war, und ein Sergeant aus dem Morddezernat in einem Restaurant an der 16. Straße, Ecke Broadway.

»Was für ein verflucht lausiger Tag«, schnaufte der Detektiv und schlürfte seinen kochendheißen Kaffee. Er zündete sich eine Zigarette an und sah dann verblüfft, daß im Aschenbecher bereits eine glimmte; er hatte sie eben abgelegt.

»Findest du? Ich sehe keinen Unterschied zu gestern. Und morgen wird's auch nicht anders sein«, meinte der Sergeant vom Morddezernat und steckte sich die vierzigste Camel des Tages an, ehe er mit zittriger Hand nach seiner Kaffeetasse griff.

»Irgendso ein Arschloch treibt mich seit heute mittag zum Wahnsinn. Erst rief er laufend an und jammerte, daß seine Frau und ihre Freundin verschwunden seien und ich sie suchen solle. Dann kommt der Wichser hereinspaziert und baut sich vor meinem Schreibtisch auf, während ich gerade dabei bin, am Telefon meine Ex-Frau zu beschwatzen, nicht gleich zum Anwalt zu rennen, nur weil ich ein paar Monate mit den Unterhaltszahlungen für die Kinder im Rückstand bin...«

»Was für eine Ex ist das?«

»Die zweite. Mann, meine erste Geschiedene oder die dritte würden mich nicht mal anpissen, wenn ich in Flammen stünde, und schon gar nicht lockerlassen bei Geld. Auf jeden Fall habe ich den Blödmann gesagt, er solle abhauen. Daraufhin rief seine *Mama* bei Deputy Chief Norman Allen an... du kennst ihn doch noch aus deiner Zeit bei uns.«

»Ja. Ein Schreibtischfurzer. Hat nie einen Fuß auf die Straße gesetzt, soweit ich weiß.«

»Genau. Jedenfalls fällt er über mich her und scheißt mich gewaltig an. Ich sei verantwortungslos, ich hätte mich um die Belange der Bürger zu kümmern und solle schleunigst meinen Arsch in Bewegung setzen, um mit dem Typ zu reden. Na ja, gleich wenn ich hier fertig bin, gehe ich los zu diesem Kerl und seiner Mama.«

»Zwei Ausreißerinnen, sagst du? Seine Frau *und* ihre Freundin?«

»Ja.«

»Klingt mir reichlich verdächtig. Vielleicht hat die Frau ihn erwischt, wie er's mit der Freundin trieb, und er hat sie beide um die Ecke gebracht. Wie lange sind sie weg?«

»Angeblich zwei Tage.«

»Ach so, ich dachte, schon viel länger. Mensch, sie sind vermutlich in einem Motel, toben sich mal ordentlich aus und knallen sich mit kostenlosem Koks voll. Wie alt?«

»Die Frau siebzehn, die andere sechzehn. Er sagt...«

»Warte mal«, unterbrach ihn der Sergeant vom Morddezernat. »Ich habe da zwei ganz frische Teenager im Leichenschauhaus, die passen könnten. Wie sehen sie aus?«

»Von der Frau hat er mir ein Bild gegeben...«

»Laß mal sehen.« Er nahm das Foto und zündete mit der anderen Hand die einundvierzigste Camel dieses Tages an. Eine geschlagene Minute lang betrachtete er das Farbfoto und nickte dann.

»Klar, das ist eine davon. Sieht aus, als hätten wir deinen Vermißtenfall aufgeklärt, und vielleicht kann ich die Sache dem kleinen Klugscheißer von Ehemann anhängen – oder seiner Mama.«

»Klasse!« Der Bulle vom Vermißtendezernat strahlte. »Überbringen wir Söhnchen und Mami die traurigen Neuigkeiten.«

»Ich komme mit. Eine Festnahme könnte ich gut gebrauchen... vielleicht bring's mich sogar ins Fernsehen. Macht sich toll in der Personalakte... könnte sogar ein Schritt näher an die Beförderung zum Lieutenant sein. Ich freue mich schon auf das blöde Gesicht des trauernden Männchens, wenn ich ihn nach seinem Alibi frage.«

Wie eine Kompaßnadel nach Norden zeigt, so richtet sich der Verdacht unweigerlich auf den Ehemann, wenn eine Frau ums Leben gekommen ist, selbst bei einem scheinbar offensichtlichen Autounfall – und zwar aus gutem Grund.

Jahrhundertelange Erfahrung hat gezeigt, daß er sie in acht von zehn solcher Todesfälle tatsächlich umgebracht hat. Daher ist es für einen Ehemann fast unmöglich, einen schönen, bombensicheren Mord an seiner Frau zu begehen, ohne automatisch in Verdacht zu geraten, ganz egal wie sehr sie es seiner Ansicht nach verdient oder was ihm ihr Tod einbringen würde – sei es Geld, Besitz oder eine süße, heißblütige kleine Freundin, die er heiraten will, ohne von der Ehefrau und ihrem habgierigen Anwalt bis auf den letzten Pfennig geschröpft zu werden.

Leider hatte die Polizei diesmal Pech, denn der aufrichtig trauernde Ehemann der ermordeten Siebzehnjährigen hatte ein ebenso stichhaltiges Alibi wie seine streitbare Mama.

Kurz nachdem über die beiden Morde im Fernsehen berichtet worden war, drehte sich das Blatt um 180 Grad, und der Verdacht konzentrierte sich auf zwei neue, scheinbar bestens brauchbare Verdächtige, die gleichfalls unschuldig waren. Die beiden blieben noch drei Jahre lang unter Verdacht – hauptsächlich wegen ihrer Rasse und ihrer Vorliebe für Frauen anderer Hautfarbe.

Das Treffen der beiden zynischen, hocherfahrenen, aber überarbeiteten Bullen zu einem Kaffee, wobei jeder zufällig genau die richtigen Informationen im Kopf und in der Tasche hatte, erklärt die unglaublich schnelle Identifikation der ermordeten Teenager – es trug allerdings gar nichts dazu bei, die wirklichen Mörder zu finden.

Diese beiden Mädchen sollten die ersten sein in einer langen Serie von Entführungen, Vergewaltigungen und Morden, die im Verlauf der nächsten dreißig Monate in drei Bundesstaaten stattfanden.

Und nicht ein einziges Mal in dieser Zeit hat auch nur eine Polizeistelle oder auch nur ein Beamter die Verbrechen miteinander in Verbindung gebracht, geahnt, daß sie alle begangen worden sind von einem Pärchen blutrünstiger Turteltauben, das sein Nest in der Bluebird Lane 2067 in North Sacramento, Kalifornien, hatte.

4. Kapitel

Die Raubtiere

Der 33jährige Gerald Armond Gallego saß auf der Couch in seinem Wohnzimmer in der Bluebird Lane 2067 und sah sich die abendliche Nachrichtensendung im Fernsehen an. Was er dort gerade über einen Doppelmord gehört hatte, erfüllte ihn mit tiefer Zufriedenheit.

Er legte seinen Arm um die zierliche, blonde Frau an seiner Seite und sagte sanft: »Wir sind in Sicherheit, Baby.«

»Meinst du, Daddy?« Die 20jährige Charlene Adelle Williams Sonnenberg schaute mit anbetungsvollen, blauen Augen zu ihrem gesetzlich angetrauten Ehemann auf.

»Natürlich. Hast du nicht gerade die Nachrichten gehört? Die Bullen haben ein paar Nigger ins Visier genommen – und dabei werden sie bleiben, selbst wenn sie wissen, daß die es nicht waren. Ich sag' dir, wir brauchen uns absolut keine Sorgen zu machen.«

»Aber das ist unfair!« rief Charlene. »Es ist einfach... einfach typisch für die rassistischen Vorurteile der Polizei!«

Gerald drehte langsam seinen breiten, viereckigen Kopf auf dem dicken, muskulösen Hals und funkelte seine hübsche Frau an. Mit dem rechten Ellbogen versetzte er ihr einen brutalen Stoß.

»Du blöde Fotze! Du kapierst nicht mal, wovon ich rede, was?«

»Doch, das tue ich!« protestierte Charlene und drückte eine Hand gegen ihre schmerzenden Rippen. »Es scheint mir bloß so unfair.«

»Was scherst du dich um ein paar Nigger? Du glaubst wohl, sie sind alle so wie diese reichen Burschen, die du früher gefickt hast?«

»Natürlich nicht! Du hast mir doch erzählt, wie viele Schwarze im Gefängnis sind und wie sie die Weißen einschüchtern und zusammenschlagen, und daß einer sogar mal versucht hat, deine Schwester umzubringen.« Charlene sprach mit ihrer einschmeichelndsten Stimme und kuschelte sich an Daddy Gerald. Als weitere Vorsichtsmaßnahme gegen einen neuen Rippenstoß griff sie sanft zwischen seine Beine. Wenn Daddy Gerald ärgerlich war – und das war er meistens –, hatte er die leidige Angewohnheit, ihr solche Ellbogenstöße zu versetzen. Es war nicht nur sehr schmerzhaft, sondern außerdem noch äußerst peinlich, wenn er es in der Öffentlichkeit tat.

Charlene wünschte manchmal, sie hätte ihm nichts von ihrem früheren Liebhaber Tyrone erzählt, weil er damit zu den unpassendsten Zeiten anfing. Er nannte sie vor ihren Freunden eine Negerhure und fragte, wie lang Tyrones Rüssel gewesen sei. Gerald hatte ihr bei ihrem Kennenlernen so offen und ehrlich alles über sich erzählt, daß sie im Gegenzug einfach nicht widerstehen konnte, ihm das tiefste, dunkelste, erregendste Geheimnis ihres jungen Lebens zuzuflüstern – daß sie, eine Weiße aus der liberalen oberen Mittelschicht, einen *schwarzen Liebhaber* gehabt hatte!

Tyrone war Jurastudent in Stanford, als die 15jährige Charlene ihn auf einer Party getroffen hatte, zu der sie seine Schwester eingeladen hatte. Er kam aus einer der wohlhabendsten farbigen Familien in Nordkalifornien. Charlene erzählte ihrer besten Freundin von Tyrone, und die tratschte es prompt in der ganzen Schule herum, wobei sie bemerkte, er sei »nur Schwanz und Schultern«. Tyrone war groß, sehr gutaussehend und so hellhäutig, daß er für einen Weißen durchgehen konnte, was auch oft geschah.

Charlene Adelle Williams verliebte sich maßlos in ihn. Ob es echte Liebe war oder einfach der exotische, sexuelle Kitzel, wußte sie nie so recht, und es kümmerte sie auch nicht weiter. Mit 15 war Charlene schon längst keine Jungfrau mehr. Sie hatte mit etlichen Männern und Jungen Erfahrungen gesammelt, aber, wie sie Gerald anvertraute, hatte nur Tyrone ihre sexuellen Phantasien erfüllt – natürlich ehe sie ihm, Daddy Gerald, begegnete.

Beinah alle, die sie kannten, beschrieben Charlene als ein Chamäleon, das sich augenblicklich *jeder* Situation anpassen konnte und es auch tat. Mit 16 wurde bei einer Untersuchung festgestellt, daß sie einen Intelligenzquotienten von 160 besaß. Sie spielte so hervorragend Geige, daß ihr ein Musikstudium am San Francisco Conservatory of Music angeboten worden war.

Auch wenn manche sogenannte Experten behaupten, daß etwas Derartiges nicht existiere, so verfügte Charlene doch über ein echtes fotografisches Gedächtnis – die verblüffende Fähigkeit, sich lückenlos an alles zu erinnern, was manche skeptische Polizisten und Anwälte ziemlich sprachlos machte – als nämlich Charlene sie direkt zu einigen der Leichen führte, die sie und Gerald drei Jahre vorher in einem abgelegenen Gebiet der Wüste von Nevada vergraben hatten.

Charlenes Eltern, Charles und Mercedes Williams, ahnten nichts von Tyrone, obwohl ihnen durchaus klar war, daß ihr geliebtes, verhätscheltes und unmäßig verwöhntes, einziges Kind seit dem 12. Lebensjahr Drogen nahm und mit 14 kurz davor war, Alkoholikerin zu werden.

Sie wußten es und wollten es gleichzeitig um keinen Preis wahrhaben. Für ihre Eltern war es einfach ausgeschlossen, daß Charlene etwas tun würde oder getan hatte, was sich nicht gehört.

Wie die meisten Eltern, die gern vor Tatsachen die Augen verschließen, sollten Mr. und Mrs. Williams noch ihr blaues Wunder erleben. Selbst nachdem Charlene ihre Beteiligung an zehn barbarischen Sexualmorden zugegeben hatte, ließen sie ihre Tochter nicht im Stich und setzten ihren ganzen beträchtlichen Wohlstand, ihre Erfahrung und allen Einfluß zu ihren Gunsten ein. Sie nahmen sogar das Risiko einer Gefängnisstrafe auf sich, indem sie mehrere Gesetze brachen, um Charlene *und* Gerald zu schützen.

Gerald stieß Charlene von der Couch und befahl: »Hol mir eine Tasse Kaffee, und wenn du hierbleiben willst, halt deine Klappe. Mal sehen, was diese Journalistin auf Kanal 8 bringt. Vielleicht hat sie etwas Neues über die ... eh, Geschichte.«

Das hatte sie in der Tat. Einerseits versetzte es Gerald in wilde Wut, erfüllte ihn aber gleichzeitig mit großer Zuversicht, daß er und Charlene das perfekte Verbrechen begangen hatten. Charlene brachte den Kaffee, und auf dem Bildschirm erschien eine rotblonde Reporterin, die auf dem Feld stand, wo die ermordeten Teenager gefunden worden waren.

»... und dort drüben«, sagte sie mit einer dramatischen Geste, »entdeckten gestern abend Farmarbeiter die Leichen von zwei jungen, weißen Mädchen. Die Polizei hat ihre Namen noch nicht bekanntgegeben, da zuerst die Angehörigen benachrichtigt werden sollen.

Aber ich habe Grund zu der Annahme, daß es sich um eine 16jährige Ausreißerin und eine 17jährige verheiratete Frau handelt, die beide im Gebiet von Sacramento lebten. Weiter gibt es Anzeichen, daß die Polizei zwei junge, farbige Männer sucht, die nach Zeugenaussagen gestern am frühen Nachmittag mit den beiden Opfern in einem Wagen gesehen worden sind. Dr. Emilie Hart allerdings, eine ausgezeichnete und durch ihre Fernsehauftritte sehr bekannte Parapsychologin, ist der Meinung, der ich nur zustimmen kann, daß dieses schreckliche Verbrechen von einem kranken, einsamen, angstgebeutelten Weißen begangen worden ist, der innerlich nach Hilfe schreit und durch diese furchtbare Tat Aufmerksamkeit erregen möchte.

Ich fordere hiermit diesen kranken Mann auf, bei unserem Sender anzurufen. Wenn Sie sich mir anvertrauen, werde ich dafür sorgen, daß Sie Hilfe bekommen, Behandlung, Fürsorge und all die Liebe, die Sie sich immer gewünscht haben und so dringend brauchen...«

Gallego sprang von der Couch auf, mit dem wütenden Knurren eines urzeitlichen Säbelzahntigers, und schleuderte seine Tasse samt Unterteller an die Wand. »Diese blöde, verlogene Fotze!« brüllte er. »Angstgebeutelt? Krank? Einsam? Nach Hilfe schreien? Von wem, zur Hölle, redet sie da?«

»Sie erfindet das doch bloß, Daddy«, beruhigte Charlene und zog ein Kissen heran, um vorsichtshalber ihre Rippen zu schützen. »Du weißt doch, wie sie immer lügt... sie hat keinen Schimmer, wer du bist. Reg dich nicht auf.« Charlene wußte, daß Daddy Gerald die *ganze* Nacht lang in miserabler Laune sein würde und sie womöglich noch verprügelte, wenn sie nicht aufpaßte.

Aber Gerald dachte nicht an Charlene, sondern an die rührselige, pseudopsychologische Beschreibung des Mörders, die ihn in eine Wut versetzte, wie er es nicht mehr erlebt hatte, seit seine Tochter über ihre jahrelange, inzestuöse Beziehung gequatscht hatte. Geralds erster Gedanke war, die Reporterin anzurufen, sie zu einem Treffen zu locken und der falschen Schlange eine kleine Kostprobe von dem zu verpassen, was er den beiden Teenagern angetan hatte. Aber er wußte, daß in diesem Fall neben einem Kamerateam höchstwahrscheinlich auch die Polizei auf ihn lauern würde. Es war besser, es einfach zu vergessen... ausnahmsweise hatte Charlene mal recht. Das Miststück kannte ihn nicht... überhaupt nicht.

Aber wer kennt schon einen Psychopathen wirklich?

Wenn sich je ein Mann sein Leben lang nach eigenen Ansichten und Vorschriften gerichtet hatte, dann war es Gerald Armond Gallego. Er weigerte sich rundheraus, ein normales Leben zu führen, ungeachtet aller Strafen oder Chancen, die ihm die Gesellschaft bot.

Mit seinen 33 Jahren wäre Gerald von jeder Polizeibehörde in der Welt als Gewohnheitskrimineller eingestuft worden nach seinen 27 Verhaftungen wegen schwerer Kapitalverbrechen, angefangen mit dem jugendlichen Fehltritt eines Einbruchs samt tätlichem Angriff mit einer tödlichen Waffe, als er 10 war.

Trotz dieser Verhaftungen und sieben Verurteilungen hatte er kaum sechs Jahre im Gefängnis verbracht. Natürlich war dabei die Zeit in Jugenderziehungsheimen und Bezirksgefängnissen nicht mitgerechnet – diese fünf Jahre betrachtete Gerald als eine gute Schulung für die größeren Verbrechen, die er später einmal begehen wollte.

Einbruch, schwerer Diebstahl, Angriff mit Tötungsabsicht, Gefängnisausbruch, brutale Körperverletzung, vorsätzliche, tätliche Bedrohung eines Menschen über 65 während eines Raubüberfalls – so ging es weiter und weiter, und das staatliche Justizsystem tat nichts, um Gerald zu »bessern«, lehnte es immer noch ab, ihn endgültig wegzusperren. Dabei gibt es tatsächlich ein Gesetz, jemanden, der nacheinander drei kapitale Schwerverbrechen begangen hat, ohne Begnadigung lebenslänglich einzukerkern.

In New York und mehreren anderen Staaten bestehen ähnliche Vorschriften, aber ebenso wie in Kalifornien ist auch dort seit Ende der dreißiger Jahre niemand mehr zu dieser Höchststrafe verurteilt worden.

Gerald besaß eine überdurchschnittliche Intelligenz, konnte lesen, schreiben und komplizierte Rechnungen im Kopf ausführen, auch wenn er die Grundschule nur mit knapper Not geschafft hatte. Dort tat er sich nur dadurch hervor, daß er einen noch nie dagewesenen Rekord im Schwänzen aufstellte, der im ganzen Bezirk von Sacramento bis heute nicht mehr erreicht worden ist.

Er war vernarrt in Groschenbücher und las von »Wahren Geschichten« bis zu grob aufbereiteten Kurzfassungen griechischer Klassiker alles, was es in dieser Art gab – und er kannte sich verdammt gut mit den Gesetzen aus. In drei großen Prozessen hatte er sich selbst verteidigt und jedesmal Freisprüche erzielt.

Doch abgesehen von seiner vermutlich angeborenen Intelligenz war er nicht allzu gut dran, was seine Ahnen väterlicher- und mütterlicherseits betraf. Sein Vater, Gerald *Albert* Gallego, war wegen kaltblütigen Mordes an zwei Polizisten in der Gaskammer hingerichtet worden, als Gerald Armond zehn Jahre alt war.

Gerald hatte Charlene erzählt, daß er es nicht so ganz sicher wisse, wie sein Vater gestorben sei, und im Grunde schere er sich auch nicht darum. Aber als typischer Opportunist würde Gerald später versuchen, die Wahrheit herauszufinden, weil ein hingerichteter Vater ihm eventuell nützlich sein könnte, wenn er im Gerichtssaal um sein eigenes Leben kämpfte.

Geralds Onkel und drei Cousins mütterlicherseits verbüßten lebenslängliche Strafen in verschiedenen kalifornischen

Gefängnissen wegen Mord ersten und zweiten Grades. Eigentlich hatten beinah alle seine männlichen Verwandten dicke Strafregister, und sein Halbbruder David Hunt saß gerade eine Haftstrafe zwischen 15 Jahren und lebenslänglich ab, weil er bei einem bewaffneten Überfall auf einen Schnapsladen einen Angestellten erschossen hat.

Geralds Familie war so durchseucht mit Mördern, Dieben und anderen Kriminellen jeder Schattierung, daß eine seiner früheren Frauen sagte, Geralds Blut enthalte mehr Gift als die Zähne einer Kobra, und es sei kein Wunder, daß die Tochter, die sie von ihm habe, schon jetzt im Teenageralter nicht mehr zu bändigen sei. In *ihrem* Blut stecke dasselbe Schlangengift, und vermutlich würde sie als Massenmörderin enden wie Winnie Ruth Judd.

Falls er es wollte, konnte Gerald Armond Gallego ein unwiderstehliches Charisma an den Tag legen. Er war freundlich, wenn es ihm angebracht schien, und manche nannten ihn schlichtweg bezaubernd. Auf jeden Fall besaß er die Fähigkeiten eines Bauernfängers, der jedermann dazu zu bringen konnte, seine Storys zu schlucken, egal was er auch auftischte.

Gerald war 1,73 m oder 1,78 m groß (je nachdem, wem man glaubt, ihm oder den kalifornischen Gerichtsakten) und gebaut wie ein Gorilla, mit massig breitem Brustkasten, kurzem, muskulösem Hals und den kräftigen Beinen eines Rugbyspielers.

Alle, die das Unglück hatten, ihn kennenzulernen, sagten übereinstimmend, daß das Eindruckvollste an ihm seine Augen gewesen seien. Sie waren tiefdunkel, fast schwarz, immer kalt, groß und starr. Es hieß, seine Augen hätten eine erschreckende Ähnlichkeit mit denen des verrückten russischen Mönchs und Betrügers Gregory Fefimowitsch Rasputin gehabt.

Trotz des »Schlangengifts« im Blut, verströmte Gerald Sexappeal wie ein brünftiger Elch. Gleich Rasputin brauchte er nicht nach Frauen zu suchen – sie stürzten sich auf ihn wie Bussarde auf Aas, und zwar in solchen Scharen, daß er einfach nicht die Zeit hatte, allen gerecht zu werden. Also stellte er eine strenge Rangfolge auf – wer immer den größten Wohlfahrtsscheck hatte, den besten Job, wer immer sich am dankbarsten seinen sexuellen Neigungen fügte und diese Dankbarkeit durch entsprechende Gegenleistung auch *zeigte*, ihm das Gehalt aushändigte, das Auto und seine sämtlichen Wünsche und Bedürfnisse in jeder Hinsicht erfüllte, erhielt Geralds ganze, ungeteilte Aufmerksamkeit. Die anderen begnügten sich mit dem Rest, und wenn man ihnen glauben kann, waren sie glücklich, wenigstens ein paar Krumen abzubekommen – zu ihrem Leidwesen nicht genug, um die sexuelle Raserei zu befriedigen, die er offenbar bei allen erzeugte.

Eine der geschiedenen Ehefrauen, die am schlechtesten auf ihn zu sprechen war, sagte: »Er war auf eine primitive, erschreckende Art ein ungeheuer gutaussehender Mann.« Und eine andere, die behauptete, noch immer verrückt nach ihm zu sein, meinte: »Man brauchte einfach nur neben Gerald zu *stehen* und bekam schon nasse Höschen... und selbst wenn man ihn haßte, war man vollkommen hilflos dieser sexuellen Anziehung ausgeliefert... ehrlich, man wollte ihn so rasend gern zwischen den Beinen haben, daß es regelrecht *weh tat*, und ich hatte wahrhaftig feuchte Träume von ihm, bis ich ihn ins Bett kriegte.

Also, er hatte keinen wirklich *großen*, wie manche andere, die ich kannte, aber er wußte, wie er das einsetzen mußte, was er hatte... und mir ist eine Stunde mit 15 Zentimetern und ordentlich harter Aktion lieber als fünf Minuten mit 25 schlaffen Zentimetern.«

Die Geschichten über Geralds sexuelle Fähigkeiten unterscheiden sich beträchtlich bei den vielen Frauen, die später über ihn redeten. Einige schworen, daß er ein wahrer Virtuose auf diesem Gebiet und überaus erfinderisch gewesen sei. Eine allerdings beklagte sich, daß »... er ihn gar nicht hochkriegen konnte, bis ich ihm einen blies, daß meine Kinnmuskeln weh taten, und sogar dann war nach kaum einer Minute alles vorbei.«

Eine wunderschöne Blondine aus der oberen Mittelschicht, die bereitwillig zugab, daß sie Gerald Gallego mehr hasse, als es selbst einer geschiedenen Frau zustehe, sagte: »... er war ein perverser Sexfreak... es war, als sei man mit einem wildgewordenen, tasmanischen Teufel im Bett. Doch im Grunde interessierte ihn nur Analverkehr, Fellatio und Cunnilingus – in dieser Reihenfolge. Das alles fand ich abstoßend, aber wenn ich mich weigerte, schlug er mich so lange, bis ich ein zitterndes, hysterisches Nervenbündel war und alles tat, was er verlangte.«

Diese Ex-Frau mag vielleicht die Behandlung allzu dramatisch beschrieben haben, aber daß er sie gnadenlos geschlagen habe, war eine übereinstimmende Klage aller Frauen. Ehefrauen, Geliebte, Freundinnen – sie alle konnten die Methode, mit der Gerald sich seine Frauen unterwarf – Gewalt.

Wie ein Zirkusdompteur aus früheren Tagen hatte er gelernt, Schmerz anzuwenden, ohne dabei ernsthafte Verletzungen hervorzurufen. Er verabreichte die Prügel gewöhnlich ganz leidenschaftlos in der Absicht, das Opfer unter seinen Willen zu zwingen. Sie vermieden dann meist weitere Schmerzen und erhielten hier und da eine kleine Belohnung.

Überraschenderweise verließen ihn nur zwei Frauen wegen der Mißhandlungen. Und eine von ihnen, die behauptete, sie vermisse ihn noch heute, machte sich erst aus dem Staub, als Gerald versuchte, ihr während einer handgreiflichen Auseinandersetzung in ihrem Wohnzimmer die Kehle durchzuschneiden.

Einige Psychiater vertreten die Ansicht, daß Frauen von Natur aus zum Masochismus neigen, was vielleicht eine Erklärung dafür wäre, daß sich so viele an Typen wie Gerald Armond Gallego klammern. Sie behaupten, daß Frauen eine höhere Toleranz gegenüber Schmerz haben und Unterwerfung weit bereitwilliger akzeptieren als Männer, was das Verhalten von Gallegos Frauen verständlicher machen könnte.

Psychopathen wie Gerald sind zudem Meister der psychologischen Manipulation, und auch das dürfte die Loyalität von Geralds Frauen erklären, wenn man den Psychiatern glaubt, die sagen, daß es eine typisch weibliche Eigenschaft sei, immer unbewußt »das Richtige« tun zu wollen in einer Liebesbeziehung, und daß sie stets bereit seien, zuerst einmal sich selbst die Schuld zu geben.

Ob diese Hypothesen nun der Wahrheit entsprechen oder nicht, Gerald Armond Gallego war jedenfalls durch seine Erfahrungen zu den gleichen Schlußfolgerungen gelangt. Er hatte ein Szenarium von seelischen und körperlichen Mißhandlungen oder entsprechenden Belohnungen entwickelt, das ihm zweifellos mit Erfolg die Kontrolle über seine Frauen garantierte – und *Kontrolle* ist es, worauf es Psychopathen ankommt.

Schlicht gesagt hatte Gerald per Zufall genau den gleichen Dreh entdeckt, den das Marine Corps anwendet – die Persönlichkeit eines Rekruten wird zerstört und nach Vorgaben der Marine wieder aufgebaut. In der Truppe heißt es ganz treffend: »Einmal ein Mariner, immer ein Mariner« – jeder Mann, der diesen Prozeß durchlaufen hat, wird, zumindest unbewußt, bis zum Tag seines Todes zur Truppe gehören.

Man kann nicht sagen, ob die vielen Frauen, die eine Beziehung zu Gallego hatten, glauben, ein Teil von ihnen gehöre weiterhin zu ihm. Aber den Psychiatern zufolge, die diesen Fall studiert haben, werden alle immer mit ihm verbunden sein, einmal durch die gemeinsamen Kinder und dann durch diese wahnsinnige sexuelle Lust, die sie später nie wieder finden sollten.

Trotz dieser Neigung, seine Fäuste zu gebrauchen, hat nie jemand Gerald einen Schläger genannt, selbst die Frauen nicht, die sie lange zu spüren bekommen hatten. In der Grundschule hatte er sogar den Ruf, tyrannisierte Kinder zu verteidigen, denen Mitschüler versuchten, das Geld für den Lunch abzupressen oder die auf irgendeine Weise mißhandelt wurden. Er wurde niemals beschuldigt, seine Stiefkinder geschlagen oder mißhandelt zu haben, im Gegenteil. Eine Frau meinte, daß Gerald ein Stiefvater war, wie jede Mutter ihn für ihre Kinder zu finden hofft. Über den Umgang mit eigenen Kindern läßt sich nichts sagen, da seine Beziehungen nie lange genug hielten, um seine Sprößlinge auch nur zu *sehen*. Das war selbst bei seiner Lieblingstochter so, mit der er später ein Verhältnis anfing.

Gerald liebte alle Tiere, besonders Hunde. Er wurde einmal verhaftet, weil er einer älteren Frau durch einen Lattenzaun hindurch seinen berühmten Ellbogenschlag in die Rippen verpaßte, weil sie ihren Pekinesen mit einem Stock schlug, als er am falschen Platz sein Geschäft verrichtet hatte. Gerald stahl nicht nur den Hund, er schüchterte die alte Dame auch so sehr ein, daß sie sich weigerte, gegen ihn vor Gericht auszusagen, nachdem ihre Enkelin ihn angezeigt hatte.

Aber trotz all seiner Güte gegenüber Stiefkindern, tyrannisierten Schuljungen und Tieren war Gerald ein ausgekochter Straßenkämpfer, der sogar den Hell's Angels noch ein paar Tricks hätte beibringen können. Er war nie auf Schlägereien aus (wie Frauen schien er sie einfach anzuziehen), aber wenn es passierte, kämpfte er, um zu gewinnen. Bei ihm gab es keine anständigen Boxhiebe den Regeln gemäß, keine halbherzigen Ohrfeigen oder zimperliche Kratzer, er ging gleich zur Sache mit Tritten in die Eier des Gegners, Finger in die Augen und dem ganzen anderen Repertoire eines erfahrenen Schlägers. Selbst wenn er danach manchmal schlimmer aussah als sein Kontrahent, so konnte doch niemand behaupten, daß er je einen Kampf verloren hätte.

Ein Bewährungshelfer des Sacramento County, der ihn 1968 für ein paar Monate betreut hatte, sagte, daß Gerald die Kraft und die körperlichen Anlagen eines Boxchampions habe, den zielgerichteten Killerinstinkt eines Mungos beim Anblick einer Schlange und eine totale Mißachtung der Rechte oder der Sicherheit von jedem, der ihm zufälligerweise im Weg war, wenn er etwas haben wollte.

Gerald erzählte Charlene einmal, er wisse, daß er auf Grund seiner schrecklichen Abstammung in der Sekunde seiner Geburt vom Teufel »berührt« worden sei und ihm ein Fluch anhafte, solange er lebe. Vielleicht war es so. Zumindest soll das ein Prediger bei der Beerdigung eines von Geralds Opfern gesagt haben.

Erst nach Mitternacht hatte Gerald sich schließlich beruhigt und aufgehört, in seinem Wohnzimmer in der Bluebird Lane 2067 hin und her zu laufen. Er vergaß, daß die Reporterin ihn einen verängstigten, kranken, einsamen Mann genannt hatte, der Liebe und Aufmerksamkeit brauche, und richtete seinen kalten, starren Blick auf Charlene.

Nach 18 langen Stunden, in denen sie gestern die Morde geplant und ausgeführt hatten, und nach insgesamt 24 Stunden ohne Schlaf war Charlene völlig erledigt eingenickt, hatte den Kopf zurückgelehnt und schnarchte leise. Ihr Mund stand so weit auf, so daß ihr Kinn fast auf der Brust ruhte.

Noch immer hielt sie schützend das Kissen gegen ihre Rippen, falls es Daddy Gerald einfallen sollte, sie mit einem Schlag aufzuwecken.

Gerald Armond Gallego musterte seine Frau angewidert, die wie ein Teenager aussah, und versetzte ihr dann mit der messerscharfen Spitze seines Florsheimschuhs einen wüsten Tritt gegen das Schienbein.

»AAA-UUU-AAA!« Charlene sprang schreiend in die Höhe und hüpfte auf einem Fuß durchs Zimmer, während sie ihr Schienbein rieb, Gerald verfluchte und sich gleichzeitig eine Zigarette anzuzünden versuchte.

»Au! AUAUA! Daddy, das tut *weh*! Du Mistkerl, das verpetz ich meiner Mama!«

»Ach, hör auf mit dem Getue und halt die Klappe«, sagte Gerald ungerührt. Er wußte genau, daß ihre Mutter ihn liebte – fast so sehr wie die Tochter, aber auf eine andere Weise natürlich. »Du hast ja gar nichts abgekriegt... ich sagte, Klappe, du Fotze! Räum diesen Dreck auf!«

Er packte Charlene und stieß sie grob zu den Scherben der zerschmetterten Tasse, die er gegen die Wand geworfen hatte.

»Los, vorwärts! Und morgen stehst du früh auf und machst den Olds und den Bus sauber – und ich meine *sauber*. Verstanden?«

»Okay, Daddy«, wimmerte Charlene. »Laß mir nur eine Minute... oh, das tut immer noch so weh!«

Gerald griff mit der Hand in ihr langes, blondes Haar und riß sie zu sich herum.

»Ich hab' dir gesagt, was du tun sollst«, zischte er. »Mach schon, oder es setzt was, das wirklich weh tut. Kapiert?«

Charlene wußte, daß es angebracht war, den Mund zu halten und ihr Schienbein zu vergessen, denn wenn sie nicht gehorchte, würde er sie windelweich prügeln. Das hatte sie in den beinah zwei Jahren ihrer Beziehung gelernt. Daddy Gerald war nicht zimperlich, wenn er fand, sie sei ein »böses Mädchen«.

Charlene hob das zerbrochene Geschirr auf und wischte die Tapete ab. Dann ging sie zu ihm und wartete in beinah strammer Haltung auf weitere Befehle.

»Wenn du den Bus und den Olds sauber hast, nimm diese Kleider und schmeiß sie in den Müllcontainer hinter dem Lucky-Supermarkt«, sagte Gerald und begann sich auszuziehen. Er trug noch die selben Sachen wie am Vortag, als sie die Morde begangen hatten – was äußerst seltsam war, da er sich wenigstens zweimal, manchmal dreimal am Tag umzog – ein Tick, der Charlene zwischen der Waschmaschine und dem Bügelbrett auf Trab hielt.

Dreieinhalb Jahre später würde sie sich mit ihrem unglaublich exakten Gedächtnis genau an die Kleidung erinnern, die er trug, und wortwörtlich das Gespräch und die Ereignisse dieses Abends wiederholen.

Gerald reichte ihr ein blauweiß-gestreiftes Hemd, dunkelblaue Kordhosen und die nagelneuen, schwarzen Florsheimschuhe, mit deren zackiger Spitze er ihr gegen das Schienbein getreten hatte.

»Ich schaffe morgen die Pistole weg«, sagte er, während sie mit seinen Kleidern am Arm dastand und auf die weiteren Befehle wartete.

»Laß uns duschen gehen und dann schlafen. Ich will anständig einen geblasen haben und dann eine Nummer auf griechisch – und keine Widerrede. Verstanden?«

»Ja, Daddy«, antwortete Charlene gehorsam.

Kurz bevor Gerald einschlief, legte Charlene ihre Arme um ihn und flüsterte: »Daddy, gestern war der aufregendste Tag meines Lebens... und du warst einfach wunderbar. Du warst toll. Und wie du den Mädchen gezeigt hast, was ich wollte. Danke, Daddy, und es tut mir leid, daß ich je meine Zweifel hatte, als du sagtest, ich bräuchte es genauso sehr wie du – oder sogar noch mehr, und ich bin *glücklich*, daß du sie getötest hast, damit wir uns nie irgendwelche Gedanken machen müssen, daß man uns erwischt... wann, glaubst du, können wir es wiedertun?«

»Ich weiß nicht – wenn ich das Gefühl habe, es ist an der Zeit. Jetzt schlaf, gottverdammt und laß mich in Ruhe.«

Charlene drehte sich auf den Rücken und starrte an die Decke. Sie würde noch lange nicht schlafen können, weil sie diesen ganzen aufregenden Tag noch einmal durchleben wollte.

Gerald und Charlene hatten sich vor etwa drei Monaten zu ihrem mörderischen Plan entschlossen. Die Entscheidung fiel irgendwann im Spätsommer 1978, ein paar Wochen nachdem Gerald eines Nachmittags früher von der Arbeit nach Hause kam und Charlene mit *seiner* Freundin im Bett erwischte, einer 16jährigen Ausreißerin, die als Go-Go-Tänzerin arbeitete. Sie war eine süße, kleine, mopsnasige Amateurhure aus Los Angeles, die sich Taschengeld und Stoff mit etwas anzüglicher Tanzerei verschaffte und indem sie laufend zwischen L. A. und Sacramento hin- und hertrampte auf der 400 Meilen langen Route durch das San Joaquin Valley.

Ihre Honorare variierten – einmal französisch bei einem stämmigen Lastwagenfahrer brachte entweder fünf Mäuse, eine doppelte Prise von astreinem kolumbianischem Koks oder ein Bündel gutes, in Kalifornien gezogenes Gras aus Mendocino County. Die Nächte verbrachte sie meistens mit einem geilen Trucker in irgendeinem baufälligen Motel als Gegenleistung für Hamburger, Fritten, Milchshake und die Kosten fürs Zimmer. Sie nahm stets mehr Stoff als Geld ein, aber das war ihr gerade recht.

Häufig wurde sie auch von weiblichen Fahrern aufgelesen, die genauso scharf waren wie ihre Kollegen. Aber die Frauen übernachteten gewöhnlich mit ihr in einem erstklassigen Hotel, spendierten ein teures Essen, manchmal ein paar neue Jeans oder eine Bluse, und gelegentlich geschah es sogar, daß ihr ein druckfrischer Hundertdollarschein in den schäbigen Rucksack gesteckt wurde.

Wie das Mädchen Gerald kennengelernt hatte, ist nicht klar. Eines Tages brachte er sie mit nach Hause, stellte sie Charlene vor, und sie vergnügten sich die Nacht über zu dritt – wenn auch etwas einseitig. Die Ausreißerin berichtete, beide Mädchen hätten bei Gerald Fellatio vollführt, und er hatte mit ihr Analverkehr, aber er weigerte sich entschieden, den Mädchen zu erlauben, es miteinander zu treiben. Wie alle *normalen* ehemaligen Sträflinge verachtete er alles, was auch nur entfernt an schwulen Sex erinnerte. Als er in der California Correctional Facility in Chino saß, stach er einen Insassen nieder und verwundete ihn schwer, weil der ihm unbedingt unter der Dusche den Schwanz lecken wollte.

Als Gerald an diesem verhängnisvollen Nachmittag früher nach Hause kam und seine Frauen zusammen im Bett erwischte, benutzten sie einen Dildo, so groß wie das Ding eines Esels, stöhnten, keuchten und waren schier außer sich vor Wonne. Der Schock machte ihn eine geschlagene Minute lang sprachlos. Dann geriet er in eine mörderische Wut und warf die Tänzerin durch ein Fenster – das zum Glück gerade offen war. Dann fing er an, Charlene zu prügeln, bis er außer Atem war. Die Go-Go-Tänzerin rannte los und flüchtete in panischer Angst nach Los Angeles. Erst drei Jahre später, als sie las, daß Gerald und Charlene verhaftet worden waren, kehrte sie nach Sacramento zurück.

Der Grund dafür war ein Versuch, ihre »Story« an Zeitungen oder Fernsehstationen zu verkaufen, doch ihr Bericht, daß Gerald versucht habe, sie ebenfalls zu töten, als er sie mit Charlene im Bett erwischte, war in Anbetracht der ganzen anderen irrwitzigen Aspekte im Fall der Gallegos lächerlicher Kleinkram für die Medien, und keiner war interessiert.

Es endete damit, daß die mopsnasige Tänzerin alles einem gelangweilten Bullen erzählte in der Hoffnung, wenigstens eine Zeugin abzugeben. Der Bulle schrieb es auf und warf es in Geralds Akte mit Beweismitteln und anderen Zeugenaussagen. Sein beigefügter Kommentar lautete: »Affenscheiße«.

Geralds Mutter behauptete, Charlene habe ihm gesagt, daß sie im Bett mit Frauen ebensoviel Spaß habe wie mit Männern. Allerdings habe sie sich nie, wenigstens nicht bewußt, von einer Frau im besonderen sexuell angezogen gefühlt und nie nach lesbischen Beziehungen gesucht – es passierte einfach.

Nachdem Gerald ihre Neigung entdeckt hatte, war er psychisch ein völliges Wrack. Er nahm es als persönliche Demütigung und direkte Beleidigung seiner Männlichkeit, denn keine Frau, die je mit Gerald Armond Gallego im Bett gewesen war, hatte danach angefangen, es zweigleisig zu treiben.

Er schlug Charlene wenigstens einmal am Tag, verfluchte und beschimpfte sie mit sämtlichen Ausdrücken, die ihm einfielen – und in Anbetracht seiner Erfahrungen mit Gefängnissen, Bullen und dem, was vor Gericht so zur Sprache kommt, bekam Charlene vermutlich einiges zu hören.

Es war mehr, als Gerald ertragen konnte. Von diesem Zeitpunkt an hatte er ständig Erektionsschwierigkeiten, falls Charlene keinem Analverkehr zustimmte, was sie nicht mochte, und das alles verursachte gewaltige Probleme in diesem Liebesnest in der Bluebird Lane 2067. Ihr verkorkstes Sexualleben hinkte einen Monat lang dahin, und es war demütigend für beide. Charlene verließ Gerald sogar, kam aber nach einer Woche bei ihren Eltern wieder zurück. Gerald verbrachte die ganze Zeit mit einer gutgebauten, rothaarigen Kellnerin im Bett – und hatte die ganze Woche über einen Ständer wie aus Eisen. Charlene wurde daraufhin so eifersüchtig, daß sie aufhörte, sich über seinen schlaffen Pimmel zu beklagen, und statt dessen Überlegungen anstellte, wie dieser Mißstand zu kurieren sei.

Es kümmerte sie nicht, *wen* Gerald fickte, solange er es zu Hause tat. Selbst für Charlene scheint das ein wenig bizarr, doch was als Nächstes passierte, war noch bizarrer.

Am 17. Juli 1978, Geralds dreiunddreißigstem Geburtstag, schlug Charlene vor, seine 14jährige Tochter Mary Ellen und ihre gleichaltrige Freundin, die in Chico lebten, zu sich einzuladen. Es ist nicht klar, ob Charlene damals von Geralds jahrelanger Inzestbeziehung mit seiner Tochter wußte, oder ob sie selbst auf Sex mit dem Mädchen hoffte. Das Ganze erwies sich als echtes Fest für Gerald und eine sehr aufklärerische Erfahrung für Charlene, die entdeckte, daß er absolut keine Erektionsprobleme hatte, als er zur Feier seines Geburtstags Mary Ellen anal mißbrauchte – und ganz mühelos ihre Freundin zu oralem Sex überredete. Lorraine berichtete, und Mary Ellen bestätigte es in einer eidesstattlichen Erklärung, daß Charlene mitmachte und/oder die sexuellen Spielchen mit den beiden Mädchen beobachtete und daraufhin wußte, wie sie Geralds Schlappschwanz heilen konnte. Als die Sexparty zu Ende und die Kinder nach Hause gegangen waren, setzte sie sich daher mit Gerald zu einem langen Gespräch zusammen.

Charlene hatte sich überlegt, wenn Gerald sich in einen rasenden Sexprotz verwandeln konnte bei zwei 14jährigen Teenagern (die Tatsache, daß eine davon seine eigene Tochter war, schien sie nicht zu stören), wäre es doch eine gute Idee, immer ein paar greifbar zu haben. Natürlich müßte er sie mit *ihr* teilen. Gerald entgegnete, es sei unmöglich, zwei Mädchen rund um die Uhr zu kontrollieren. Früher oder später würden sie verschwinden oder flüchten und bei irgend jemandem über die ganze Sache schwatzen.

»Und *dann*«, sagte er mürrisch, »stecken wir in Scheiße bis zur Oberlippe.«

»Das ist völlig richtig, Daddy, aber es wäre gar nicht nötig, sie die ganze Zeit über in der Gewalt zu haben – wir bräuchten sie ja nur dann, wenn wir beide uns etwas gönnen wollen.«

Geralds große, starre Rasputinaugen wurden noch größer, als er langsam diese gefährliche und maßlos erregende Ungeheuerlichkeit zu begreifen begann.

»Unsere EIGENEN Liebessklaven?« flüsterte er heiser.

»Ja, Daddy. Unsere ganz persönlichen, *gefügigen* Liebessklaven!« antwortete Charlene glücklich.

ERGO, EUREKA, QUANTUM SUFFICIT!

Der finstere Plan der beiden Turteltauben war geradezu klassisch in seiner Einfalt, doch diesem Plan würde sich die brutalste und bizarreste Mordserie in der kalifornischen Geschichte entwickeln – und Kalifornien ist ein Staat, der berühmt ist für barbarische und exzentrische Morde.

Als der Plan gefaßt war, begannen die Gallegos mit einem Trainingsprogramm, das eine Woche dauerte. Gerald fuhr mit Charlene hinaus in die Berge bei Roseville und brachte ihr das Schießen bei. An Waffen besaßen sie eine 25kalibrige Spitfire, eine Magnum 357 der Marke Smith & Wesson, einen 38er Colt-Revolter und eine AR-15, ein halbautomatisches Gewehr, das die zivile Version des militärischen AR-16 ist.

Nach zwei Tagen konnte Charlene drei von sechs Schuß direkt ins Schwarze setzen – ein besseres Ergebnis, als die meisten aktiven Polizisten an ihrem besten Tag am Schießstand schaffen.

Stundenlang perfektionierten sie dann die Geschichte, mit der Charlene die potentiellen Liebessklaven ködern würde. Sie betrieben ihre Vorbereitungen mit Leib und Seele und planten alles so präzise wie eine Operation in der Art von Guerillakämpfern.

Um 2.00 Uhr nachts war Charlene immer noch hellwach. Leise tastete sie unter dem Bett nach einem Joint, den sie stets bereithielt, wenn sie nicht schlafen konnte. Daddy Gerald erlaubte ihr nicht, im Bett zu rauchen – aus gutem Grund. Charlene hatte die Angewohnheit, dabei einzuschlafen, und setzte einmal das Bett ebenso in Brand wie Geralds Haare.

Das hatte er ihr nie verziehen, und später behauptete er, daß sie versucht habe, ihn genau wie in dem bekannten Film auf diese Weise zu töten. Gerald nahm keine Rauschmittel, außer Tabak und Alkohol, und verachtete jeden, der dazu griff. Aber er erlaubte Charlene großzügigerweise hin und wieder ein wenig Koks und Marihuana, vorausgesetzt sie nahm es nur zu Hause, wo er ein Auge auf sein wirrköpfiges Täubchen haben konnte.

»Der Stoff wird dich noch mal bis zur Oberlippe in die Scheiße bringen«, meinte er mit seinem Lieblingsausdruck für gewaltige Schwierigkeiten.

Gerald hatte einen festen Schlaf. Charlene entzündete den Joint, nahm genüßlich drei tiefe Züge und ließ die aufregenden Vorfälle des gestrigen Tages nochmal vor sich ablaufen.

5. Kapitel

Die Beute

Am Dienstag, dem 12. September 1978, war Gerald Armond Gallego um 7.00 Uhr morgens wach. Er verpaßte Charlene den üblichen Ellbogenstoß in die empfindsamen Rippen.

»Wach auf, Fotze! Heute tun wir es!«

Charlene fragte nicht, was er meinte, denn sie wußte Bescheid und hatte ungeduldig darauf gewartet, daß Daddy Gerald sagte, es sei jetzt die rechte Zeit für ihr erstes Abenteuer mit gefügigen Liebessklaven.

Sie war aufgeregt und glücklich, hätte aber auf den Rippenstoß verzichten können. So weckte Daddy sie immer, und wenn sie sich auch inzwischen daran gewöhnt hatte, so wünschte Charlene doch, er würde aufhören, sie Fotze zu nennen. Viel lieber hatte sie es, wenn er Baby zu ihr sagte.

Sie frühstückten wie üblich Eier, Toast und Kaffee, und wie immer hatte sich Gerald darum gekümmert, weil er behauptete, Charlene sei die schlechteste Köchin, die er je außerhalb einer Gefängniskantine erlebt habe, was Charlene wiederum nicht abstreiten konnte, da sie mit der Kocherei nie zu Rande gekommen war – hauptsächlich, weil sie es haßte.

Nach dem Essen ging Gerald ins Wohnzimmer und begann eine 25kalibrige, halbautomatische Pistole zu reinigen, zu ölen und zu laden.

Es war eine winzige, importierte Waffe des Typs, den manche eine Saturday Night Special nennen. Sie war billig, funktionell und absolut treffsicher bis zu einer Entfernung von ungefähr siebeneinhalb Metern. Gerald hatte schon immer eine Schwäche für kleinkalibrige Pistolen gehabt und seit seinem zehnten Lebensjahr fast ständig eine besessen.

Während er mit der Waffe beschäftigt war, machte Charlene sich im Schlafzimmer zurecht. Sie zog abgeschnittene Jeans an und einen engen, blauen Pullunder. Auf einen BH, den sie ohnehin nicht brauchte, verzichtete sie, kämmte ihr langes blondes Haar und frisierte es dann, daß es in einem windzerzausten Look über ihre Schultern fiel. Charlene sollte heute die Rolle eines Teenagers spielen, und sie entsprach diesem Bild perfekt. Bei ihrer Größe von 1,53 m ähnelte ihr schmaler, schlanker Körper dem eines kaum entwickelten jungen Mädchens, und sie wirkte nicht einen Tag älter als 15. Selbst ihre Ausdrucksweise war korrekt, denn Charlene kannte sich aus mit dem Kauderwelsch, das unter Teenagern heutzutage als Englisch durchgeht.

Tatsächlich besaß sie eine unheimliche Ähnlichkeit mit der 14jährigen Mary Ellen, die Gerald immer als seine einzig wahre Liebe betrachtet und mit der er eine sexuelle Beziehung gehabt hatte, seit sie sechs war. Und Gerald räumte auch ein, daß *alle* seine Frauen irgendwie dieser töchterlichen Geliebten ähnelten.

Gerald wartete ungeduldig in dem goldfarbenen Dodge-Kleinbus, Baujahr 1973, mit grünweißen Streifen – ein sehr teures Stück, das Charlene ein paar Tage nach ihrem Plan mit Liebessklaven auf ihren Namen gekauft hatte. Sie hatten ihn mit einem zusätzlichen Klappbett aus Armeebeständen ausgestattet, und Gerald schirmte mit undurchsichtigem, dunklem Plastik die Fahrerkabine ab und verdunkelte auch das Rückfenster. Charlene stellte einen kleinen blauen Eisschrank hinein, einen Propangaskocher und eine Makramee-Decke für das Feldbett, die sie mit ihren eigenen, zarten Händen gefertigt hatte.

Diese Kleinbusse sind beliebte Fahrzeuge bei Teenagern und auch jungen Erwachsenen, weil sie als rollendes Motel oder fahrbare Drogenhöhle dienen können und weil man sich darin verstecken kann, wenn plötzlich Bullen die dunklen Straßen entlangstreifen. Das Gefährt glänzte in der heißen Morgensonne und wirkte wie ein Refugium für abenteuerlustige Teenager, war aber in Wirklichkeit eine Todesfalle auf Rädern, der nur noch der Köder fehlte. Als Charlene die Auffahrt hinunterrannte und einstieg, war der Köder bereits an Ort und Stelle, und die Falle konnte über zwei ahnungslosen Opfern zuschnappen. Gerald und Charlene fanden es sehr erregend und prickelnd erotisch, nicht zu wissen, wer diese Mädchen sein würden. Es war fast wie in jenem klassischen Pornofilm, den sie gesehen hatten, wo Dutzende nackter Mädchen in einem viktorianischen Bordell vor einem jungen Prinzen paradierten, bis er sich die beiden aussuchte, die er für die Nacht haben wollte.

Auf dem Parkplatz des riesigen Einkaufszentrums des Sacramento Country Club Plaza stellte Gerald den Motor ab und drehte sich zu Charlene um. Seine starren Rasputinaugen glitzerten.

»Ich komme mit dir, bis wir die Richtigen sehen. Dann gehe ich zurück zum Bus und verstecke mich in der Kabine. Du bringst sie hinten zur Tür, schließt auf und läßt sie rein. Wenn ihr alle sitzt, öffne ich den Vorhang und richte meine Waffe auf sie. Dann fesseln wir sie ordentlich mit Klebeband und fahren in die Berge. Von da an geht's weiter nach Lust und Laune. Verstanden?«

Charlene nickte. »Ja, Daddy. Aber laß uns anfangen, ehe ich den Mut verliere.«

Gerald lächelte. »Du wirst den Mut nicht verlieren, Baby, weil du es noch mehr brauchst als ich.«

Obwohl es ein Wochentag war, wimmelte es nur so von Menschen, die sich bei 40 Grad Sonnenschein schwitzend auf dem Gelände des Einkaufszentrums drängten. In den Schulen waren noch Sommerferien, und zu sechzig Prozent waren es junge Mädchen, die sich hier herumtrieben. Genau das hatte Gerald vermutet. Während er mit hungrigen Blikken die Menge betrachtete, flüsterte er Charlene ins Ohr: »Gottverdammt, hier gibt's so viel gutaussehendes junges Frischfleisch, daß man gar nicht weiß, wo man sich bedienen soll!«

Für das, was sie im Sinn hatten, war es der ideale Ort. Tausende von jungen Mädchen schwirrten umher wie tropische Schmetterlinge, bekleidet mit allem, was den Appetit anregt – von hautengen, abgeschnittenen Jeans bis zu winzigen Bikinioberteilen.

Die jungen Leute genossen einen letzten Einkaufsbummel, ehe die Schule wieder anfing, und verplemperten das

Geld ihrer alten Herrschaften für alles mögliche – Eis am Stil... Pornohefte...

Plötzlich blieb Gerald stehen und erstarrte wie ein Vorstehhund. »Da sind sie.«

Charlene folgte seinem Blick und sah zwei Mädchen an einem Hotdog-Stand. Sie trugen Jeans, die so eng waren, daß sie sich nur im Liegen hineingezwängt haben konnten, und genauso knappe Pullunder. Beide waren hübsch, aber Charlene konnte keinen Unterschied zwischen ihnen und all den anderen sehen.

»Bist du sicher, Daddy?« flüsterte sie.

»Klappe. Ich hypnotisiere sie gerade«, entgegnete Gerald und bedachte die beiden potentiellen Opfer mit seinem eisigen Blick.

Charlene hatte keine Ahnung, was er meinte, aber sie stellte Daddy Gerald selten Fragen. Er wußte immer, was er tat, und hatte in beinah jeder Situation eine unheimliche, intuitive Macht, andere seinem Willen zu unterwerfen.

Aber nachdem sie ein paar Minuten auf dem Bürgersteig gestanden hatte, der heiß wie eine Herdplatte war und durch die Sohlen ihrer dünnen Sandalen brannte, blickte Charlene zu ihm auf, holte tief Atem, um ihre Rippen zu schützen, und berührte ganz vorsichtig seinen Arm.

Gerald schien mühsam aus seiner Trance zu erwachen und erschauerte, als ob ein eisiger Wind ihn gestreift hätte. Dann nickte er knapp.

»Ja. Sie sind es. Die werden alles tun. Hol sie.«

Abrupt wandte er sich um und verschwand in der Menge. Charlene wagte nicht, die beiden erwählten Liebessklaven aus den Augen zu lassen, denn wenn sie ihr entwischten, würde Daddy Gerald wirklich stocksauer sein und ihr eine gehörige Tracht Prügel verpassen.

Langsam ging sie auf ihre ahnungslosen Opfer zu, und ihr erstaunliches Gedächtnis speicherte alles, so, wie sie es drei Jahre später berichten würde. Das heißt, sie würde haargenau das erzählen, was sie ihre Zuhörer wissen lassen wollte.

Am Hotdog-Stand stützte sie einen Ellbogen auf die hohe Theke und tat, als lese sie die Speisekarte.

»Die Maisdogs sind gut«, sagte das größere der beiden Mädchen lächelnd und ließ seine makellosen, weißen Zähne blitzen.

Charlene spürte, wie ihre Knie schwach wurden. Daddy Gerald hatte wieder einmal recht gehabt mit seiner Beurteilung. Es würde so leicht sein, daß sie flüchtig eine heiße Welle von Scham und Schuld verspürte wie eine plötzlich aufsteigende Übelkeit. Aber nach einem Moment hatten ihr nüchterner Verstand und das Pflichtgefühl Daddy Gerald gegenüber wieder die Oberhand. Sie holte tief Atem und begann das Spiel.

»Danke, aber ich bin eigentlich nicht hungrig. Ich brauche... habt ihr Mädchen zufällig ein paar Barbies bei euch, die ihr tauschen würdet? Ich muß langsam wieder runterkommen... ihr wißt schon. Ehrlich, letzte Nacht war ich wirklich wahnsinnig drauf.«

Das große, freundliche Mädchen nickte verständnisvoll. »Klar, Mensch, ich hab'n paar Downers dabei. Hast du zufällig ein kleines Prischen?«

Charlene grinste augenzwinkernd. »Ja, klar, und sogar ein Stückchen Shit... aber ich will nicht mehr abheben, ich muß runter.«

»Na gut, meine Downers gegen eine Prise von deinem Koks. Für mich und meine Freundin. Okay?«

»Klasse! Das Zeug ist in meinem Bus. Wollt ihr's ausprobieren?«

Charlene war stolz auf sich. Jede Spur von Scham und Schuldbewußtsein war vertrieben von einem euphorischen Gefühl absoluter Macht, und ein plötzlicher Ansturm von sexuellem Verlangen erfaßte ihren ganzen Körper. Ihre Haut prickelte, ihre Hände zitterten, ihr wurde schwindelig – es war so überwältigend, daß sie glaubte, sie würde direkt hier an diesem Hotdogstand einen Orgasmus haben.

Aber der sexuelle Taumel verschwand, als sie mit den fröhlich schwatzenden Mädchen loszog. Die kleinere, die bisher kein Wort gesagt hatte, begann zu erzählen, daß sie von zu Hause in Nevada ausgerissen sei, bei ihrer besten Freundin wohne und daß sie sich heute von deren Ehemann weggeschlichen hätten, um mal einen ganzen Tag ungestört zu bummeln.

»Dann erwartet euch also niemand?«

»Nicht vor dem Abend. Bist du verheiratet, oder hast du einen Kerl?« fragte das große Mädchen.

»Ich bin Witwe. Er ist in Vietnam gefallen.« Charlene war entsetzt, daß sie so ungerührt eine solch unnötige Lüge auftischte.

»O Mann«, sagte die größere. »War er nett?«

»Ganz okay. Ich kannte ihn eigentlich nicht sehr gut.«

»Schon klar. Heutzutage gibt's 'ne Menge junger Witwen. Kinder?«

»Nee. Du?«

»Ich hatte eins, als ich 13 war, aber meine Mom hat es weggegeben.«

»Ehrlich? Schöne Scheiße, was?« murmelte Charlene und hielt wachsam Ausschau, ob sie jemand auf dem großen Parkplatz beobachtete.

»Klar, aber ich hab's nie gesehen, deshalb hat's mir nicht allzuviel ausgemacht... wo ist dein Bus?« Sie schien zum erstenmal ungeduldig zu werden.

»Direkt da drüben. Der weiß-goldene.« Charlene deutete auf die schimmernde Todesfalle.

»Klasse, Mann! Hat bestimmt 'ne Menge gekostet.«

Charlene antwortete nicht und führte sie zur Tür. Ihre Finger waren starr, als sie aufschloß und ihnen mit einer Kopfbewegung bedeutete, einzusteigen.

Im Innern waren es mindestens 55 Grad und unerträglich schwül. Allen brach augenblicklich der Schweiß aus, und Charlene fragte sich, wie Daddy Gerald diese Hitze ausgehalten hatte in den zwanzig Minuten, die sie für die Köderung der Liebessklaven gebraucht hatte.

Charlene schloß die Tür und deutete auf das Feldbett. »Setzt euch, ich hole meine Koks. Habt ihr die Barbies?«

»Klar«, nickte das große Mädchen und beobachtete interessiert, wie Charlene sich auf die blaue Eisbox setzte und in ihrer großen Tasche kramte.

Beide waren so vertieft, daß sie Gerald nicht bemerkten,

als er mit einem Ruck den Vorhang aufriß und aus der Fahrerkabine auftauchte. Vorgebeugt wie ein großer Bär stand er im Dämmerlicht. Seine Kleider waren triefend naß und dunkel vor Schweiß, seine Augen groß und starr, und in der Hand hielt er eine winzige Pistole.

»Du bist ein Bulle«, bemerkte die kleinere der beiden fast traurig.

»Falsch, Süße«, lächelte Gerald. »Ich bin für die nächsten 24 Stunden euer neuer Daddy.«

Die Mädchen musterten ihn fragend, aber ohne Angst, da sich die ganze Sache ja noch als riesiger Spaß entpuppen konnte – oder was so als Spaß unter Teenagern galt. Wären sie aufgesprungen und zur Tür hinausgestürmt, wären sie vermutlich ohne einen Kratzer davongekommen. Nur ein kompletter Idiot hätte auf dem überfüllten Parkplatz geschossen oder sie verfolgt – und das war Gerald nicht. Aber leider hatten sie – wie beinah alle Menschen heute – den urtümlichen Selbsterhaltungstrieb verloren und legten bereitwillig wie die meisten Mordopfer ihr Schicksal in die Hand eines anderen ohne die geringste Gegenwehr.

Charlene fühlte sich bei der ganzen Sache an die Duschsequenz aus Hitchcocks *Psycho* erinnert; der aufgerissene Vorhang, Gerald im Halbdunkel mit erhobener Hand, linkisch vorgebeugt mit einem beinah verlegenen Lächeln auf dem Gesicht, wie Norman Bates es hatte, wenn er mit dem Sheriff redete. Aber was sie wirklich erschreckte, waren die dicken Schweißtropfen auf seinem Gesicht – sie schimmerten rötlich wie verdünntes Blut.

Er hatte eine Rolle graues Dichtungsband in der linken Hand und reichte sie ihr mit dem knappen Befehl: »Kleb ihnen erst die Mäuler zu, dann fessle Handgelenke und Knöchel. Und mach's richtig, verstanden?«

Als Charlene dem kleineren Mädchen den Mund verkleben wollte, schaute die ihr für einen Moment in die Augen und sagte ganz nüchtern: »Das ist wirklich echt, ja?«

»Keine Sorge, Schatz«, beruhigte Charlene. »Tu nur, was wir sagen, und dir wird nichts passieren.«

»Das stimmt, Kleine«, nickte Gerald. »Sei einfach bloß ein

braves Mädchen, und alles wird ganz wunderbar für dich und deine Freundin... das wird ein Tag, an den ihr euch erinnert, solange ihr lebt.«

In diesem Moment verstanden die beiden Opfer, und zum erstenmal zeigte sich Schrecken in ihren Augen. Gerald sah es und hatte spontan eine Erektion. Charlene sah es ebenfalls, und ihr Körper verspannte sich wie stets während dieses köstlichen Moments vor einem Orgasmus. Gerald reichte ihr die kleine Pistole. »Paß auf sie auf, während ich fahre, Baby. Es geht los in die Berge.«

6. Kapitel

Und es erschien Luzifer

Baxter ist ein kleines Dorf in Kalifornien, 50 Meilen nördlich von Sacramento, und existiert mehr oder weniger allein durch die Southern Pacific Railroad, dem einzigen Arbeitgeber weit und breit, abgesehen von zahlreichen Tankstellen und ein paar schäbigen Cafés, die ein Vermögen machen durch den stetigen Strom von Spielern, die Tag und Nacht über den U. S. Highway 80 nach Reno in Nevada unterwegs sind.

Baxter liegt in den Ausläufern der Sierra Nevada und hat sich seit ungefähr 1840 bis auf rund ein Dutzend neuer Häuser am nördlichen Stadtrand überhaupt nicht verändert. Es ist alt, müde, dreckig und deprimierend. In den Tagen des Goldrauschs war hier eine Posthalterei zum Pferdewechsel, und in den umliegenden Bergen versuchen immer noch abgerissene Vagabunden, die so zäh sind, daß sie vermutlich die Explosion einer Wasserstoffbombe in nächster Nähe überleben könnten, ihr Glück beim Goldschürfen in den Flüssen.

Jahrelang war die Hauptattraktion ein baufälliges, zweistöckiges Hurenhaus direkt neben den Eisenbahngleisen, besetzt mit einem halben Dutzend klappriger Liebesdienerinnen, die in ihrer Jugend, wie die Einwohner behaupten, noch Jesus als Zimmermann erlebt hatten. Die Chefin war eine knorrige, alte Madam, die Make-up so dick wie ein Kabuki-Schauspieler trug und sich Kunden gegenüber oft brüstete, daß sie in den letzten 60 Jahren als Mädchen und Madam in jedem Hurenhaus von Bangor in Maine bis Point Barrow in Alaska gearbeitet habe. Den Herren zufolge, die das Haus frequentierten, betrug der Tarif 5 Dollar, egal, wie lange man brauchte, um zufriedengestellt zu werden.

Es herrschte allerdings ein gewisser, schon beinahe mondäner Snobismus, denn das Geschäft wurde nur an den

Tagen ausgeübt, an denen die Eisenbahn den Lohn auszahlte. Wünschte ein Gentleman an einem anderen Abend einen Besuch, mußte er anrufen, um eine Reservierung zu machen. Schließlich brauchten die Freudenmädchen im Rentenalter ihre Ruhe, und niemand konnte von ihnen erwarten, daß sie bis nach 22.00 Uhr aufblieben, nur für den seltenen Fall, daß irgendein Bremser vielleicht noch 5 Dollar vom Haushaltsgeld für eine überreife Pussy aufgespart hatte.

Eigentlich scheint Baxter kein Ort zu sein, der jemand wie Gerald Armond Gallego anzieht. Aber er kannte die ganze Gegend wie seine Westentasche. Häufig war er im dortigen Bordell gewesen – nicht wegen Sex, sondern um die knorrige, alte Madam zu besuchen, weil er sehr gern mit ihr über die alten Tage redete und die berühmten Leute, die sie als Kunden gehabt hatte.

Obwohl er in der Stadt geboren und im Gefängnis großgeworden war, war Gerald überraschenderweise ein begeisterter Naturliebhaber. Camping und Angeln waren seine Leidenschaften, und er durchstreifte oft die zerklüfteten Berge der Sierra Nevada rund um Baxter. Ein paar Wochen lang hatte er sogar mal sein Glück beim Goldwaschen in den Gebirgsbächen und Seen versucht, als er sich vor einem Bewährungshelfer versteckte. Er behauptete stolz, daß er sich in dieser ganzen Zeit nur von dem ernährt habe, was ihm die Natur geschenkt hat – und auf gewisse Weise stimmte das auch. Mit einem Felsbrocken schlug er nämlich einen uralten Goldsucher nieder und stahl dessen Ausrüstung und Verpflegung. Der Fünfundachtzigjährige überlebte und zeigte das Verbrechen an, aber da war Gerald bereits wieder im Gefängnis, und den Haftbefehl wegen versuchten Raubmords ließ ein Bezirksstaatsanwalt aus Mangel an Interesse unter den Tisch fallen.

Gegen 16.00 Uhr kamen Gerald und Charlene mit ihren verängstigten Passagieren nach Baxter. Es ist nie ganz geklärt worden, warum sie für eine Fahrt von 50 Meilen über vier Stunden gebracht haben. Eine weitere Stunde fuhren sie über ein Dutzend schmaler, zerfurchter Waldwege, ehe Gerald anhielt und fröhlich verkündete: »Hier ist der Platz.«

Charlene stieg aus, schaute sich um und speicherte jedes Detail. Sie waren auf einer Lichtung, ungefähr viereinhalb Meter lang und zehn Meter breit. Im kurzen, grünen Gras blühten weiße Riesenmaßliebchen, Spottdrosseln sangen munter in den hohen Tannen, und ein aufgeregtes Eichhörnchen mit buschigem Schwanz verschwand eilig bei ihrem Anblick. Die Luft war warm und klar, es roch nach Kiefern, und die ganze Szenerie wirkte wie eine Filmdekoration aus *Bambi*.

Was für ein herrliches Plätzchen für ein Picknick, dachte sie. Da kam Gerald zu ihr, und sie hörten eines ihrer Opfer unterdrückt stöhnen.

Charlene hatte das Gefühl, als sei ihre Körpertemperatur um 20 Grad in die Höhe geschnellt. Ein angenehm heißes, aufregendes Gefühl erwartungsvoller Vorfreude vibrierte in ihr. Dann bemerkte sie, daß Daddy Geralds Hose eine enorme Erektion ausbeulte, und sie wußte, daß ihre Theorie mit den Liebessklaven die richtige gewesen war. Gerald hatte keinen solchen Steifen mehr gehabt seit dem Vierer mit seiner Tochter damals im Juli. Er nahm ihre Hand, und sie merkte, daß er zitterte. Aber ihr selbst erging es nicht anders.

Die Dunkelheit brach früh herein in der High Sierra, und ihre länglichen Schatten huschten über das Gras, als sie zum Bus gingen und einstiegen. Gerald kniete sich zu den Mädchen, die nebeneinander auf dem schmalen Feldbett lagen.

»Ich mache jetzt das Klebeband ab«, sagte er, »und dann werdet ihr mit uns Sex haben – einzeln und gemeinsam. Wenn ihr tut, was wir euch sagen, schlaft ihr gegen Morgen in eurem eigenen Bett. Solltet ihr kreischen, kämpfen oder euch weigern, töten wir euch. Verstanden?«

Charlene konnte sich dank ihres phänomenalen Gedächtnisses noch Jahre später an alles genau erinnern. Sie war stolz auf Daddy Geralds sachlichen, präzisen Befehl, und er sprach sogar grammatikalisch korrekt. Er hatte ihr erzählt, daß er mit Gefängnispsychiatern und den Kommissionen für bedingte Haftentlassungen so redete, damit man ihn respektierte und sobald wie möglich freiließ. Daddy Gerald war wirklich wahnsinnig intelligent...

»Zieht eure Kleider aus«, befahl er.

Charlene schaute amüsiert zu, wie auch Gerald seine Sachen abstreifte. Er schien einige Schwierigkeiten zu haben, die Shorts runterzukriegen. Fasziniert begutachtete sie diesen aufregenden Ständer und wußte, daß er ihn nur *ihrem* Plan zu verdanken hatte, ganz bestimmt! Ein derartiges Prachtexemplar hatte er nämlich noch nie zustande gebracht – wenigstens nicht bei ihr. Und sie war maßlos stolz, daß auch die Opfer gebannt darauf starrten. Es machte ihr nichts aus, ihn mit allen zu teilen.

Gerald fixierte sie mit seinen großen Rasputinaugen. »Zieh dich aus, Baby«, sagte er liebevoll. Er nannte sie bei diesem Kosenamen, den sie so gern mochte.

Während Charlene ihre Kleider auszog, sah sie überrascht, daß Gerald wieder diese großen, rötlichen Tropfen ausschwitzte, die sie an verdünntes Blut erinnerten. Sie wußte, daß es eine optische Täuschung war – oder vielleicht doch nicht? Stand in der Bibel nicht etwas über den Teufel, der Blut schwitzte, wenn er seine schändlichen Sünden beging? Und hatte Gerald ihr nicht einmal erzählt, daß er bei seiner Geburt vom Teufel berührt worden sei? Daddy Gerald hatte viele seltsame Kräfte. Wie er dort kauerte auf seinen muskulösen Oberschenkeln und das schwarze Haar über der Stirn kleinen Hörnern gleich hochstand, schien es, als brauche er nur noch eine borstigen Schweif, um dem alten, biblischen Bild von Luzifer zu entsprechen...

Die Mädchen hatten sich bis auf die Höschen ausgezogen, da griff Gerald ungeduldig zu und riß sie ihnen herunter. Plötzlich kippte er nach hinten, wobei die enorme Erektion bis über seinen Nabel aufragte wie auf einem altgriechischen, pornografischen Kachelmosaik. Er verdrehte die Augen, und Charlene glaubte, er würde ohnmächtig. Sie wollte ihm gerade zu Hilfe kommen, da sah sie, daß er mit solcher Gewalt ejakulierte, daß der Samen in sein Haar spritzte und sich mit den großen Schweißtropfen auf seinem Gesicht vermischte.

Es war 22.00 Uhr abends, als sie mit ihrer schmutzigen Arbeit fertig waren.

Zwei Tage später beschrieb die Autopsie, was sie ihren Opfern während dieser vierstündigen Tortur angetan hatten. Beide waren anal mißbraucht worden, dazu hatte es Bisse in die Brüste, die Brustwarzen und die Hinterteile gegeben.

Natürlich zeigte die Autopsie nur die körperlichen Demütigungen auf – das blanke Entsetzen, das die beiden durchlebt hatten vom Moment ihrer Entführung bis zu den Sekundenbruchteilen vor ihrer kaltblütigen Ermordung, konnte eine solche Prozedur nicht beschreiben.

Gerald und Charlene standen draußen auf der Lichtung und zitterten in der kühlen Nachtluft. Sie hatten weiche Knie nach den unzähligen Orgasmen, und auf ihren Gesichtern lag jener glückselige, sinnliche Ausdruck, den jede Pornodarstellerin sich vergeblich abzuringen sucht, während ihr männlicher Partner loshämmert.

Charlene beschrieb später diese ersten Minuten danach einer Zellengenossin, die jedes Wort dem Büro des Staatsanwaltes meldete, weil man glaubte, sie und Gerald hätten noch weitere Verbrechen begangen, und hoffte, sie würde sich irgendwann damit brüsten, wie es die meisten Verbrecher tun. Charlene erzählte der Informantin, daß sie im Fernsehen einmal eine altmodische, religiöse Erweckungsveranstaltung mit ekstatischen Neumissionierten gesehen habe und sich genau wie diese Frauen gefühlt habe, die, erfüllt von einer primitiven, religiösen Glut, schreiend in Trance dahingetaumelt seien.

Der Wind ließ die dunklen Kiefern ächzen und erinnerte Gerald und Charlene an die Laute ihrer Opfer im Verlauf der letzten 4 Stunden. Wirklich geschrien hatten sie nur bei den Bissen in die Brüste und Hinterteile.

Sie schauten sich an und lächelten nervös. Sie wußten, was jetzt noch zu tun war. Sie sollte zurück nach Sacramento fahren und dafür sorgen, daß sie und der Bus gesehen würden. Dann sollte sie in ihrem neuen Oldsmobile zurückkommen. Charlene verstand zwar den Sinn dieser ganzen

Aktion nicht, aber wie gewöhnlich hielt sie aus Angst vor Prügeln den Mund. Als Gerald die Mädchen herausgetrieben hatte, stieg sie in den Bus und fuhr davon. In der Tat ist es schwer zu begreifen, warum er mit den beiden Opfern im Wald blieb, anstatt sich aus dem Staub zu machen, während Charlene über 100 Meilen nach Sacramento fuhr, das Fahrzeug wechselte und wieder zurückkam. Neben der Entführung auf einem überfüllten Parkplatz war das die riskanteste Spanne des Tages. Alles mögliche hätte passieren können – z. B. daß Charlene in einem plötzlichen Sinneswandel die Polizei anrief, in einen Unfall verwickelt oder wegen einer Verkehrsüberschreitung angehalten wurde und dabei die ganze Geschichte ausplauderte. Niemand hätte sie in den nächsten beiden Stunden daran hindern können. Sie hätte auch einfach wegbleiben und ihn mit den Mädchen in der Wildnis alleine lassen können. Er hätte nichts dagegen unternehmen können und zusehen müssen, wie er sich der beiden Opfer entledigte und irgendwie in die Stadt zurückkam.

War Gerald einer der Psychopathen, die absichtlich das Risiko, erwischt zu werden, erhöhen? Vielleicht. Aber viel logischer ist die Erklärung, daß er einfach ein wenig mit den beiden allein sein wollte. Schließlich mußte er ja nicht *alles* mit Charlene teilen.

Charlene berichtete ihrer Zellengenossin, sie habe geglaubt, Daddy Gerald wolle die Mädchen umbringen, während sie weg war. Doch als sie zurückkam, standen alle drei auf der Lichtung. Die Mädchen waren angezogen, aber sie sahen aus, als hätten sie einen wilden Ringkampf hinter sich. Ihre Kleider waren schmutzig, ihre Haare voller Rindenstücke, Tannennadeln, Dreck und trockenem Gras. Gerald gab keine Erklärung, und Charlene kümmerte es nicht. Wenn Daddy es in der Zwischenzeit mit ihnen getrieben hatte, wollte sie es gar nicht wissen. Gerald stieg auf den Rücksitz zwischen die beiden Mädchen und befahl ihr, in Richtung Sacramento zu fahren. Unterwegs scherzte er freundlich und versicherte den Teenagern, daß er natürlich sein Wort halten würde und sie bei Tagesanbruch in ihren eigenen Betten lägen. Als sie das Gebirge verlassen hatten und sich Sacramento näherten, flüsterte er Charlene zu: »Nimm die Old Jackson Raod nach Sloughhouse.« 15 Minuten später dirigierte er sie auf einen kleinen Feldweg mit tiefausgefahrenen Traktorspuren.

»Halt«, sagte Gerald abrupt. Er sprang hinaus und öffnete den Kofferraum mit einem Satz Nachschlüssel, den er immer in der Tasche trug. Als er ans linke Vorderfenster kam, sah Charlene den Griff eines Wagenhebers in seiner rechten Hand und die kleine Fünfundzwanziger in der anderen. Sie stellte den Motor ab.

»Laß ihn laufen, du blöde Fotze!« flüsterte Gerald. »Was, zur Hölle, ist los mit dir?«

Bei seinen Worten brach Charlene beinah in Tränen aus. Sie hatte gehofft, daß er wenigstens so dankbar wäre, sie »Baby« zu nennen. Immerhin war das Ganze ihr Plan gewesen, und Daddy Gerald hatte eine Menge Spaß gehabt. Er ist nie dankbar, egal, was man für ihn tut, dachte sie bitter.

»Okay, Mädchen, aussteigen«, verkündete er fröhlich. »Direkt hinter diesen Eukalyptusbäumen ist eine alte Scheune. Ich bringe euch dorthin und binde euch wieder fest. Ihr habt euch leicht in einer Stunde losgemacht und könnt nach Hause trampen.«

Die Opfer stiegen aus und schauten gespannt und hoffnungsvoll in seine großen, starren Augen. Vermutlich begannen sie zum erstenmal zu glauben, daß sie die schlimmsten 18 Stunden ihres Lebens überstanden hatten und davonkommen würden. Wahrscheinlich bemerkten sie vor lauter Erleichterung nicht den Wagenheber, der im blassen Mondlicht schimmerte.

»Springt über den Bewässerungsgraben«, befahl Gerald. »Und versucht nicht wegzulaufen. Ich bin direkt hinter euch.«

Sie waren kaum über den Graben, als der Wagenhebergriff auf den Kopf des kleineren Opfers landete. Mit einem dumpfen Krachen zerbarst ihr Schädel. Ehe sie noch zu Boden fiel, war Gerald schon herumgewirbelt und versetzte dem anderen Mädchen einen Schlag über die linke Schläfe. Sie stolperte weiter wie eine aus dem Takt geratene Tänzerin, dann stürzte sie in eine kleine Bodensenke.

Gerald ging zu ihr, bückte sich und gab einen Schuß aus der 25er Automatik ab. Langsam kehrte er zu seinem ersten Opfer zurück und schoß dreimal in ihren zerschmetterten Schädel. Wie Donnerschläge hallten die Explosionen über das weite Feld. Gerald hatte die Schüsse kaum registriert, aber Charlene rief: »Komm, Daddy, wir machen uns besser davon!« Gerald war schon auf dem Weg zum Wagen, als er zurückschaute. »Gottverdammt, sie zappelt noch!«

Er rannte zu dem Opfer, das in der kleinen Senke lag, beugte sich vor und feuerte viermal in seine Stirn. »Das sollte jetzt aber reichen.«

Charlene hörte seine Worte und war erleichtert. Einen Moment lang hatte sie befürchtet, er sei in Panik geraten und sie müsse die Sache noch *selbst* beenden. Ich urteile immer zu vorschnell, dachte sie liebevoll und schaute Gerald entgegen, der lässig zum Wagen zurückgeschlendert kam. Es liegt einfach daran, daß ich von ihm anscheinend immer genau das erwarte, was er *nicht* tut... Damit stand Charlene nicht allein. Gerald Armond Gallego hatte sein ganzes Leben lang exakt das Gegenteil von dem getan, was man von ihm erwartete.

Er stieg in den Wagen, saß regungslos neben ihr und atmete tief die kühle Nachtluft ein. Charlene meinte später, er habe entsetzlich traurig ausgesehen.

»Bist du okay?« fragte sie.

»Klar. Fahren wir.« Gerald entzündete zwei Zigaretten und reichte ihr eine. Sie rauchten schweigend, während Charlene sich ganz auf die Straße konzentrierte. Daddy Gerald war immer äußerst kritisch, wenn sie am Steuer saß, und sie wollte nicht, daß ein plötzlicher Ellbogenstoß diesen wunderbaren Moment verdarb.

»Du warst sehr gut, Baby«, brach Gerald das lange Schweigen, und tätschelte ihre Hand auf dem Lenkrad. »Wirklich, *echt* gut. Ich war heute verdammt stolz auf dich. Von Anfang an hast du alles richtig gemacht.«

Charlene war so glücklich, daß sie ihre Schenkel zusam-

Marci Hunt mit ihren Enkeln, links David Hunt und rechts Gerald Gallego (*Sammlung des Autors/Phoenix Enterprises, Inc.*)

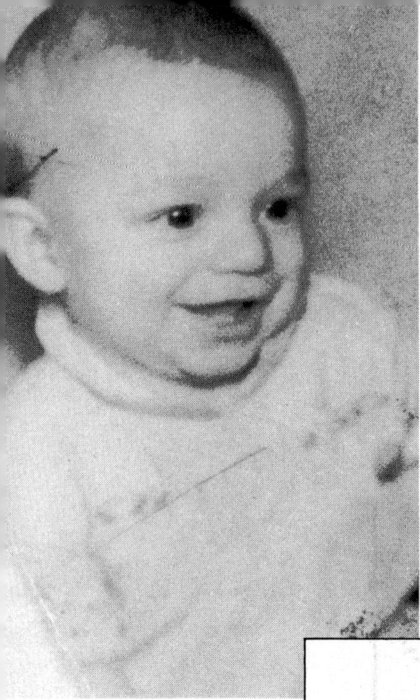

David Raymond Hunt mit acht Monaten
(*Sammlung des Autors/ Phoenix Enterprises, Inc.*)

David Hunt, links, mit 5 und Gerald Gallego, rechts, mit 4 Jahren
(*Sammlung des Autors/Phoenix Enterprises, Inc.*)

menpressen mußte, damit ihr Höschen nicht naß wurde. Es war das unerwarteste und überwältigendste Kompliment ihres Lebens. Sogar wenn Daddy Gerald sie jetzt Fotze genannt hätte, statt Baby, hätte es ihr nichts ausgemacht.

»Und *du* warst einfach wunderbar, Daddy. Weißt du, ich muß dir noch etwas sagen. Erinnerst du dich an die Geschichte, in der du mir erzählt hast, daß du bei deiner Geburt vom Teufel berührt worden seist?«

»Ja.« Gerald lehnte sich zurück, verschränkte die Hände hinter dem Kopf und gähnte.

»Als wir im Bus waren mit den, du weißt schon, und ich dich in diesem dämmrigen Licht anschaute, stand dein Haar vorne über der Stirn hoch wie süße kleine Hörner, und du hast *wirklich* ausgesehen wie ein Teufel. Ist das nicht seltsam?«

»Daran ist nichts seltsames, Baby. Ich hatte diesen Teufel in mir, ehe ich überhaupt geboren wurde. Das hab' ich von meinen Eltern geerbt – hauptsächlich von meinem Vater.«

Selbst wenn man nur *halbwegs* an solche Dinge glaubt, ist es bedeutend einfacher zu akzeptieren, daß Gerald vom Teufel besessen war, als daß ein gerechter und barmherziger Gott jemanden wie ihn und seine Jüngerin Charlene frei umherstreifen ließ in einer ahnungslosen Welt.

7. Kapitel

Dad und die Gerichtsbarkeit der Südstaaten

Gerald Armond Gallego wurde am Mittwoch, dem 17. Juli 1946 um 9.00 Uhr morgens im Sacramento County Hospital geboren. Er behauptete oft, Italiener zu sein, aber seine Mutter ist französisch-irischer Abstammung, und laut den Unterlagen der Justizbehörden in Kalifornien und Mississippi war sein Vater portugiesischer Herkunft.

Vom Aussehen und der körperlichen Erscheinung her ist Gerald ein bestürzendes Abbild seiner Mutter, Lorraine Pullen Bennet Hunt Gallego Bulgar Davies. Seinem Vater, Gerald Albert Gallego, dagegen ähnelte er absolut nicht. In der Tat weiß vermutlich nur Lorraine selbst ganz sicher, ob der verstorbene Mr. Gallego wirklich Geralds Erzeuger ist. In den amtlichen Unterlagen wird er als solcher geführt, und wenn man an dieses alte Sprichwort glaubt, daß die Sünden der Väter sich auf die Söhne übertragen, deuten wahrhaftig zahlreiche Merkmale darauf hin. Gerald Alberto Gallego war ebenfalls ein Berufskrimineller: ein Dieb und Einbrecher, aber daneben hatte er mindestens drei Menschen auf dem Gewissen. Seine Karriere endete abrupt im Jahr 1955, als er in der neuen Gaskammer in Parchman, Mississippi, wegen zweier dieser Morde hingerichtet wurde.

Durch sein persönliches Beispiel hat Gerald Albert Gallego das Leben seines Sohnes jedenfalls nicht beeinflußt. Tatsächlich hat er ihn überhaupt nie gesehen. Gallego Senior hatte seine schwangere Frau verlassen und war lange vor der Geburt des Sohnes wieder im Gefängnis von San Quentin.

Auch Lorraine hat ihren Ehemann nicht wiedergesehen. Sie hat dem Jungen nie erzählt, wie sein Vater starb, und daß er ein hingerichteter Mörder war, wußte Gerald erst 25 Jahre später mit Sicherheit, als er sich selbst vor Gericht verantworten mußte und alles Mitleid zu seiner Verteidigung brauchte, das er mobilisieren konnte.

Nach übereinstimmenden Aussagen von Lorraine und Gerald Albert lernten sie sich am 11. September 1945 kennen, zwei Wochen nachdem Gallego auf Bewährung aus dem Gefängnis von San Quentin freigelassen worden war, wo er gerade die Mindeststrafe von 5 Jahren wegen Autodiebstahls und Scheckbetrugs abgesessen hatte. Der 27jährige Gallego hatte die Auflage, sich bei seinem Bewährungshelfer in Hawthorne, einer Vorstadt von Los Angeles, zu melden. Dort wollte er bei seiner Schwester leben, die ihm einen Job besorgt hatte. Aber schon am Busbahnhof traf er einen anderen ehemaligen Sträfling, der ihm half, ein Auto zu stehlen. Sie fuhren 98 Meilen nördlich nach Sacramento, wo sein Bekannter angeblich Kontakte zu einer erstklassigen Bande von Bankräubern hatte. Natürlich war das nur ein Hirngespinst, weil es keine erfolgreiche Bankräuberbande in der Welt gibt, die sich von einem Gallego und seinem vergammelten Partner auch nur in den Mantel helfen, geschweige denn sie bei sich mitmachen ließen.

Lorraine und eine Kollegin frühstückten gerade in einem kleinen, schäbigen Restaurant, dem Ten-Ten-Café, an der 10. Straße, als Gallego und sein Kumpel hereinkamen und die beiden hübschen Mädchen in ihrer Nische erblickten. Lorraine war eben aus dem Sacramento County Hospital nach einer kaum überstandenen Hepatitis entlassen worden. Sie war schwach, erschöpft, noch immer krank und total pleite.

Ungefähr dreißig Minuten nach ihrer ersten Begegnung im Ten-Ten-Café waren Gerald Albert Gallego und die 18jährige Lorraine Pullen Bennet Hunt unterwegs nach Reno, Nevada, um zu heiraten. Zwei Monate später war Lorraine schwanger, lag erneut mit Hepatitis im Krankenhaus, und Gerald Albert saß wieder im Gefängnis von San Quentin, da er die Bewährungsauflagen nicht eingehalten hatte.

Als Gerald seiner Schwester in Hawthorne einen verstohlenen Besuch abstattete, erblickten ihn zwei Streifenpolizisten auf der Straße, und nach einer Verfolgung über fünf Blocks hatten sie ihn gefangen, wobei er einem der Beamten ins Auge schlug. Die beiden prügelten Gallego windelweich, dann brachten sie ihn in Handschellen ins Los Angeles County-Gefängnis, wo sie ihn weiter verdroschen, bis ihnen die Arme wehtaten.

In der Todeszelle in Mississippi schrieb Gallego in sein Tagebuch, daß er während dieser Prügel den Entschluß gefaßt habe, irgendwie und irgendwann einen Bullen zu töten. Und genau das tat er – er tötete sogar zwei.

Gerald Albert Gallego saß weitere acht Monate in San Quentin ab und wurde im Jahr 1953 zum letztenmal von den kalifornischen Behörden freigelassen. Da er in Südkalifornien geboren und aufgewachsen war, läßt sich nur spekulieren, wie er in der Nacht vom 27. Mai 1954 nach Ocean Springs, Mississippi, kam. Was auch immer der Grund war, man kann sicher davon ausgehen, daß er nicht vertraut war mit dem Justizwesen der Südstaaten in den fünfziger Jahren, das ungefähr dem des heutigen Iran entsprach. Nach der Erfüllung seines Gelübdes, irgendeinen Bullen zu töten, fand er es allerdings schnell heraus.

Im Morgengrauen des Tages seiner Ankunft in Ocean Springs trat Gerald Albert Gallego das Schaufenster eines Schnapsladens ein, wie er zumindest glaubte. Mississippi war jedoch ein trockener Staat, und Gallego erbeutete nur sechs Flaschen Coca-Cola. Er wurde nach wenigen Sekunden von dem 31jährigen Marshal der Stadt, Ernest (Red) Beauquez, verhaftet, der versuchte, seinem anscheinend friedfertigen Gefangenen Handschellen anzulegen. Aber so etwas wie einen *friedfertigen* Gallego gibt es nicht. Gerald Albert trat den Marshal in die Eier, entwaffnete ihn und erschoß Beauquez mit seinem eigenen Revolver – nachdem er ihn 15 Minuten lang um sein Leben hatte betteln lassen.

In seinem Tagebuch aus der Todeszelle schrieb er über diesen Mord:

»Ich glaube, ich habe mich noch nie in meinem Leben so gut gefühlt wie in dieser Nacht, als der Bulle mir vorjammerte, daß seine Frau und seine Kinder ihn doch bräuchten. Als er mich bat, ihm noch fünf Minuten Zeit zum Beten zu geben, ließ ich ihm dreißig Sekunden, dann bekam er eine Kugel direkt in den Kopf.«

Gallego wurde zwei Tage später in Gulfport verhaftet. Die Waffe des toten Polizisten hatte er noch bei sich. Er wurde nach Pascagoula ins Jackson County-Gefängnis gebracht, um dort auf seinen Prozeß wegen vorsätzlichen Mordes zu warten. Zwei Wochen später entkam er in Begleitung eines anderen Mörders mit dem unwahrscheinlichen Namen Minor Sorber. Gallego hatte dem einzigen Wärter, Jack C. Landrum, einen Eimer mit einem säureartigen Desinfektionsmittel ins Gesicht geschüttet und ihn anschließend fast zu Tode geprügelt, ehe er ihm die Schlüssel klaute. Die beiden Mörder flohen in die Nacht; Landrum starb ein paar Stunden später.

Gallego und Sorber wurden am nächsten Tag gefangen – nach einer für den Süden typischen Menschenjagd durch die Sümpfe, komplett mit Bluthunden und einer berittenen Bürgerwehr. Die Justiz in Mississippi machte wie üblich kurzen Prozeß – und zwar ganz buchstäblich. Gallego bekam seine Verhandlung und wurde wegen zwei Morden zum Tode verurteilt. Es gab keine Berufungen, keine Aufschiebungen in letzter Minute und keine Psychiater, die den Geschworenen erzählten, wenn man Gerald Albert in seiner Jugend nicht das Fahrrad vorenthalten hätte, hätte er auch niemanden umgebracht.

Gallegos Pflichtverteidiger Frank J. Hammond Jr. hatte noch nie vorher einen Mandanten mit einem Kapitalverbrechen verteidigt und versuchte es später nie mehr, da er seinen Klienten durch ein Todesurteil verloren hatte.

Um 14.00 Uhr am 3. März 1955, fast zehn Monate auf den Tag nach der Ermordung der beiden Polizisten, hatte Gerald Albert die Ehre, der erste Mann zu sein, der in der brandneuen Gaskammer in Mississippi hingerichtet wurde.

Er ging mit Mut und Würde in seinen Tod, akzeptierte die Schuld für seine Taten und sagte dem Direktor unter anderem, er verdiene es zu sterben, weil er zwei ehrlichen Männern das Leben genommen habe, die ihm nie etwas getan hätten.

(25 Jahre später wurde Frank J. Hammond Jr. nach Kalifornien gerufen, um beim Prozeß gegen den Sohn des Mannes, den er erfolglos verteidigt hatte, als Zeuge auszusagen. Mr. Hammond gab an, daß er vor der Verhandlung in Jackson County erst zwei Jahre lang als Rechtsanwalt praktiziert habe.

»Ich hatte Angst, war naiv und erschüttert bei dem Gedanken, das Leben eines Mannes in meinen Händen zu haben. Wenn ich heute von einer Hinrichtung lese, erinnere ich mich an diesen Prozeß. Seither habe ich nicht mehr als Strafverteidiger praktiziert... ich habe meine Lektion auf die harte Tour gelernt.«

Mr. Hammond ist ein echter Südstaaten-Gentleman alter Schule und hat im Gegensatz zu den meisten Anwälten ein Gewissen, das ihn früh genug seine beruflichen Grenzen erkennen ließ – und glücklicherweise schrieb ihm nicht wie seinen französischen Kollegen das Gesetz vor, der Hinrichtung seines Mandanten als Augenzeuge beizuwohnen.)

»Ich habe ihm nicht die Wahrheit über seinen Vater gesagt«, meinte Lorraine Davies in einem aufgezeichneten Interview, »weil ich dem armen Gerald nicht noch mehr auflasten wollte – er hatte ja sowieso schon so viele Schwierigkeiten in seinem Leben. Ich habe einfach behauptet, sein Dad sei bei einem Autounfall umgekommen... oder im Krieg, ich weiß nicht mehr genau. Jemand anderer hat es ihm später verraten, aber er glaubte es nicht. Das ist doch verständlich, oder? Kein Kind will einen dreifachen Mörder als Vater.«

Nach Ansicht von Lorraine und einer Cousine, Gail Farmer, die seit der Kindheit ihre ständige Begleiterin war, war dieser »Jemand« die Ehefrau von Geralds Bruder. Diese Tante soll ihn angeblich verführt haben, als er so um die 14 war – höchstwahrscheinlich bei einer der seltenen Gelegenheiten, als er nicht im Gefängnis saß – und ihm dann die wahre Geschichte vom vorzeitigen Ableben seines Vaters dank der traditionell bewährten Gerichtsbarkeit im guten alten Mississippi erzählt haben. Gerald glaubte ihr nicht, sondern verprügelte seine Tante gnadenlos, nannte sie ein gottverdammtes Schandmaul und behauptete, daß seine Mutter ihn nie anlügen würde.

Ehrlicherweise hätte Lorraine eigentlich einräumen müssen, daß der arme Gerald auch von mütterlicher Seite her nicht ganz unbelastet war. Lorraines Cousin Frank D. Sloan III, ein Sohn von Gail Farmer, und Lorraines Neffe Clifford L. David, ein Sohn ihrer Schwester Ramona, ermordeten zusammen mit einem engen Freund der Familie, Robert G. McMahon, am 12. April 1974 Sandra Christine Tremper. Sie war ein trinkfreudiger Stammgast in sämtlichen Kneipen, und es war bekannt, daß sie für ein Bett oder ein paar Drinks mit jedem schlief – und manchmal auch einfach nur aus Spaß.

Die drei jungen Männer lasen sie eines Nachts auf der Straße auf, gaben ihr eine Flasche Gin und fuhren mit ihr in eine ländliche Gegend außerhalb von North Sacramento, nachdem sie eingewilligt hatte, mit allen dreien eine Nummer zu schieben. Als es vorbei war, kamen den Männern Bedenken, sie könnte sie wegen Vergewaltigung anzeigen – zumindest behaupteten sie das später. Als sie sich besprochen hatten, kehrten sie zu der Stelle zurück, wo die Frau noch immer auf dem Boden lag, und jeder feuerte eine Kugel aus einer halbautomatischen Pistole Kaliber 32 in ihren Kopf. Dieser Mord war so unnötig und sinnlos, daß er an Wahnsinn grenzt. Eine Autopsie zeigte, daß sie 2,5 Promille Alkohol im Blut hatte, also weit über das Stadium gewöhnlicher Betrunkenheit hinaus war. Angesichts dieser Tatsache war es beinah schon ein Wunder, daß sie sich überhaupt noch bewegen konnte, und noch weit wunderbarer wäre es gewesen, wenn sie noch irgend jemanden hätte identifizieren oder wegen Vergewaltigung anzeigen können.

Zweifellos wußten die Männer das genau, und man kann nur vermuten, daß sie einfach aus purem Übermut töteten und die Angst vor einer möglichen Anzeige lediglich gegenüber der Polizei vorschützten.

Einen Tag nach dem Mord sagte Frank D. Sloan, daß er eine Vision gehabt habe – eine Vision von dieser apfelgrünen Gaskammer in San Quentin. Sie war so lebhaft und erschreckte ihn dermaßen, daß er zu den Bullen ging und die ganze Geschichte ausplauderte. Wie er es gehofft hatte, bot man ihm völlige Straffreiheit als Gegenleistung für seine Aussage vor Gericht. Aber offensichtlich kannte Sloan einige Mitglieder seiner Familie nicht. Noch ehe er sie kennenlernte, sorgte jemand dafür, daß ein Killer zu ihm in die Zelle verlegt wurde. Es war ein ehemaliger Freund von Sloan, und es gelang ihm, Frank innerhalb von zehn Sekunden beinah zu erwürgen, bevor ein Wärter ihm zur Hilfe eilte und ihn rettete.

Nach der Verhandlung wurde Frank in das kalifornische Zeugenschutzprogramm entlassen, heiratete und scheint irgendwo ein bürgerliches Leben zu führen.

Gerald Armond Gallego war fast von Kind an eng mit den drei jungen Mördern befreundet gewesen, und möglicherweise hatten er und Charlene sich an diesen Mord erinnert, der so idiotensicher gewesen war. Ohne einen Verräter und mit ein bißchen gesundem Menschenverstand wären die Burschen problemlos davongekommen.

Geralds Verwandte leben verstreut über Kalifornien, Nevada, Oregon und dem Staat Washington. Sie sind eine verschwiegene, rachsüchtige Sippe, von der die Mafia noch einiges über die *Omerta*, das Schweigegebot, lernen könnte. Obwohl sich die einzelnen Familienmitglieder durchweg bis ins Mark zu hassen scheinen, rotten sie sich wie die Hatfields oder die McCoys gegen jeden Außenstehenden zusammen und weigern sich sogar, ihre eigenen Namen zuzugeben.

Ohne Zweifel war Geralds Mutter die einzige Frau, der er vertraute, und sie hatte tiefgreifenden Einfluß auf sein Leben. Sie hat ihn nie für seine Diebereien bestraft, sondern ermutigte ihn vielmehr, zu rauben und zu stehlen, wenn er gern etwas haben wollte. Auf seine Art liebte Gerald sie vermutlich, und sie schlug sich immer voll und ganz auf die Seite ihres Lieblingssohns, ganz egal, was er tat. Eine solche Gefühlsregung wie Liebe hat niemand anderer Lorraine je unterstellt – weder Ehemänner, Geliebte, Freier noch Familienangehörige.

Fast vom Tag an, da er laufen konnte, war Gerald ein Dieb. Seine Mutter erzählte, daß er mit vier Jahren immer zum Supermarkt hinuntertrottete, der einen halben Block entfernt war, sich hineinschlich und Plätzchen im Wert von 10 Dollar, Schokoriegel und ein Pfund seiner Lieblingswurst verspeiste, ehe man ihn erwischte und hinauswarf. Lorraine sagte: »Es war einfach das süßeste kleine Bürschchen, das man sich denken kann, wenn er prustend und schnaubend wie ein überfütterter Welpe ins Haus kam mit seinem rausgestreckten Bäuchlein und mir stolz erzählte, was er angestellt hatte.«

Gerald wurde »vom Staat erzogen«, das heißt, er war fast sein ganzes Leben lang unter der Kontrolle des kalifornischen Justizsystems. Er ist weder ein dummer Mann, noch fehlte es ihm als Junge an Intelligenz. Die Frage ist, warum sämtliche Bemühungen des Staates fehlgeschlagen sind, ihn zu einem gesetzestreuen Bürger umzuwandeln.

Lag es an seiner Kindheit, in der es zwar keine Liebe, dafür aber reichlich Mißhandlungen und Vernachlässigungen gab? An den Schlägen, die er fast vom Tag seiner Geburt an von Lorraine, ihren vielen Freunden und Ehemännern bekommen hatte? Lag es daran, daß seine Mutter ihm zugegebenermaßen jegliches kriminelle und antisoziale Verhalten verzieh? War die Armut in seiner Kindheit die Ursache? War er *wirklich* vom Teufel besessen? Oder war der Grund einfach, was jeder erfahrene Streifenpolizist sagen würde – daß Gerald Armond Gallego ein geborener Dieb war, ein Räuber, Einbrecher und überhaupt ein gemeiner Hundesohn, den absolut nichts hätte ändern können, weil er ganz genau so sein *wollte*.

8. Kapitel

Mom und der große, aufrichtige Texaner

In Mordverhandlungen ist es heutzutage obligatorisch, daß sich der Beklagte einer vom Gericht angeordneten psychiatrischen Untersuchung unterzieht. Wenn die Verteidigung auf einen Freispruch aus ist, muß sie reichlich psychologische Entschuldigungen für die Taten des Angeklagten zusammentragen. Natürlich ist die beliebteste Theorie Freuds alte These, daß die liebe gute Mom an allem schuld ist. Auch wenn es ein Staatsanwalt oder Strafverteidiger nur höchst ungern zugeben würde, so mag in Geralds Fall vielleicht doch ein winziges Körnchen Wahrheit daran sein. Nachdem er verhaftet und wegen Mordes angeklagt worden war, wurden von der Verteidigung fünf hochbezahlte Privatermittler engagiert, um jeden Stein in seiner Vergangenheit umzudrehen – und mit dieser klassischen Theorie vor Augen war der allererste Stein, bildlich gesprochen, Geralds gute alte Mom.

Die meisten Menschen, die sich irgendwie mehr oder weniger ehrlich durchs Leben geschlagen haben, verbergen die wahren Umstände ihrer privaten Existenz hinter einem Nebelschleier aus Erdichtetem und allen möglichen Entschuldigungen. Das gilt auch für Lorraine Davies. Während des ersten Treffens zwischen ihr und dem von der Verteidigung beauftragten Ermittler nahm sie freimütig alle Schuld an Geralds Verbrechen auf sich und meinte, wenn sie ihn besser behandelt hätte, wäre er nie straffällig geworden. Aber der Ermittler spürte, daß es sie im Grunde gar nicht kümmerte, was Gerald getan hatte oder was ihm geschah. Sie sagte eben das Übliche daher, das man von jeder Mutter erwartet, deren Sohn seit ewigen Zeiten in Schwierigkeiten steckt.

Er berichtete, daß er sich äußerst unbehaglich gefühlt habe in ihrer Gegenwart. Diese Frau habe eine derart unheilvolle

Aura ausgestrahlt, daß Gerald seiner Ansicht nach mit einer solchen Mutter vom Tag seiner Geburt an für die Gaskammer bestimmt war. Um nichts in der Welt wolle er Lorraine als Feind haben und ihr schon gar nicht allein in einer dunklen Gasse begegnen.

Um eine gute Beweisführung nach dem Motto »Mom ist an allem schuld« aufzubauen, mußte die Verteidigung bedeutend mehr über Lorraine Davies wissen. Ihr rührseliges Geschwätz, wieviel Pech sie gehabt habe, reichte da nicht. Man wollte vor allem herausfinden, warum Mutter und Sohn behaupteten, sich so nahezustehen, obwohl sie zugab, ihn als Kind vernachlässigt und überaus grausam behandelt zu haben. Es gab dunkle Gerüchte in der Familie, daß Lorraine mit Gerald sexuelle Kontakte hatte. Die Verteidigung mußte in Erfahrung bringen, wie ihre eigene Kindheit gewesen war und ob sie womöglich einfach das, was sie selbst erlebt hatte, an ihren Sohn weitergab. Die einzige Person, die vielleicht bereit und in der Lage war, die Wahrheit zu erzählen, war Harold Hunt, ihr zweiter Ehemann, von dem Lorraine manchmal behauptete, er sei der Vater ihres ältesten Sohnes David. Von ihm hatte man seit Jahren nichts mehr gehört, aber wenn man ihn ausfindig machen könnte und er bereit wäre zu reden, hätte er höchstwahrscheinlich eine recht interessante Geschichte zu erzählen gehabt, die möglicherweise sogar der Wahrheit entsprach. Es ist eine altbekannte Tatsache unter Polizisten, daß es ein Glücksfall ist, einen Ex-Mann in die Finger zu kriegen, weil niemand sonst so freimütig plaudert.

Durch eine komplizierte Serie von Täuschungsmanövern, vorsichtigen Gesprächen mit mißtrauischen Verwandten und nach mühsamen Durchforsten von amtlichen Akten wurde Hunt schließlich aufgespürt. Er war fast so schwer zu finden wie Jimmy Hoffa. Wenn jemals jemand komplett von der Erdoberfläche verschwinden möchte, sollte er mit diesem Mann reden – denn ihm gelang es.

Unter der Bedingung, daß sein Aufenthaltsort geheim bliebe, stimmte Hunt einem Gespräch zu. Die meisten, die für dieses Buch interviewt wurden, verlangten den Schutz ihrer Privatsphäre, und Hunt war keine Ausnahme. Der Ermittler flog nach Dallas, wo er einen Wagen mietete für die lange Fahrt zu Hunts Farm in den entlegenen Ausläufern des Gebirges von East Texas. Er traf einen schmalen, großen, gutaussehenden Mann Mitte Fünfzig, der die dort übliche Kluft aus sorgfältig gebügelten Jeans, weißem Baumwollhemd, teuren Cowboystiefeln und einem Stetson trug.

Hunt betreibt auf seiner »Farm« die Aufzucht von gigantischen, hummerähnlichen Panzerkrebsen in zahllosen, flachen Teichen, die über die Gesamtfläche seines abgelegenen Besitzes von 200 Morgen verstreut liegen. Im Näherkommen sah der Ermittler in einiger Entfernung ungefähr ein Dutzend mexikanischer Hilfsarbeiter, die Krebse aus einem großen Tanklastwagen luden und in ein langgestrecktes Gebäude schafften. Dort wurden sie tiefgefroren und später per Flugzeug nach Frankreich und Italien verschickt, wo sie für 40 Dollar das Pfund verkauft werden. Offensichtlich verdiente Hunt ziemlich gut.

»Jeder Mann behält seine erste Liebe im Gedächtnis, und mir geht es natürlich mit Lorraine nicht anders«, sagte Hunt, als sie auf der Veranda seiner im mexikanischen Stil erbauten, zweistöckigen Hacienda saßen. »Ich erinnere mich an die ganze verdammte Familie … und eine gemeinere Bande von Hundesöhnen hat nie die Erde bevölkert. Sicher erinnere ich mich auch an das Kind. Gerald war ungefähr drei Jahre alt.«

Der Ermittler konnte sein Glück kaum fassen, und er bat Hunt, ihm zuerst mehr über Lorraine zu erzählen.

»Ich lernte sie durch einen Freund kennen. Ich war 15 und sie ein Jahr älter – 1943 war das, glaube ich. Lorraine war ein süßes, naives Kind, das dachte ich jedenfalls, und wir verliebten uns ineinander. Wenigstens hielten wir es in diesem Alter für Liebe und beschlossen zu heiraten.

Ich selbst war noch ein dummer Junge und hatte von Tuten und Blasen keine Ahnung. Es gab manches an ihr, was mir hätte zu denken geben sollen, aber ich war einfach zu blöd, um stutzig zu werden. Ich hielt sie wirklich für ein unschuldiges, liebes, nettes Mädchen, doch damit lag ich gewaltig daneben.

Sie hatte eine Schwester namens Ramona, sehr hübsch, die

ein Jahr jünger war, und sie war dabei, als wir uns kennenlernten.

Jedenfalls brannten wir durch in einen anderen Bundesstaat, um zu heiraten, doch dazu kam es dann nicht. Als wir alle Formalitäten erledigt hatten, nahm Lorraine mich zur Seite und sagte, sie müsse mir etwas beichten. Mit 12 habe ihre Mutter sie an einen alten Kerl verkauft, der ein junges Ding als Ehefrau haben wollte ... Sie wissen, was ich meine?«

Der Ermittler nickte. Was folgte, war keine Überraschung.

»Der Name des Mannes war Bennet, und er kaufte Lorraine für 500 Dollar ihrer Mutter Hazel ab. Sie heirateten in Portland, Oregon, wo Lorraine geboren war. Die alte Hazel und Ramona waren Trauzeugen. Lorraine war zwar erst 12, aber sie konnte ohne weiteres für 20 durchgehen, wenn sie sich ihr Haar zu einer Hochfrisur kämmte. Damals sah sie aus wie eine Doppelgängerin dieser Schauspielerin Joan Crawford – der jungen Crawford, meine ich.

Nun, nachdem Hazel die 500 Dollar ausgegeben hatte, pfiff sie auf den Handel, schnappte sich Lorraine wieder und verschwand nach Sacramento, wo ihre Eltern lebten.

Lorraine erzählte mir, daß sie nie von diesem Bennet geschieden worden sei. Sie wollte mich überreden, einfach so zu tun, als hätten wir geheiratet, damit sie von Hazel wegkönne, die schon wieder plane, sie an irgendeinen Perversling in San Francisco zu verkaufen. Das behauptete sie jedenfalls. Mann, ich war natürlich mit Freuden dazu bereit. Lorraine sagte, ihre Mutter wisse verdammt gut, daß sie nicht von Bennet geschieden sei und mich daher auch nicht geheiratet haben könne, aber sie würde nie riskieren, irgendwas zu sagen, denn wenn Hazels Eltern herausfänden, daß sie ihre eigene Tochter wie einen Niggersklaven verkauft habe, würden sie sie umbringen.

Und nach allem, was ich später erfuhr, war das nicht nur einfach so dahergeredet! Ich will Ihnen einen kleinen Rat geben, mein Lieber ... wenn Sie mit *dieser* Bande zu tun haben, passen Sie besser verdammt gut auf sich auf.«

Hunt bot seinem Besucher ein Bier an. Es gab nirgendwo Anzeichen einer Familie, obwohl der Ermittler wußte, daß er mit einer europäischen Aristokratin aus wohlhabendem Haus verheiratet war und zwei erwachsene Söhne hatte, die beide Ärzte waren.

Seine einzige Gesellschaft waren zwei riesige deutsche Schäferhunde, die aussahen, als könnten sie jedem Mann mit einem Biß das Bein abbeißen. Sie fixierten den Fremden feindselig und bleckten die Zähne, um ihm unmißverständlich klarzumachen, daß sie *sein* Bein nur zu gern mal kosten würden. Weder Hunt noch seine Hunde schien die Temperatur von 43 Grad zu stören, die durch eine Luftfeuchtigkeit von 100 Prozent noch unerträglicher wurde. Der Besucher jedenfalls war in Schweiß gebadet.

Hunt brachte das Bier, setzte sich und fuhr mit seiner Geschichte fort.

»Lorraine und Ramona waren Hazels einzige Kinder, soweit ich weiß. Ich sah mal ein Bild ihres Vaters, Robert Pullen, der ein sehr gutaussehender Mann war, direkt schön, könnte man sagen, mit dunklem, welligem Haar und schwarzen Augen. Hatte ein Grübchen am Kinn, genau wie Lorraine. Dieser Gerald ist ihm ziemlich ähnlich, wenigstens nach dem, was ich im Fernsehen und den Zeitungen gesehen habe.

Na ja, und jetzt kommen wir zum wirklichen traurigen Teil der Geschichte ... als die Mädchen ungefähr 7 oder 8 Jahre alt waren, fing ihr Vater an, sie zu belästigen ... gottverdammt, so was Widerliches hatte ich noch nie gehört. Heutzutage ist es so gewöhnlich wie ein Überfall auf eine Tankstelle. Vielleicht gab es das damals auch schon öfter, und es wußte keiner, oder vielleicht hat es etwas zu tun mit den Zeiten, in denen wir leben ... ist wohl auch egal.

Auf jeden Fall erzählten mir die Mädchen davon, und ich weiß, daß es wahr ist. Ich lernte diese Ramona genausogut kennen wie Lorraine. Verstehen Sie? Und sie erzählten mir beide Dutzende Male das gleiche, getrennt oder gemeinsam. Ihre Geschichten stimmten überein. Heute weiß ich, wie leicht Kinder über ihre Eltern Lügen verbreiten können, besonders Mädchen, die auf ihren Dad wütend sind und ihm gehörig eines auswischen wollen, aber Sie sind ja in der

Juristerei und wissen das besser als ich. Ich schwöre, sie haben die Wahrheit gesagt.

Nur war das noch nicht alles. Pullen war außerdem so eine Art Sadist. Samstagnachmittags fragten ihn die Mädchen, ob sie ins Kino gehen könnten. Er sagte ja, wenn er sie in ihre Hinterteile beißen dürfe, wo man es nicht sieht. Kein Zwikken, verstehen Sie, sondern ein richtiger Biß.«

Bei diesen Worten läuteten im Kopf des Ermittlers Glocken so laut wie Big Ben um Mitternacht. Die Bißspuren an den Opfern der Gallegos und ein Bild von Geralds Tochter blitzten vor ihm auf. Hatte Gerald bei seinen Taten etwa nur dort weitergemacht, wo Großvater Pullen aufgehört hatte? Stammte die ganze verfluchte Familie vom Marquis de Sade ab? Waren das alles miteinander abartige Perverse? Jesus, von wegen Schlangengift im Blut! Diese Familie hatte Blut, das restlos verseucht war!

Ein Plädoyer auf geistige Unzurechnungsfähigkeit für Gerald schien so sicher wie das Amen in der Kirche ... ein Jahr oder zwei in der gemütlichen psychiatrischen Anstalt für Strafgefangene in Vacaville, ein paar gruppentherapeutische Sitzungen, ein Psychiater, der ein paar »Genesungen« in seinen Unterlagen brauchte, um mit einer dicken Gehaltserhöhung befördert zu werden ... und Gerald Armond Gallego wäre wieder auf freiem Fuß. Tja, dachte der Ermittler, und so hat der alte Gerald mal wieder das gesamte System in den Arsch getreten.

»Ist was?« fragte Hunt.

»Nein, nein, hab' nur nachgedacht. Bitte, machen Sie weiter.«

»Nun, Ramona sagte zu mir: ›Mensch, es tat bloß fünf Minuten lang weh, und das Kino dauerte den ganzen Nachmittag, also ließen wir ihn.‹ Ich bin sicher, Hazel wußte, was der Vater so trieb, denn kurz vor dem Verkauf von Lorraine lieferte sie Pullen der Polizei aus. Er wanderte für 10 Jahre ins Kittchen und wurde dort umgebracht. Das sagten jedenfalls Lorraine und Ramona. Aber Genaues habe ich nie darüber erfahren.

Lorraine und ich taten so, als seien wir verheiratet, und

lebten ungefähr 18 Monate lang größtenteils zusammen. Dann gingen wir einfach getrennte Wege, ohne daß es böses Blut zwischen uns gab. Wir mochten uns vielmehr noch jahrelang. Ich traf sie gelegentlich in Sacramento, und wir tändelten ein bißchen herum... Sie verstehen, was ich meine? Aber wir hatten nie wieder eine feste Beziehung.

Dann traf ich ein Mädchen und zog mit ihr zusammen. Erst Ende 1948 sah ich Lorraine wieder. Damals kam ich gerade aus der Armee und war geschieden. Ich ging eines Abends in eine Bar im Kneipenviertel an der Second Street in Sacramento auf der Suche nach einem schnellen Abenteuer – und wen traf ich da? Lorraine, die dort als Barfrau arbeitete.

Wir machten genau da weiter, wo wir aufgehört hatten. Nicht, daß wir zusammenlebten oder so was, aber wir trafen uns ein paarmal in der Woche, wenn sie morgens um zwei von der Arbeit kam, gewöhnlich freitags und samstagnachts. Sie erzählte mir alles über diesen netten portugiesischen Kerl, mit dem sie verheiratet gewesen war, behauptete sogar, er habe ihr die Sprache beigebracht – hat's mir auch vorgeführt, aber zu der Zeit konnte ich Portugiesisch nicht von Chinesisch unterscheiden.

Lorraine sagte, sie habe einen Jungen von ihm – und *das* war Gerald Gallego, dieser Serienmörder, wie es im Fernsehen hieß... der Bursche, der Sie so interessiert.

Sie lebte damals in einer kleinen Bruchbude draußen in West Sacramento. Hatte irgendein naives blondes Mädchen, das sich um den Jungen kümmerte. Gerald war ein plärrender kleiner Bastard, der immer an seiner Mutter hing und bettelte, daß sie ihn hochnahm und auf dem Schoß hielt.

Lorraine erzählte mir, daß sie nebenbei ein bißchen Hurerei betreibe, und ein Taxifahrer namens Chubby war ihr Zuhälter... komisch, wie ich mich nach all den Jahren an diesen Namen erinnere. Auf jeden Fall ging ich eines Nachmittags zu ihr, und sie trieb es gerade mit einem Kunden, während dieser Gerald mitten auf dem Fußboden saß und sich die verfluchte Seele aus dem Leib brüllte.«

»Mr. Hunt, hat Lorraine Ihnen gegenüber jemals in diesen Jahren angedeutet, daß die sexuellen Belästigungen durch ihren Vater ihr später irgendwelche seelischen Probleme bereitet haben?«

»Nein, hat sie nicht. Und wenn ich jetzt so zurückdenke, bin ich überrascht, wie beide Mädchen damit umgingen. Ich hatte den Eindruck, sie zogen viel eher ihren Vorteil daraus, als daß sie deswegen verstört gewesen wären.

Sie prahlten sogar damit, wie leicht es gewesen sei, von dem Kerl Geld und Süßigkeiten zu kriegen, als er angefangen hatte, mit ihnen herumzumachen, und daß sie ihren eigenen Vater in der Hand gehabt hätten und ihn dazu bringen konnten, alles zu tun, was sie wollten.«

»Kannten Sie einen von Lorraines Ehemännern?«

»Gallego nicht, wenn Sie darauf hinauswollen. Aber diesen George Bulgar habe ich ein paarmal getroffen. Ihm gehörte entweder eine Kneipe, oder er hatte sie gepachtet, ich bin nicht mehr ganz sicher. Jedenfalls arbeitete Lorraine lange vor der Heirat schon für ihn und lebte auch mit ihm zusammen. Ich hatte den Eindruck, daß er ein harter Mistkerl war, ein gemeiner, verfluchter Grieche.

Sie hatte zwei Kinder von ihm, einen Jungen und ein Mädchen – scheint so, als habe es sie jedesmal erwischt, wenn sie heiratete. Soviel ich weiß, wurde der Junge von einem Auto überfahren, als er noch ziemlich klein war. Ich glaube, das Mädchen ist verheiratet und lebt irgendwo in Nordkalifornien.

Lorraines Großvater, der alte Sloan, also Geralds Urgroßvater, hat einem Freund von mir erzählt, daß dieser Bulgar Gerald jedesmal gnadenlos geprügelt hat, wenn er ihn erwischen konnte. Bulgar habe ihn nicht nur gehaßt, sondern sei regelrecht eifersüchtig auf ihn und Lorraine gewesen. Angeblich hat er sie sogar beschuldigt, mit Gerald verbotene Sachen zu treiben.«

»Glauben Sie das?«

»Kamerad, ehrlich gesagt, ich weiß es nicht. Sie waren die verkorksteste Familie, der ich je begegnet bin, und bei dieser Bande ist alles möglich. Gottverdammt! Ich will einfach nicht glauben, daß die alte Lorraine derart tief gesunken ist... aber sie war wirklich ein infames Luder. In all den Jahren, die ich sie kannte, habe ich keine weiche Stelle an dieser Frau entdeckt – und schon gar nicht ein Herz. Sie war die gemeinste, berechnendste, hinterlistigste Fotze, der ich je das Pech hatte zu begegnen. Und das meiste, was ihr passiert ist, hat sie verdient.

Ich bin wirklich überrascht, daß die Ehe mit diesem Davies so lange gehalten hat. Vielleicht hat er sie nicht allzu oft geschlagen und regelmäßig Lohn nach Hause gebracht – oder sie wurde einfach alt und beschloß, was Besseres würde sie sowieso nicht mehr abkriegen. Wie gesagt, Lorraine tat immer, was ihr das Beste für sich erschien.

Hören Sie, Kamerad, es ist fast Abend, und ich muß mein Viehzeug füttern. Sie können mitkommen oder hierbleiben, wie Sie wollen.«

Der Ermittler schaute auf die Hunde und entschied, daß es gescheiter sei, ihn zu begleiten.

Hunts Äußerungen waren geradezu ein Traum für jeden Strafverteidiger. Im rechten Moment in einem aufgeheizten Gerichtssaal präsentiert, würde es diese kleinen alten Ladies mit lilagetönten Haaren auf der Geschworenenbank dazu bringen, sich die Augen auszuheulen, Lorraine zu hassen und vor Mitleid mit dem armen, unschuldigen Gerald zu zerfließen.

Aber es sollte nicht sein. Selbst wenn die Verteidigung diese Informationen vor Prozeßbeginn gehabt hätte – Gerald wäre vermutlich nicht damit einverstanden gewesen, sie zu verwenden. Sie hätten wohl den Eindruck vermittelt, daß er verrückt sei – und das kann kein Psychopath mit Selbstachtung ertragen, nicht mal, um sein eigenes Leben zu retten.

Ein interessantes Streiflicht zu Hunts Informationen war, daß Lorraine Davies später seine Geschichte voll und ganz bestätigte. Sie nickte lächelnd und sagte: »Er war der einzige, den ich geliebt habe. Aber es ist wirklich ein Jammer, daß er so ein gutes Gedächtnis hat. Ich dachte, er sei längst tot.«

9. Kapitel

Der Unternehmer

Sacramento ist seit 1850 die Hauptstadt von Kalifornien, als der große Goldrausch ausbrach. Ein Schweizer Alkoholiker namens Captain Johann Suter hatte bei seiner Sägemühle in Placerville, etwa 30 Meilen weiter östlich, ein paar Nuggets entdeckt.

In diesem Landstrich herrschen brodelnde 45 Grad im Sommer, und im Winter fällt die Temperatur unter den Gefrierpunkt. Wer immer den Song schrieb »It Never Rains in California«, ist nie in Sacramento gewesen. Der Regen beginnt im Oktober und dauert an bis zum April – kalte, kräftige Schauer, begleitet von stürmischem Wind und einem eisigen, undurchdringlichen, am Boden haftenden, dunklen Nebel.

Der geschäftliche und politische Mittelpunkt für die überwiegend bäuerlichen Gemeinden war bis gegen Ende 1970 eine ruhige, alte Stadt mit wunderschönen viktorianischen Häusern und einer viktorianischen Moral, die sich mit dem Geist des Alten Westens mischte und seine Justiz übernahm, die nie viel Federlesens machte. Als Ronald Reagan Gouverneur von Kalifornien wurde, weigerte sich Nancy, in dem uralten, dreistöckigen Amtssitz an der 16. Straße zu leben und nannte ihn (mit Recht) eine zerbröckelnde Feuerfalle.

Sacramento ist nicht wohlhabend, da es in der Stadt, wie im übrigen Kalifornien, nie zu größeren Industrieansiedlungen gekommen ist. Die riesige Southern Pacific Railroad, der einmal das ganze Land samt seinen Politikern gehört hat, beschäftigt heute die meisten der ansässigen Facharbeiter. Und natürlich gibt es Tausende von überflüssigen Jobs in Ämtern und Behörden für alle, die auf einen regelmäßigen Gehaltsscheck und eine Pension nach 20 Jahren voller Kaffeepausen aus sind.

Verglichen mit ihren Kollegen in Los Angeles und San

Francisco hält man die Polizisten und Sheriffs von Sacramento für ziemlich frei von Korruption. Allerdings liegt die Aufklärungsrate bei Mordfällen beträchtlich unter dem üblichen Durchschnitt. Es hat stets viele Totschlagsdelikte gegeben, deren Ursache häusliche Auseinandersetzungen waren und keine kriminalistischen Probleme bereiteten, und zahlreiche Morde bei Überfällen auf Schnapsläden und Tankstellen durch kleine Straßenräuber, die erwischt wurden, ehe sie auch nur bis drei zählen konnten.

Solche unkomplizierten Fälle und überall Richter, die schnell die Todesstrafe aussprachen, verschafften der Justiz von Sacramento einen beneidenswerten Ruf. Bis in die sechziger Jahre stammte einer von drei Todeskandidaten aus diesem County, und tatsächlich war der letzte, der 1967 in San Quentin hingerichtet wurde, ein Polizistenmörder aus Sacramento namens Aaron Mitchel.

Als 1945 der zweite Weltkrieg endete, stürzte die kalifornische Wirtschaft in ein gewaltiges Loch – und Sacramento fiel am tiefsten. Um 1954 konnte das Kneipenviertel der Hauptstadt mit den schlimmsten Bezirken von Los Angeles, Chicago oder New York konkurrieren. Das Gebiet umfaßte fünf Blocks, war zehn Meilen lang und voll von menschlichem Unrat jeden Alters und jeder Rasse, darunter fast so viele Frauen wie Männer. Es gab monströs fette, häßliche Squaws vom Stamm der Digger aus der Sierra; schlangenhäutige, zahnlose weiße Hexen mit eitrigen Wunden an den angeschwollenen Beinen; uralte Schwarze mit Gesichtern wie aufgeblähte Ballons, die kaum fähig waren, auf ihren schwieligen, wunden, grindverkrusteten Füßen dahinzukriechen. Tag und Nacht sah man sie umherstreifen, im Müll schnüffeln und kramen, in schäbigen, schmutzstarrenden Hoteleingängen und vor den Hintertüren schmieriger Cafés.

Betteln war in diesem Milieu aussichtslos, da alle miteinander Schnorrer waren, und so blieb die Hurerei die einzige Möglichkeit für die Frauen, genug Geld zusammenzukriegen für ein Schlückchen Fusel. Bei ihrer jämmerlichen Verfassung waren sie froh, daß die männlichen Wracks im allgemeinen nur an Oralverkehr interessiert waren. Das ging wenigstens schnell. Einige der unternehmungslustigeren alten Mädchen reihten gelegentlich ein halbes Dutzend schwankender, alkoholisierter Männer am hellichten Tag in einer Gasse auf und besorgten es binnen 15 Minuten der gesamten Truppe, wobei sie manchmal einen ganzen Dollar machten.

Es war ein brandgefährliches Pflaster, voll von bösartigen Raubtieren aller Spielarten: Zuhälter, Huren, Alkoholschmuggler, Drogenhändler, Diebe, Betrüger, Straßenräuber und Psychopathen. 1954 war das die Umgebung, die Gerald Armond Gallego liebte und in die er hineinpaßte wie Cinderellas Fuß in den gläsernen Schuh.

Es ist 1954, und um fünf Uhr morgens geht ein achtjähriger Junge nach einer Nacht harter Arbeit heim. Er ist mager, hat schwarzes Haar, große, starre, dunkle Augen und ein bleiches, gelbliches Gesicht mit auffallenden Sommersprossen. Er trägt das khakifarbene Hemd eines erwachsenen Mannes und verblichene, fadenscheinige Jeans. Weder das Hemd noch die Hosen haben Wasser oder ein Bügeleisen gesehen, seit er sie vor einem Jahr von seinem Halbbruder übernommen hat. Drei nackte Zehen spähen aus den löchrigen Turnschuhen für 89 Cent.

Der Junge ist Gerald Armond Gallego, ein harter, gerissener, fleißiger Bursche. Gerald hat keine Sozialversicherungskarte, zahlt keine Steuern oder Abgaben, hat keine Arbeitnehmernummer und betätigt keine Stechuhr. Aber er hat immer Geld in der Tasche, und obwohl er das Wort nie gehört hat, wäre er stolz, wenn er wüßte, daß er ein Unternehmer ist.

Sein Reich ist das Kneipenviertel von Sacramento bis ganz hinauf zum Fluß. Seine Büros wechseln – ein alter Lagerraum für Bier in der Panama Bar, ein hühnerstallgroßer Puff beim Hubba-Hubba Club oder manchmal zwei Sitze ganz hinten im durchgehend geöffneten »Juwel-Varieté«. Tingeltangelshows gibt's längst nicht mehr, nur uralte Cowboyfilme, die sich keiner ansieht. Die Kunden haben 50 Cent bezahlt, um der Kälte zu entkommen und zu schlafen, nicht um unterhalten zu werden. Diese wandelnden Toten des Rotlichtviertels konnte nichts auf der Welt mehr unterhalten. Aber Gerald war ein sehr beschäftigter Junge, und so benutzte er diese Büros nicht sehr oft, außer im Winter, wenn Regen und Temperaturen um die null Grad das Geschäft auf den Straßen ruinierten und der Frost seine dünnen Kleider durchdrang.

Gerald war Schuhputzer, Dieb, Autoknacker und Einbrecher in den billigen Hotels des Viertels, dazu Schnorrer an Thanksgiving und Weihnachten, wenn die versöhnlich gestimmten Streifenpolizisten in eine andere Richtung schauten, Kurier für Barkeeper und Laufbursche für Zuhälter und Huren. 1954 standen Huren nicht an den Straßenrändern in superkurzen Shorts, schenkellangen Plastikstiefeln oder hautengen Hosen aus Goldlamé – und sie belästigten keine Autofahrer. Die Gesetze gegen Prostitution und Herumlungern waren streng, und jede Nutte wäre innerhalb von 30 Sekunden verhaftet worden. Statt dessen arbeiteten sie als Barfrauen oder Kellnerinnen in schäbigen Cafés, die kaum mehr als ein Loch mit drei Hockern waren, oder dösten in 50-Cent-Kinos und dunklen Bars, bis ihnen ihr Zuhälter ausrichten ließ, daß er einen Freier besorgt hatte, der in einem Wagen oder einem Verschlag wartete oder – wenn er einer der ganz untersten Sorte war – in einer dunklen Gasse stand. Solche Botschaften den Huren auszurichten war Geralds einträglichster Job. Ein Taxifahrer hielt am Bürgersteig, winkte ihn heran und sagte: »Lauf mal zu Joanne. Der Kerl wartet auf dem Rücksitz von meinem Cad, der in der Union Garage geparkt ist. Hat schon bezahlt.« Ein Barmixer oder eine Barfrau kam heraus und flüsterte ihm ins Ohr: »Sag Sandy, es ist Zimmer 10, Waldorf Hotel. Sie soll sechs Mäuse kassieren.« Und Gerald lief los, um Joanne oder Sandy in irgendeinem Kino oder an einem Hotdog-Stand aufzustöbern. Diese Botengänge brachten einen Vierteldollar, manchmal sogar einen halben, und meistens steckten die Huren ihm ein paar Cent extra zu.

Einmal Schuheputzen brachte ebenfalls einen Vierteldollar, aber vor *jedem* mochte Gerald nicht auf dem Bürgersteig knien. Er verachtete die zahlreichen, widerlich schleimigen

Pädophilen, die verstohlen ihren Unterleib in seinem Haar rieben, während er sich über das kleine, hölzerne Schuhputzgestell beugte, das er immer bei sich trug. Diese Ausrüstung war sein Diplomatenpaß, um nachts die Straßen zu durchstreifen. Selbst ein hartgesottener Polizist mit eisernen Fäusten verjagte kaum einen fleißigen Schuhputzjungen. Der Gummiknüppel war 1954 das Machtinstrument eines gewöhnlichen Streifenpolizisten, und wenn er knurrte: »Schaff deinen Arsch weg, und zwar weit genug!«, gehorchte man diesem Befehl schleunigst.

Gerald war ein Junge, der den Mund hielt, sich um seine eigenen Angelegenheiten kümmerte, nie einen Pfennig erbettelte und auch keinen rausrückte. Die Bürger des Viertels wußten das und respektierten ihn deswegen. Man mochte ihn gern und vertraute ihm, er bestahl selten einen Freund (falls die Versuchung nicht doch *zu* groß war), und er verpfiff nur seine Feinde. Barkeeper schickten ihn los, um Kanister mit schwarzgebranntem Whisky aus ihren geparkten Autos zu holen, den sie in leere Flaschen Jack Daniels oder anderer guter Marken umfüllten. Sie konnten den Fusel nicht in den Bars lagern, weil sie befürchten mußten, daß ein Beamter der Alcohol Beverage Control ihn fand und ihre Lizenz einkassierte. Diese Botengänge waren immer gut für einen Dollar, und Gerald mochte sie, weil sie ihm hervorragend Gelegenheit boten, sein Revier auszukundschaften. Mit etwas Glück stieß er dabei in einer Gasse auf einen Betrunkenen, der leicht zu beklauen war, oder ein geeignetes Auto, das er knacken konnte, wenn kein Betrieb auf den erleuchteten Straßen herrschte. Er hatte schon einige brauchbare Sachen in Handschuhfächern, unter Sitzen und in Kofferräumen entdeckt. An eines erinnerte er sich vor allem – eine schwere, 14karatige goldene Herrenarmbanduhr der Marke Gruen. Er hatte diese Uhr wahnsinnig geliebt und wie ein Baby geweint, als seine Mutter sie ihm wegnahm und einem Freund schenkte.

In kalten, regnerischen Winternächten durchstreifte Gerald die dunklen, stinkenden Gänge von schmutzstarrenden Absteigen, knackte wackelige Türschlösser und beklaute die schlafenden Betrunkenen. Er war ein recht guter Einbrecher, deshalb machte er auch, wenn es zu kalt und naß war, um auf den Straßen zu arbeiten, einen guten Schnitt.

Es stand außer Frage, daß Gerald Armond Gallego mit seinen acht Jahren ein sehr geriebener, typisch amerikanischer Unternehmer war.

Gerald hatte jetzt das Ende der K-Street erreicht. Er konnte den Sacramento River riechen und den frühmorgendlichen Nebel sehen, der sich aus dem dunklen Wasser hob. Das Kleingeld in seiner rechten Hosentasche hatte ein angenehmes Gewicht und klimperte erfreulich, als er zu laufen begann. In der linken Tasche trug er sein Werkzeug zum Aufbrechen von Türschlössern und ein rasiermesserscharfes Klappmesser. Ein Messer war die einzige Waffe, die ein Achtjähriger gefahrlos bei sich tragen konnte, aber Gerald hatte die Absicht, sich bald eine Pistole zu kaufen, falls er nicht vorher das Glück hatte, in einem geknackten Wagen eine zu finden. Wenn er eine kaufte, dann müßte es eine Halbautomatik Kaliber 25 sein. Diese winzige Waffe war leicht zu verbergen und tödlich treffsicher auf kurze Entfernung, und er *liebte* diese ganz besonderen kleinen Spielzeuge. Seine Mutter besaß eine, aber sie trug sie immer in ihrer Handtasche oder dem BH, so daß er keine Chance hatte, an sie heranzukommen.

Vom Schulbesuch abgesehen, war zu diesem Zeitpunkt in seinem jungen Leben alles im Lot. Er ging, wohin er wollte, blieb, solange er wollte, und tat, was er wollte. Er verdiente gutes Geld und wurde auf den Straßen respektiert – sogar von einigen gefürchtet, die ihn einen verrückten, gefährlichen kleinen Bastard nannten, einen gerissenen Stromer mit dem Verstand und der Seele eines brutalen, 30jährigen Sträflings.

Diese Beschreibung störte ihn absolut nicht. Im Gegenteil, er war insgeheim stolz darauf.

Der achtjährige Gerald mußte seine Mutter für Unterkunft und Verpflegung bezahlen, auch wenn sie nie eine Mahlzeit kochte und sein Zimmer aus einem durchgelegenen Feldbett in der Küche bestand. Aber er hatte Ersparnisse, und wenn sie ihm den Befehl gab, wegzubleiben, während Freunde oder Freier zu Besuch waren, hatte er reichlich Zeit, dem Job nachzugehen, in dem er sich rundum zu Hause fühlte.

Der Schulbehörde, der nicht bekannt war, daß Gerald meistens bis vier Uhr morgens arbeitete, war unbegreiflich, warum der Junge nicht regelmäßig zum Unterricht kam. Ein Lehrer nannte ihn wiederholt einen dummen, unehelichen Bastard, weil er in der Stunde einschlief und sich nicht konzentrieren konnte. Gerald war ihm deswegen bitterböse und plante Rache. Es machte ihm nichts aus, wenn man ihn mit zutreffenden Ausdrücken bedachte, aber erstens war er kein Bastard und zweitens schon gar nicht dumm, im Gegenteil. Er konnte lesen, schreiben und rechnen – was bedeutend mehr war, als seine Kameraden in der dritten Klasse zuwege brachten.

So sehr Gerald die Behörden haßte, kam er doch nicht dagegen an. Also fügte er sich, nannte die Lehrerin »Fräulein«, den Direktor »Sir« und bedauerte in tränenreicher Verzweiflung sein pflichtvergessenes Verhalten. Alle hatten Mitleid mit ihm und seinem erbärmlichen Leben – und genau darauf hatte er spekuliert. Der Beamte, der für Fälle von Schuleschwänzen zuständig war, ließ sich allerdings nicht so leicht täuschen. Er jagte ihn durch die ganze Stadt und verhaftete ihn bei jeder Gelegenheit, weil er den Jungen ganz genau durchschaute und zutiefst haßte. Er setzte Lorraine gewaltig unter Druck, wenn er sie zu Hause erwischte, und einmal drohte er, ihr Gerald per Gerichtsbeschluß wegzunehmen.

»Von mir aus herzlich gern«, hatte sie geantwortet. »Dann hätte ich den kleinen Bastard vom Hals und endlich etwas Frieden.«

Gerald wandte sich nach rechts und ging den Fluß entlang zur Baracke seiner Mutter in West Sacramento. Er überquerte ein großes, freies Feld, das von Unkraut überwuchert war und voller uralter, rostender Autowracks. Hier, mitten auf diesem dunklen Schrottplatz, traf er jeden Morgen seine Freundin. Er liebte sie mehr als alles andere. Tatsächlich war sie seine *einzige* Liebe. Sie war immer außer sich vor Entzükken, ihn zu sehen, und überschüttete den nach Liebe hungernden, völlig vernachlässigten Jungen mit all ihrer Zuneigung und Zärtlichkeit. Gerald bückte sich, hielt nach ihr Ausschau... und da war sie, exakt an der Stelle, wo sie immer auf ihn wartete.

»Queenie?« flüsterte Gerald. »Bist du das?« Obwohl er es genau wußte, stellte er immer dieselbe Frage. Er lief zu ihr, kniete sich auf den Boden, nahm die Hündin in seine Arme und drückte sie an sich. Sie leckte ihm zur Begrüßung das Gesicht ab und zitterte vor Begeisterung und Freude. Ihre ganze Liebe gehörte diesem einzigen Menschenwesen, das je gut zu ihr gewesen war.

»Zeit zum Frühstück.« Gerald zog einen großen, fettigen Beutel aus seinem Hemd und ließ Queenie daran schnuppern.

»Hast du Hunger, Queenie? Ich ganz bestimmt!« Er nahm zwei kalte Hamburger heraus, einen ganz besonders riesigen für Queenie und einen kleineren für sich selbst. Außerdem hatte er Pommes frites dabei und einen halben Liter Milch für den Hund. Mit seinem Messer schnitt Gerald die Milchtüte auf und zerteilte den Riesenhamburger in vier Stücke. Außer sich vor Glück schaute er dem Hund zu, der nur aus Haut und Knochen bestand, voller Flöhe war und vor Schmutz starrte, wie er gierig die kalte Milch auflappte und den riesigen Hamburger verschlang – samt Ketchup, Senf, Zwiebeln, Tomaten und Salz. Gerald liebte Hunde – oder eigentlich alle Tiere. Er hatte erfahren, daß sie anhänglich waren, ihm Vertrauen und Liebe entgegenbrachten – was bedeutend mehr war, als er von den menschlichen Wesen, die er kannte, erwarten konnte oder bekam. Während er seinen kleinen Hamburger aß, fütterte er Queenie mit den Fritten, tätschelte ihren Kopf und streichelte ihren stinkenden, räudigen Körper. Dankbar leckte sie nach jedem Bissen sein Gesicht und wedelte mit dem flohzerbissenen, fast haarlosen Schwanz.

»Ich wünschte, ich könnte dich mit nach Hause nehmen«, flüsterte er, »aber ich hab' dir ja schon gesagt, wie es ist, als wir uns zum erstenmal trafen. Meine Mutter würde dich von ihrem Freund erschießen lassen oder es selbst tun oder dir am Ende sogar Rattengift geben.

Aber hör zu, Queenie, ich hab' da eine alte, verlassene Garage an der First-Street im Auge. Wenn ich sie kriegen kann, ziehen wir dort ein und richten sie her, nur für dich und mich. Du kannst unser Zuhause bewachen, während ich nachts arbeite, und ich bringe dich zu einem Tierarzt und füttere dich richtig gut, soviel du willst.

Dann gehen wir jeden Tag an den Fluß zum Angeln, und du paßt auf den Mann von der Schulbehörde auf ... Ich kann prima Fisch braten, und ich mach' dir auch die Gräten raus, und wenn du Welpen hast, behalten wir sie alle und sind eine richtig glückliche Familie. Wir werden nicht kämpfen oder uns streiten und immer ordentlich was zu essen haben, und du kannst in meinem Bett schlafen, wenn du willst.«

Der Hund schaute den Jungen aus hellen, intelligenten Augen an und schien jedes einzelne Wort zu verstehen.

»Ich muß gehen, Queenie«, flüsterte er, drückte den Hund und stand auf. »Aber morgen um die gleiche Zeit wieder genau hier – und dann bring' ich dir *zwei* Hamburger. Sie kosten einen Dollar das Stück, aber *du* bist das wert, Queenie, weil ich dich liebe und du mich auch liebst.«

Die schäbige, einsame Hündin schaute ihm versonnen nach, als der einzige Mensch, den sie liebte, davontrottete – und der schäbige, einsame Junge schaute zurück und winkte dem einzigen Lebewesen zu, das er liebte.

10. Kapitel

Der ewige Bräutigam

Ungefähr eine Woche nach den Morden begann Gerald sich Sorgen zu machen. Der Grund dafür war, daß er eines Nachts von dem Mord an Sandra Christine Tremper geträumt hatte, von seinem Cousin und dessen Freunden, die lebenslänglich im Folsom Prison im Loch saßen, weil ein elender Verräter sie dort hingebracht hatte. Folsom ist das älteste und gefürchtetste Zuchthaus in Kalifornien. Die Zellen sind aus dem massiven Urgestein des Flußufers herausgemeißelt, und die neun Meter hohen Mauern sind riesige Blöcke aus solidem Granit. Es ist klirrend kalt im Winter, kochend heiß im Sommer, und die steinernen Zellen sind ewig feucht, schleimig und stinken wie verfaulte Eier.

Im Gegensatz zu den meisten anderen Gefängnissen in Kalifornien hat Folsom keine Heizung, keine Klimaanlage, keinen Swimmingpool, Tennisplatz, Turnsaal oder Kabelfernsehen. Es gibt weder von draußen gelieferte Mahlzeiten noch Besuche von Ehefrauen. Die Wachen sind bislang nicht vertraut mit den neusten psychologischen Empfehlungen für die Behandlung von Strafgefangenen, und ihre Antwort auf so ungefähr jedes Problem ist ein Schlag mit dem Stiel einer Axt auf den Kopf – jedenfalls behaupten das die Insassen.

Das Folsom-Gefängnis liegt seit 140 Jahren dort am Ufer des American River, ungefähr 35 Meilen nördlich von Sacramento, direkt am Ende der Hauptstraße der kleinen Stadt gleichen Namens. Abgesehen von Elektrizität und Wasserspülung im Klo hat es sich seit damals kein bißchen verändert. Es beherbergt die gefährlichsten Schwerverbrecher Kaliforniens – die Berufskriminellen, die Irren, die Ausbruchskünstler und die straffälligen Geisteskranken, die aus anderen Instititutionen dorthin verlegt werden, wenn man sie für zu gefährlich hält, um sie zu betreuen. Bei über tausend Versuchen haben in den ganzen 140 Jahren nur drei

Männer lebend die Flucht aus Folsom geschafft. Die Insassen behaupten, wenn der Alarm ertönt, folge als nächstes ein Gewehrschuß und der Ruf: »Auf der Flucht erschossen!« Es ist ein hartes Los, dort zu sitzen, und gibt Berufsverbrechern wie Gerald Armond Gallego zu denken – und jetzt beschäftigte es ihn angesichts der simplen Tatsache, daß Charlene möglicherweise beschloß, ihn zu verpfeifen. Daß er genausoleicht in der Gaskammer landen könnte, kam ihm nicht in den Sinn.

Gerald kam zu der Überzeugung, daß er nur zwei Möglichkeiten hatte, um sich abzusichern: Charlene zu heiraten – oder sie zu töten. Aber vor dem letzteren hatte er Angst. Wenn ihr etwas geschah, würden ihn Mr. und Mrs. Williams gnadenlos verfolgen und keine Ruhe geben, bis er zur Strekke gebracht war. Die wirksamste Vorsichtsmaßnahme schien eine sofortige Heirat, denn schließlich konnte ein Ehepartner nicht gegen den anderen aussagen. Dachte er!

Gerald kannte sich ganz gut aus mit dem Gesetz, aber er hatte sich immer auf Strafrecht »spezialisiert« und war nicht mit den verzwickten zivilrechtlichen Bestimmungen vertraut. Wie die meisten Laien verließ er sich aufs Hörensagen, ohne den genauen Text nachzuprüfen, in dem im wesentlichen festgeschrieben ist, daß ein Ehepartner nicht *gezwungen* werden kann, gegen den anderen auszusagen, es ihm aber freisteht, wenn er sich dazu entschließt. Und genau das war es, was ihm schließlich zwei Todesurteile eintragen würde.

Am Samstag, dem 30. September 1978, ungefähr 18 Tage nach ihren ersten beiden Entführungen mit anschließender Vergewaltigung und Ermordung fuhren eine sehr glückliche Charlene, ein ziemlich verunsichertes Ehepaar Williams und ein hochzufriedener Gerald Gallego nach Reno. Die dortige Behörde für die Erteilung der Ehelizenzen ist an sieben Tagen in der Woche geöffnet, um alle zu bedienen, die täglich zu Hunderten heranströmen und ohne Wartezeit, ohne Bluttest, billig und unkompliziert heiraten wollen. Glücksspiel, Heirat, Scheidung und legale Bordelle liefern das finanzielle Fundament, das Nevada in einem Meer von wertlosem Sand und Fels über Wasser hält.

Für Charlene war die Ehe nichts Neues. Sie hatte es bereits zweimal versucht, zuerst mit einem Muttersöhnchen, das heroinabhängig war, keinen hochkriegte und sich die meiste Zeit in einem Schrank versteckte und sabbernd an seinem Pimmel spielte. Auf die Frage ihrer Mutter, ob sie nicht gewußt habe, worauf sie sich da einließ, entgegnete Charlene, sie habe gedacht, er sei einer von den sogenannten Neuen Männern, wie die Emanzen sie beschreiben – empfindsam, liebevoll, sanft und ohne chauvinistische Machtgelüste. Ihr zweiter Versuch war ein Soldat, der ihr nach ein paar Wochen sagte, sie solle verschwinden, als er entdeckte, daß er nicht nur eine großbürgerliche Prinzessin, sondern auch noch die königlichen Eltern geheiratet hatte.

Was Gerald betraf, so war er öfter verheiratet gewesen als ein alter Mormone. Eigentlich war er seit dem sechzehnten Lebensjahr ein immerwährender Bräutigam.

Charlene trug ein kurzes, züchtig weißes Spitzenkleid, weiße Schuhe und hatte Veilchen und Orangenblüten ins Haar geflochten. Alle fanden, daß sie sehr hübsch war und wie die typisch amerikanische Braut aus einer Familienillustrierten aussah. Gerald trug einen dreiteiligen blauen Anzug, neue schwarze Schuhe, ein weißes Hemd und eine rote Krawatte. Alle fanden, daß er sehr stattlich war und wie der typisch amerikanische Bräutigam aus einem Modeblatt für den eleganten Herrn aussah. Mercedes machte unzählige Bilder von dem glücklichen Paar, drückte und küßte Gerald, und Charlene freute sich, daß die beiden so gut miteinander auskamen.

Gerald hatte die Absicht, nach der Heirat genauso weiterzuleben wie eh und je – zu stehlen, wenn er etwas Lohnenswertes entdeckte, ein wenig mit Drogen zu handeln, gelegentlich als Barmixer zu arbeiten und, auch wenn er auf diesem Gebiet nur mäßig war, hin und wieder beim Kartenspiel zu betrügen. Natürlich erwartete er, daß seine Frau selbst für ihren Lebensunterhalt aufkam. Durch ihren Vater fand Charlene einen Job in einer Konservenfabrik, bei dem sie für 10 Dollar die Stunde Fleisch zerschnitt und verpackte, und Gerald sorgte dafür, daß sie ihn auch behielt, indem er ihr handgreiflich erklärte, daß er das Geld brauche. Entweder Charlene oder ihre Eltern hatten ihm ein geschniegeltes, bonbonrotes Triumph-Sportcoupé, Baujahr 1974, gekauft, und Gerald beschloß, aus Dankbarkeit einen Job als Barkeeper von 16.00 Uhr nachmittags bis 2.00 Uhr nachts im Windward Club am Del Paso Boulevard in North Sacramento anzunehmen. Er war ein ausgezeichneter Barmixer, und sein Chef sagte später, daß viele weibliche Kunden allein seinetwegen gekommen seien.

Wenn Charlene um fünf Feierabend hatte, ging sie heim, säuberte das Haus, machte Sandwiches für den nächsten Mittag und gönnte sich danach entweder ein Nickerchen oder besuchte ihre Eltern. Gegen Mitternacht fuhr sie dann zum Windward Club, saß in einer dunklen Nische im Hintergrund, schluckte reichlich Gin pur und gab sich Phantasien hin, von schweißglänzenden Bauarbeitern und ungeheuer weiblichen Frauen vergewaltigt zu werden.

Um zwei Uhr schloß Gerald die Bar, und sie kehrten irgendwo zu einem späten Abendessen ein. Oberflächlich gesehen schienen sie nur eines von vielen Paaren zu sein, das in Zeiten einer wirtschaftlichen Depression hart arbeitet, um über die Runden zu kommen. Aber natürlich war bei den Gallegons nichts so, wie es schien.

Im Verlauf der nächsten vier Monate machte Gerald mit Charlene ein Dutzend Reisen nach Chico, um seine Mutter und ihren Ehemann Ed Davies zu besuchen. Sie lebten in einer halb umgebauten, alten Scheune, die an eine Baracke für Erntehelfer aus »Die Früchte des Zorns« erinnerte. Charlene berichtete später ihrer Zellengenossin, daß das Haus im Innern genauso schmutzig war, wie es von außen wirkte, und sie sich beinah jedesmal übergeben habe, wenn sie zur Tür hereinkam. Sie weigerte sich, dort etwas zu essen, und brachte Gerald dazu, daß sie sich irgendwo einen Hamburger kauften, wenn sie hungrig wurde.

Geralds Tochter Mary Ellen lebte bei ihrer Großmutter Lorraine, und in Wahrheit machte er diese Besuche nur zu einem Zweck – um es mit Mary Ellen und ihrer Freundin zu treiben, wobei Charlene, wann immer möglich, mitmachte.

Angesichts Mary Ellens Aussage bei Geralds Prozeß fünf Jahre später, daß sie ihren Vater aufrichtig liebe, ist es zweifelhaft, ob sie den guten alten Dad je verpfiffen hätte, wenn ihre Freundin sie nicht dazu gedrängt hätte. Diese behauptete nämlich, man würde Mary Ellen mit Mitleid zur so überschütten, und es würde dabei ordentlich was rausspringen – neue Kleider für Fernsehinterviews, Geld vom Staat als mißbrauchte Kinder, und vor allem müßten sie wahrscheinlich nicht mal mehr zur Schule.

Beim letzten Besuch von Gerald und Charlene entschied Mary Ellen, die Zeit sei reif, ihrem Stiefgroßvater zu beichten, daß Gerald sie mit sechs Jahren schon zum erstenmal sexuell belästigt habe – daß er sie im Verlauf der Jahre zu Oral- und Analverkehr gezwungen, mit ihr geschlafen und sie geschlagen habe, wenn sie sich weigerte. Er habe sie mit Fäusten, Ohrfeigen und Fußtritten traktiert und ihr einmal sogar einen Zahn ausgebrochen, als er ihr das Knie in den Mund rammte.

Ob das der Wahrheit entsprach, sei dahingestellt, aber es würde durchaus zu Geralds Art passen, Frauen zu behandeln. Gerald und Charlene waren zum Laden gegangen, um Bier und Zigaretten zu holen, und Mary Ellen nutzte die Gelegenheit. Ed Davies ist ein anständiger Mann aus der Arbeiterschicht, und er drehte bei ihrer Geschichte regelrecht durch. Er hatte das Mädchen aufgezogen und liebte es, und als die Jungvermählten zurückkehrten, wartete er in wilder Entschlossenheit mit einem Jagdgewehr, um Gerald ohne Zögern eine Kugel in den Kopf zu jagen.

Lorraine verhinderte es, indem sie ihn lange genug im Schlafzimmer einschloß, damit Gerald und Charlene sich davonmachen konnten. Aber während Gerald draußen im Hof mit seiner Mutter redete, rief Ed Davies die Polizei an, die versprach, rechtzeitig zu kommen, um ihn auf der Stelle zu verhaften. Charlene brüllte aus dem Bus, er solle sich beeilen, während Lorraine ihm sagte, er sei ein blöder Idiot, daß er ihr nichts von seiner sexuellen Beziehung mit Mary Ellen erzählt habe. Nun sei es zu spät für sie, dem Mädchen das große Maul zu stopfen.

»Ich kann Ed davon abhalten, dich umzubringen oder zu

verfolgen, aber nicht die Bullen! Wie ist das bloß möglich, daß ein Kind dir so was anhängt? Konntest du das nicht lassen?« schrie Lorraine ihren Sohn an.

»Ich hab's doch nur versucht, Mary Ellen zu zeigen, wie sehr ich sie liebe«, erwiderte Gerald unter Tränen. »Sie hat gesagt, sie versteht's... vielleicht war es gegen das Gesetz, aber ich hab's aus Liebe getan.«

»Ist schon in Ordnung, mein Junge«, versicherte seine Mutter, die sich möglicherweise an *ihren* Vater erinnerte. »Versuch einfach, es nicht wieder zu tun. Und ganz egal, was passiert, du weißt, daß ich dich immer liebe.«

Die Polizei erschien erst lange nach Geralds Verschwinden. Sie redete mit Ed Davies, Mary Ellen und ihrer Freundin, danach wurde der Bezirksstaatsanwalt von Butte County informiert. Gegen 8.00 Uhr am nächsten Morgen war Gerald, um seinen Lieblingsausdruck zu benutzen, in Scheiße bis zur Oberlippe. Ein Haftbefehl wurde ausgestellt, in dem Gerald Armond Gallego zahlreicher Sexualvergehen beschuldigt wurde, einschließlich Inzest mit Mary Ellen – ein Delikt, das in Kalifornien eine Mindeststrafe von 50 Jahren zur Folge hat. Doch da waren Gerald und Charlene längst wieder in ihrem Liebesnest in der Bluebird Lane. Keiner, weder Mary Ellen noch die Freundin und schon gar nicht Lorraine, verrieten je den Behörden von Butte County ihren Wohnsitz. Und um den häuslichen Frieden zu wahren, entschied auch Ed Davies, den Mund zu halten. (Selbst wenn jemand Geralds Aufenthaltsort ausgeplaudert hätte, hätten sich die Behörden von Butte County mit denen von Sacramento County in Verbindung setzen müssen. Und die hätten dann versuchen müssen, ihn aufzuspüren. Aber die lokalen Polizeikräfte haben einfach nicht die Mittel zu solchen Fahndungen, da sie schlicht überlastet sind. Außerdem war Gerald gerade dabei, sich einen Falschnamen zuzulegen, was die Sache für die Polizei noch weiter erschwert hätte.)

Charlene war krank vor Angst wegen dieses Haftbefehls und beschwatzte Daddy Gerald so lange, bis er ihr erlaubte, Mr. und Mrs. Williams davon in Kenntnis zu setzen, daß die Liebe ihres Lebens in der Tinte steckt. Ihre Mutter wollte als erstes wissen, ob Gerald *tatsächlich* von seiner Tochter und seinem Stiefvater verleumdet worden sei, wie Charlene und Gerald schworen.

Kurzentschlossen fuhr Mercedes nach Chico und verschaffte sich einen gründlichen Überblick. Es gelang ihr sogar, Geralds Vorstrafenregister einzusehen. Außerdem hatte sie ein langes Gespräch mit dem stellvertretenden Staatsanwalt, der den Fall betreute und ihr erzählte, daß Gerald definitiv das Zuchthaus in Folsom blühe, sobald man ihm die Handschellen angelegt habe. Kochend vor Wut kehrte Mercedes nach Hause zurück und sagte ihrer Tochter, daß sie und Gerald gottverdammte Lügner seien. Sie *wisse* jetzt, daß er nicht nur ein Kind mißbraucht habe, sondern auch noch ein Gewohnheitsverbrecher sei, und von ihr aus könne man ihn am nächsten Baum hängen. Worauf Charlene erwiderte: »Das ist mir alles egal. Ich liebe Gerald und will mit ihm verheiratet bleiben.« Diese schlichte Bemerkung klärte die Sache für Mercedes Williams. Wenn ihre geliebte Tochter Gerald Armond Gallego wollte, dann sollte sie ihn haben – inzestuöser Bastard und Gewohnheitsverbrecher hin oder her.

Eigentlich müßte man annehmen, *jede* Mutter, die so vernarrt in ihr Kind war wie Mercedes, hätte Gerald verraten, um ihre Tochter vor Schlimmerem zu bewahren. Warum sie es nicht tat, bleibt ein Geheimnis. Allerdings legten Mr. und Mrs. Williams ein paar Regeln fest – keine Barjobs und keine anderen Frauen mehr nebenbei, statt dessen sollte sich Gerald eine ordentliche Arbeit suchen und für ihre Tochter sorgen wie jeder andere anständige Ehemann. Charles und Mercedes erteilten nicht nur eine Menge guter Ratschläge, sondern nutzten ihr Geld und ihren Einfluß und handelten. Ihr erster Schritt war, Gerald eine absolut sichere Tarnung zu verschaffen. Charlene wurde losgeschickt, um ihren Cousin Steven Robert Feil zu besuchen, der in seiner äußeren Erscheinung starke Ähnlichkeit mit Gerald hatte, und erhielt den Befehl, Feils Geburtsurkunde zu stehlen.

Man beschrieb ihr exakt, wo sie nach dem Dokument suchen sollte, und sie hatte keine Schwierigkeiten – wer hätte schließlich Charlene, den Liebling der Familie, verdächtigt, irgendwas zu klauen? Mit dieser Geburtsurkunde erwarb Gerald einen kalifornischen Führerschein und andere beglaubigte amtliche Urkunden auf Feils Namen, wobei er die Adresse der Williams als die seine angab. Feils Ähnlichkeit mit Gerald Gallego beschränkte sich rein auf die physische Erscheinung, denn Steven Robert Feil war ironischerweise ein geachtetes Mitglied der California Highway Patrol, der hochangesehenen und elitärsten Polizeitruppe im Staat.

Den Triumph ließ Gerald ebenfalls auf seinen neuen Namen umschreiben und gab seinen Job im Windward Club mit der Begründung auf, er ziehe nach Texas. Charles Williams besorgte ihm durch seine Beziehungen eine Anstellung als Lastwagenfahrer bei einer Supermarktkette mit 11 Dollar die Stunde, was mehr war, als Gerald je auf ehrliche Weise in seinem Leben verdient hatte. Die Williams erklärten sich außerdem bereit, die Abzahlung für ein Haus zu übernehmen, sobald er lange genug in seinem Job sei, um eine Hypothek beantragen zu können.

Es schien als sei Gerald Armond Gallego ein echter Glückspilz und alles in schönster Ordnung. Selbst die Mafia hätte nicht besser für einen ihrer verdienten Kämpfer sorgen können. Er brauchte sich künftig nur etwas zurückzuhalten, fleißig zu arbeiten und daheim zu bleiben. Aber wie es nun einmal war, haßte Gerald es zutiefst, um sechs Uhr morgens aufzustehen und zur Arbeit zu gehen, sich vorschreiben zu lassen, was er tun, wohin er gehen und wie lange er bleiben solle. Er fühlte sich wie im Gefängnis, und im Grunde fand er es sogar schlimmer, weil er auch noch alles bezahlen, selbst planen und denken mußte und keine Zeit mehr hatte für Gaunereien, ein bißchen Drogenhandel oder nächtliche Pokerspiele. Und aus Angst vor den Williams wagte er es nicht einmal, sich eine Geliebte zuzulegen. Außerdem hatte er Bedenken, daß Charlene sie ihm wegschnappen würde. Sein Eheleben war wieder einmal ein totaler Trümmerhaufen. Seit seine Tochter und ihre Freundin nicht mehr verfügbar waren, konnte er ihn überhaupt nicht mehr hochkriegen, und Charlene machte bereits An -

deutungen, es sei Zeit für ein neues Experiment mit Liebessklaven.

Gerald hätte ihr gern den Gefallen getan, aber bis dieser offenstehende Haftbefehl nicht abgekühlt war, wollte er keine unnötigen Risiken eingehen. Außerdem beobachteten ihn Charlenes Eltern wie zwei hungrige Aasgeier, und er wußte, daß sie keine Sekunde zögern würden, ihn geradewegs nach Folsom zu schicken, wenn Charlene auch nur die geringsten Anzeichen erkennen ließ, daß sie unglücklich sei.

Gerald war nicht daran gewöhnt, in eine Ecke gedrängt zu werden, und es gefiel ihm ganz und gar nicht, daß die gesamte Familie Williams ihn derart in der Zange hatte.

Einem Gespräch zwischen Charlene und ihrer Zellengenossin zufolge, erreichte die Krise ihren Höhepunkt, als sie eines Nachmittags im Herbst 1978 in eine handgreifliche Auseinandersetzung gerieten, weil sie ihm einen geblasen hatte, bis ihr die Augen vorquollen und bei Gerald sich absolut nichts regte. Beide hatten vom frühen Morgen an Gin getrunken, und Charlene gehörte zu diesen kleingewachsenen Menschen, die streitsüchtig werden, wenn sie betrunken sind. An diesem Tag war sie *sehr* betrunken und brauchte unbedingt einen anständigen Sex.

»Bist du ein beschissener Schwuler?« kreischte sie. »Ich kann besser blasen als Linda Lovelace, und ein *richtiger* Mann hätte längst einen Ständer wie aus Eisen!«

Es war natürlich genau das Falsche, was sie da sagte und Gerald versetzte ihr prompt einen derartigen Schlag, daß er sich den kleinen Finger brach. Aber diesmal kam nicht ihre übliche Reaktion: »O Daddy, es tut mir leid.« Statt dessen rannte sie zum Schlafzimmerschrank, schnappte sich eine einen Meter lange Staubsaugerdüse und fing an, den völlig überraschten Gerald damit zu schlagen. Gerald packte einen Besen, und sie trieben sich gegenseitig unter lautstarken Flüchen und Beleidigungen durchs Wohnzimmer, wie zwei splitternackte, säbelschwingende Freibeuter in einem Piratenfilm mit Errol Flynn. Er versetzte ihr einen wütenden

Schlag auf den Schädel, und sie flog kopfüber hinter die Couch.

»Du verfluchter, blödsinniger Trottelarsch!« kreischte Charlene und versuchte sich aus den Gardinen zu wickeln. »Nur ein unterbelichteter, chauvinistischer Scheißkerl wie du schlägt eine FRAU!« Sie sprang über die Couch und kam wildentschlossen mit ihrem Stahlknüppel auf Gerald zu, um ihm den Schädel einzuschlagen – und blieb so abrupt stehen, daß sie auf dem Teppich ausrutschte. Innerhalb einer Sekunde war sie stocknüchtern.

Gerald hatte eine Magnum 357 auf ihren Kopf gerichtet, und zwar in der typischen Haltung eines Fernsehbullen: dann aber drehte er sich zur Seite und legte *wirklich* auf sie an. Seine großen Rasputinaugen wirkten weit unheimlicher als die kleinen Kupferspitzen der Kugeln, die Charlene in den Magazinkammern sehen konnte. Sie sagte später, daß sie nie im Leben solche Angst gehabt habe, weil sie wußte, daß er sie genauso erschießen würde wie die Liebessklaven.

Zum erstenmal hatte sie erkannt, daß Daddy Gerald vor *ihr* Angst hatte. Und das erschreckte sie maßlos.

Wie auf ein Stichwort öffnete sich die unverschlossene Eingangstür, und herein spazierte die winzige, 1,57 m große und 110 Pfund schwere Mercedes Williams.

»Leg diese Waffe hin, Gerry«, befahl sie, ging ohne Zögern auf ihn zu und schlug ihn so hart ins Gesicht, daß er die Augen verdrehte und die Pistole fallenließ.

Sie hob sie auf, funkelte ihn an und versetzte ihm mit dem Pistolenknauf einen Schlag gegen die Schläfe. Blut lief ihm über die Wange. Gerald bedeckte sein Gesicht mit beiden Händen und begann zu weinen.

»Hör auf damit«, sagte Mercedes schroff. »Ich weiß nicht, was das hier soll... aber ich kann's mir denken. Gerry, geh und wasch das Blut ab, dann verbinde ich dir den Kopf. Charlene, zieh dir was an... und du auch, Gerry.«

Zwanzig Minuten später hatte sich Gerald beruhigt und gesäubert, die Tränen getrocknet und war angezogen und bandagiert.

»Ich trenne euch zwei für den Rest des Tages«, entschied

Mercedes in ihrer Art, die keinen Widerspruch duldete. »Gerry, du kommst mit mir nach Hause. Charlene, du bleibst hier, bis ich ihn zurückschicke. Verstanden?«

»Ja, Mama«, nickte Charlene gehorsam.

Um halb vier am Morgen des 24. Juni 1979 weckte Gerald Charlene mit seinem üblichen Ellbogenstoß.

»Wach auf, Fotze! Heute machen wir's wieder!«

Charlene rieb sich die Seite und dachte nur: *Endlich*! Sie spürte nicht mal die Schmerzen in ihren Rippen, sondern nur eine köstliche Anspannung und einen ungeheuren sexuellen Prickel. Wie dicke, heiße, blubbernde Lava in einem Vulkan, der kurz vor dem Explodieren steht, erfüllten diese Empfindungen ihren ganzen Körper. Es störte sie nicht einmal, daß er sie wieder Fotze genannt hatte, weil sie wußte, daß Daddy Gerald »Baby!« flüstern würde, bevor es Abend war.

»Derselbe Ort, Daddy?«

»Du blöde Fotze! *Nie* am selben Ort! Wir fahren nach Reno zur Landwirtschaftsschau von Nevada. Da werden so viele süße, kleine Teenager herumrennen, daß wir uns diesmal vielleicht sogar vier schnappen statt zwei!«

»O Daddy!« quiekte Charlene. »Das wäre wundervoll... aber glaubst du, wir können mit so vielen auf einmal fertigwerden?«

»Klar können wir das. Was sollen sie schon tun, wenn wir sie erst mal gefesselt und geknebelt haben?«

Charlene sprang aus dem Bett und begann ihr Teenagerkostüm zusammenzusuchen.

11. Kapitel

Schüsse in der Humboldt Senke

Von Sacramento nach Reno sind es ungefähr 102 Meilen. Die Fahrt geht über eine beinharte, tückische Strecke, die einem sämtliche Knochen durchrüttelt. Die zwei- und dreispurige Highway schlängelt sich in Serpentinen durch die Berge der Sierra Nevada und folgt dabei fast exakt den Spuren der alten Planwagenroute, auf der die Pioniere von St. Louis nach Sacramento zogen. Die Straße steigt von Meeresniveau bis auf über 2100 Meter, stürzt dann in einem Gefälle von 40 Grad auf 1200 Meter, geht über in eine flache Strecke, und mit einem Seufzer der Erleichterung passiert der Fahrer ein riesiges Neonschild, das sich über die Straße spannt: »Reno, The Biggest Little City in the World.«

Auf der Nevada State Fair gibt es wie auf den meisten landwirtschaftlichen Ausstellungen alles mögliche – von Pferderennen und Shows mit preisgekröntem Vieh über Koch- und Einmachwettbewerbe, Kuchen- und Pastetenkonkurrenzen und natürlich mittendrin einen Jahrmarktsrummel. Gerald und Charlene erreichten das Gelände gegen 10 Uhr morgens am Sonntag, dem 24. Juni 1979 – dem Vatertag.

Sie stellten ihren Bus auf dem riesigen Parkplatz ab, gingen in ein Restaurant und gönnten sich ein gutes, nahrhaftes Frühstück aus Schinken und Eiern, Toast, Hafergrütze, Kaffee und einem großen Obstbecher mit diversen Melonen und kernlosen Trauben.

Gerald war so hungrig, daß er sich dazu noch Pfannkuchen mit Ahornsirup bestellte. Charlene lächelte beifällig über seinen Appetit. Sie war der Meinung, daß Daddy Gerald nicht ordentlich aß, wenn sie unterwegs waren und er sich bloß von Hamburgern und solchem Zeug ernährte. In ihrer Vorstellung sah sie ihn stets als einen großen Mann, der reichlich Essen brauchte. Objektiv gesehen war er das eigentlich nicht, aber verglichen mit ihr war Daddy Gerald riesig. Sie verließen das Restaurant, gingen Hand in Hand zu einem grasigen Hügel, setzten sich, rauchten und beobachteten die Menge, die sich auf dem Rummelplatz drängte.

Charlenes blondes Haar war zu Zöpfen geflochten, ordentliche Ponys fielen ihr in die Stirn, sie trug weiße Shorts, ein weißes T-Shirt, weiße Sandalen und sah keinen Tag älter als 16 aus. Aber in ihrer Handtasche hatte sie eine kleine 44er Derringer, und Gerald war mit einer Magnum 357 bewaffnet – derselben Pistole, mit der er Charlene zu Tode erschreckt hatte, als er sie an jenem Tag im vergangenen Herbst auf sie anlegte.

Eine Stunde lang saßen sie auf dem kleinen Hügel und hielten wie zwei geduldige Löwen, die eine Herde Antilopen belauerten, Ausschau nach möglicher Beute. Charlene war entspannt, voller Vorfreude und zufrieden wie ein Schneekönig, daß Daddy Gerald sie nicht mehr Fotze genannt hatte, seit sie aufgebrochen waren.

Plötzlich erstarrte Gerald wieder wie ein alarmierter Jagdhund. Sie folgte seinem Blick und sah ein einsames Mädchen am Fuß des Hügels, das langsam auf den Hauptweg des Rummelplatzes zuschlenderte. Sie schien um die 20 zu sein, war groß, hatte langes, silberblondes Haar, trug hautenge, weiße Jeans mit einem breiten, roten Gürtel, ein weißes Seidenhemd und rote Cowboystiefel.

Sie war eine Schönheit, nach der man sich umdrehte, und ihr stolzer, sinnlicher Gang verriet, daß sie sich eindeutig ihrer Wirkung bewußt war.

»Gottverdammt«, keuchte Gerald, »sieht aus, als ficke sie direkt im Gehen!«

»O ja«, seufzte Charlene und wünschte inständig, *sie* wäre 1,70 m groß und wiege 120 Pfund wie diese blonde Schönheit, die dort dahinschwänzelte.

»Mach dich an sie ran«, befahl er und richtete die ganze Kraft seines hypnotischen Blicks auf Charlene.

»Aber Daddy, ich dachte, wir wollten es mit vier...«

»Halt's Maul. Wir nehmen die da, anschließend kommen wir zurück und holen die anderen. Los, Baby.«

Charlene stand ohne ein weiteres Wort auf, ging den Abhang hinunter und folgte der wunderschönen Blondine mit dem wackelnden Hinterteil. Sie wußte, daß Daddy Gerald sie vom Hügel aus beobachtete, und war sehr nervös und angespannt. Es fiel ihr schwer, sich auf die vor ihr liegende Aufgabe zu konzentrieren und sich innerlich so darauf einzustellen wie damals in Sacramento. Die Blonde blieb plötzlich an einem Tisch mit hausgemachten Gelees und Marmeladen stehen, und Charlene näherte sich langsam.

»Schade, daß ich sowas nicht machen kann«, sagte sie und deutete auf die glänzenden, bunten Gläser, die dort ausgestellt waren.

»Hmhm«, murmelte die Blonde gleichgültig und wandte sich mal den Kopf. Abrupt ging sie weiter in Richtung einer Scheune. Charlene wartete, daß sie stehenblieb, aber sie tat es nicht. Inzwischen hatte sie ein ziemlich schlechtes Gefühl bei der Sache und wagte nicht, daran zu denken, was Daddy Gerald tun würde, wenn ihr diese Frau entwischte.

Sie folgte ihr in die langgestreckte, hohe Scheune, die nach Mist und Jauche roch. Als ihre Augen sich an das Dämmerlicht gewöhnt hatten, sah sie die Blonde. Sie stützte ihre Arme auf einen Holzzaun, hatte einen Fuß auf die untere Sprosse gestellt und betrachtete die vier schottischen Zwergponys, die in der Mittagshitze dösten.

Charlene schlenderte zu ihr und musterte die winzigen Pferde. »Die sind ja wunderschön, nicht wahr?« meinte sie mit einem Seitenblick auf ihr künftiges Opfer.

Diesmal wandte die Frau den Kopf und schaute Charlene direkt in die Augen. Aus der Nähe war sie nicht annähernd so jung, wie sie vermutet hatten. Dem ersten Eindruck nach schien sie 30, aber ihre Hände verrieten deutlich die 40. Wie alt sie auch immer in Wirklichkeit war, ein Teenager war sie jedenfalls nicht. Ihr Gesicht wirkte hart und verlebt, und wahrscheinlich hatte sie nicht einmal wie ein Teenager gefühlt oder gedacht, als sie einer gewesen war. Ihre Stimme klang so eisig, daß sie vermutlich damit schon so manchen routinierten Aufreißer abgeschreckt hatte.

»Mach mich bloß nicht an, Mädchen. Wenn du nach einer

Lesbe suchst und ein paar Kröten, bist du bei mir an der falschen Adresse. Verzieh dich, und zwar auf der Stelle, denn in exakt fünf Sekunden brülle ich nach den Bullen.«

»Oh, ich wollte nicht...«, stammelte Charlene, die spürte, daß sie vor Verlegenheit rot wurde. »Ich wollte doch *so was* nicht!«

»Klar«, nickte die Blonde lässig, »du hast noch zwei Sekunden, Mädchen.«

»Oh!« quietschte Charlene. »Oh, Sie sind einfach gräßlich!« Damit drehte sie sich um und rannte aus der nach Kuhstall duftenden Scheune davon.

Wer immer die üppige Blondine mit dem wackelnden Hinterteil gewesen sein mag, feststeht, daß der Sonntag des 24. Juni 1979 der glücklichste Tag ihres Lebens war.

Gerald und Charlene dagegen merkten, daß sie heute einen ausgesprochen schlechten Tag hatten. Zweimal hatte sie versucht, junge Mädchen abzuschleppen, war aber jedesmal zurückgeschreckt, als sie erzählten, daß ihre Eltern irgendwo auf dem Gelände seien. Gegen fünf Uhr war Gerald außer sich vor Wut und Frustration, bedachte Charlene mit sämtlichen Schimpfworten, die ihm einfielen, weil sie sich keine Mühe gebe, und drohte, ihr die Scheiße aus dem Leib zu prügeln, sobald sie zu Hause seien. Gegen sechs wurde es dunkel, und sie beschlossen, in Reno etwas zu essen, um danach zurückzukommen und ihr Glück bei den abendlichen Besuchern zu versuchen.

Müde und niedergeschlagen schlurften sie in der einsetzenden Dämmerung zum Ausgang, haßten einander zutiefst und zischten sich gegenseitig durch zusammengebissene Zähne wüste Beschimpfungen zu.

Plötzlich blieb Gerald stehen, sein Kopf ruckte hoch, die Augen schimmerten starr. »Da sind sie«, flüsterte er. Charlene schaute zu den beiden Mädchen, die am Eingang miteinander redeten. Sie waren jung, hübsch, mit Jeans und Hemden bekleidet, und eine von ihnen hatte wunderschönes, honigfarbenes Haar, das ihr bis zur Taille herabhing.

Charlene hatte den ganzen Tag über die Ereignisse eher gleichgültig registriert, aber jetzt sprang die Kamera in ihrem

Gehirn an und bannte alles auf einen Film, der jahrelang in ihrer Erinnerung gespeichert bleiben sollte.

»Mach's mit dem Handzetteltrick«, sagte Gerald, womit er einen Plan meinte, den sie besprochen hatten. »Geh und hol sie, Baby. Enttäusch mich diesmal nicht.«

»Bestimmt nicht, Daddy«, antwortete Charlene und schlenderte zu den künftigen Opfern hinüber.

»He, ihr beiden«, strahlt sie fröhlich, »hättet ihr Lust, euch auf die Schnelle jede zwanzig Mäuse zu verdienen?«

Die Mädchen musterten sie etwas mißtrauisch, aber Charlene erkannte, daß sie durchaus interessiert waren. Aus den Augenwinkeln sah sie Gerald in Richtung Parkplatz verschwinden wie Dracula bei Sonnenaufgang.

»Zwanzig Dollar wofür?« fragte die mit dem hüftlangen, honigfarbenen Haar.

»Ich bräuchte jemand, der mir hilft, den Autos auf dem Parkplatz Reklamezettel unter die Scheibenwischer zu klemmen. Dauert nicht mehr als eine Stunde. Wie wär's?«

Die beiden schauten einander an und nickten. »Okay«, lächelte das langhaarige Mädchen. »Wir dachten schon, du wolltest uns für deinen Typen aufreißen.«

»Oh, das war mein Boß, kein Freund«, lachte Charlene. Ihr war klar, daß sie die beiden jetzt, da sie Daddy Gerald gesehen hatten, nicht mehr gehen lassen durfte, egal wie sie das anstellte. Charlene steckte eine Hand in ihre Tasche und packte die 44er Derringer.

»Also okay. Wo hast du deine Zettel?«

»In meinem Bus da hinten auf dem Parkplatz. Was treibt ihr zwei hier – ich meine, seid ihr allein oder mit jemandem zusammen?«

»Nee, wir sind allein. Wie heißt du?«

»Millie... kurz für Mildred. Und ich hasse beides. Wie heißt ihr?«

»Brenda«, antwortete die Langhaarige, »und das ist Sandra.«

»Wie alt seid ihr?« fragte Charlene. Irgendwie schienen ihr diese Stimmen nicht recht zu solch kurvenreichen Körpern zu passen.

»Ich bin 13«, erwiderte Brenda, »und Sandra ist 14.«

»Ach ja.« Charlene war erstaunt. Jesus, dachte sie, die könnten glatt für 20 durchgehen, wenn sie die Mäuler nicht aufmachen. Unglaublich, wie frühreif die Gören heute sind, und anscheinend leben sie schon einige Zeit so. Jedenfalls wissen sie Bescheid, sonst wären sie nicht auf die Idee gekommen, ich wolle sie »für meinen Typen aufreißen«.

Auf dem Weg zum Bus erfuhr Charlene, daß die beiden aus kaputten Familienverhältnissen in Montana und Arizona kamen, notorische Ausreißerinnen waren und Brenda abwechselnd mit Sandra wegrannte oder Sandra sich davonmachte und bei Brenda wohnte.

Charlene hatte den Eindruck, daß sie im Grunde eher stolz auf ihre Probleme waren, weil sie ihnen die nötige Ausrede verschafften, nach Lust und Laune herumzustromern. Aber ein lausiges Zuhause gegen ein anderes lausiges Zuhause einzutauschen, schien ihr einfach idiotisch, bis die Mädchen erklärten, daß sie dadurch viel hin- und hertrampten und es immer richtig toll sei mit den Kerlen, die sie mitnahmen. Auf diese Weise kamen sie zu erstklassigem Gras und Koks, das sie sich selbst nicht leisten konnten, da eine Mutter von der mageren Sozialhilfe in Montana lebte und die andere in Arizona Alkoholikerin war, die ihre Alimente und die Sozialhilfe für Saufereien und Freunde verbrauchte.

Typisches Pack, dachte Charlene, und kein Verlust für die Welt. Wir tun allen einen Gefallen, wenn wir zwei lebenslange Sozialhilfeempfänger und Unruhestifter beseitigen, sagte sie sich in ihrer typischen Überheblichkeit. Dabei wußte sie im Grunde, daß *ihr* bisheriges Leben nicht viel besser gewesen war als das von Sandra und Brenda – eigentlich sogar noch schlimmer, weil ihre Eltern ihr ein gutes Zuhause geboten und alles gegeben hatten, was sie wollte. Sie hatte nie anschaffen gehen müssen für Kleider, Drogen oder das tägliche Essen wie diese beiden hier – wenigstens nicht, bis sie Daddy Gerald traf. Charlene war so mit ihren Gedanken beschäftigt, daß sie gegen den Kleinbus rannte. Sie wollte gerade die Tür aufschließen, als hinter ihr eine Stimme ertönte.

»Na, ihr Mädchen!«

Charlene fiel vor Schreck der Länge nach zu Boden wie eine abgeschossene Taube. Fest überzeugt, ein Bulle sei ihr gefolgt, sprang sie auf – und entdeckte den grinsenden Gerald. Sie traute kaum ihren Augen. Er sollte sich doch im Bus verstecken! Was, zur Hölle, macht er hier draußen und jagt mir solche Angst ein? Dieser Blödmann tut doch *immer* das Gegenteil von dem, was er tun soll...

»Hab' meine Schlüssel verloren.« Gerald warf Charlene einen bedeutungsvollen Blick zu. »Mach die Tür auf, damit wir anfangen können, die Zettel zu verteilen.«

Charlene öffnete, und beide Opfer betraten die Falle wie zwei begierige Mäuse, die ein Käsestück wittern. Sie hatten sich kaum auf die Pritsche gesetzt, als Gerald die Tür zuknallte und seine Magnum zog.

»So, Mädchen, das ist eine Entführung. Macht kein Theater.«

Diesmal kam die Reaktion sofort. Beide Opfer brachen entsetzt in Tränen aus, starrten sie mit offenen Mündern an und versuchten krampfhaft das Schreien zu unterdrücken. Weder Gerald noch Charlene waren auf diese Panik vorbereitet, und die prickelnde Erregung wie bei den ersten beiden Opfern wollte sich einfach nicht einstellen. Sie erkannten, daß die Mädchen die Beherrschung verlieren und hysterisch werden würden. Ohne daß Gerald es ihr befahl, riß Charlene zwei Streifen Klebeband ab und preßte sie ihnen über die Lippen.

»Bind ihnen auch die Hände und Füße«, befahl Gerald nervös. Die Reaktion der Opfer hatte ihn aus dem Konzept gebracht, und er überlegte, ob er sie auf der Stelle erwürgen, ihre Leichen in die Wüste werfen und den ganzen Tag schlicht abschreiben solle, an dem alles danebengegangen war.

»Nein«, sagte Charlene fest, die seine Gedanken zu lesen schien, »dafür haben wir uns zu sehr abgerackert, und sie sind vermutlich unsere letzte Chance. Wir können es uns nicht leisten, hier morgen nochmal gesehen zu werden.«

»Okay«, nickte Gerald. Dann kniete er sich vor das Opfer

mit dem langen Haar. »Süße, ich mach dir jetzt das Band vom Mund ab. Wenn du brüllst, bist du tot. Kapiert?«

Der Kopf des Mädchens bewegte sich leicht, und ihre Augen waren groß wie Vierteldollarstücke. Als er den Klebestreifen entfernte, schoß ein gelber, stinkender Schwall von Erbrochenem aus ihrem Mund und besudelte Geralds Hemd und seine Knie.

»Du dreckige kleine Hure!« kreischte Charlene. »Wie kannst du es wagen, dich so bei meinem Daddy zu benehmen?« Sie versetzte ihr eine so kräftige Ohrfeige, daß ihr Kopf nach hinten flog.

Gerald zog sein Hemd aus und warf es dem Mädchen ins Gesicht. »Auf die Knie mit dir, Fotze! Wisch den Dreck von meinen Hosen – bind ihre Hände los, Baby.«

Das Opfer gehorchte, und Gerald zog sich eine leichte, graue Nylonjacke mit Reißverschluß an, die er in der Fahrerkabine gehabt hatte. Das zweite Mädchen saß erstarrt auf dem Feldbett, und große Tränen rannen über ihr Gesicht. Gerald klebte der Langhaarigen wieder den Mund zu, band ihre Hände und befahl Charlene, sich hinter das Lenkrad zu setzen.

»Fahr in Richtung Lovelock. Du kennst den Platz, wo wir letztes Jahr Camping gemacht haben. Und bleib unter 55, verstanden?«

»Ja, Daddy«, antwortete Charlene gehorsam. Als sie vom Parkplatz bog, erblickte sie die wunderschöne Blondine, die gerade in einen Lieferwagen stieg. Es ging ihr durch und durch. Wirklich ein Jammer, dachte sie grimmig, daß die alte Hure nicht da hinten bei Daddy Gerald ist.

»Dir würde ich rasend gern *beide* Brustwarzen abbeißen«, flüsterte sie und fuhr aus dem Eingangstor.

Um neun Uhr abends waren Charlene, Gerald und ihre beiden Opfer auf halber Strecke zwischen Reno und Lovelock. Der Highway 80 war dunkel und fast verlassen an diesem Sonntagabend. Nur gelegentlich zischten ein paar Autos mit Touristen vorbei. Daddy Gerald döste auf dem Feldbett, und die beiden Opfer lagen auf dem Boden. Charlene konnte sie nicht sehen und war ein wenig beunruhigt bei dem Gedanken, daß sie sich möglicherweise befreien und sie angreifen könnten. Aber Daddy Gerald sagte, sie solle es ihm überlassen, sich Sorgen zu machen, und lieber das Maul halten und fahren.

Charlene zitterte und bebte innerlich vor Nervosität nach diesen aufreibenden acht Stunden, die sie gebraucht hatten, um die beiden blöden Teenager zu kidnappen. Es war wie in einem alten Dick-und-Doof-Film gewesen, wo alles schiefging, was nur schieflaufen konnte. Und diese schöne Blonde, die sie eine Lesbe genannt und wie Luft behandelt hatte, sie hatte sie so tief gedemütigt wie Tyrone, als er sie sitzengelassen hatte.

Mein Gott, dachte sie, ist es das alles wirklich wert? Eigentlich könnten wir uns auch jedesmal ein paar kleine Amateurhuren ins Bett holen, wenn uns danach ist, ganz ohne jedes Risiko; und sie wären zudem mit Freuden zu sämtlichen Spielchen bereit. Aber damit hatte sie sich schon ihre Frage beantwortet. Auf *Spielchen* waren sie nicht aus. Solche Mädchen sind kaum mehr als Straßenhuren, vielleicht etwas weniger abgebrüht und interessierter, aber Sex mit kleinen Nachwuchsnutten und dazu noch an einem sicheren Ort wäre absolut fade.

Nein, damit es wirklich befriedigend ist, muß es gesetzwidrig sein – wie mit seiner Tochter und ihrer Freundin. Es muß atemberaubend gefährlich sein und so organisiert werden, daß nur unser Verstand und eine brillante Planung es verhindert, daß man uns erwischt. Das Beißen und Vergewaltigen muß *echt* sein, nicht nur gespielt wie zwischen einem Mann und einer Frau, die sich lieben und ein paar Experimente treiben. Wenn ich den Mädchen zeige, wie ich's gemacht haben will oder es Daddy Gerald ihnen besorgt, muß diese Angst dabei sein... es muß echt sein, damit es richtig gut ist. Ich weiß, daß Daddy Gerald nicht gern mit mir schläft. Das hat er oft genug gesagt, und es tut weh. Aber das war auch schon *vorher* so, ehe er mich mit seiner Go-Go-Tänzerin im Bett erwischte... Ich bin nie wirklich verrückt auf den Schwanz irgendeines Mannes gewesen, außer vielleicht bei Tyrone. Aber Daddy Gerald ist genau mein Typ. Er hat das

Aussehen und den Körper, wie ich es mag, und wenn er ihn hochkriegen könnte ohne diesen ganzen Analkram, würde ich mir wahrscheinlich gar nichts anderes mehr wünschen ... na ja, ich hätte vielleicht immer noch ab und zu Lust auf ein Mädchen ... aber er würde mir nie eins für mich allein gönnen, und ich bin auch gar nicht sicher, ob ich das möchte. Ich glaube, wir lieben uns wirklich und wahrhaftig auf eine merkwürdige Art und Weise, und diese Liebessklavengeschichte ist etwas, das wir beide einfach *brauchen*. Es hält uns zusammen wie nichts sonst, und jetzt, nachdem wir es probiert haben, könnten wir es auch nicht mehr lassen. Wenn es uns tatsächlich in die Gaskammer bringen sollte, werden wir wenigstens gemeinsam dort landen ...

All diese Erkenntnisse, die Charlene weit draußen in der dunklen Wüste von Nevada kamen, bereiteten ihr Kopfschmerzen. Sie mußte sie beiseite schieben, ebenso wie die Einsicht, daß sie ebensogern mit Männern wie mit Frauen im Bett war. Sie versuchte statt dessen, an positive Seiten ihres Lebens zu denken.

...ganz so schlecht bin ich gar nicht, egal, was Daddy Gerald sagt, auch wenn er sich in aller Öffentlichkeit über meine Fähigkeiten im Bett lustig macht und behauptet, ich sei viel zu weit da unten. Vielleicht stimmt es. Eine Frau kann das ja nicht beurteilen, aber andererseits hat sich noch niemand außer ihm beklagt, und *er* ist schließlich derjenige, der vor lauter Macken keinen anständig hochkriegt – außer bei seiner Tochter oder den Liebessklaven, also ist es eher seine Schuld und nicht meine ... daran werde ich von jetzt an denken, wenn Daddy Gerald wieder meckert, weil ich so schlecht nun wirklich nicht bin. Das *weiß* ich, bloß wünschte ich mir, ich könnte Spaß dran haben, Schwänze zu lutschen. Sogar Daddy Gerald sagt, das könne ich gut, aber *gemocht* hab' ich's nie, das muß er wohl irgendwie merken ... ich frage mich, warum ich es nicht so genießen kann wie andere Mädchen ...

Obwohl im Bus fast Dunkelheit herrschte, sah Charlene bei einem Blick in den Rückspiegel plötzlich, daß Gerald die Liebessklaven aufgerichtet und losgebunden hatte. Er war gerade dabei, seine Kleider abzustreifen. Charlene wandte den Kopf und schrie: »*Was, zum Teufel, machst du da*?«

»Wie sieht's denn aus?« keuchte Gerald. »Ich will ficken…«

»Das wirst du nicht!« kreischte sie. »Du wartest gefälligst auf mich, du Hurensohn!«

»Leck mich, Fotze. Die gehören mir allein. Wenn ich die zwei nicht gefunden hätte, säßen wir in einem Motel vor dem Fernseher. Deshalb kriegst *du* heute nichts!« Gerald hatte beide Mädchen auf den Boden gerollt und brüllte sie an: »Zieht euch aus, ihr kleinen Huren!«

Charlene konnte sehen, wie die Opfer ihre Kleider abstreiften, wobei Daddy Gerald kräftig nachhalf und an den Beinen der engen Jeans zerrte.

»Ich halte auf der Stelle an!« schrie sie.

»Nur zu. Aber wenn du das tust, schlag ich dir den Schädel ein.« Gerald kniete über den nackten Mädchen, die ihre Beine gespreizt hatten, und beachtete Charlene nicht mehr.

Auch ohne seine Drohung war ihr klar, daß sie nicht auf der Autobahn parken durfte. Jeder Streifenwagen oder vorbeifahrende Autofahrer würde stoppen und fragen, ob sie Probleme habe – eine gute alte Sitte auf dieser Wüstenstrekke. Sie mußte weiterfahren, bis sie die Abzweigung zur Humboldt Senke erreichten, die hinaus in die Wüste führte.

Die nächsten 15 Minuten schaute Charlene abwechselnd in Fahrtrichtung und mit wilden Blicken in den Rückspiegel. Es war wie ein Kaleidoskop – in einer Sekunde sah sie die pfeilgerade Straße, dann Gerald und die Mädchen in einem Wirrwarr von nackten Armen, Beinen und Körpern, dann wieder den dunklen Asphalt. Charlene zitterte, und ihr war trotz der Hitze von 43 Grad eiskalt.

Sie hörte sein Lachen und blickte in den Spiegel. Er trieb es gerade mit der Langhaarigen. Mit ausgestreckten Armen stützte er sich ab und schaute in ihr Gesicht.

»Du bist ehrlich erst 13?« keuchte er. »Mann, du hast eine Muschi wie eine erwachsene Frau.«

Charlene trat heftig auf die Bremse, und der Bus kam mit

kreischenden Reifen zum Stehen. Gerald wurde nach vorn geschleudert – und dabei blieb sein steifes Glied unter dem Kinn des Mädchens hängen, wo es sich nach hinten zwischen seine Beine bog. Sein Kopf knallte gegen die blaue Eisbox. Charlene packte ihn wütend am Haar, riß ihn herum und schaute ihm in die Augen.

»Du dreckiger Mistkerl! Du hinterhältiger Bastard!« kreischte sie, außer sich vor Wut, in sein schmerzverzerrtes Gesicht. »Du läßt diese Mädchen in Ruhe ...«

»Mach dich runter vom Highway!« brüllte Gerald. »Fahr zur Abzweigung ... ich kann gar nicht mehr ... hab' mir am Schwanz weh getan! Runter von diesem Highway, verflucht nochmal! Fahr schon, ehe ein Bulle vorbeikommt!«

Charlene wußte trotz ihrer Wut, daß er recht hatte. Sie ließ seinen Kopf los, drehte sich um und gab Gas, daß die Reifen auf dem heißen Asphalt qualmten. Zwanzig Meilen vor Lovelock sah sie das Hinweisschild: HUMBOLDT SINK 15 MEILEN. Mit 50 bog sie auf die unbefestigte Straße ein, der Bus kam ins Schleudern, die Opfer kreischten, Gerald stöhnte und fluchte.

Sie fuhr, bis sie vom Highway aus nicht mehr zu sehen waren, schaltete die Scheinwerfer ab und bremste wieder abrupt. Noch nie war sie so wütend gewesen. Später würde sie ihrer Zellengenossin erzählen, daß sie Gerald zum erstenmal so sehr haßte, daß sie ihn auf der Stelle hätte töten können. Als sie die Tür öffnete, verlor sie das Gleichgewicht und stürzte mit dem Gesicht nach unten auf den Weg. Atemlos versuchte sie ihre Handtasche zu öffnen, tastete nach der Waffe und beschimpfte Gerald mit all den Ausdrükken, die sie sonst von ihm zu hören bekam. Er sprang splitternackt aus dem Bus, hielt mit der linken Hand sein verletztes Glied umfaßt, in der anderen hatte er die Magnum. Er stolperte über Charlene, taumelte drei Meter weit, drehte sich um und richtete die Pistole auf sie.

Charlene rappelte sich hoch, und beide schossen fast gleichzeitig. Die Kugel aus der Derringer streifte Geralds linken Bizeps, während sie einen heißen Luftzug an ihrem Ohr fühlte und erneut abdrückte – ihr letzter Schuß.

Gerald torkelte rückwärts und stürzte.

»O Daddy!« schrie Charlene aus vollem Hals. »Oh, mein Gott, ich hab' Daddy getötet!«

Als sie auf ihn zurannte, hob er den Arm und feuerte erneut. Charlene war so nahe, daß die blaugrüne Flamme aus der Mündung ihre Hüfte zu berühren schien und sie für einen Moment blendete – und ihr war klar, daß sein nächster Schuß sie töten würde. Aus dieser Entfernung schoß Gerald nicht daneben.

Aber er drückte nicht mehr ab, sondern ließ erbärmlich stöhnend die Magnum fallen. »Ich bin verletzt, Baby! Ich bin schlimm verletzt!«

Charlene warf ihre Derringer weg und sank weinend über ihn, küßte ihn und wiegte jammernd seinen verschwitzten Kopf in ihrem Schoß. Aller Haß war verflogen wie eine finstere Wolke.

»O Gott, wo bist du getroffen? Wo, Daddy, wo bist du getroffen?«

»Mein linker Arm, Baby. Du hast mich in den Arm geschossen«, krächzte er.

Blut war nicht zu sehen, aber Charlene fühlte eine winzige Anschwellung, wo die Kugel seine Haut gestreift hatte.

»Ist nicht schlimm, Daddy, es ist nur ein Kratzer«, flüsterte sie beruhigend und klang wie die Heldin aus einem Roy Rogers Film.

»Mein Schwanz, Baby... mein Schwanz ist gebrochen!« keuchte Gerald.

»Dein Schwanz... aber ich hab' doch nicht... Gott, Daddy, was ist mit deinem armen Schwanz passiert?«

»Ich hab' ihn mir gebrochen, als du so gebremst hast... ich bin direkt über das Mädchen gesegelt, und er ist an ihrem Kinn hängengeblieben... hat sich ganz nach hinten gebogen bis zu meinem Arsch... oh, mein Schwanz!«

Charlene würde diese Szene ihrer Zellengenossin später etliche Male erzählen oder vielmehr wie eine Pantomime unter ausgelassenem Kichern vorspielen. In dieser Nacht allerdings war sie dankbar, daß sie Daddy Gerald nicht getötet hatte. Bei seiner Erwähnung der Mädchen aber fiel ihr wieder ein, daß er sie um ihren wohlverdienten Anteil hatte betrügen wollen. Und sie wurde von neuem wild.

Zuerst jedoch inspizierte sie auf Geralds Bitte sein verletztes Glied und meinte, ihr scheine alles okay.

»Oooh... es tut so weh... vielleicht wird er nie wieder steif!« winselte er.

»Geschieht dir recht«, fauchte Charlene. »Also, Daddy, ich will wenigstens ein paar Minuten mit diesen Mädchen...«

»Die Mädchen!« rief Gerald. »Mein Gott...«

Beide sprangen auf und starrten zur offenstehenden Tür.

»Weg«, flüsterte Gerald. »Sie sind weg.«

Charlene rannte los, schaute in den Bus und fiel fast in Ohnmacht als sie die Opfer immer noch reglos auf dem Boden liegen lagen – ohne Fesseln, nackt, die Augen groß vor Angst. Wieder hatte der Instinkt zur Selbsterhaltung versagt. Sie hatten nicht einmal versucht zu flüchten.

Charlene ging zurück zu Gerald und schlang ihre Arme um seine Taille. »Sie sind noch drinnen. Aber wir sollten voranmachen – und du ziehst dich besser an.«

»Okay, Baby. Wir fahren zur anderen Seite der Humboldt-Senke, dahin, wo dieser unterirdische Bach rauskommt. Dort haben wir mal campiert, weißt du noch?«

»Natürlich, das habe ich nicht vergessen.« Sie hatten damals unter den funkelnden Sternen gesessen, Gerald hatte Gitarre gespielt und ihr vorgesungen. An diesen Platz würde sie sich immer erinnern. Charlene küßte ihn und kletterte auf den Fahrersitz, während er hinten einstieg und sich anzog. Sie haßte ihn jetzt nicht mehr, aber sie liebte ihn auch nicht.

Die Humboldt-Senke ist ein ausgetrockneter, prähistorischer See, der vor mehreren Millionen Jahren im Wüstensand verschwand. Über das ganze Gebiet verstreut gibt es riesige, schwarze Felsbrocken aus Vulkangestein, ordentlich aufeinandergetürmt, als habe ein urzeitlicher Stamm von Giganten versucht, eine Mauer rund um den See zu bauen. Beifuß und Feigenkakteen wachsen das ganze Jahr über, und Millionen von roten, goldenen und blauen Blumen bedecken den Sand nach jedem kurzen Regenguß. Manche finden die Gegend atemberaubend schön. Für die meisten ist es ein wasserloses Höllenloch mit 55 Grad Hitze, plötzlich auftretenden Sandstürmen, voll von Tausenden aggressiver Klapperschlangen, Spinnen, wunderschönen, aber tödlichen Gilamonster-Echsen und heimtückischen Skorpionen, die gern an den Beinen hochklettern oder sich in einer Tasche verstecken, um dann ihrem Opfer mit einem Stachel ein Gift zu verpassen, das einen ausgewachsenen Mann töten kann.

Es ist ein Ort, wo fast jedes Lebewesen sticht oder beißt, gnadenlos und unbarmherzig. Am Sonntag, dem 24. Juni 1979, erschienen dort um 23.00 Uhr zwei nicht minder gefährliche Kreaturen mit ihren Opfern.

Gerald und Charlene saßen 20 Minuten lang im Bus, lauschten und schauten sich um, für den unwahrscheinlichen Fall, daß ein anderes menschliches Wesen in der Nähe war. Große, silberne Sterne glitzerten am dunklen Himmel wie Diamanten über einem weiten, und ein heller, gelber Mond schien kaum ein paar hundert Meter über ihnen zu stehen. Entlang eines versandeten Bachufers wuchsen einige verkümmerte Weiden und Pappeln, die ihre Wurzeln hoffnungsvoll in die lebenspendende Feuchtigkeit senkten. Weit unter dem Wüstenboden lieferte ein unterirdischer Fluß widerwillig reines, klares Wasser für den kleinen Bach, der hier gurgelnd an die Oberfläche trat, keine zehn Meter weit floß und dann wieder vom Sand verschluckt wurde.

Irgendwo in den Ausläufern der hohen, blauschwarzen Berge ließ ein einsamer Kojote sein gequältes Heulen ertönen, das augenblicklich von einem Dutzend anderer beantwortet wurde. Charlene sträubte sich das Haar im Nacken, und sie packte Geralds Arm. »O Daddy«, flüsterte sie, »vielleicht sollten wir es besser nicht mehr tun. Man wird uns erwischen, weißt du.«

»Vielleicht... aber dann nehme ich alles auf mich. Ich sage, ich hätte dich zum Mitmachen gezwungen. Jetzt ist es sowieso zu spät. Ich glaube nicht, daß ich aufhören kann, selbst wenn ich *wüßte*, daß wir morgen geschnappt werden. Verstehst du?«

»Ja. Mir geht es genauso, Daddy. Es ist einfach zu gut... meinst du, es gibt noch andere wie uns, die sowas tun?«

»Ich weiß nicht«, antwortete Gerald leise, »eigentlich schon... ich kann mir nicht denken, daß wir das einzige Paar auf der ganzen Welt sind, das gern... na ja... so was macht.«

»Wahrscheinlich nicht«, sagte Charlene, die sich gleich besser fühlte. Trotzdem fragte sie sich, warum sie beide nie laut aussprachen, was sie ihren unschuldigen Opfern antaten. »Es tut mir leid, daß ich die Blonde nicht gekriegt habe«, seufzte sie und lehnte ihren Kopf an seine Schulter. »Ich weiß, wie gern du sie gehabt hättest.«

»Vergiß es, Baby. Du hast es gut gemacht. Mir tut leid, daß ich wild wurde und dich nicht ranlassen wollte...« Gerald wandte sich plötzlich um und sprach zu den stumm auf dem Boden liegenden Mädchen. »Du mit dem langen Haar, hast du es je mit einer Frau getrieben?«

Sie schüttelte den Kopf, ehe sie eifrig sagte: »Aber Sandra! Wenn sie es tut, lassen Sie uns dann gehen?«

»Sicher, Mädchen, klar doch«, erwiderte Gerald fröhlich. Irgendwie amüsierte es ihn, daß die beiden sich tatsächlich noch solche Illusionen machten.

»Nur los, Baby«, flüsterte er Charlene zu, »sie gehört ganz dir. Ich warte hier. Mein Schwanz tut zu weh. Klettre nach hinten und amüsier dich.«

»Danke, Daddy«, lächelte Charlene und streichelte seine Wange. Langsam fing sie wieder an, Daddy Gerald zu lieben – nicht viel, aber zumindest ein kleines bißchen. Sie schlüpfte vom Sitz und ging zu den Mädchen, während sie ihre Kleider abstreifte.

Gerald schenkte sich eine Tasse Kaffee aus einer Thermosflasche ein, entzündete eine Zigarette und starrte aus dem Fenster. Er hörte, wie Charlene es mit dem 14jährigen Opfer auf dem Boden hinter ihm trieb. Charlenes Stöhnen und Keuchen ließ ihn die Schmerzen in seinem Schwanz nur noch stärker empfinden.

Er hatte kein Interesse daran, ihnen zuzuschauen oder gar mitzumachen, und war verblüfft, daß er statt des überwältigenden Verlangens, das ihn üblicherweise bei ihren Liebessklaven packte, plötzlich eine abgrundtiefe Reue darüber empfand, was sie den vier Mädchen angetan hatten – und er wußte gleichzeitig, daß Charlene recht hatte. Es *war* viel zu gut, um es sein zu lassen. Er könnte nicht mehr damit aufhören, jetzt nicht und überhaupt niemals. Genauso sicher wußte er, daß er früher oder später Charlene umbringen würde – oder sie würde ihn töten. Sie hatten beide aus unterschiedlichen Gründen Angst voreinander, und das einzige, was sie noch verband, waren ihre Schandtaten. Ihre Liebe wurde nur von ihren sexuellen Phantasien zusammengehalten, die sich wie alle Phantasien im Nu auflösen konnten, und dann war alles vorbei. Gerald Armond Gallego war kein tiefgründiger Denker, aber er wußte das ebenso sicher wie die Tatsache, daß er innerhalb einer Stunde die beiden Opfer töten würde.

Er lächelte, als er die scharfen, langgezogenen Schreie hörte, die Charlene immer ausstieß, wenn sie einen Orgasmus hatte. Das sind jetzt drei, dachte er, noch einen, dann mache ich Schluß. Ich will's hinter mich bringen...

Ihr nächster Schrei ließ seine Ohren klingen, dann kreischte eines der Opfer, und er wußte, daß Charlene sie in die Brustwarze gebissen hatte. Er wartete noch 5 Minuten, ehe er sich umdrehte. Charlene stand gerade auf und schob die Vierzehnjährige von sich, die zwischen ihren Beinen lag. Gerald blickte auf die andere, von deren rechter Brustwarze Blut rann. Tja, dachte er, sie hat mal wieder zugebissen... warum sie bloß so gern in *Brustwarzen* beißt, wenn es ihr kommt? Na ja, solange sie's nicht bei mir macht, ist es mir egal.

»Alles fertig, Baby?« fragte er und zündete eine Zigarette für sie an.

»Ja, Daddy«, antwortete Charlene in ihrer Kleinmädchenstimme, die sie immer nach dem Sex hatte. »Laß mir eine Minute, um mich anzuziehen.«

Gerald stieg aus dem Bus und zog unter dem Sitz eine zusammenklappbar Schaufel aus Armeebeständen heraus.

Charlene kam zu ihm, schaute auf die Schaufel und nahm seine Hand. »Es ist soweit, nicht wahr, Daddy?«

»Ja. Willst du's machen?«

»Nein, ich... ich glaube nicht, daß ich's könnte... ich meine, ich könnte es, wenn ich müßte. Gern würde ich's nicht tun, aber ich könnte es.«

Gerald lächelte. »Ist schon okay, Baby. Ich erledige das. Steig ein und halt sie in Schach. Ich nehme sie nacheinander mit hinunter zum Bachufer... zurückkommen werden sie nicht«, fügte er lächelnd hinzu.

Charlene stieg ein, während er nach hinten ging und die Tür öffnete. Die aufgeklappte Schaufel hielt er so, daß sie nicht zu sehen war.

»He, du mit dem langen Haar – komm mal raus. Wir machen bloß einen Spaziergang. Kein Grund zur Sorge.«

Wortlos kletterte sie aus dem Bus. Gerald packte ihr honigfarbenes Haar, drehte sich um und führte sie auf das Bachufer zu. Charlene saß auf dem blauen Eisschrank und betrachtete das 14jährige Mädchen, das sie regungslos anstarrte. Ein schwacher, hoffnungsvoller Schimmer zeigte sich in ihren großen, blauen Augen.

»Lassen Sie mich gehen, solange er weg ist«, flüsterte sie. »Lassen Sie mich laufen. Ich renn' weg und versteck' mich... Sie können sagen, ich sei entkommen... bitte! Lassen Sie mich gehen.«

Charlene schien ihre Bitte ernsthaft zu überdenken und nickte. Dann stürzte sie plötzlich vor, versetzte ihr einen kräftigen Schlag und drückte die Mündung der Magnum gegen ihre Stirn.

»Du kleines Hurenstück! Du miese, asoziale Hexe! Ja glaubst du etwa, ich würde dich laufen lassen, nur weil Daddy Gerald mir den Rücken zugedreht hat? Ich will genauso wie er, daß du verreckst! Deine Freundin ist jetzt schon tot, und dir soll's nicht anders ergehen!« Sie funkelte das entsetzte Mädchen an, das vor ihren Augen zusammenzuschrumpfen schien, und nahm wieder auf der Eisbox Platz. Die Hintertür öffnete sich und Gerald schaute sie mit seinen großen, reglosen Augen an. »Was ist?« fragte er mißtrauisch.

»Sie wollte mich überreden, sie laufenzulassen, weil du

nicht da warst«, sagte Charlene und versetzte dem Opfer einen weiteren Schlag ins Gesicht.

»Immer sachte, Baby. Du wirst ja noch ein richtig gemeines Biest. Liebe Güte, was würden bloß deine Eltern sagen?« lachte er sarkastisch.

Doch plötzlich war er ganz sachlich, und in seine Rasputinaugen trat ein feindseliges Schimmern. »Raus mit ihr, und du kommst mit. Ich will dir zeigen, wie es gemacht wird, Baby. Ist Zeit, daß du lernst, wie die andere Seite des Spielchens mit Liebessklaven aussieht.«

»NEINEINEIN!« Der plötzliche, ohrenbetäubende Schrei des Opfers jagte beiden einen heillosen Schreck ein. Gerald ließ die Schaufel fallen und machte einen Satz zurück, Charlene sprang vom Eisschrank und stieß sich heftig den Kopf am Wagendach.

»JESUS Christus!« keuchte Gerald verdattert. »Kleb ihr das verfluchte Maul zu. Die hört man ja bis nach Reno!«

Drei Minuten später näherten sie sich dem Bachufer. Gerald führte das Opfer am Arm und trug die Schaufel, Charlene folgte mit der Magnum 357 in der rechten Hand. Am Ufer sah sie die Dreizehnjährige im Sand liegen. Aus weit offenen Augen schien sie auf den goldenen Mond zu starren, der direkt über ihrem Gesicht stand, das mit dunklem Blut befleckt war. Ihr honigfarbenes Haar wirkte wie in Rost getaucht.

Charlene betrachtete sie neugierig. Ich wußte nicht, daß Tote die Augen offen haben, dachte sie... das ist wirklich komisch, aber ich habe noch nie vorher eine Leiche so nahe gesehen... sie schaut richtig *überrascht* drein.

Wortlos drehte Gerald die Vierzehnjährige um, so daß sie ihm den Rücken zuwandte, hob die Schaufel und schlug mit voller Wucht zu. Es gab einen dumpfen Laut, als treffe ein flacher Gegenstand auf dicken Schlamm. Das Mädchen ging langsam zu Boden. Die Knie knickten zuerst ein, dann klappte sie in der Taille zusammen und sank wie eine schmelzende Wachskerze in den Sand, mit dem Gesicht nach unten, beide Arme unter dem Bauch gefaltet, die Beine gespreizt. Aus ihrem zersplitterten Schädel floß Blut.

Charlene betrachtete sie mit fast klinischem Interesse. »Fühlt sie irgendwas, Daddy? Ich meine, hat es weh getan?«

»Nee, als die Schaufel den Kopf traf, war alles vorbei. Ihr Gehirn hat einfach dichtgemacht. Mensch, ich würde doch nie jemandem bloß aus Spaß weh tun. Ich bin schließlich kein Unmensch, das weißt du.«

»Sicher ... sie hat also nicht gemerkt, was sie getroffen hat, oder?«

»Nee. Wußtest du, daß der Schädel der härteste Knochen im menschlichen Körper ist?«

»Nein.« Charlene ging in die Hocke, um sich den harten Schädel aus der Nähe zu betrachten. »Mann!« murmelte sie. »Wie eine zertretene Eierschale! Warum sind ihre Augen offen, Daddy?«

Gerald war dabei, ein Grab im Ufersand zu graben. »Weil ein totes Gehirn kein Signal mehr senden kann, die Augen zu schließen – jetzt halt, verdammt nochmal, die Klappe und laß mich arbeiten.«

Nach ein paar Minuten langweilte sich Charlene und schlenderte hinüber zum ersten Opfer. Sie kniete sich hin und inspizierte die Leiche. Meine Güte, dachte sie, kaum ein Schamhaar! Wahrscheinlich weil sie erst 13 ist. Das muß ich mir merken und Daddy Gerald damit überraschen.

Charlene tauchte ihren Zeigefinger in die blutige Kopfwunde und zeichnete rund um den Nabel ein Herz auf den Bauch des Mädchens. Dann zog sie einen Pfeil hindurch, schrieb GG und CG darauf und musterte ihr Kunstwerk. Da begann der Kojote wieder zu heulen, und sie ging näher zu Daddy Gerald.

Der Sand flog nur so unter seinen kraftvollen Bewegungen, und sein verschwitzter, nackter Oberkörper mit den eindrucksvollen Muskeln glänzte im Mondlicht.

Verdammt, dachte Charlene, er ist so prachtvoll und stark, genau die Sorte Mann, wie ich sie mag. Am liebsten würde ich ihn auf der Stelle ficken, direkt hier im Sand. Gescheit ist er auch noch ... ich wette, es gibt nicht viele, die wissen, daß ein Schädel der härteste Knochen ist oder warum Tote nicht die Augen schließen können.

Gerald brauchte fast eine Stunde, um ein 90 cm breites, 1,2 m langes und 90 cm tiefes Grab zu schaufeln. Als er fertig war, legte er beide Opfer mit gebeugten Knien und Bauch am Rücken hinein. So waren sie wie ordentlich aufgereihte Löffel in einer Schublade – nackt und in der Haltung eines Fötus in der Gebärmutter. Gerald bedeckte sie mit Sand, stapfte darauf herum und rollte anschließend einen großen schwarzen Felsbrocken auf das Grab.

»Das reicht wohl.« Er setzte sich auf den Felsen und entzündete eine Zigarette.

Charlene hockte sich neben ihn. »Wie fühlst du dich, Daddy?«

»Traurig.«

»Ich auch. Wir fahren lieber, meinst du nicht?«

»Ja, klar. Es ist eine ziemliche Strecke bis nach Hause.«

Arm in Arm gingen sie zum Bus. »Wir werfen ihre Kleider und unsere morgen nachmittag in Müllcontainer am Supermarkt«, sagte Gerald. »Wenn wir über die Brücke an der 16. Straße kommen, werfe ich die Schaufel und ihre Handtaschen in den Fluß... Baby, dieses Gras, das du aus der Tasche von dem Mädchen genommen hast – du kannst dir ruhig einen Joint rollen, wenn du willst. Vielleicht nehme ich auch einen Zug. Ich bin ehrlich fertig.«

Gerald und Charlene hielten am nächsten Morgen in Baxter, wo sie ein Dutzend Donuts und zwei Tassen Kaffee frühstückten. Gerald zahlte mit drei Dollarscheinen aus der Tasche des Mädchens mit dem langen, honigfarbenen Haar.

Am Montag, dem 25. Juni 1979, gingen sie um 16.00 Uhr in ihrem Apartment in der Bluebird Lane schließlich zu Bett, nachdem sie fast 48 Stunden auf den Beinen gewesen waren. Kleider, Taschen und Schaufel waren beseitigt, der Bus gewaschen und mit dem Staubsauger gereinigt, alle Spuren der beiden Morde waren verschwunden – und Gerald Armond Gallego schnarchte wie ein Bär im Winterschlaf neben einer ruhelosen Charlene, die erschöpft war, aber trotzdem nicht schlafen konnte. Sie hätte zur Entspannung dringend etwas Sex gebraucht. Langsam streifte sie die Decke ab, um Daddy

Gerald mit einer ihrer Spezialbehandlungen aufzuwecken. Aber als ihr Mund sich um sein empfindliches Glied schloß, heulte er auf wie der Kojote draußen in der Wüste, und Charlene bekam einen Ellbogenschlag in die Rippen, der sie geradewegs aus dem Bett beförderte.

»Laß mich in Ruhe, du blödsinnige Fotze!« brüllte er. »Ich muß schlafen, weil ich morgen angeln gehe, und du mußt früh aufstehen und zur Arbeit.«

Na ja, dachte Charlene, die auf dem Boden lag und keine Anstalten machte, ins Bett zurückzuklettern, es ist wieder alles beim alten, und Daddy Gerald ist genauso gemein wie immer...

12. *Kapitel*

Das kriminelle Kind

Gerald Armond Gallegos erste aktenkundige Verhaftung fand am Mittwoch, dem 7. März 1956, statt, als er 10 Jahre alt war. Gerald, seine Mutter Lorraine und ein oder zwei Freunde lebten in einem gemieteten Haus in einer damals noch sehr bürgerlichen Gegend in Sacramento, dem Oak Park.

Um neun Uhr brach Gerald an diesem Morgen in das Haus einer Nachbarin ein. Er hatte es durch ein Loch im Zaun zwei Wochen lang beobachtet und herausbekommen, daß sie jeden Tag Punkt 9.00 Uhr zum Einkaufen fuhr. Als er sie aus der Hintertür zur Garage gehen sah, rannte Gerald um den Block herum zur Vordertür, knackte das Schloß und schlich hinein. Er ahnte nicht, daß die Frau noch in der Garage war, weil ihr Wagen nicht anspringen wollte, und erst recht nicht, daß sie fünf Minuten später wieder ins Haus zurückkehren würde, um den Auto-Club anzurufen.

Ärgerlich vor sich hin murmelnd eilte sie zum Wohnzimmer, als Gerald gerade auf Zehenspitzen aus ihrem Schlafzimmer schlich und neben einem halbkarätigen Diamantring ein tragbares Fernsehgerät wegschleppen wollte.

Das überraschte Opfer und der Einbrecher stießen im Eßzimmer zusammen. Beide waren zu Tode erschrocken. Gerald ließ den Fernseher und den Ring fallen, brach in Tränen aus, warf sich zu Boden und schlug vor Wut seinen Kopf auf den Teppich, wobei er brüllte: »Du hast mich reingelegt, du alte Hure! Du sollst doch im Laden sein!«

Dann sprang er, laut Polizeibericht, auf, zog sein Springmesser und ging, wild damit herumfuchtelnd, auf die Frau zu. Offenbar erwartete er, daß sie schreiend davonrennen würde. Doch die Lady packte ihn, nahm seinen mageren Hals in einen Würgegriff und hielt ihn fest, bis er das Bewußtsein verlor. Als er zu sich kam, umringen ihn drei Polizisten, und Gerald wurde in Handschellen abgeführt.

Die Frau sagte später, sie habe von Würgegriffen keine Ahnung. Sie habe ihn festgehalten, weil sie nicht gewußt habe, was sie sonst tun solle, und Angst gehabt habe, Gerald loszulassen, selbst als er sich nicht mehr rührte. Dann schleppte sie den kleinen Einbrecher kurzerhand mit zum Telefon und rief die Polizei an.

Vermutlich ist die größte Ironie im Leben des Gerald Armond Gallego, daß Frauen, auch wenn sie ihn besessen liebten, auf irgendeine Art und Weise der Grund von 90 Prozent seiner Verhaftungen waren und schließlich sein völliges Verderben sein würden. Gerald vergaß diese Demütigung durch die Hand einer Frau *nie*, und schwor, es ihr heimzuzahlen.

Wenn er das Messer nicht gezogen hätte, wäre er nach Hause zu seiner Mutter geschickt worden. Doch nun wurde er statt dessen wegen Einbruchs und tätlichem Angriff mit Tötungsabsicht angeklagt. Ein Jugendrichter wies ihn auf unbestimmte Zeit in ein Erziehungsheim in Whittier, Südkalifornien, ein. Gerald entfloh am nächsten Tag, stellte sich aber wenige Stunden später wieder, weil er den Weg nach Hause nicht finden konnte.

»Sie haben mich mitten in der Nacht hierher gefahren«, sagte er dem Vorsteher, »und ich habe die ganze Zeit geschlafen. Als ich ausriß, hatte ich kein Geld, und weil ich in einer fremden Stadt war, wußte ich nicht, wo ich was stehlen konnte. Außerdem kenne ich den Weg nach Sacramento nicht, und ich hatte Angst, danach zu fragen, weil die Leute bestimmt mißtrauisch geworden wären.«

In der Whittier School for Boys wurde von sämtlichen Insassen verlangt, vor den Mahlzeiten laut ein Gebet zu sprechen; wenn sie sich weigerten, gab es kein Essen. Innerhalb eines Monats rezitierte Gerald Gebete wie ein indianischer Medizinmann, nannte alle Welt »Sir« und machte die Angestellten verrückt durch sein Bemühen, »hilfreich« zu sein.

Und genau wie es sich der gerissene Gerald dachte, wurde er binnen 90 Tagen entlassen, nachdem er den Anstaltspsychiater überzeugt hatte, daß er genau das war, was er zu sein schien – ein 10jähriger, einsamer Junge, weit weg von zu Hause, der seine liebe Mutter vermißte, ihre Fürsorge, die Umarmungen und Küsse und ihre abendlichen Gutenacht-Geschichten am Bett.

Natürlich war das alles ein Riesenschwindel, aber nach 90 Tagen war er wieder in Sacramento, und innerhalb von 24 Stunden stand das Haus der Frau, die ihn so gedemütigt hatte, in Flammen. Die Feuerwehr meinte, es sei Brandstiftung, aber niemand wußte, daß Gerald in der Stadt war.

Im Verlauf der nächsten zwei Jahre saß er immer wieder in Erziehungsheimen und Gefängnissen wegen aller möglichen Delikte – von Ladendiebstahl bis zu Autoeinbrüchen. Er war bereits ein Experte im Austricksen des Rechtssystems, und wie alle Psychopathen konnte er jeden Psychiater an der Nase herumführen und oft genug sogar die zynischsten Polizisten. Eine bewährte Methode war, einfach alles abzuleugnen, zu weinen und herzerweichend darum zu betteln, seine Mutter sehen zu dürfen, mit Selbstmord zu drohen – er zog sämtliche Register. Nicht umsonst bemerkte ein damals aktiver Beamter im Dezernat für straffällige Jugendliche in seinen Aufzeichnungen: »... dieser kleine Bastard konnte eine derartige Show abziehen, daß man ihn sogar aus der Hölle freilassen würde...«

Mit 12 wurde Gerald Armond Gallego der Vergewaltigung eines sechsjährigen Mädchens beschuldigt – das einzige Sexualverbrechen, dessen er je angeklagt war bis zu der Sache mit seiner Tochter. Den Ablauf dieses Verbrechens und Geralds erniedrigende Gefangennahme hat Ellen Weed geschildert, seine erste Ehefrau und Mutter von Mary Ellen Gallego. Er hatte ihr die Geschichte unzählige Male während ihrer stürmischen Ehe erzählt, die 18 Monate dauerte und in der es zu handgreiflichen Auseinandersetzungen kam. Das alles lag damals bereits vier Jahre zurück, aber Gerald war noch immer fuchsteufelswild über diese Demütigung durch eine Frau von 200 Pfund Lebendgewicht.

Lorraine war erneut umgezogen und hatte ein baufälliges, viktorianisches Haus in der 2120 M Street in Sacramento gemietet, wo Gerald fast über Nacht zum Schrecken der ruhigen, vornehmen, wenn auch etwas heruntergekommenen Gegend wurde. Er riß Radkappen von den Autos der Nachbarn, schnitt einfach aus Jux Gartenschläuche in Stükke, schlich in Garagen und stahl Werkzeug, Rasenmäher, Angelgeräte oder was sonst nur immer verkäuflich und nicht im Boden verankert oder an die Wand geschweißt, geschraubt oder gedübelt war, und verhökerte die Sachen an Trödelläden in der gesamten Stadt. (Gerald hatte nach wie vor etwas vom typisch amerikanischen Unternehmer an sich.)

Am 12. Oktober 1958, einem kalten Montagnachmittag, spielte er im Keller eines Hauses zehn Block von Lorraines Wohnung entfernt. Die Besitzerin wußte, daß er dort unten war, und schickte ihre sechsjährige Tochter zu ihm, die den diebischen Gesellen im Auge behalten und sie gleich rufen sollte, falls er sich mit irgendwas davonmachen wolle. Die Frau wußte, daß es außer dem Durchlauferhitzer und dem Heizkessel im Keller nichts zu stehlen gab, aber da sie Geralds Ruf kannte, war sie trotzdem auf der Hut vor dem berüchtigten kleinen Nachbarn. Er brachte es fertig, über das Grundstück zu spazieren, und wenn man aus dem Fenster sah, war alles leergefegt wie ein Kornfeld nach dem Durchzug eines Heuschreckenschwarms. Die Dame war damit beschäftigt, das Abendessen für ihren Ehemann vorzubereiten, und vergaß Gerald, bis ihre kleine Tochter splitternackt zur Hintertür hereinkam und seelenruhig erzählte, daß sie und Gerald unten im staubigen Keller »Mama und Daddy im Bett« gespielt hätten.

Die entsetzte Mutter, die ungefähr 200 Pfund wog, drehte glatt durch. Sie rannte in den Hof, packte eine Axt, mit der das Holz für den Ofen gespalten wurde, und stürmte in den Keller, wobei sie kreischte wie eine Polizeisirene. Ein entsetzter Gerald duckte sich zwischen ihren Beinen durch, sauste hinaus und die Straße hinunter und schrie lauthals nach seiner Mutter.

Er rannte, daß seine Beine nur so flogen. Doch wenn er über die Schulter blickte, sah er das Schreckgespenst eines

Lorraine Bennett Hunt Gallego Bulgar Davies, 1948 im Alter von 21. Die Mutter von David Hunt und Gerald Gallego wurde im August 1989 in ihrem Haus in Chico, Kalifornien, ermordet. (*Sammlung des Autors/ Phoenix Enterprises, Inc.*)

Sue Ellen Hunt, alias Rayette, mit 14 zu Hause auf dem Sofa neben Gerald Gallego, 11 Jahre, der so tut, als steche er in hämischer Freude auf sie mit einem Messer ein. (*Sammlung des Autors/Phoenix Enterprises, Inc.*)

Gerald Gallego kurz vor seiner Überstellung an die kalifornischen Behörden nach seiner Verhaftung durch das FBI in Omaha, Nebraska, 1980. (*Associated Press/ Wide World Photo*)

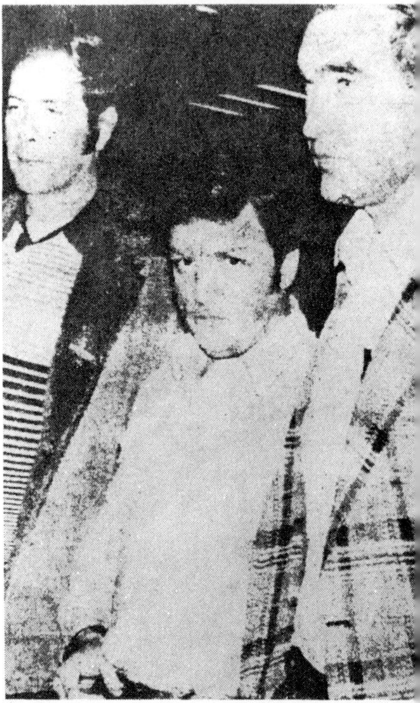

Charlene Gallego wird zum Flugzeug in Omaha begleitet, um nach Kalifornien zur Anklageerhebung wegen Mordes zurückzukehren. (*Associated Press/Wide World Photo*)

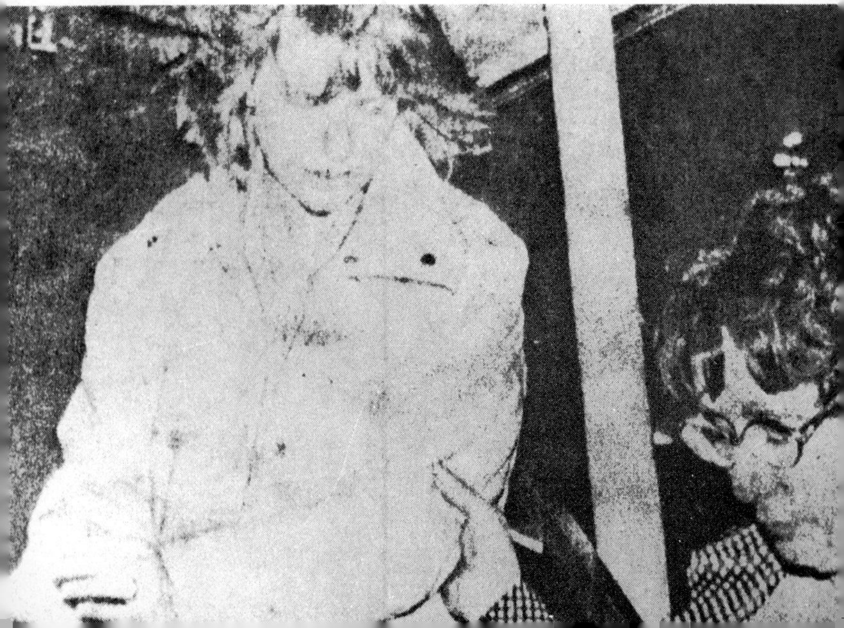

Racheengels mit erstaunlicher Schnelligkeit immer näherkommen.

Mit offenem Mund, roten Ohren, nach Atem ringend und kochend vor Wut raste sie wie ein angriffslustiges Nashorn hinter Gerald her und kreischte markerschütternd.

Gerald schaffte es acht Block weit, ehe er völlig erschöpft war. Keuchend, atemlos und würgend lehnte er sich gegen eine 20 Meter hohe Eiche. Die schreckliche, axtschwingende Mutter stürzte auf ihn zu, und in heilloser Panik flitzte er den Baum hinauf wie ein Eichhörnchen mit brennendem Schwanz.

Die mordlustige Mama aber ließ sich nicht aus dem Konzept bringen: sie fing an zu hacken. Der alte Baum erzitterte unter ihren Axthieben, die gellende Schreie begleiteten. Dazwischen mischte sich Geralds entsetztes Gebrüll »MAMA! HILFE! MAMA!«

Ein Notruf ging bei der Polizei ein, daß ein Verrückter mit einer Axt einen kleinen Jungen die Straße hinunter verfolge. Die Meldung weckte sämtliche gähnenden Bullen der Stadt aus ihrer Langeweile, und ein Dutzend Streifenwagen fuhr los. Jeder Beamte hoffte, endlich mal seine Treffsicherheit unter Beweis stellen zu können und den Irren mit ein paar wohlgezielten Schüssen zu erledigen. Als die ersten sechs Wagen auf dem Schauplatz erschienen, stürmten zwölf aufgeregte, vor Eifer hechelnde Polizisten heraus, brüllten dem emsigen Holzfäller zwölf sich widersprechende Befehle zu, von denen die meisten endeten mit » . . . wirf die Axt weg und KEINE BEWEGUNG, DU WICHSER!«

Als dieser nicht reagierte, trat ein Sergeant vor, hob seine Waffe und schrie mit überschnappender Stimme: »Fallenlassen und die Hände über den Kopf, du Arsch! Noch eine Sekunde, und ich schieß dir die Eier weg!«

»Jawohl!« kreischte Gerald aus der Baumspitze. »Los! Mach schon! Los und schieß, gottverdammt!«

Als die Bullen schließlich erkannten, daß der 200 Pfund schwere, in Jeans gekleidete Holzfäller eine Frau war, stürzten sich vier stämmige Beamte auf sie. Nach einem zehnminütigen Ringkampf entwanden sie der tobenden Lady, die sich nach Leibeskräften wehrte, die Axt und legten ihr Handschellen an. Über acht Stunden dauerte es, um zu entscheiden, wer die Wahrheit sagte – die Holzfällerin oder der Junge. Schließlich verhaftete man Gerald wegen Vergewaltigung.

Gerald behauptete natürlich, er habe nichts getan, und fairerweise sollte erwähnt werden, daß nirgendwo in dem medizinischen Gutachten des Arztes, der das sechsjährige Kind untersucht hat, vermerkt ist, daß tatsächlich eine vaginale oder rektale Penetration stattgefunden hat; ferner wurden keine Samenspuren auf ihrem Körper gefunden, auch nicht im Mund oder im Haar.

Gerald log, weinte und bestritt alles, und seine Aussage gegenüber der Polizei lautete folgendermaßen:

F: »Was hast du mit dem Mädchen gemacht?«

A: »Ich lag auf ihr drauf und machte so rauf und runter, wie ich es bei den Männern auf meiner Mutter gesehen habe.«

F: »Hast du dein Ding rausgenommen?«

A: »Ja.«

F: »Hast du es irgendwo zwischen ihre Beine gesteckt?«

A: »Nein.«

F: »Hast du es ihr in den Mund gesteckt?«

A: »Nein.«

F: »Wo, zur Hölle, war es dann?«

A: »Auf ihrem Bauch, denke ich.«

F: »Bist du gekommen?«

A: »Nein, ich kam nirgendwohin, bis die verrückte Frau mir mit der Axt hinterherkam.«

Geralds Beurteilung durch einen Jugendbewährungshelfer lautete in Auszügen: »... seine Sozialisation ist total fehlgeschlagen, und er ist das Musterexemplar eines kompromißlosen Jungen, der wenig oder keine Anzeichen einer Motivation zeigt, sich zu bessern oder auch nur die Spur von Einsicht oder Reue über sein Vergehen erkennen läßt. Angesichts seiner zahllosen Verhaftungen wegen größerer und kleinerer Diebstähle, insbesonders des schwerwiegenden Angriffs mit einem Messer auf ein weibliches Einbruchsopfer, bin ich leider zu der Empfehlung gezwungen, den Täter bis zu seiner Volljährigkeit in die Preston School of Industry einzuweisen...«

Der Richter schickte auf diesen Bericht hin Gerald bis zum Erreichen des 21. Lebensjahrs nach Preston, einem Fürsorgeheim.

Während seines Aufenthalts dort begann er an Gewicht zuzulegen, und sein gorillaähnlicher Körperbau formte sich. Er schaffte es, daß ihm ein Job als Gärtner zugeteilt wurde, und streunte den ganzen Tag um die Baracken herum, las, hörte Countrymusik, beschäftigte sich mit Gewichtheben und plante große Verbrechen mit den anderen Insassen. Gerald war weit davon entfernt, ein Mustergefangener zu sein. Seine Akte zeigt, daß er in Dutzende Kämpfe verwickelt war und zu Einzelhaft verdonnert wurde, da er einen fast zwei Meter großen, 17jährigen, aggressiven Homosexuellen mit einem Stück Gartenschlauch beinah zu Tode geprügelt hatte.

Fünfmal flüchtete er, wurde zweimal nach wenigen Stunden wieder eingefangen und kehrte dreimal freiwillig zurück. Trotz seines rebellischen Verhaltens hatte er exakt 23 Monate abgesessen, als der Anstaltspsychiater entschied, er sei rehabilitiert, und empfahl, man solle ihn auf Bewährung zu seiner Mutter entlassen. Lorraine unterzeichnete, daß sie die Verantwortung übernehme, und Gerald verließ mit einem Greyhound-Bus Preston.

Bei seiner Ankunft in Sacramento entdeckte er zu seiner Verblüffung, daß die liebe Mutter in der Nacht zuvor ohne Angabe einer Adresse umgezogen war. Gerald konnte es nicht fassen, daß sie ihn verlassen hatte. Er setzte sich auf den Bürgersteig vor ihrem leeren Haus und weinte wie ein Baby.

Lorraine war nur einverstanden gewesen, ihren Sohn aufzunehmen, weil ihre Großmutter, Mrs. Sloan, sie dazu gedrängt hatte. Sie meinte, der arme Junge verdiene eine neue Chance. Aber Lorraine hatte sich gerade erst ihren versoffenen, brutalen Ehemann George Bulgar vom Hals geschafft und keine Lust, sich mit Gerald Gallego abzugeben, der seit dem Tag seiner Geburt ein Stachel in ihrem Fleisch war.

Bulgars Gewalttätigkeit hatte Lorraine nicht so sehr gestört, es war vor allem die Trinkerei, die sie satt hatte. Vermutlich hatte Lorraine mehr blaue Augen, aufgeplatzte Lippen und gebrochene Rippen von Freunden und Ehemännern abgekriegt als sonst eine Frau. Nun, solche Zwischenfälle betrachtete sie als eines der vielen Risiken ihres Lebensstils. Aber ein Alkoholiker bringt kein Geld nach Hause, und das gefiel ihr nicht.

Gerald wußte, wenn es nicht wenigstens nach außen hin so schien, als lebe er bei seiner Mutter, würden ihn die Bewährungshelfer, bei aller ihrer Laschheit, wahrscheinlich prompt zurück nach Preston schicken. Und das war ganz und gar nicht nach seinem Geschmack. Der 14jährige Gerald stahl einen Lieferwagen und fuhr 200 Meilen nach Norden zu der Bruchbude, die seine Mutter in der Heraldsberg Street in Chico gemietet hatte. Es ist eine heruntergekommene, verarmte Stadt, die früher einmal Zentrum des Holzhandels gewesen war. Dort tauchte er um Mitternacht rasend vor Zorn auf und erschreckte Lorraine und ihre Schwester Ramona zu Tode. Er platzte zur Tür herein und wollte wissen, warum seine Mutter sich davongemacht und so seine Freiheit gefährdet hatte.

Ramona, die ihrer Schwester beim Umzug geholfen hatte, sagte später, daß Lorraine sie weggeschickt habe und mit ihm ins Schlafzimmer verschwunden sei, um ihn zu beruhigen. Nach ein paar Minuten habe die Brüllerei aufgehört, und sie hätten gelacht. Gerald hat Lorraine nicht erzählt, daß er ihre Adresse von seiner Urgroßmutter erhalten hatte. Das alte Stammesoberhaupt der Familie hatte Lorraine nämlich versprochen, sie Gerald nicht zu verraten.

Am nächsten Morgen hatten er und seine Mutter offenbar ihre Differenzen beigelegt, wie sie es immer irgendwie taten, und nach dem Frühstück begann Gerald zu überlegen, wie er zu Geld kommen könne. Innerhalb einer Woche hatte er sich mit seinem Halbbruder, dem 16jährigen David Hunt, zusammengetan, und sie starteten einen Raubzug in Wildwest-

Manier durch Chico, Sacramento und Redding, wobei sie ungefähr 20 Motels überfielen. Zwei Monate später wurden sie erwischt, als sie in der Nähe der Kleinstadt Willits in ihrem geklauten Wagen schliefen, und ins Gefängnis gebracht. Ein Dutzend verschiedener Polizeistationen verlangte ihre Überstellung, doch die gerissenen Brüder entflohen noch in derselben Nacht, wurden aber am nächsten Morgen von Bahnpolizisten in San Francisco aus einem Frachtzug geholt.

Diesmal hatte die Justiz die Nase voll von Gerald Gallego. Trotz der Einwände von Bewährungshelfern und Sozialarbeitern wurde er als Erwachsener abgeurteilt und erhielt eine Strafe von mindestens fünf Jahren bis zu lebenslänglich in der Duell Youth Authority Correctional Facility bei Santa Barbara. Das kalifornische Justizsystem war gespalten in zwei extrem verfeindete Fraktionen – Staatsanwälte und Richter auf der einen Seite, die behaupteten, Kriminelle müßten so lange wie möglich eingesperrt werden – Psychiater und Sozialarbeiter auf der anderen Seite, die behaupteten, nur sie wüßten, was für alle das beste sei, und daher entschlossen waren, Kriminelle zu heilen und sobald wie möglich wieder in Freiheit zu entlassen. Die letztere Gruppe behielt im allgemeinen die Oberhand.

Es sah ziemlich finster aus für Gerald Armond Gallego, als er in Duell seine Strafe wegen bewaffneten Raubs, Gefängnisausbruch und Autodiebstahl antrat. Aber er war ein entschiedener Verfechter des Mottos »Verfluch nicht die Dunkelheit, zünd lieber eine Lampe an«. Daher schaltete er wie immer schnell und veranstaltete ein gewaltiges Theater, als die Nachricht kam, daß sein 13jähriger Halbbruder George Bulgar Jr. von einem Auto überfahren und getötet worden war. Auf diese Mitteilung hin verfiel er prompt in eine tiefe Depression und wurde in die psychiatrische Abteilung der Anstalt verlegt.

»Ich will Gott töten, weil er mir meinen Bruder genommen hat!« stöhnte Gerald seinem Psychoklempner vor. »Aber das kann ich nicht, und deshalb werde ich *mich* umbringen!«

Der erschrockene junge Arzt empfahl Geralds sofortige

Verlegung in ein psychiatrisches Krankenhaus in Vacaville, wo er die liebevolle Fürsorge und Aufmerksamkeit bekommen würde, die er braucht. Der alte, erfahrene Gefängnisdirektor stimmte freilich dagegen, weil er wußte, daß Gerald ein Ausbruchskünstler war und in Vacaville, das kaum über nennenswerte Sicherheitsvorkehrungen verfügte, innerhalb von 24 Stunden über den Zaun wäre.

Gerald wurde also nicht verlegt, aber es gelang ihm trotzdem, die Anstaltspsychiater und die Bewährungskommission zu überzeugen, daß er »durch den Schock über den Verlust seines geliebten Bruders zurück in die Realität« gefunden habe, und tränenreich versicherte er: »Ich will den Rest meines Lebens als ehrbarer Bürger verbringen und versuchen, all das, was ich Schlechtes getan habe, wieder gutzumachen.«

In Wirklichkeit kannte Gerald seinen Halbbruder kaum und haßte ihn zudem, weil er ihm die Aufmerksamkeit der Mutter genommen hatte – wie dürftig diese auch gewesen war. Bei einer der seltenen Gelegenheiten, als sie gemeinsam bei Lorraine lebten, hatte er seinen kleinen Bruder mit einer gußeisernen Bratpfanne bewußtlos geschlagen, weil er eine Scheibe Toast von seinem Teller stibizt hatte. Aber Gerald schaffte es mit seiner bewährten Tour mal wieder und war draußen, ehe er auch nur die Hälfte der Mindeststrafe von fünf Jahren abgesessen hatte, nach der eigentlich erst die Möglichkeit einer bedingten Haftentlassung in Betracht gezogen werden sollte.

Der 16jährige Gerald Armond Gallego hatte einmal mehr das System in den Arsch getreten und war in Freiheit – klüger, härter und entschlossener als je zuvor. Unbeirrt setzte er seinen Weg fort und hörte nicht eher auf, bis er mindestens zehn Menschen getötet hatte.

13. Kapitel

Eine Rasur, ein neuer Haarschnitt und die große Schwedin

Einen Monat lang warteten Gerald und Charlene Gallego nach ihrem dritten und vierten Mord auf irgendwelche Meldungen. Als nichts passierte, begannen sie sich zu entspannen, da sie annehmen durften, daß die Leichen nicht entdeckt worden waren und die Chance sich mit jedem Tag verbesserten, daß sie überhaupt nicht gefunden wurden.

Gerald und Charlene kannten die Wüste und wußten, daß der große, schwarze Fels, den sie auf das Grab gerollt hatten, hungrige Kojoten nicht davon abhalten würde, die Leichen auszugraben und bis zum letzten Schenkelknochen zu fressen, sobald sie die einsetzende Verwesung witterten.

Nach sechs Wochen war Gerald davon überzeugt, daß sie wieder mal davongekommen waren, und fand, daß das ein Grund zum Feiern sei. Er nahm sich zwei Wochen frei und plante eine Reise nach Oregon zu einigen seiner Verwandten, um dort ein wenig im Rogue River zu angeln. Danach wollte er weiter nach Idaho, noch ein paar Verwandte besuchen, ein oder zwei Tage Fasane jagen und schließlich gemütlich nach Sacramento zurückfahren.

Gerald war ein begeisterter Urlauber – ob Job oder nicht, er zog los, wann immer ihm danach zumute war. Also rüstete er den Bus für die lange Reise und befahl Charlene zu packen.

Charlene nahm all ihren Mut zusammen, bedeckte ihre Rippen und gestand ihm, daß sie glaube, sie sei ungefähr in der fünften Woche schwanger. Sie hatte eine Heidenangst, es ihm zu erzählen, weil Gerald eine unbändige Abneigung gegen schwangere Frauen hatte. Auch früher schon hatte er seine Ehefrauen und Geliebten stets sitzengelassen, wenn er erfuhr, daß sich Nachwuchs ankündigte. Diesmal war er jedoch erstaunlich verständnisvoll und meinte sogar scherzhaft, er habe noch nie gehört, daß die Zunge einer Frau irgendwen in andere Umstände gebracht habe. Charlene war tief verletzt, daß er sich angesichts seiner eigenen bizarren Neigungen über ihre sexuellen Vorlieben lustig machte. Wütend holte sie aus und verpaßte ihm einen Schlag, daß ihm der Schädel brummte. Dann sank sie auf die Knie wie ein kleines Schoßhündchen, das unabsichtlich den geliebten Herrn gebissen hatte, umklammerte seine Beine, entschuldigte sich überschwenglich und flehte ihn an, ihr zu vergeben.

Glücklicherweise war Gerald gerade in edelmütiger Stimmung. Er meinte, er habe nur einen schlechten Witz gemacht, und am nächsten Morgen solle sie zu einem Arzt gehen wegen der Abtreibung. Für die Kosten würde sie natürlich allein aufkommen müssen, denn Gerald behielt seinen Lohn, und sie bestritt den Lebensunterhalt.

»Erzähl aber nichts deinen Eltern«, befahl er. »Sie wollen vielleicht, daß wir das verdammte Ding behalten, und dann hätten wir es für alle Zeit auf dem Hals.«

Gerald fuhr Charlene am nächsten Morgen sogar zur Abtreibungsklinik in der 18. Straße und wartete über drei Stunden, bis sie untersucht worden war, die zehnminütige Prozedur hinter sich hatte und nach einer Stunde Ruhezeit nach Hause durfte. Er war voller Mitleid, brachte sie ins Bett, sorgte dafür, daß sie pünktlich ihre Antibiotika nahm, und gab ihr sogar etwas Codein, als sie über Krämpfe in ihrem gedehnten Uterus klagte. Gerald hatte die Codeintabletten eigentlich verkaufen wollen, aber er war noch immer in bester Stimmung und spendierte Charlene ein paar gegen ihre Schmerzen. Anschließend bereitete er ihr Lieblingsessen: Filet Mignon, knusprig gebackene Kartoffeln, grünen Salat, Tomatenscheiben und heiße Parker-House Brötchen. Er servierte es ihr ans Bett, setzte sich neben sie und schnitt ihr sogar das zarte Fleisch in mundgerechte Stückchen.

Charlene schnurrte wie ein zufriedenes Kätzchen bei all dieser Fürsorge und Aufmerksamkeit. Genauso war Daddy Gerald gewesen, als sie sich damals kennenlernten. Sie liebte ihn wieder aus ganzem Herzen und nahm sich vor, ihn später am Abend mit einem ihrer ganz besonders raffinierten

Kunststückchen auf französisch zu überraschen. Aber das Kätzchen verwandelte sich in einen Tiger, als Gerald aufstand, ihr die Wange tätschelte und verkündete, er habe noch Geschäfte zu erledigen.

Charlene versuchte die Tränen zu unterdrücken. Augenblicklich verflog dieses Gefühl wohliger Zufriedenheit und all ihre Liebe für ihn ebenfalls. »Was für Geschäfte?« schluchzte sie. »Weibergeschichten, darauf wette ich, oder irgendein Barmädchen, das von dir ein Stück Rohr den Arsch rauf verlegt haben will!«

Es gefiel Gerald gar nicht, wenn Charlene in solchen Ausdrücken redete, wie sie es manchmal in Nachahmung seines Knastjargons tat. Er versetzte ihr wortlos eine Ohrfeige und ging zur Tür hinaus.

Charlene hatte mit ihren Anschuldigungen ins Schwarze getroffen. Während der Wartezeit in der Abtreibungsklinik hatte er eine Verabredung mit der dortigen Buchhalterin getroffen, einer 1,75 m großen, 140 Pfund schweren, naturblonden Schwedin namens Hannelore, die aussah wie Ingrid Bergman. Nach einer Stunde wechselseitigem Blickkontakt hatte sich Gerald ihrem winzigen Büro genähert und ein Gespräch begonnen. Die große, wunderschöne Schwedin meinte später zu einem Ermittler, natürlich habe sie gewußt, daß Gerald eine Patientin begleitet hatte, die vermutlich seine Ehefrau war, daß er den falschen Namen John Smith angegeben hatte, nicht gerade aus besten Kreisen kam, ein Aufschneider, Lügner und offenbar auch ein untreuer Ehemann war.

Ihre Antwort auf die Frage, warum sie sich dann *trotzdem* mit ihm verabredet habe, war die gleiche wie bei 90 Prozent von Geralds früheren Frauen – weil sie von einem solchen Mann immer geträumt habe, und als dieses Sexobjekt in Fleisch und Blut vor ihr gestanden sei mit den blitzenden, hypnotischen, schwarzen Augen, diesen breiten Schultern, der schmalen Taille und dem hinreißendsten kleinen Arsch, den sie je in engen Cordhosen gesehen habe, habe sie einfach nicht widerstehen können.

Die große Schwedin war Amerikanerin in der dritten Generation und hatte die besten Merkmale ihrer Vorfahren geerbt. Ihre Haut war glatt wie Seide, sie hatte einen vollen Mund mit sinnlichen Lippen, und ihre 140 Pfund waren so verteilt, daß ihr Körper dem einer schlanken Venus von Milo entsprach. Ihre Eltern waren gutsituierte Facharbeiter, besaßen ein Haus, hatten Geld auf der Bank und setzten große Hoffnungen in ihre Lieblingstochter.

Hannelore wußte genau, was sie vom Leben wollte. Sie machte die Buchführung für einen Arzt, dem mehrere Abtreibungskliniken gehörten, arbeitete auf ihre Lizenz als Wirtschaftsprüferin hin und hatte die Absicht, sich selbständig zu machen. Mit ihren 28 Jahren hatte sie bereits eine gut abgesicherte Zukunft vor sich – bis sie das Pech hatte, Gerald Armond Gallego zu begegnen. Dabei entsprach sie nicht mal im entferntesten seinem üblichen Frauentyp – sie war zu alt, zu groß, zu intelligent, zu ehrgeizig, kam aus einem gehobenen Milieu und war nur daran interessiert, durch fleißige Arbeit im Leben voranzukommen. Doch in all diesen einsamen Jahren hatte die große, schöne Schwedin nie einen Mann gefunden, der auch nur annähernd ihre übermächtige Libido und ihre dunklen, sexuellen Phantasien befriedigte. Und da sie sich nicht mit dem zweitbesten zufriedengeben wollte, war sie emotional extrem empfänglich und völlig ausgehungert nach Liebe.

Nach der ersten Nacht mit Gerald Armond Gallego, der bei ihr ein wilder, tasmanischer Sexteufel war, wußte sie, daß sie den Mann gefunden hatte, der ihren enormen sexuellen Appetit befriedigen und den sie mit all ihrer unterdrückten Liebe und Aufmerksamkeit überschütten konnte. Das hoffte sie zumindest.

Was Gerald anging, so bekam er eine Erektion wie eine Eichenkeule, wenn er die große Schwedin ansah. Er erzählte seiner Mutter später, daß sie die erotischste Frau war, mit der er je im Bett gewesen sei, und ihn wie keine andere sexuell befriedigt habe. Außerdem hatte sie 5000 Dollar auf der Bank, einen nagelneuen Buick und ein sehr beachtliches Gehalt von 500 Dollar in der Woche. Es war direkt ein wahrgewordener Traum. Gerald vergaß schleunigst die Reise nach Oregon und machte sich daran, Charlene zu bearbeiten, die er notgedrungen einweihen mußte. Er sagte, er habe vor, der Schwedin jeden Pfennig abzuknöpfen, anschließend würden sie nach Texas ziehen, eine Tanzbar kaufen, ordentlich Geld scheffeln und bis in alle Ewigkeit glücklich sein.

Charlene entgegnete, das alles könne er sich in den Hintern stecken, und er solle sich unterstehen, mit einer anderen herumzuficken, falls sie nicht ihren gerechten Anteil bekam.

Gerald versuchte zu erklären, daß die große Schwedin nie einem Dreier zustimmen würde, und schließlich log er ihr vor, er könne ihn bei ihr sowieso nicht hochkriegen. Außer ein oder zwei Nummern auf französisch und vielleicht hin und wieder ein bißchen Analsex würde gar nichts passieren. Charlene sah darin keinen Unterschied und behauptete, solche Sachen *seien* Sex, und wenn *sie* nicht mitmachen könne, solle er gefälligst die Finger davon lassen. Es gibt wohl sehr wenige Frauen, die es hinnehmen, daß ihr Mann es mit einer anderen treibt. Nun, Gerald tat es ständig, und nicht eine seiner Damen hatte je wirklich etwas dagegen. Es gab höchstens einmal ein paar Tränen und leere Drohungen. So war es auch bei Charlene. Sie schimpfte, weinte, tobte und versuchte wieder, ihn mit der stählernen Staubsaugerdüse zu erschlagen. Dann gab sie einfach auf und verlangte nur, er solle sie täglich anrufen, damit sie wisse, daß er in Ordnung sei, sie würde auf ihn warten, ganz egal, wie lange er brauche, um der Schwedin das Geld abzuluchsen. Sie versprach sogar, nichts ihren Eltern zu erzählen, weiterhin in der Konservenfabrik zu arbeiten und Geralds Abwesenheit damit zu erklären, daß er in Texas sei und sich eine Bar anschaue, die er kaufen wolle.

Daran fand Charlene weiter nichts – sie wußte ganz gut, wenn Daddy Gerald *wirklich* eine Bar haben wollte, würde er eine kriegen, und nichts könnte ihn daran hindern.

Nachdem sie also zufriedengestellt war und ihn sogar decken wollte, übersiedelte Gerald in Hannelores makellose Eigentumswohnung in einer teuren Gegend am American River. Die nächsten drei Monate über erwachte er mit einem prachtvollen Blick auf den Fluß, in Laken aus Satin, der Duft von kostbarem Parfüm hing in der Luft, und das Frühstück wurde ihm von der großen Schwedin ans Bett serviert, die kochen konnte, wie man es sich nur erträumen kann.

Hannelore zauberte Mahlzeiten für ihn, von denen er nicht mal gehört und noch viel weniger gekostet hatte. Sie kaufte ihm mehr teure Kleidung als eine Luxusnutte ihrem Zuhälter, badete ihn jeden Abend eigenhändig in parfümiertem Wasser und verabreichte ihm danach wundervoll entspannende Massagen, die besser waren als ein Orgasmus, wie Gerald behauptete. Jeder Wunsch wurde ihm in diesen drei Monaten von den Augen abgelesen und prompt erfüllt. Später sagte sie: »Ich war dermaßen in ihn verliebt, daß ich mich auf einen Wink von ihm umgebracht hätte.«

Ob dies den Tatsachen entsprach oder eine Behauptung aus reinem Selbstschutz war, läßt sich am besten danach abschätzen, was sie, laut Gerald, als Gegenleistung forderte.

Zum Dank für all diese liebevollen Dienstleistungen, die überschwenglichen Aufmerksamkeiten und ihre finanziellen Auslagen verlangte die große Schwedin, daß Gerald zweimal am frühen Morgen seinen Mann stand, ehe sie zur Arbeit ging, und erneut, wenn sie während der Mittagspause zu einer Extranummer nach Hause eilte. Und nachts gab es überhaupt keine Begrenzungen mehr. Sie machte Gerald zu einem Gefangenen der Liebe mit dem strikten Befehl, nicht ohne ihre Begleitung die Wohnung zu verlassen. Sie war mißtrauisch und rief fast jede Stunde an, um sicherzugehen, daß er ihre Anweisungen befolgte, Kräfte sammelte und sich neue Sexspielchen ausdachte, bis sie nach Hause kam.

Gerald war insgeheim ganz froh über ihre besitzergreifende Haltung, weil es genau in seinen Plan paßte. Er sagte, er habe sich wie eine Geliebte mit einem eifersüchtigen Galan gefühlt.

Trotz aller Einschränkungen gelang es ihm, Charlene fast jeden Tag wie versprochen anzurufen und ihr zu versichern, daß alles hervorragend liefe, er habe die Schwedin in der Tasche und sei bald am Ziel. Charlene interessierte nur eines: »Treibst du's mit der Hure, Daddy?«

»Nee. Hier passiert nichts außer rumsitzen und reden. Sie

ist eine *Intellektuelle*, weißt du, und die wollen lieber reden als ficken.«

»Ja? Worüber redet ihr denn?« fragte Charlene mißtrauisch.

»Alles mögliche – meistens über Bücher, Politik und...«

»O Scheiße! Ich hab' keine Lust, mir deine Lügen anzuhören, du elender Mistkerl!« Und eine schluchzende, eifersüchtige und frustrierte Charlene knallte den Hörer auf die Gabel.

Ein Körnchen Wahrheit lag allerdings in Geralds Worten. Er war tatsächlich kurz davor, sich Hannelores Geld unter den Nagel zu reißen. Mit der Intuition eines professionellen Bauernfängers wußte er, daß sie inzwischen alles tun würde, um ihr Sexobjekt zu halten.

An diesem Abend gestand er Hannelore bei einem vertraulichen Gespräch unter Tränen, daß sein Name in Wirklichkeit nicht John Smith sei, sondern Armondo Galanto. Er komme aus Los Angeles, sei italienischer Herkunft und habe für die Mafia gearbeitet, bis er 15000 Mäuse an einem Spieltisch in Vegas verpulvert hatte. Da er sie nicht zurückzahlen konnte, sei er abgehauen, und jetzt sei man hinter ihm her. Aber sein gütiger alter Pate habe ihm kürzlich mitteilen lassen, es sei alles vergeben und vergessen, wenn er die Summe innerhalb von ein paar Tagen zurückerstatte. Falls nicht – nun, dann finde er sich am Grund des San Pedro Hafens in einem Zementblock wieder. Die schockierte Schwedin hatte »Der Pate« gelesen und zweifelte nicht eine Sekunde an Geralds Erzählung. Sie war außer sich vor Wut – nicht auf ihn, sondern auf »diese Schweine«, die ihr prächtiges Sexobjekt in 40 Faden eisigem Meerwasser versenken wollten.

»Ich weiß einfach nicht, was ich tun soll!« Gerald warf sich jammernd aufs Bett, wobei sein offenstehender Bademantel der erschrockenen Schwedin anschaulich zeigte, was sie entbehren würde, wenn man ihn erwischte. »Ich *will* dich nicht verlassen, aber ich muß wohl, falls nicht...«

Sie warf sich der Länge nach über ihn, klammerte ihre starken Arme verzweifelt um seinen Hals und beteuerte: »Niemand wird meinem süßen Baby was tun! Wieviel brauchst du?«

Innerhalb von 30 Tagen war das Bankkonto der Schwedin leer, ihr Buick verkauft und ihre Wohnung mit einer Hypothek über 5000 Dollar belastet. Höher hatte die Bank nicht gehen wollen.

Am Wochenende des 3. November 1978, so sagte Gerald, hätten er und die Schwedin gefeiert, indem sie sich vierundzwanzig Mal liebten – einmal alle zwei Stunden. Sie feierten, weil er am Montag, dem 5. November, seinem Paten in Los Angeles 15 Riesen in bar überbringen und anschließend in ihre Arme zurückkehren würde, damit sie für alle Zeit zusammen sein konnten. Am Montagmorgen brachte Hannelore ihn in ihrem Ford aus dritter Hand zum Flughafen, schaute ihm in Tränen aufgelöst hinterher, als er ein Flugzeug nach Los Angeles bestieg, und fuhr dann traurig zur Arbeit.

Eine Stunde später stieg Gerald in L. A. aus dem Flugzeug, nahm das nächste zurück nach Sacramento und ein Taxi in die Wohnung der Schwedin. Er packte seine teuren Klamotten in drei neue Koffer, dazu kleine Aufmerksamkeiten der Schwedin, nahm ein weiteres Taxi ins Zentrum von Sacramento und rief Charlene an, daß er in ein paar Stunden zu Hause sei.

»Oh, Gott sei Dank!« quietschte Charlene begeistert. »Ich könnte dich fressen vor Liebe, Daddy – und ich habe eine *riesige* Überraschung für dich!«

»Aha«, erwiderte ein todmüder Gerald. »Nun, ich bin nicht in der Stimmung für Überraschungen, Baby. Wir müssen ernsthaft über einiges reden. Also komm mir nicht mit irgendwelchem Blödsinn, kapiert?«

»Okay, Daddy«, sagte Charlene fröhlich. »Soll ich dich abholen?«

»Das hätte ich dir schon gesagt«, knurrte er und legte auf. Während der Taxifahrt in die Bluebird Lane überlegte Gerald, ob die Schwedin etwas gegen ihn unternehmen könnte. Beide Namen, die sie kannte, waren falsch, ebenso die Adresse aus der Abtreibungsklinik, und alles andere waren ebenfalls Lügen. Und die Wahrscheinlichkeit, dachte er, daß ich ihr zufällig über den Weg laufe, ist so gering, wie von einem Blitz getroffen zu werden. Trotzdem fand er, daß es besser sei, die verschobene Reise nach Oregon bald anzutreten. Eine anständige Pause konnte er jedenfalls gebrauchen.

Gerald hörte erst nach seiner Verhaftung wieder von der guten Hannelore. Als sie sein Bild in den Zeitungen und im Fernsehen sah, schrieb sie ihm einen mitleidigen Brief ins Gefängnis von Sacramento County und fragte, ob sie irgend etwas für ihn tun könne. Die Polizei setzte ihren Namen auf die Liste von Leuten, die man befragen wollte, und Gerald schickte ihr einen Kassiber, ob sie ihn aus dem Land schaffen könne, falls ihm die Flucht gelang.

Sie reagierte darauf jedoch nicht und meldete sich nie wieder bei ihm.

»Nachdem er mich verlassen hatte«, erzählte sie einer Ermittlerin traurig, »war mein Leben so leer wie mein Bankkonto. Aber ich tröstete damit, daß ich wenigstens etwas für mein Geld bekommen hatte. Für ihn meine Freiheit zu riskieren, daran war ich allerdings nicht interessiert.«

»Ich wette, Sie hassen ihn zutiefst«, meinte die Ermittlerin teilnahmsvoll.

»O nein!« antwortete sie schockiert. »Ich liebe ihn. In den letzten 18 Monaten bin ich mit 20 Männern im Bett gewesen und habe versucht, etwas von dem zu finden, was ich mit Gerald hatte. Aber alle zusammen ließen mich nicht annähernd das fühlen, was er mir gab.«

Die Ermittlerin sagte, sie habe, nachdem sie in ihr Büro zurückgekehrt war und den Bericht geschrieben hatte, ein kurzes Interview mit Gerald arrangiert, weil sie sich diesen Sexathleten, der 20 Männer übertraf, einmal ansehen wollte. Sie sei sehr beeindruckt gewesen und habe die Schwedin durchaus verstehen können. Aber sie fand nicht, daß es 15000 Dollar wert gewesen sei. Wenigstens war das ihre Ansicht.

Als Gerald zu Hause in der Bluebird Lane die Tür öffnete, wartete Charlene schon mit ihrer großen Überraschung. Sie stand splitternackt mitten im Wohnzimmer, hatte einen Fuß auf ein Couchtischchen gestellt, eine Hand in ihre knochige Hüfte gestemmt und den anderen Arm hinter den Kopf gehoben. Das Haar hatte sie sich zu einem braven Bubikopf mit Seitenscheitel und Ponies schneiden lassen und mit einer rosa Spange geschmückt. Die Spitzen ihrer kaum apfelgroßen Brüste hatte sie mit tiefrotem Lippenstift bemalt, und ihre gesamte Schamgegend war so glattrasiert wie eine Billardkugel.

»Hallo, Daddy!« quiekte sie glücklich. »Willkommen zu Hause!«

Gerald ließ seinen Koffer fallen und starrte sie sprachlos an. Es war das schamloseste und erotischste Bild, das er je gesehen hatte – genau so hatte er sich in seinen Phantasien immer seine Tochter vorgestellt.

»Mary Ellen!« stöhnte er und streckte ihr beide Arme entgegen. »Mein Gott, du siehst aus wie 10!«

Ein durchschnittlicher 35jähriger Mann, der 48 Stunden ununterbrochen Sex hinter sich hatte, wäre wenigstens für den Rest der Woche außer Gefecht gewesen – nicht so der tasmanische Teufel Gerald Gallego. Er warf Charlene auf die Couch und fiel in wilder Raserei über sie her, die eine ganze Woche lang nicht mehr abflaute.

Charlene erzählte später ihrer Zellengenossin, daß sie irgendwann den Überblick verloren hatte, wie oft sie sich liebten, aber schließlich machte sie sich Sorgen um den Zustand ihrer Vagina. Sie hatte eine ehemalige Hure gekannt, die behauptete, sie habe Schwielen in ihrer Möse bekommen, nachdem sie einen Sommer lang rund 20 Kunden pro Nacht in einem Barackenlager für Farmhelfer bei Fresno bedient hatte. Nein, erzählte Charlene ihrer Zellengenossin, sie hatte nicht *The Chinese Room* gelesen – die mit Lippenstift geschminkten Brustwarzen hatte sie mal in einem Pornofilm gesehen. Und sie gestand, daß es sie wild wie die Hölle gemacht habe, als Gerald sie unaufhörlich Mary Ellen genannt hat.

Charlene sagte, daß die sieben Tage und Nächte wüster Bumserei trotzdem keine Wiedergutmachung dafür gewesen seien, daß die große Schwedin ihn drei Monate lang ganz für sich allein gehabt hatte, doch die 15000 Dollar hätten sie wieder getröstet. Als sie aber nach ihrem Anteil fragte, fuhr ihr Daddy Gerald übers Maul. Er habe es weggeschafft, damit es zur Hand sei, wenn sie nach Texas fahren würden, um eine geeignete Tanzbar zu suchen.

Geralds Pech war, daß Charlene zur falschen Zeit herausfand, wo er das Geld versteckt hatte – nämlich, während sie im Gefängnis von Sacramento County saß und auf ihren Prozeß wartete. Diese zufällige Entdeckung bewies ihr klipp und klar, was er die ganze Zeit über für eine Zukunft für sie im Sinn gehabt hatte, und in ihrem eifersüchtigen, blindwütigen Zorn entschied Charlene, es ihm heimzuzahlen und den armen alten Gerald in die Gaskammer zu schicken.

14. *Kapitel*

Willige Opfer

Charlenes Eltern glaubten ihr kein Wort der Geschichte, daß Gerald für drei Monate nach Texas gefahren sei. Natürlich sagten sie nichts zu Charlene, aber als sie ein paar Wochen nach seiner Rückkehr bei ihnen zu Hause auftauchten, hielt Charles Williams ein Gespräch von Mann zu Mann mit seinem Schwiegersohn für angebracht. Wie Gerald seiner Mutter später berichtete, standen sie dabei im Hinterhof, und es verlief ungefähr folgendermaßen:

»Mein Sohn, du weißt, daß ich mich sonst nicht in dein Privatleben einmische«, sagte Charles.

»Hmhm.«

»Aber du hast mein kleines Baby sehr unglücklich gemacht. Also, ich bin ein Mann, und ich verstehe, daß ein Kerl ab und zu mal auf was Neues aus ist. Das ist ganz natürlich.«

Woher willst *du* das bloß wissen, fragte sich Gerald. Bei euch hat doch deine Frau die Eier, und du hast überhaupt keine Ahnung, wie sich ein *Mann* fühlt...

»Drei Monate lang bist du weggewesen«, fuhr Charles fort, »du hast deinen Job verloren, und mein Baby arbeitet immer noch jeden Tag und...«

»Hör zu, Charlie«, unterbrach Gerald ihn und unterstrich seine Worte, indem er Mr. Williams mit dem ausgestreckten Zeigefinger kräftig auf die Brust tippte. »Mir ist *egal*, was du denkst. Ich sage dir zum ersten und *letzten* Mal, halt dich aus meinen Angelegenheiten raus, kapiert? Willst du dein Baby zurück? Bitte, nur zu! Das heißt, wenn sie überhaupt will. Du willst mich an die Bullen verpfeifen? Mach nur – aber deinem Baby wird das garantiert nicht gefallen. Willst du, daß dein Baby eingelocht wird – vielleicht du und Mercedes auch noch, weil ihr mich trotz Haftbefehls versteckt habt? Das kann ich mir kaum denken, Charlie. Ich scheiß' auf dich und den beschissenen Job als Lastwagenfahrer. Von jetzt an arbeite ich, *wo* ich will und *falls* ich will. Hast du kapiert?«

Charlie hatte kapiert. Er war bei jedem Satz einen Schritt zurückgewichen und stand mit dem Rücken an der Garagenwand. Gerald piekte ein letztes Mal auf seine knochige Brust, drehte sich um, stieg in den Bus und fuhr davon. Dreißig Minuten später platzte eine wilde, in Tränen aufgelöste Charlene in der Bluebird Lane zur Tür herein, völlig atemlos, weil sie den ganzen Weg nach Hause gerannt war.

»Du verläßt mich nicht, Daddy, oder?« kreischte sie, sprang ihn mit einem Satz an, warf die Arme um seinen Hals und klammerte wie ein Affe ihre mageren Beine um seine Taille.

»Nee.« Gerald taumelte ein Stück zurück. »Ich mußte nur deinem Alten mal Bescheid sagen. Wenn du bei mir bleiben willst, kannst du das. Aber ich laß mich nicht mehr von deinen Eltern herumkommandieren. Kapiert?«

»Oh, Gott sei Dank!« schluchzte Charlene. »Ich dachte, du seist weg... Daddy, tu ruhig, was immer du willst. Ich meine, du bist ja sowieso kaum zur Arbeit gegangen, und ich bezahle alle Rechnungen, und wir haben fünfzehntau...«

»Ach, halt deine verdammte Klappe«, sagte Gerald freundlich. »Ich suche mir einen Job in einer Bar – gleich nach unserer kleinen Reise. Und dann fange ich an, mich nach etwas Passendem in Texas umzusehen.«

Die Reise nach Wedderburn in Oregon war eine Katastrophe. Es regnete unaufhörlich, und es war so kalt, daß sie kaum einen Schritt aus dem Haus machten. Charlene fühlte sich miserabel, und nach einer Woche überredete sie Gerald heimzufahren.

Mit ihrer typisch snobistischen Haltung sah sie voll Verachtung auf die dummen, angeheirateten Verwandten herab, und alles in ihr sträubte sich gegen das feuchte, kalte, unordentliche Haus, das nach dreckigen Klamotten, ungewaschenen Windeln und einer Toilette roch, die jedesmal, wenn einer drauf war, überlief. Da neun Erwachsene und sechs Babys das alte Farmhaus mit seinen zwei Schlafzimmern bevölkerten, mußten Gerald und Charlene in dem eiskalten Bus schlafen.

Dutzende von Hühnern wanderten in allen Zimmern aus und ein, und Charlene behauptete, mit der ganzen Hühnerscheiße, in die sie getreten sei, könne sie ein Feld von 10 Morgen düngen. Die Familie hatte außerdem fünf riesige, wolfsähnliche Mischlingshunde, die nie gefüttert wurden. Jedesmal, wenn Charlene nach draußen kam, wurde sie mit Gebell und wildem Knurren begrüßt. Sie war überzeugt, daß sie nur darauf lauerten, sie mit Haut und Haaren zu verschlingen.

Als sie schließlich abreisten, war Charlene ein einziges Nervenbündel – nicht nur wegen Geralds Verwandten, ihrem Haus, den Hühnern und Hunden, sondern auch weil ihre Periode ausgeblieben war und sie einfach *wußte*, daß sie erneut schwanger war.

Während sie an diesem kalten, grauen Morgen durch Oregon in Richtung Sacramento fuhren, saß Charlene zusammengekauert auf dem Vordersitz, starrte aus dem Fenster und fragte sich, was, zum Teufel, bloß mit der brillanten, hochintelligenten Studentin passiert war, die mit 15 den Abschluß der Highschool hatte, vor der eine fast sichere Karriere als Violinvirtuosin lag samt einem Leben in Luxus mit unterwürfigen Verehrern, wie es zu jemandem paßte, der Geschmack und Kultiviertheit besaß und eine künstlerische Veranlagung wie sie. Statt dessen hockte sie hier neben einem kaltblütigen Mörder, den sie in einem Moment besessen liebte und im nächsten haßte, schluckte, rauchte oder schnupfte beinah permanent nahezu jedes Suchtmittel, das die medizinische Wissenschaft kannte, war eine Alkoholikerin mit überwältigenden, destruktiv sexuellen Gelüsten, die immer perverser geworden waren und die sie mit Geralds Hilfe zur vierfachen Mörderin gemacht hatten. Die einzige Zukunft, die Charlene Williams Gallego in diesem deprimierenden Moment der Erkenntnis vor sich sah, war ein Platz neben Gerald in der zylinderförmigen Gaskammer im Gefängnis von San Quentin.

Charlene saß auf dem Boden im Wohnzimmer, trank Gin pur, warf Pillen hinein und starrte mit glasigen Augen zu Gerald, der sich auf der Couch lümmelte und Zeichentrickfilme im Fernsehen ansah.

Ein Gewitter mit eisigen Regenschauern, das ganz typisch war für das grausige Märzwetter in Sacramento, ließ die Fensterscheiben in der Bluebird Lane 2067 beben. Kalter, dicker Nebel lag hüfthoch auf den Straßen und kroch regelrecht unter der Eingangstür herein wie in einer Szene aus einem Horrorfilm. Gerald hockte mit gekreuzten Beinen vornübergebeugt da, hatte eine Decke um seinen Körper und über den Kopf geschlungen, und seine Rasputinaugen schimmerten dunkel in dem trüben Dämmerlicht. Charlene fand, daß er aussah wie ein trauriger Buddha in meditativer Versenkung, der hoffte, das Nirvana liege gleich um die Ecke. Es war sein freier Tag, und sie war ebenfalls zu Hause geblieben, um bei ihm zu sein.

Nach der Rückkehr aus Oregon hatte Daddy Gerald einen Job gefunden, der ihm gefiel: Chefbarkeeper im Muskogee Joe's Place, einer Kneipe mit Tanzfläche und Billardtischen, die auf einem freien Feld zwischen North Sacramento und Rio Linda lag. Die männliche Kundschaft bestand größtenteils aus Arbeitern, die schwere, lederne Militärstiefel mit hohen Absätzen trugen, Jeans und karierte Hemden, deren Ärmel bis zu den Achselhöhlen aufgerollt waren, um die mächtige gewölbten Muskeln zur Geltung zu bringen. Sie fuhren Lastwagen, tranken gern, nahmen Stoff, hatten ihren Spaß daran, zu kämpfen und die Nacht durchzutanzen, um anschließend ihre quiekenden, kichernden Frauen in den Schlafkojen der Laster zu ficken, wenn Muskogee Joe's um 2.00 Uhr morgens geschlossen hatte. In Kalifornien heißt eine solche Kneipe, wo dudelnde Countrymusik aus einer monströsen Jukebox mit bunten, blitzenden Lichtern dröhnt und alle 15 Minuten Schlägereien ausbrechen, Trampelpalast, weil die Kämpfe gewöhnlich damit enden, daß der Verlierer halb totgetrampelt wird.

Eine solche Bar ist genau richtig, um Frauen aufzureißen, und die Auswahl ist nicht schlecht. Zwischen zwanzig und dreißig Kundinnen in engen Jeans und knappen Blusen hocken gewöhnlich immer an der langen Theke aus Sperrholz, vertrinken ihre Sozialhilfe und das Geld für den Kindesunterhalt gleich dazu. Die Damen lieferten sich ebenfalls ihre Kämpfe – und keineswegs nur harmlose Balgereien mit lautstarken Beschimpfungen. Sie kämpften wie die Männer mit gezielten Boxhieben, Tritten in den Unterleib, Bissen in die Ohren oder die Titten. Gelegentlich wurde auch eine Pistole oder ein Messer gezückt.

Niemand versuchte je, eine Schlägerei zwischen den Männern zu unterbrechen, und solange es ohne Waffen abging, ließ man auch die Frauen ihre Sache ausfechten, bis eine am Boden lag. Es herrschte allgemein die Ansicht, daß eine Frau vermutlich ein Haus voller Kinder, aber keinen Ehemann hatte, und wenn Waffen ins Spiel kamen, war das Risiko doch zu groß, diese Bälger zu Waisen zu machen.

Muskogee Joe's ging Charlenes zartfühlender Künstlerseele heftig gegen den Strich, und sie kam nur selten dorthin. Die Frauen waren für ihren Geschmack übermäßig hart und gefährlich, die Männer ein wenig *zu* verschwitzt und machohaft. Die ganze Atmosphäre triefte förmlich vor unterschwelliger Aggressivität, unverhüllter, primitiver Erotik und einer Aura prickelnder, stillschweigend gebilligter Illegalität, in der alles möglich schien.

Wie im Kneipenviertel seiner Kindheit blühte Gerald in solcher Umgebung auf gleich einer Ratte im Müllhaufen. Er konnte buchstäblich jeden Gast besiegen, und alle wußten es. Unangreifbar regierte er in seinem kleinen Königreich hinter dem Tresen, wo er wie ein gespreizter Pfauhahn umherstolzierte, kleinere Drogengeschäfte tätigte, sich aus der Ladenkasse bediente und lässig die üppigen Trinkgelder seiner weiblichen Kundschaft akzeptierte, die ihm nicht nur Drinks spendierten, sondern auch ihre Körper anboten und manchmal darum kämpften, welche als erste an der Reihe war.

Wieder hätte man annehmen sollen, daß er ein rundum zufriedener Glückspilz sei. Er verdiente 150 Dollar pro Woche, stahl weitere 100 dazu und sackte außerdem rund

200 Dollar an Trinkgeldern von hechelnden Frauen und den wüsten Raufbolden ein, die ihn bewunderten, weil sie wußten, daß er sie mühelos verdreschen konnte. Doch zufrieden war er trotzdem nicht, geschweige denn glücklich. Wie Charlene später oft sagte, wäre Gerald Gallego selbst mit einer Million und einem Dauerständer nicht glücklich gewesen. Er mochte zwar seinen Job, aber seit kurzem litt er, neben der immer wieder auftauchenden Impotenz bei Charlene, an einer anderen, höchst beunruhigenden sexuellen Störung. Wenn er eine Erektion zustande brachte, konnte er nicht mehr ejakulieren!

Ich möchte wirklich mal wissen, was mit ihm los ist, überlegte Charlene, kippte Gin und starrte Daddy Gerald an, der zusammengekauert unter der Decke auf der Couch saß und aussah wie der Glöckner von Notre Dame.

Es wäre mir gräßlich, ein Mann zu sein, dachte sie. Wir Frauen haben Glück und können jederzeit. Brauchen uns eigentlich bloß flachzulegen, wann immer der Kerl soweit ist, die Beine breitmachen, ein wenig zappeln, ihm mit ein bißchen Quieken und Stöhnen einen Orgasmus vorspielen und keuchen: »Niemand hat's mir je so besorgt wie *du*.« Und der dumme Bastard glaubt es aufs Wort.

Aber wenn er ihn nicht hochkriegt, ist der Teufel los, weil dann gar nichts mehr läuft und der Arsch natürlich immer der Frau die Schuld gibt.

Wenn Daddy Gerald nicht so wütend würde, mich beschimpfte und verprügelte, wäre mir diese ganze Sache glatt egal. Immerhin kann er wenigstens lange genug, daß ich meinen Spaß habe. Es würde mich wirklich interessieren, was mit ihm nicht stimmt. Er hat mehr Probleme mit seinem Schwanz als jeder andere Mann. Es ist schlimm, ihn so niedergeschlagen zu sehen. Er sagt sogar, wenn er nicht mehr kommen kann, will er nicht mehr leben. Aber was soll ich tun? Ich kann es ihm dermaßen besorgen, daß jeder andere sich im Paradies glauben würde, ihn blasen, bis mir die Backen krachen, es ihm mit der Hand machen, bis meine Arme lahm sind, und alles ist zwecklos... Vielleicht ist es irgendwas Psychologisches, am Ende hat es was mit der

Abtreibung zu tun nach unserer Rückkehr aus Oregon... vielleicht will er nicht, daß ich nochmal schwanger werde, weil er es nicht aushält bei einer Frau, die in Umständen ist.

Halbwegs funktionierte in diesem Moment Charlenes drogenzerfressener Verstand wieder, aber das ganze LSD, Koks, Gras und der Alkohol hatten in den letzten Jahren ihrem Intelligenzquotienten beträchtlich zugesetzt, und ihre nebelhaften Gedanken hüpften wirr hin und her wie blinkende Lichter in der Dunkelheit. Sie goß sich ein neues Glas Gin ein, schluckte eine weitere Pille und ließ ihren Kopf mit einem dumpfen Knall gegen die Wand sinken. Zu dieser letzten Abtreibung waren sie nach San Francisco gefahren, weil in der Klinik in Sacramento die große Schwedin hockte, Daddy Gerald war diesmal nicht so vergnügt gewesen, und er befahl ihr, sie solle endlich die Pille nehmen oder sich ein Pessar besorgen. Aber Charlene hatte eine Abneigung gegen diese ganzen Methoden, also hatte sie es erst einmal verschoben und würde es wahrscheinlich bald völlig vergessen. Gerald stand auf, ließ die Decke fallen und winkte sie wortlos heran. Es war das dritte Mal an diesem Tag.

Müde, aber gehorsam erhob sie sich, stolperte schwankend auf ihn zu, wobei sie ihren Bademantel fallenließ, damit er ungehindert ihre rasierten Genitalien sehen konnte, in der Hoffnung, daß es diesmal vielleicht was nützt. Gerald war fast augenblicklich steif, aber 45 Minuten später kauerte er niedergeschlagen auf dem Boden und weinte bitterlich. Charlene blieb mit gespreizten Beinen auf der Couch liegen. Ihr ganzer Unterleib schmerzte. Wie ein wildgewordenes Karnickel hatte er losgehämmert, um es endlich zu schaffen. Charlene war nur einmal gekommen, weil sie sich so angestrengt hatte für Daddy Gerald, daß sie die Konzentration verlor. Eine dreiviertel Stunde lang hatte sie sämtliche Tricks angewandt, die sie je gelernt hatte und von denen sie stolz behauptete, jeden Mann damit zum Wahnsinn treiben zu können. Aber nichts funktionierte bei Daddy Gerald. Mit gesenktem Kopf saß er auf dem Boden und musterte unter Tränen sein immer noch aufgerichtetes Glied.

Charlene strich voller Mitleid über sein feuchtes Haar. Diese tröstliche Geste ließ Gerald nur noch lauter heulen.

»Ich habe Angst, Baby«, keuchte er. »Irgendwas stimmt nicht mit mir... mein Schwanz tut so weh wie ein vereiterter Zahn, und meine Eier fühlen sich an als wollten sie aufplatzen... was soll ich bloß tun, Baby?«

»Weißt du das nicht, Daddy?« fragte sie mit plötzlich wilder Entschlossenheit.

»Liebessklaven«, flüsterte Gerald leise.

»Ganz genau, Daddy!« triumphierte Charlene. In ihrem Kopf begann dieses verrückte Hämmern, und heiße Wellen liefen durch ihren Körper wie elektrische Stromstöße. Ihre Vagina füllte sich mit klebriger Flüssigkeit, und sie behauptete später, als Daddy Gerald dieses kleine magische Wörtchen flüsterte, habe sie auf der Stelle einen irrsinnigen Orgasmus gehabt, während er sie erstaunt anstarrte.

Am Donnerstag, dem 24. April 1980, zehn Monate auf den Tag nach ihrer letzten Tat, hielten Gerald und Charlene auf dem großen Parkplatz von Tower Records in Sacramento. Sie verbrachten eine Stunde damit, sich nach möglichen Opfern unter den zahllosen Teenagern umzuschauen, die in der Nähe dieses beliebten Plattengeschäfts herumschwirrten. Es gab reichlich Kandidatinnen, aber auch ungewöhnlich viele Polizisten, die offenbar auf Streife waren und mißtrauisch jeden musterten. Gerald war der Ansicht, daß irgendwo im Einkaufszentrum ein Überfall stattgefunden habe und die Bullen den Täter noch in der Nähe vermuteten.

»Hier ist nichts zu holen, Baby«, sagte er und startete den Bus. »Wir fahren raus zur Sunrise Mall in Citrus Heights. Das ist ein brandneues Revier für uns. Möchte bloß mal wissen, warum hier so verflucht viele Kinder sind. Die kleinen Bastarde müssen alle die Schule schwänzen«, murmelte der alte Meisterschwänzer verdrossen.

Citrus Heights ist eine ständig weiter ausufernde Neubausiedlung ungefähr 20 Meilen nördlich von Sacramento mit einem riesigen, supermodernen Einkaufszentrum. Zum

Ausruhen gibt es Bänke unter schattigen Olivenbäumen an sprudelnden Brunnen, und an jeder Ecke hängen Karten des Gebiets, damit der hilflose Bürger ohne Kompaß den Weg zurück zum Parkplatz finden kann.

Vor knapp 20 Jahren war das alles noch eine wundervolle, fast unberührte Landschaft voller Fasane, Wachteln, Tauben und Hasen. Während der Jagdsaison von November bis Januar besserten die Rancher ihr Einkommen auf, indem sie passionierten Jägern aus der Stadt 25 Dollar für einen Tag Jagdrecht auf ihrem Besitz abknöpften. Von Sonnenaufgang bis Sonnenuntergang knallten Gewehrschüsse über ein Gebiet von 60 Quadratmeilen, und es klang wie auf einem Schlachtfeld. Die Rancher bauten Weizen an, züchteten Vieh, Truthähne und Stallhasen. Sie waren nicht so wohlhabend wie ihre Kollegen 40 Meilen weiter südlich, und als sich die Gelegenheit bot, ihr Land zu enormen Preisen an Wohnungsbaugesellschaften zu verkaufen, waren sie nicht mehr zu halten. Die Fasane, Wachteln, Tauben und Hasen verschwanden, als die Betonsiedlungen entstanden, die Gewehre verstummten, und Citrus Heights verwandelte sich in eine typische Vorstadt.

Gerald kannte die Gegend gut, da er oft in der Nähe gejagt und im Sacramento River geangelt oder nach Gold geschürft hatte. Kurz nach ihrem Kennenlernen unternahm er mit Charlene eine Woche lang eine Campingtour den Fluß entlang. Sie hatte damals ein Nugget von einer dreiviertel Unze gefunden, so groß wie ihr Daumennagel, und wollte es als Souvenir an diese Zeit behalten, die sie später als die glücklichste Woche ihres Lebens bezeichnete. Aber Gerald nahm es ihr ab und verkaufte es für 300 Dollar an einen Goldprüfer in Folsom – der Stadt, die dem berüchtigten Gefängnis in der Nähe den Namen gab.

Gerald war sauer, als Charlene das Nugget fand, weil sie ihn ständig in solchen Sachen übertrumpfte – ein paar Körnchen Goldstaub erwischte, den größten Fisch fing oder den Weg zurück zum Lager fand, wenn er selbst hoffnungslos verloren war. Charlene berichtete, daß sie deswegen mehr Rippenstöße und Beschimpfungen einstecken mußte als für irgendwelche Verfehlungen. Auch wenn ihre Intelligenz durch Alkohol und Drogen stark beeinträchtigt war, so war sie Gerald noch immer geistig haushoch überlegen, vor allem was Logik und langfristiges Planen betraf. Natürlich war ihm das klar, und er reagierte entsprechend. Es war zum Beispiel recht problematisch für Charlene, wenn sie merkte, daß er auf der Autobahn in die falsche Richtung fuhr. Für gewöhnlich kassierte sie prompt einen harten Stoß in ihre empfindsamen Rippen für ihren freundlichen Hinweis.

Als sie sich Sunrise Mall näherten, verpaßte Gerald die Einfahrt, da Charlene Angst hatte, etwas zu sagen. Sie mußten wenden, und er beschimpfte sie schroff, weil sie das Maul nicht aufgemacht hatte.

Sie hielten in einer abgelegenen Ecke des Parkplatzes, wo ihr Bus auf drei Seiten von hohen Mauern aus Hohlziegeln verborgen war.

»Hier sind wir richtig, Baby«, verkündete er. »Gehen wir uns ein paar Teenager holen.«

»Daddy...«, sagte Charlene und duckte sich im Geiste, »Daddy, meinst du nicht, wir sollten es mal mit schwarzen Mädchen probieren?«

»Scheiße!« schnaufte Gerald. »Genau das mußte ja kommen von einem solchen Niggerliebchen wie dir! Aber mit mir nicht, klar? Wenn du scharf auf schwarzes Drecksfleisch bist, hol's dir selbst!«

»Okay, okay«, fauchte Charlene. »Ich hab' ja nur gedacht, um Himmels willen!«

Am 24. April 1980 schlichen zwei hübsche 17jährige Mädchen namens Sharon und Tracy um 9.00 Uhr aus dem Haus von Sharons Mutter in der Absicht, nach Los Angeles zu trampen und sich Jobs beim Film zu suchen – genauer gesagt, in der Pornobranche.

Vor einer Woche hatten sie eine ausgelaugte, drogensüchtige, von Herpes geplagte Pornodarstellerin kennengelernt, die ihnen erzählte, daß junge Mädchen mit guten Körpern, die sich gern auszogen und nichts gegen normalen, lesbischen, oralen oder analen Sex hatten, in solchen Filmen im

Nu ein Vermögen machen könnten. Das ehemalige Sexsternchen mit seinem wirren Drogenkopf erklärte alles ganz genau. Pornos seien die lukrativste Sache in der gesamten Filmindustrie. Ein herkömmlicher Film mit berühmten Stars koste vielleicht 30 Millionen bei einer Produktionszeit von zehn Monaten und bringe einen Bruttogewinn von 8 Millionen. In der gleichen Zeitspanne seien 40 Pornostreifen fertig bei einem Kostenaufwand von nur einer Million, die dann weltweit eine Viertelmilliarde einspielten.

Sharon und Tracy waren tief beeindruckt und glaubten, diese Riesensummen landeten geradewegs in den Taschen der Akteure. Aber ihre neue Freundin erklärte ihnen, daß solche halbseidenen Filmgesellschaften meistens Frauen gehörten oder zumindest nach außen hin von Frauen repräsentiert würden, und die ganz dicke Knete bleibe oben kleben. Wie in allen Berufen schnitten auch hier die Männer besser ab – in diesem Fall, so erklärte sie, aus gutem Grund. Junge Burschen mit geeigneter Apparatur, die bereit seien, in Pornofilmen zu arbeiten, seien sehr schwer zu finden, wohingegen Tausende von eifrigen jungen Mädchen jeden Tag in Besetzungsbüros erschienen und Arbeit suchten. Die Auserwählten erhielten ungefähr 200 Dollar für fünf Tage Arbeit, während Jungs mit ansehnlichen Schwänzen zwischen 500 und 1000 Dollar machten, je nach Größe ihres Dings und dessen Brauchbarkeit bei den Aufnahmen vor versammelter Filmcrew. Wie in privaten Schlafzimmern überall auf der Welt bekam das Mädchen die Schuld, wenn ein Kerl ihn beim Drehen nicht hochkriegen konnte. Sofort hieß es dann, sie bringe es nicht. Die Glücklichen wurden ohne Bezahlung hinausgeschmissen, die Unglücklichen an die Zuhälter vom Santa Monica Boulevard verkauft, die ihre Pferdchen ständig mit Kokain vollpumpten und ihnen schnell und schmerzlich eine harte Lektion in Arbeitsmoral und Disziplin erteilten – was sich die meisten zu Hause von Mom und Pop nicht mal andeutungsweise hätten bieten lassen.

Sharon und Tracy machten sich um derartige Nebensächlichkeiten keine Sorgen, in der festen Überzeugung, so etwas könne einfach zwei gescheiten, gutaussehenden und talentierten Mädchen wie ihnen nicht passieren. Den Kopf voller Visionen eines rasanten Aufstiegs zu den Höhen einer Marilyn Chambers oder einer Linda Lovelace, ohne auch nur halbwegs die rein körperlichen Voraussetzungen dafür zu erfüllen, marschierten sie an einem hellen, sonnigen Aprilmorgen die Straße hinunter mit dem Ziel Hollywood. Ihr erster Halt war der Laden »Frederick's of Hollywood« in der Sunrise Mall, wo sich jede ein paar rote Höschen mit offenem Schritt und schwarze Strapse kaufte. Dafür ging der größte Teil ihres Bargelds drauf, aber sie fanden es gut, die notwendigen Requisiten für die kommenden Probeaufnahmen zur Hand zu haben.

Nach ihrem Einkauf beratschlagten sie, ob sie nach San Francisco trampen sollten und ihre Dienste den Mitchell Brothers anbieten, um schon ein bißchen Pornoerfahrung zu sammeln, oder ob sie gleich in L. A. und aufs Ganze gehen sollten. Ein kleingewachsenes, fast zierliches Mädchen kam auf sie zu. Es trug enge, verblichene Jeans, unförmig wirkende Joggingschuhe und trotz der Kälte ein dünnes, weißes T-Shirt. Ihr Haar war entgegen der Mode sehr kurz geschnitten. Sharon und Tracy schätzten sie auf ungefähr 15 und vermuteten, daß sie wahrscheinlich über eine neue Religion mit ihnen quatschen wollte.

Gerald und Charlene hatten die Mädchen mehrere Minuten lang beobachtet. Sie saßen auf einer Bank, als er in seiner Jagdhundhaltung erstarrte und sagte: »Da drüben, Baby. Faß sie.« Charlene griff in ihre Handtasche und packte die kleine Pistole, ehe sie aufstand und sich langsam den Opfern näherte.

Sie musterte sie beifällig. Beide ähnelten Mary Ellen – schlank, fast kindlich und kaum entwickelt, eine mit langem, hellbraunem Haar, die andere blaßblond. Sie trugen an den Knien zerrissene Jeans und weite, graue Sweatshirts. Charlenes kameraähnliches Gedächtnis setzte ein und hielt von nun an die nächsten 24 Stunden für die Nachwelt fest – zumindest das, was *sie* behauptete, gesehen und gehört zu haben.

»Hallo«, grüßte Charlene und ging direkt zum Angriff

über. »Habt ihr Mädchen irgendwas vor in den nächsten 24 Stunden?«

»Weshalb willst 'n das wissen?« fragte Sharon mißtrauisch. »Bist du'n Bulle?« Sie überlegte, ob ihre Mom sie am Ende bereits vermißt und die Behörden eingeschaltet hatte.

»Natürlich nicht«, lächelte Charlene. »Mein Alter und ich brauchen ein paar süße Mädchen zu einem Vierer für eine irre Party mit reichlich Gras und Pillen, die wir heute nachmittag schmeißen. Interessiert?«

»Was hast du für'n Sternzeichen?« wollte Tracy wissen.

»Wie? Oh, Wassermann«, log Charlene. »Warum?«

»Weil mein Horoskop sagt, ich soll mich hüten vor Steinböcken. Aber Wassermänner mag ich – die sind nett.«

»Gut... hört zu, wollt ihr mitmachen oder nicht?«

»Wer wird denn dabei sein?« Sharon schaute sich um. Womöglich war dieses harmlos aussehende Mädchen eine Polizistin in Zivil. Es wäre nicht das erste Mal, daß man sie beim Versuch, Gras zu kaufen, schnappte.

»Nur ich und mein Typ... wir haben echt gutes Marie Johanna, Pillen und eine Unze Shit, frisch aus Kolumbien importiert...«

»Warum wollt ihr das unbedingt loswerden?« unterbrach Tracy.

»Wollen wir gar nicht«, sagte Charlene gereizt. »Aber heute ist der Geburtstag von meinem Alten, und ich will ihm eine wirklich tolle Überraschung machen. Dafür brauche ich euch...«

»O Mann!« rief Sharon, und beide Mädchen fingen an zu lächeln. Mißtrauen und Argwohn verschwanden aus ihren Gesichtern. »Verstehe!«

»Ich auch!« nickte Tracy eifrig.

»Diese tolle Überraschung sollen wir sein«, fuhr Sharon fort, »eine irre Party mit Gras und Pillen und drei Frauen für ihn! O Mann!«

»Ja, genau«, murmelte Charlene, verblüfft von ihrer Begeisterung. Gleichzeitig war sie froh, daß sie nicht alles haarklein erklären mußte, weil sie diese ganze Story eben erst erfunden hatte.

»Warte mal«, sagte Sharon, »wo soll diese Party steigen? Ich meine, ich will kein Motelzimmer oder so was. Da könnte womöglich irgend jemand die Bullen rufen, und wir haben Probleme genug.«

»O nein«, versicherte Charlene. »Da gibt's eine nette Hütte oben in den Bergen am Lake Tahoe. Aber was meinst du damit, daß ihr genug Probleme habt?«

»Ach, es ist nur meine Mom, na ja, du weißt schon, wir sind abgehauen, und sie rennt vielleicht zu den Bullen und so.«

»Klar«, nickte Charlene sehr erleichtert. Man mußte heutzutage höllisch vorsichtig sein. Einige dieser Kinder, die sich auf den Straßen herumtrieben, wären imstande, jemanden einfach nur zum Spaß umzubringen. Das letzte, was sie gebrauchen konnten, waren zwei Stromerinnen, nach denen überall gefahndet wird.

Charlene musterte ihre künftigen Opfer. Beide entsprachen so ziemlich ihrer Vorstellung von typischem Pack – dreckige Kleider, Ausreißer, scharf auf Drogen, vermutlich aus kaputten Familien, ohne Respekt oder Liebe aufgewachsen, lebten von Stütze und hatten kein anderes Ziel, außer der sofortigen Befriedigung aller Bedürfnisse. Solche Halbwüchsige fingen mit Drogen und Sex an, ehe sie auch nur wußten, was das war, hatten garantiert schon vor Urzeiten aufgehört, die Männer und Jungen zu zählen, mit denen sie es getrieben hatten – anders gesagt, sie waren genau das, was Charlene immer zutiefst verachtet hatte. Aber wiederum war ihr gleichzeitig klar, daß sie selbst sich gar nicht so sehr von ihnen unterschied – eine Tatsache, die Charlene stets deprimierte.

»... und wir kriegen unseren Anteil von all dem Zeug?« fragte Sharon gerade.

»Natürlich alles gerecht durch vier geteilt«, antwortete sie. »Wie sieht's aus?«

»Also, eigentlich wollten wir ja nach Hollywood... aber ich schätze, das könnten wir auf morgen verschieben. Okay, Tracy?«

»Schon... hör mal, du und der Kerl seid doch sauber,

oder? Ich meine, keinen Tripper oder Herpes oder so'n Zeug?«

»Natürlich NICHT!« fauchte Charlene wütend. Warte nur, das sollst du mir büßen, du miese kleine Fotze, dachte sie und hatte Mühe, sich ihren Ärger nicht anmerken zu lassen.

»Wie heißt du?« Sharon fummelte einen großen, roten Lutscher aus ihrer Plastiktasche, riß das Papier ab und stopfte ihn in den Mund, daß ihre linke Wange sich wölbte wie bei einem Eichhörnchen, das eine Nuß in den Backen hat.

»Millie«, antwortete Charlene kurz, »und ihr?«

»Sharon«, nuschelte das Mädchen mit dem blaßblonden Haar hinter ihren Lutscher, »und das ist Tracy. Wo steckt dein Alter?«

»Drüben auf dem Parkplatz in unserem Bus. Was ist das mit Hollywood?«

»Na, wir gehen zum Film«, verkündete Sharon.

»Ehrlich?« Charlene schmunzelte insgeheim über diese beiden künftigen Stars.

»Klar, Pornos. Eine Freundin hat uns alles erzählt, wie man reinkommt und so. Wir brauchen bloß noch nach Hollywood und sagen, wir wollten filmen.«

»Ehrlich?« höhnte Charlene. Zwei so blöde kleine Scheißhaufen wie ihr kämen nicht mal in Filmen mit Tiersex unter, dachte sie.

»Klar«, nickte Sharon, »wir machen eine Menge Geld und so und kaufen dann eine Marihuanafarm oben in Mendocino... und ich besorg' mir einen neuen Sportflitzer.«

»Sicher. Klingt echt interessant. Das müßt ihr mir alles genau erzählen... während wir zum Bus gehen.« Charlene hielt eine Hand hinter ihrem Rücken und gab Gerald mit einem Finger das verabredete Signal, ihnen zu folgen. Auf dem Weg zum Bus lauschte sie dem albernen Zeug, das die beiden über ihre Zukunft in Pornofilmen verzapften.

»O Mann! Ist ja Klasse«, sagte Tracy, als sie sich dem Fahrzeug näherten. »So einen besorg' ich mir auch, gleich nach meinem ersten Film.«

Charlene öffnete und winkte ihnen einzusteigen. Sharon und Tracy setzten sich auf das Feldbett, Charlene nahm wie üblich auf dem Eisschrank Platz und fragte sich, wo Daddy Gerald bloß steckte. Hoffentlich hatte er sich nicht verlaufen oder wieder die Schlüssel verloren. Plötzlich flog die Tür auf, und Gerald stand vor ihnen wie eine Erscheinung, die sich in einem Schwall von Sonnenlicht materialisierte, das den dunklen Innenraum überflutete.

»O Mann!« keuchte Sharon, als er die Tür zuknallte. »Hast du mich erschreckt! Bist du das Geburtstagskind, Schatz?«

»Was?«

»Er ist es«, sagte Charlene rasch, der einfiel, daß Daddy Gerald ihre eben erst erfundene Story nicht kannte. »Er hat Geburtstag, und wir drei werden ihm eine unvergeßliche Party geben.« Hoffentlich kapiert der dumme Arsch jetzt, dachte sie.

»O Mann!« strahlte Sharon begeistert. »Er ist wirklich nett! Und so groß. Ich mag große Kerle – da gibt es viel zum festhalten.«

Gerald grinste geschmeichelt und warf Charlene einen selbstgefälligen Blick zu. Danach setzte er sich mit gekreuzten Beinen auf den Boden und musterte die Mädchen.

»Wo kommt ihr her?« fragte er und bot ihnen Zigaretten an.

»Ich komme aus Reno«, erwiderte Sharon, »und Tracy ist von hier – nein, danke, Schatz, wir rauchen nicht. Ist gesünder.«

»Was soll das heißen – ihr raucht nicht?« fragte Charlene wütend. »Ich dachte, ihr mögt Gras?«

»Na ja, das schon ... aber Gras macht nichts. Ich meine, es ist nicht wie Nikotin oder Tabak und so ...«

»Blödsinn, wo ist da der Unterschied? Rauch ist Rauch!« Charlene war immer noch sauer auf Tracy wegen ihrer unverschämten Bemerkung über Tripper und ähnlichem, außerdem störte sie Sharons offensichtliches Wohlgefallen an Daddy Gerald. Sie hatte langsam das Gefühl, diese Party würde nicht besonders lustig werden.

»Ich wette, ihr zwei seid ausgerissen«, warf Gerald ein, der nicht verstand, warum Charlene jetzt schon so schroff mit den Mädchen umsprang.

»Ja«, bestätigte Sharon. »Wir sind ausgerissen und gehen zum Film.«

»Interessant. Erzählt mal.«

»O Scheiße!« Charlene verdrehte die Augen, als Sharon ihm den gleichen Unsinn vorschwatzte, den sie sich in den letzten Minuten angehört hatte.

Gerald nickte ganz ernsthaft. »Das ist das aufregendste, was ich je gehört habe. Ich habe noch nie vorher einen Filmstar getroffen.« Dann griff er unter sein Jackett und zog die große Magnum 357.

»Das ist eine Entführung, Mädchen. Tut einfach, was wir sagen, und alles ist okay. Wenn ihr schreit oder wegzulaufen versucht, bringe ich euch um.«

Gespannt warteten sie auf die übliche Reaktion.

»O Mann!« kicherte Sharon. »Ich hab' noch nie Entführung gespielt!«

»Ich auch nicht«, quietschte Tracy mit großen Augen. »Ist aber nicht schlecht... ich meine, solange ihr nicht mit Peitschen und Ketten ankommt oder so. Ihr spielt doch nur, daß ihr uns vergewaltigt, richtig?«

»Scheiße!« knurrte Gerald.

»Fotzen!« zischte Charlene.

»Was ist los?« fragte Sharon überrascht.

»Feßle sie«, befahl Gerald. »Nimm das Makrameeseil unter dem Sitz. Und kleb ihre Mäuler zu.«

»Fesseln? Also, verdammt, jetzt warte mal, Schatz...«, protestierte Sharon.

»Wir wollen doch Entführung spielen, oder?« sagte Gerald. »Dann machen wir's auch richtig. Kapiert?«

»Klar, aber fesseln... ich weiß nicht.« Sharon wirkte besorgt, und Tracy war bleich geworden. »Also, jetzt hör mal, ich glaube nicht...«

Charlene versetzte ihr mit dem dicken Makrameeseil einen heftigen Schlag ins Gesicht, daß ihr Kopf gegen die Wand flog. »Halt's Maul und streck die Hände aus.«

Charlene schlang das Seil dreimal um Sharons Handgelenke, verknotete es doppelt, riß ein Stück Band ab, klebte es ihr über den Mund und drückte es grob fest.

»Sachte, Baby«, grinste Gerald. »Du schlägst ihr noch die Zähne aus.«

»Jawohl«, fuhr Tracy auf. »Ich versteh das nicht... warum bist du so wütend, Millie? Ich meine, wir machen ja mit, aber nicht sowas Brutales.«

Charlene gab keine Antwort, sondern packte ihre Hände, band sie genauso wie Sharons und verklebte ihr den Mund. »Laß uns von hier verschwinden«, sagte sie zu Gerald.

Über die Interstate 80 fuhren sie nach Norden in Richtung Reno. Charlene beobachtete mit ihrer kleinen Pistole in der Hand vom Beifahrersitz aus die Opfer. Die Mädchen lagen Seite an Seite auf dem Feldbett, funkelten sie wütend an und verstanden offenbar nicht, warum zu einer schlichten Drogenparty Spielchen gehören mußten, bei denen sie wie echte Opfer behandelt wurden. Charlene sagte später, sie hätten ausgesehen wie jemand, das gerade von seinem eigenen Hund gebissen worden war.

Als sie durch Baxter fuhren, drehte sich Charlene um und hielt nach der kleinen Nebenstraße Ausschau, auf der sie mit ihren ersten Liebessklaven in den Wald gefahren waren. Dabei spürte sie, wie sich die Muskeln ihres Unterleibs zusammenzogen, und zum erstenmal an diesem Tag begann langsam die heiße, brodelnde Lava in ihr aufzusteigen, bis sie warm, feucht und glühend ihre Vagina erfüllte. Ganz plötzlich fühlte sie sich wunderbar. Dieses wohlige, lustvolle Empfinden prickelnder Erwartung überkam sie sonst nur, wenn ein Mann zwischen ihren Beinen lag und ihn gerade reinstecken wollte.

Sie blickte zu den Opfern, und eine Erinnerung blitzte in ihr auf – das Bild eines 15jährigen, unschuldigen Jungen, dem sie zwei Monate lang alles beigebracht hatte, was sie über Sex wußte. Er war unbeherrscht und übereifrig, aber sie war sehr geduldig mit ihm gewesen. Sie lehrte ihn, es so zu machen, wie sie es mochte, zwang ihn, sich zu beherrschen und sie zuerst zu befriedigen, und brachte ihm bei, daß es andernfalls kein nächstes Mal mehr gab – weder mit ihr noch irgendeiner anderen Frau. Sie machte mit ihm all die Sachen, von denen ein Junge im Teenageralter in seinen Tagträumen phantasiert, und liebte seine Reaktion auf ihre Tricks beinahe ebensosehr wie ihren eigenen Orgasmus, manchmal sogar mehr. Als sie ihn satt hatte und neue Erfahrungen sammeln wollte, war sie nicht überrascht, daß er sich in sie verliebt hatte und sie anflehte, ihn nicht zu verlassen. Eigentlich war dieser Junge, abgesehen von ihrem Vater, das einzige männliche Wesen, das sie geliebt hatte, so wie sie war. Er war bereit, sie mit allen Fehlern und Schwächen zu akzeptieren, und schien nicht mal zu merken, daß sie keineswegs vollkommen war.

Sie verbrachte eine letzte Nacht mit ihm und erklärte ihm alles behutsam. »Du bist nicht wirklich in mich verliebt«, flüsterte sie ihm ins Ohr. »Ich bin nur deine erste Frau, und du liebst meine Muschi, nicht mich. In ein paar Monaten wirst du ein anderes Mädchen finden, und wenn du all das mit ihr machst, was ich dir beigebracht habe, wird sie es sein, die dich anfleht, sie nicht zu verlassen.«

Charlene dachte immer noch in liebevoller Rührung an seine letzten, romantischen Worte. »Ich werde dich nie vergessen, Charlene... ganz egal, wie viele Mädchen ich in meinem Leben habe, keine andere wird je *wirklich* deinen Platz in meinem Herzen einnehmen.«

Es war eine der wenigen Erfahrungen, auf die Charlene stolz war, und sie *mußte* es damals einfach mit jemandem teilen. Sie erzählte alles ihrer sogenannten besten Freundin, die prompt die Geschichte an sämtliche Mitschülerinnen weitertratschte, bis die Lehrer es erfuhren und schließlich sogar ihre Mutter davon Wind bekam. Aber der Gedanke, daß irgendwo in der Welt ein Mann eine Frau so liebte, wie sie es ihm beigebracht hatte, gefiel ihr noch heute, und wann immer diese Frau ihren Spaß hatte, lag es indirekt an Charlene Adelle Williams.

Sie fuhren am Donner Lake vorbei, der einen atemberaubend schönen Anblick bot. In diesem kleinen Tal lag noch immer Schnee, und der große See wirkte wie ein gigantischer Saphir im hellen Sonnenschein.

Einige Kalifornier behaupten, daß es am Donner Lake

spukt, seit jene vom Pech verfolgten Pioniere im Jahr 1859 dort eingeschneit waren. Die Überlebenden gestanden, daß sie, um zu überleben, die gestorbenen Mitglieder der Gruppe gekocht und gegessen hatten. Einige behaupteten auch noch, daß die Starken, als sie völlig ausgehungert waren und keiner starb, die Schwachen und Kranken getötet hätten und sie dann in einem riesigen, eisernen Waschkessel mit wilden Zwiebeln und Brunnenkresse gekocht worden seien. Drei der Gruppe wurden in Fort Sutter in Sacramento wegen Mord und Kannibalismus angeklagt, aber von einem Militärgericht freigesprochen. Manche, die an diesem See über Nacht campiert hatten, berichteten von Schreien und Stöhnen in der Dunkelheit und nebelhaften Formen, die man über das Wasser treiben sehe. Nur wenige Touristen haben selbst bei Tag die Nerven, zum See zu fahren und ihn sich anzuschauen.

Gegen Mittag erreichten sie Reno. Gerald hielt bei Sears und verkündete, er müsse etwas einkaufen. Er befahl Charlene, die Mädchen gut zu bewachen und die Vorderfenster geschlossen zu lassen. Als er verschwunden war, fingen beide an zu grunzen und zu stöhnen und blickten Charlene flehentlich an wie Hunde, die um Einlaß betteln. Charlene überzeugte sich, daß ihre Pistole entsichert war, ehe sie nach hinten ging und Sharon das Band vom Mund nahm.

»Was willst du?«

»Oh, hör zu, Schatz, ich muß mal. Wirklich *dringend*!«

»Das geht hier nicht, warte noch ...«

»Unmöglich!« jammerte Sharon. »Ich muß jetzt!«

»Nein, du kannst nicht ...«

»O Schatz, ich pisse mir auf der Stelle in die Jeans ... ich muß einfach!«

»Okay, okay.« Charlene schaute sich nach einem Behälter um. Das einzig brauchbare war Geralds leere Thermosflasche, und sie wollte sie Sharon gerade reichen, als ihr klar wurde, daß sie das Mädchen nun losbinden müßte. Waffe hin oder her, das konnte sie nicht riskieren.

»Nein, du mußt warten, bis er zurückkommt.« Verärgert merkte Charlene, daß sie plötzlich ebenfalls mußte.

Gerald stieg ein, warf eine Papiertüte auf das Armaturenbrett und drehte sich um. »Was, zur Hölle, treibst du da?«

»Sie müssen mal, Daddy, und...«

»Scheiß drauf.« Er startete den Motor und fuhr zurück auf die Interstate 80 in Richtung Winnemucca, Nevada.

»O Daddy, Schatz, bitte, halt an!« stöhnte Sharon.

»Ja, es ist besser«, sagte Charlene. »Sonst macht sie noch auf das Feldbett.« Zu Sharon gewandt fauchte sie: »Nenn ihn nie wieder Daddy – verstanden?«

Gerald entdeckte ein Stück weiter einen kleinen Parkplatz und bog fluchend ein. »So, und jetzt? Wie und wo sollen sie pissen?«

Charlene band die Opfer los und reichte Sharon die offene Thermosflasche.

»Bist du komplett übergeschnappt?« brüllte Gerald. »Nicht in meine Kaffeeflasche!«

»Wir haben nichts anderes, Daddy.« Charlene wurde rot im Gesicht vor lauter Anstrengung, das eigene, überwältigende Bedürfnis zu unterdrücken.

Beide Mädchen ließen eilig ihre Jeans runter, und Gerald schaute angewidert zu, wie Sharon mehr oder weniger gezielt in die schmale Öffnung seiner Thermosflasche urinierte. Tracy vollführte einen kleinen Tanz auf den Knien und murmelte unablässig: »Beeilung, Beeilung, um Himmels willen!« Charlene mußte die Flasche zweimal zur Hintertür hinausleeren, ehe sie fertig waren. Dann riß sie ebenfalls ihre Jeans runter und hockte sich linkisch darüber. Gerald verdrehte erbittert die Augen. »Allmächtiger!« stöhnte er. »Das soll ein Kidnapping sein? Ist eher ein Kasperltheater!«

Charlene empfand das Groteske der Szene und fing an zu lachen, als sie die Opfer wieder band. »Armer Daddy«, kicherte sie und setzte sich neben ihn. »Mit drei Frauen auf dem Hals... wenn wir Männer wären, könnten wir einfach die Tür öffnen und nach draußen pissen.«

»Ja«, nickte Gerald grimmig und bog wieder auf den Highway ein, »wir behandeln zwei gekidnappte Mädchen wie unsere eigenen *Kinder* – und zwar wie dreijährige... um Himmels willen, wirf diese Drecksflasche weg!«

Charlene schaute nach hinten, ob Verkehr herrschte, dann schleuderte sie die Thermosflasche in das Beifußgestrüpp am Straßenrand. »Wohin bringen wir sie, Daddy?« flüsterte sie ihm ins Ohr.

»Ich dachte an den Limerick Canyon – weißt du, dieser Platz ganz oben auf der Hochebene.«

»Ja, ich erinnere mich, daß wir früher mal dort waren. Glaubst du, da ist es immer noch so einsam?«

»Was, zum Teufel, ändert sich denn *jemals* in dieser gottverdammten Wüste? Natürlich ist es noch genauso.«

»Was hast du da drin?« fragte Charlene und deutete auf die braune Papiertüte auf dem Armaturenbrett.

»Einen Hammer.«

»Einen Hammer?«

»Ja.«

»Wozu?«

»*Wozu*? Weil es dann keine Verbindung gibt mit dem Wagenheber oder der Schaufel, die wir die letzten Male benutzt haben.«

»Ach ja«, nickte Charlene anerkennend. »Gescheit, Daddy. Ich hätte an so was nicht gedacht.«

Aber *sie* dachte plötzlich an etwas anderes und erschrak dabei gewaltig. Sie hatten die Mädchen in Kalifornien geschnappt, und jetzt waren sie in Nevada, wodurch die Sache zu einem Fall für Bundesbehörden wurde. Und das FBI bestand nicht aus gewöhnlichen Bullen... Zögernd berichtete sie Gerald von ihren Überlegungen.

Er schwieg eine Minute. »Ja, aber sogar das FBI kann nichts machen, wenn es keine Leichen, keine Zeugen oder so was gibt«, meinte er dann. »Die anderen haben sie ja auch nicht gefunden. Also müssen wir nur dafür sorgen, daß niemand die zwei entdeckt. Was sind schon ein paar ausgerissene Teenagerfotzen, die spurlos verschwinden und nie wieder auftauchen? Keiner vermißt sie. Passiert tausendfach jeden Tag«, lachte er leise. »Wir wissen schließlich Bescheid, Baby... wir sind die großen Magier, die sie verschwinden lassen!«

Sie hielten in Lovelock an einer der vielen schäbigen Tankstellen an dem öden Highway durch die Wüste. Charlene warf eine Decke über die Opfer und setzte sich mit der Waffe in der Hand neben sie. Der jugendliche Tankwart hatte ein Exemplar des *Hustler* in der Gesäßtasche stecken und wollte so schnell wie möglich wieder aus der Kälte hinein ins Haus kommen, um weiter in seinem aufregenden Magazin zu blättern. Das war das einzige, was ihn interessierte. Er warf nicht mal einen Blick auf Gerald oder den Bus.

Ungefähr auf halber Strecke zwischen Lovelock und Winnemucca liegt ein verlassenes Kaff namens Oreana. Dort weist ein rostiges, von Kugeln durchlöchertes Schild mit der Aufschrift LIMERICK CANYON an einer staubigen Schotterstraße den Weg hinauf in Richtung Mount Tobin. Diese Gegend in Nevada gehört zum Pershing County, einem der größten Counties im Land, mit einer Bevölkerung von ungefähr 3500 Menschen. Die meisten sind bodenständige, fleißige Farmer und Rancher, die kaum den Lebensunterhalt erwirtschaften. Ihre Vorfahren kamen in Planwagen in dieses Gebiet und meinten, sie könnten durchaus an einem der verlassensten Orte auf Erden leben. Es waren größtenteils Mormonen aus Utah, die nach einem unbesiedelten Platz suchten, um ohne Einmischung der Regierung in Washington ihre Religion zu praktizieren. Die Devise lautete: durchhalten oder sterben, und die meisten waren hart genug, von gekochter Klapperschlange und zähen Kaninchen zu leben, bis ihre Farmen und Ranches etwas abwarfen.

Dieser alte Pioniergeist herrscht noch heute im Pershing County, und wenn es nach den Bürgern ginge, würden Viehdiebe und andere Kriminelle weiterhin am Samstagnachmittagen vor dem Gerichtsgebäude in Lovelock gehängt. Gerald und Charlene Gallego hätten sich keinen schlimmeren Ort aussuchen können für ihr Verbrechen. Während Geralds dortiger Verhandlung einige Jahre später fragte ein britischer Zeitungsreporter einen Bürger, ob er tatsächlich glaube, daß eine Hinrichtung abschreckende Wirkung habe.

»Mister«, antwortete der Rancher, »haben Sie schon mal von einem Mann gehört, der jemanden getötet hat, nachdem er gehängt worden ist?«

Gerald bog gegen fünf Uhr nachmittags auf den Schotterweg in Richtung Limerick Canyon ein. Im April wird es dort früh dunkel, und nach Sonnenuntergang ist es bitterkalt. Es dämmerte, als sie auf einem der leeren, mit Abfällen übersäten Campingplätze hielten. Charlene fühlte sich schwindelig und benommen in dieser Höhe von knapp 3000 Metern und schwankte beim Aussteigen nach der Fahrt von 300 Meilen. Ihre Eltern behaupteten, sie leide seit der Geburt unter Asthma. Inzwischen glaubte Charlene es selbst und hatte tatsächlich hin und wieder entsprechende Symptome. Gerald schüttelte angewidert den Kopf, während sie in der dünnen Luft nach Atem rang, weil er wußte, daß ihr Asthma reine Einbildung war. Aber er war selbst ein wenig benommen und ging unsicher zu einem rostigen Campinggrill neben einem termitenzerfressenen Picknicktisch. Beide Gegenstände waren Staatseigentum und in tiefen Beton eingegossen, damit sie nicht von diebischen Campern weggeschnappt werden konnte.

»Warum machst du kein Feuer?« rief Charlene.

»Sei nicht so dumm. Jede ausgehungerte Wüstenratte im Umkreis von 50 Meilen würde den Rauch sehen und prompt hier auftauchen, in der Hoffnung auf eine kostenlose Mahlzeit... bind die Mädchen los und bring sie her – vielleicht müßt ihr alle drei mal wieder pissen?« fügte er sarkastisch hinzu. Das mußten sie in der Tat. Da sie die ganze lange Fahrt über gefesselt und geknebelt auf dem schmalen Feldbett verbracht hatten, knickten die beiden Opfer zusammen und fielen auf die Knie, als sie ausstiegen. Aber sie rappelten sich hastig hoch, ließen eilig ihre Jeans runter und urinierten, daß es rauschte wie aus Wasserschläuchen.

»O Mann!« seufzte Sharon. »Was für eine Erleichterung! Wo ist die Hütte, Schatz?«

»Hütte? Ach so – die konnten wir nicht kriegen. Wir lagern heute nacht hier und lassen unsere Party im Bus steigen.«

»Also, jetzt warte mal, Schatz.« Sharon schaute sich ängstlich um. Die öde, feindselige Wüste wurde immer dunkler. »Ich weiß nicht... hier ist es echt gruselig und so... ich meine, es ist so kalt, kein Bad oder so was und...«

»Mir gefällt das auch nicht«, mischte sich Tracy ein. »Du hast gesagt, hier sei eine nette Hütte. Ich zieh' mich jedenfalls nicht aus und fick in einem eisigen Bus.«

Wortlos versetzte ihr Charlene einen Schlag mit ihrer Handtasche, die durch die Pistole, zwanzig Pfund Ersatzmunition und all den anderen Notwendigkeiten, die eine Frau mit sich herumschleppt, beträchtliches Gewicht hatte. Sie traf Tracy direkt ins Gesicht. Sie stürzte zu Boden und Blut floß aus ihrer Nase.

»He, Baby!« Gerald kam näher. »Warum so grob?«

»Ich mag diese dreckige kleine Fotze mit dem großen Maul nicht!«

»Okay, mußt du ja auch nicht, sind schließlich bloß Liebessklaven, Baby. Wozu gemein werden?«

»Ach ja?« kreischte Charlene. »Weißt du, was sie mich auf dem Parkplatz gefragt hat? Ob wir Tripper oder Läuse haben!«

»Schon gut.« Gerald legte seinen Arm um sie. »Vielleicht sollten wir sie das mal fragen...«

»O nein, Daddy Schatz«, rief Sharon eilig. »Sowas haben wir nicht!«

»Ich habe gesagt, du sollst ihn nicht Daddy nennen!« schrie Charlene und wollte sich auf sie stürzen, aber Gerald hielt sie zurück.

»Jetzt laß diesen Scheiß. Steigt wieder ein – alle drei. Wenn hier einer schlägt, dann ich. Rein mit euch in den verdammten Bus!« Er schob Charlene auf die Tür zu, packte die beiden Opfer und zog sie mehr oder weniger mit sich.

»Rein da. Setzt euch auf das Feldbett – und du, Baby, auf die Kühlbox. Paß auf sie auf, ich schau mich mal um... und keine Streitereien mehr, kapiert? Wir sind hier, um zu ficken, nicht zum Kämpfen!«

Gerald schloß die Tür und nahm aus einer Werkzeugkiste unter dem Bus eine Klappschaufel heraus. Dann ging er einen leichten Abhang hinunter bis zu einem ausgetrockneten Bachbett. Dichtes Weidengebüsch wuchs an beiden Seiten entlang des Ufers. Er wußte, wenn im Frühjahr der Schnee in den Bergen schmolz, würde eine tosende Wasserflut dieses kleine Bachbett hinunterstürzen und eine meterhohe neue Schicht aus Sand und Geröll ablagern. Sorgsam schaute er sich um. Das Ufer machte eine scharfe Biegung, und er entschied, daß das der perfekte Platz für ein Grab sei. Dort würden Sand, Schutt und Gestrüpp hängenbleiben... und bis zum Juni waren die Leichen wahrscheinlich unter einer drei Meter hohen Decke. Er stieß die Schaufel in den Sand, um die Stelle zu markieren.

Während er dort stand und pinkelte, hörte er plötzlich den Motor anspringen. Hals über Kopf rannte er los, in der felsenfesten Überzeugung, daß Charlene sich davonmache und ihn hier mitten im Nirgendwo sitzenlasse. 50 Meilen von der nächsten Stadt entfernt, wo die Temperaturen in der Nacht unter Null fielen; und wenn er einschlief, würde er erfrieren oder bei lebendigem Leib von Kojoten gefressen werden. Keuchend raste er den kleinen Hügel hinauf und zog seine Magnum. Wenn er alle sechs Schuß durch die Karosserie feuerte, würde er sicher irgend jemanden treffen – hoffentlich Charlene, ehe sie wegfahren konnte.

Gerald sagte später, er habe nie in seinem Leben solche Angst verspürt – weniger vor dem Erfrieren, als lebendig von Kojoten gefressen zu werden. Gerade als er die Pistole anlegte, öffnete sich die Hintertür, und er hörte Charlenes Stimme. »Beeil dich, Daddy. Komm rein aus der Kälte.«

Mißtrauisch näherte er sich, in der Erwartung, daß sie auf ihn schießen würde, und hätte um ein Haar selbst abgedrückt.

»Beeil dich. Ich habe den Motor angemacht und die Heizung angestellt.«

»Wozu?« fragte er idiotischerweise. Er stieg ein und betrachtete die Opfer, die regungslos auf dem Feldbett saßen.

»Damit es ein bißchen wärmer wird, Dummer. Was sonst?«

»Aha«, murmelte Gerald. Er zitterte, denn noch immer

war er davon überzeugt, daß sie versucht hatte, sich davonzumachen und ihn in der Wüste sterben zu lassen.

»O Mann!« kicherte Sharon plötzlich und deutete auf seine Hose. »Du hast ja'n ordentliches Stück da, Schatz!«

Gerald blickte an sich herab und sah überrascht, daß sein Glied noch aus dem offenstehenden Reißverschluß hing. Vor lauter Angst hatte er vergessen, seinen Schwanz wieder einzustecken.

»Das ist *nichts*«, meinte Charlene stolz, »ist ja ganz zusammengeschrumpft von der Kälte. Warte, bis du ihn in Aktion siehst.«

»Ich bin bereit, wenn ihr's seid, Schatz«, verkündete Sharon fröhlich.

»Wie ist es mit dir?« nickte Charlene Tracy zu.

»Ja, klar. Können wir zuerst etwas Koks haben? Schließlich hast du es versprochen, und ich brauche ehrlich was, um in Gang zu kommen für diese Fickparty... ich meine, so ohne Bett oder sonstwas, bei der Kälte und diese Fesselgeschichte... wenn ich das alles gewußt hätte, wäre ich nicht mitgekommen. Wie wär's da wenigstens mit ein bißchen Koks, Millie?«

Charlene zögerte. Sie hatte ein Viertelgramm schwachen, verschnittenen Stoff in die Wölbung ihres linken Fußes geklebt, aber Gerald wußte nichts davon, und sie wollte um keinen Preis riskieren, daß er sie vor den Augen der Liebessklaven windelweich prügelte – das hatte er nämlich versprochen, falls er sie je wieder mit Drogen erwische.

Aber Gerald lächelte nur. »Vorwärts, gib ihnen schon eine Nase voll. Das macht es nachher leichter, wenn wir fertig sind.«

Den Opfern entging seine Bemerkung, weil sie völlig hingerissen Charlene beobachteten, die ihren Schuh auszog und den kleinen Plastikbeutel von ihrer linken Fußsohle löste. Gerald streckte einen Daumen aus, und sie streute eine kleine Prise Kokain auf seinen Nagel. Er hielt ihn unter Tracys Nase, die schnupfte und dann gierig den Nagel ableckte. Sharon schnaubte zur Vorbereitung gründlich in eine Hand und wischte sie am Hosenbein ab. Charlene drehte sich beinah der Magen um, aber sie streute nur stumm eine zweite Portion auf. Sharon schloß mit einem Finger ihr linkes Nasenloch, ehe sie so fest schnupfte, daß Geralds Daumen gegen ihre Nase gepreßt wurde.

»O Mann!« seufzte sie. »Das ist klasse Zeug!«

Charlene wußte, daß es verschnittenes Koks war, und wünschte, sie hätte wirklich reinen Stoff. Ich würde dir solch eine Ladung verpassen, daß dir das Herz stehenbleibt, dachte sie wütend.

»Spendieren wir ihnen noch eine Runde«, sagte Gerald und streckte seinen Daumen aus. Nach wenigen Sekunden glitzerten die Augen der beiden, sie wurden äußerst lebhaft und zogen kichernd ihre Kleider aus. Selbst die chronische Nörglerin Tracy vollführte eine Art linkischen Striptease.

»Ich weiß was«, quietschte Sharon, »gib mir mal diese Einkaufstüten! Wir zeigen euch, wie wir unsere ersten Probeaufnahmen machen!«

Gerald warf ihnen die Tüte von »Frederick's of Hollywood« zu, und die Mädchen nahmen ihre roten Höschen mit offenem Schritt und die schwarzen Strumpfgürtel heraus. Er schaltete das Deckenlicht ein und beobachtete lächelnd, wie sie in ihre neue Berufskleidung schlüpften.

Tracy warf sich auf den Boden, zog die Knie an und ließ mit weitgespreizten Beinen wild ihre knochigen Hüften rotieren, wobei sie aus Leibeskräften kicherte. Mit Blick auf Charlene züngelte sie wie eine Schlange. In diesem Moment fühlte Charlene ihre feindselige Einstellung vorübergehend schwinden. Sie kam allmählich etwas in Stimmung und begann ihre Kleider auszuziehen. Nach kurzem Zögern folgte Gerald ihrem Beispiel.

»Hey, Geburtstagsjunge! Laß uns loslegen!« brüllte Sharon, packte zu und griff nach seinem immer noch durch die Kälte zusammengeschrumpften Schwanz.

»Welche willst du zuerst?« fragte er Charlene.

»Ich nehme dieses verfluchte Großmaul Tracy.«

»Soll ich sie ficken, während sie dich leckt?«

»Ja, aber mach es zuerst mit Sharon. Ich will zuschauen.«

Gegen 2.30 Uhr morgens stand Charlene draußen vor dem Bus. Drinnen trieb Gerald es ein letztes Mal mit Sharon.

Ihr Atem bildete eine graue Wolke, als sie hinauf zu den glitzernden Sternen schaute. Die blasse Mondsichel wirkte so nahe, daß es schien, als könne man sie anfassen. Ihr bleiches Licht am kobaltblauen Himmel tauchte alles in einen trüben, bläulichgrauen Schimmer. Charlene fragte sich, ob es in der Wüste jemals richtig dunkel würde. Die Landschaft sah aus wie bei einem Blick durch ein Infrarotfernrohr, das alle Farben schluckte und nur Grautöne erkennen ließ.

Ein Kojote heulte auf, und Charlene zitterte. Die Kälte war fast unerträglich, aber sie wollte nicht wieder einsteigen. Die Mädchen hatten offenbar keine Ahnung von weiblicher Hygiene, und der durchdringende Fischgeruch im Bus drehte ihr den Magen um.

Sie hörte Sharons hohe, gekünstelte Hurenstimme, mit der sie Gerald drängte: »O ja ... ja ... fick mich, Schatz ... super, Schatz ...«

Charlene ging zu dem termitenzerfressenen Picknicktisch, setzte sich und atmete tief die klare, eisige Luft ein. Wir hätten uns genausogut zwei Huren aus Tijuana nehmen können, dachte sie. Keine Spur von Angst hatte es gegeben, kein Betteln, kein maßloses Entsetzen, nur zwei Mädchen, die typisch waren für die Teenager heutzutage, sämtliche Tricks kannten und es genossen, ihre diesbezüglichen Talente vorzuführen. Daddy Gerald war so enttäuscht gewesen, daß er alle Mühe hatte, wenigstens halbwegs steif zu bleiben, und wenn sie ihm nicht zu dritt alle paar Minuten einen geblasen hätten, wäre überhaupt nichts gelaufen. Erst nach einer Reihe von Bissen in die Brustwarzen und entsprechenden Schreien war es ihm schließlich gelungen, zu ejakulieren. Er trieb es mit Tracy und hielt sie fest, während Charlene an ihren Brustwarzen nagte wie an einer Zuckerstange. Sie tat das natürlich nicht *wirklich*, doch mit etwas Phantasie reichte es aus, um ihn endlich soweit zu bringen – und Charlene war heilfroh gewesen, daß ihre Idee mit den Liebessklaven Daddy Gerald wieder mal gerettet hatte und seine hoffnungslos verkorkste Psyche wenigstens vorübergehend etwas einrenkte.

Charlene sah ihn aus dem Bus steigen und rief leise: »Hier drüben, Daddy … hast du sie gefesselt?«

»Ja.« Er setzte sich neben sie auf den Tisch. »Aber ich glaube, das ist gar nicht nötig … ehrlich, die zwei würden wir nicht mal mit vorgehaltenem Gewehr los.« Er zündete sich eine Zigarette an und inhalierte tief. »Weißt du, was diese Sharon gerade zu mir gesagt hat? ›Wir mögen euch beide richtig gern, am besten treffen wir uns jedesmal, wenn wir in der Stadt sind.‹«

»Sieht ihr ähnlich. Hör mal … es ist fast drei, Daddy. Vielleicht bringen wir es besser hinter uns.«

»Hast recht.« Gerald stand auf, trat seine Zigarette aus und steckte den Stummel in die Hemdtasche. »Schön, der Mond hier. Das einzige, was mir an dieser verfluchten Wüste gefällt, ist der Himmel bei Nacht … warum hier jemand leben will, werde ich nie kapieren. Okay, holen wir sie.«

»Daddy, wir bräuchten es eigentlich gar nicht … sie würden nichts erzählen«, meinte Charlene zögernd.

»Ich weiß, ich hab' auch daran gedacht. Aber nimm mal an, die Bullen schnappen sie irgendwo, weil sie von zu Hause ausgerissen sind. Klar, daß sie ihnen dann erzählen, sie seien mit uns zusammen gewesen. Dann sind wir dran wegen Verführung Minderjähriger … und vielleicht sogar wegen Vergewaltigung. Kannst du dir vorstellen, daß irgendeiner diese beiden vergewaltigen muß?«

Charlene schüttelte den Kopf und wartete schweigend, daß Gerald über die Zukunft von Sharon und Tracy entschied. Wie bei allem anderem in ihrer Beziehung lag es in seinem Ermessen, ob die Liebessklaven heute nacht am Leben blieben oder starben.

»Und wenn die Bullen erst mal anfangen herumzuschnüffeln«, sagte er mehr oder weniger zu sich selbst, »kommt vielleicht irgendwie noch das mit den anderen Mädchen raus. Nein, wir müssen es tun.«

»Was immer du denkst, ist genau richtig«, versicherte Charlene.

Gerald öffnete die Hintertür. »Okay, Mädchen, wir wollen die Nacht über hierbleiben. Ich habe einen hübschen Platz unten am Bach gefunden. Da können wir ein großes Feuer machen und uns etwas zu essen kochen. Danach gibt's noch ein bißchen Koks. Ist euch das recht?«

»Klar, Schatz«, zwitscherte Sharon fröhlich. »Einverstanden... aber du willst uns doch nicht gefesselt lassen, oder?«

»Nee, die Spielchen sind vorbei. Du kommst mit mir, Sharon, ich brauche deine Hilfe. Wir müssen Holz sammeln für das Feuer.«

»Klar, Schatz.« Sharon drehte sich auf dem Feldbett um und streckte ihm ihre Füße entgegen, damit er sie losband. »Und keine Bisse mehr in die Titten, okay?«

»Okay. Warte mal.« Gerald ging zur Fahrertür und holte die Papiertüte mit dem Hammer.

»Was ist das, Schatz?« Sharon legte ihren Arm um seine Taille und drückte ihn.

»Nur was, um Feuer anzumachen... Baby, du bleibst bei Tracy.«

»O Mann!« keuchte Sharon zitternd. »Echt kalt hier draußen!«

Gerald zog seine graue Nylonjacke aus und legte sie um ihre Schultern. »Besser?« lächelte er freundlich. Seine Stimme hatte genau den Tonfall, in dem er immer mit Hunden und Kindern redete.

»O ja, Schatz. Endlosen Dank.«

Als Gerald den Abhang hinunterging, setzte sich Charlene auf die blaue Kühlbox und beobachtete Tracy. Die Hintertür hatte sie offengelassen wegen des gräßlichen Gestanks.

»Habt ihr zwei noch nie geduscht?« frage sie naserümpfend.

»Was? Ach so, nee. Wir haben mal gelesen, daß es schädlich ist. Das machen wir erst, wenn es da unten richtig böse zu jucken anfängt.«

»Das ist ja widerlich.«

»Na und?« gähnte Tracy.

Durch die kalte, dünne Luft drang Sharons hohe Stimme zu ihnen. »Also, Schatz, verdammt, jetzt warte mal...«

Charlene sah im Geist Gerald den Hammer schwingen und Sharon zu Boden sinken. Endlich war diese schrille

Stimme, die an ihren Nerven zerrte, zum Verstummen gebracht.

Auch Tracy schien etwas zu spüren. Sie streckte nervös die Hände aus. »Bind mich los, Millie. Ich mag den ganzen Scheiß nicht...«

Plötzlich stand Gerald in der Tür. Er atmetete heftig, sein Haar war zerzaust und das Gesicht voll dunkler Flecke. Charlene sah, daß diese schwarzen Sommersprossen Blutspritzer waren.

»Komm, Tracy«, lächelte er. »Sharon will, daß du ihr beim Holzsammeln hilfst... mach voran.«

»Ich gehe nirgendwohin, bis ich nicht losgebunden bin!«

Gerald beugte sich in den Bus, zog sie an den Knöcheln heraus, hob sie hoch und warf sie sich über die Schulter. Wortlos drehte er sich um und ging den Abhang hinunter, ohne sich darum zu kümmern, daß Tracy schrie und zappelte und sich wand wie eine Schlange. Ein einsamer Kojote in einigen hundert Metern Entfernung antwortete auf ihr Geheul. Charlene stieg aus und versuchte im unheimlichen, bläulichgrauen Licht der Wüstennacht etwas unten am Bach zu erkennen. Aber Gerald war hinter einem Weidengebüsch verschwunden. Nur Tracys Geschrei drang zu ihr, und der einsame Kojote antwortete hoffnungsvoll.

Charlene mußte plötzlich wieder ganz dringend und ließ schnell ihre Jeans runter.

Tracys Schreie verstummten abrupt. Nur das Geheul des einsamen Kojoten hallte weiter durch die Nacht.

Charlene nacktes Hinterteil brannte vor Kälte. Sie stand auf, zog ihre Jeans hoch, schloß den Reißverschluß und lauschte. Der Kojote heulte klagend.

Sie wußte, daß alles vorbei war. Ihre nervöse Blase füllte sich erneut. Hastig ging sie nochmals in die Hocke und verstand nicht, woher die viele Flüssigkeit kam.

»He, Charlene«, drang Geralds Stimme durch den eisigen Wind zu ihr. Doch sie konnte nicht erkennen, aus welcher Richtung.

»He, Charlene.«

Sie öffnete den Mund, um zu antworten, und erstarrte.

Warum rief er Charlene? In all den Jahren hatte er sie immer Baby oder Fotze genannt – nie Charlene. Warum also ausgerechnet jetzt? Ein kalter Schauer ließ ihr Blut erstarren, und eine Gänsehaut lief über ihren Rücken.

»Charlene, wo bist du? Komm mal runter... ich will dir was zeigen.« Seine leise Stimme klang, als versuche er ein Lachen zu unterdrücken.

Charlene rannte zur Fahrerseite und schaute voll Mißtrauen in den Bus. Die Schlüssel waren weg. Ich wußte es, dachte sie, und ihr wurde schwindelig vor Angst. Er wird mich ebenfalls umbringen. Die Schlüssel hat er eingesteckt, damit ich nicht weg kann. Er hat da unten auch für mich ein Grab...

Gerald war langsam an sie herangeschlichen und legte seine eiskalten Hände in ihren Nacken.

»AHHH!« Charlene stieß einen markerschütternden Schrei aus, der sie tagelang heiser machen würde.

Sofort antwortete der einsame Kojote mit langgezogenem Geheul.

»HERRGOTTVERFLUCHTE SCHEISSE!« brüllte Gerald, der mit einem Satz zurücksprang und seine Waffe zog. »Hast du mich erschreckt! Was ist los mit dir, du blöde Fotze?«

Charlenes heilloses Entsetzen wich von einer ungeheuren Erleichterung. Sie war so glücklich, diesen vertrauten Namen zu hören, daß sie sich in seine Arme warf und hysterisch schluchzte: »O Daddy, o Daddy, ich hatte solche Angst!«

»Wovor denn, um Himmels willen? Ich war ja ganz in der Nähe. Du weißt doch, daß ich dich immer beschützen würde... Baby, ich bin ganz voll Blut. Laß mich lieber los. Ich muß mich umziehen.«

»Dann ist alles fertig?«

»Ja. Ich wollte dir das Grab zeigen und wie gut es versteckt ist. Warum hast du nicht geantwortet?«

»Ich weiß nicht«, log Charlene. »Es war so unheimlich... jedesmal, wenn sie schrie, brüllte der Kojote... als antworte er! Oh, diese verfluchten Biester...«

»Ja, sie sind mir auch nicht geheuer. Es gibt hier so

verdammt viele davon. Ich habe gelesen, daß fünf Kojoten ein Wild töten und in weniger als zehn Minuten wegputzen können mit Knochen, Fell und allem Drum und Dran.«

»Aha.« Charlene dachte, daß sie sich wieder mal im Hinblick auf Daddy Gerald geirrt hatte. Er hatte nicht die Absicht, sie zu töten – wenigstens nicht *heute*.

»Komm, Baby, sieh dir das Grab an.«

Arm in Arm gingen sie hinunter zum Bach, und Gerald deutete auf zwei schwere, ungestürzte Baumstämme, über denen ein großer Fels ruhte.

»Unter diesem ganzen Zeug sind sie?« fragte Charlene, umschlang seine Taille und schmiegte die Wange an seine Brust, ohne sich um die Blutflecke auf dem Hemd zu kümmern.

»Jawohl. Ich hab' das Loch von der anderen Seite aus unter die Stämme und das Felsstück gegraben, anderthalb Meter tief. Die findet niemand mehr, Baby. Außer vielleicht ein paar Kojoten... und denen ist es egal.«

»O Daddy, ich muß mal.« Charlene ließ ihre Jeans runter und kauerte sich so hastig zu Boden, da Geralds Arm von ihrer Schulter fiel. Danach gingen sie wieder zurück und setzten sich auf den wackeligen Picknicktisch, rauchten und schauten hinauf zu den glitzernden Sternen und dem blaßgelben Mond.

»Ich bin richtig traurig«, sagte Gerald bedrückt.

»Ja, mir geht es auch so. Es war die ganze Mühe nicht wert. Finde ich wenigstens.«

»Ob es je wieder so wie das erste Mal wird? Das war... na ja, direkt *perfekt*. Die beiden in Reno waren nicht schlecht, aber erst als sie merkten, daß wir... du weißt schon.«

»Ja... es tut mir leid wegen dieser beiden, Daddy. Aber ich konnte ja nicht ahnen, daß sie so... *verdorben* waren!«

»Sei nicht albern, Baby. Es ist nicht deine Schuld, daß sämtliche Teenagerfotzen im Land die Beine breit machen, kaum daß sie aus den Windeln sind. Als ich ein Junge war, lief da gar nichts, falls man nicht verlobt war oder so was. Diese gottverdammte Bewegung für freie Liebe damals in den Sechzigern hat einfach alles ruiniert!«

Nach dieser tiefgründigen Bemerkung stand Gerald auf, gähnte und streckte sich. »Wir fahren lieber, Baby. Ich denke, wir bleiben bis zum Morgen in Winnemucca und fahren dann am Lake Tahoe vorbei nach Hause. Weißt du, was! Für morgen nacht quartieren wir uns in einem guten Hotel in Tahoe ein, essen fein zu Abend und versuchen unser Glück an den Spielautomaten! Was meinst du dazu?«

»Oh, das ist süß von dir, Daddy! Liebend gern!«

Gerald und Charlene verbrachten den Rest dieser Nacht im Bus auf einem Campingplatz an der Straße nach Winnemucca. Gerald hatte seine blutige Kleidung, die Schuhe und Socken gewechselt und alles in die Einkaufstüte der Mädchen zu den roten Höschen mit offenem Schritt und den beiden schwarzen Strumpfgürteln gesteckt. Charlene legte die Tasche zur Sicherheit in eine verschlossene Werkzeugkiste, und irgendwo zwischen Limerick Canyon und Winnemucca warf sie den blutbefleckten Hammer aus dem Fenster in den Treibsand der Wüste.

In den Handtaschen der Opfer befanden sich insgesamt 21 Dollar, eine Schachtel Tampax, zwei schwarze Lippenstifte, eine halbe Rolle Toilettenpapier, acht mit einer Polaroidkamera aufgenommene Nacktfotos der Mädchen in verschiedenen Posen (die vermutlich als Bewerbungsunterlagen dienen sollten), ein fast zahnloser Kamm und zwei rote Lutscher – nicht viel vorzeigbares Hab und Gut für je 17 Jahre Lebenszeit. Die Polaroids wurden verbrannt, die Asche vergraben, und alles andere landete später im American River oder in einem Müllbehälter im Hinterhof des Safeway-Markets in North Sacramento. Auf der Fahrt zum Lake Tahoe hielt Gerald an einem Bergbach und beaufsichtigte Charlene, die jeden Zentimeter des Busses innen und außen gründlich säuberte.

Gegen 14.00 Uhr am 25. April 1980 erreichten Gerald und Charlene Gallego Stateline in Nevada, am östlichen Ufer des Lake Tahoe, nur ein paar Meter jenseits der kalifornischen Grenze. Die kleine Stadt besteht praktisch aus einer Anhäufung erstklassiger Spielcasinos und liegt so bequem an der Grenze, daß jeder aus der Gegend um Sacramento einen gemütlichen Ausflug am Sonntagnachmittag über die Sierra Mountains machen, ein paar hundert Dollar verlieren und pünktlich zu den Elf-Uhr-Nachrichten wieder zu Hause sein kann. Gerald und Charlene nahmen ein Zimmer für 50 Dollar pro Nacht im »Silver Dollar Hotel and Casino«, wo sie sich eine Stunde lang in einem heißen Bad aalten und dann erschöpft ins Bett fielen.

Sie wachten um sieben Uhr abends auf, zogen sich frische Jeans und Hemden an und gingen zum Essen. Wie Charlene berichtete, hatte Gerald kurzgebratene Geflügelleber und Champignons, während sie ihr übliches Filet Mignon bestellte. Dazu teilten sie sich eine Flasche kalifornischen Weins.

Gerald spielte an den Automaten und verlor 60 Dollar. Charlene verlor 10, dann erwischte sie einen Jackpot von 200 Dollar. Darüber wurde Gerald derart sauer, daß er nicht mehr mit ihr redete, bis sie ihm das Geld gab. Gegen ein Uhr morgens gingen sie ins Bett.

Charlene erinnerte sich, daß sie »normalen« Sex hatten, ehe sie einschliefen, wobei Gerald oben lag und ohne Probleme nach ungefähr drei Minuten ejakulierte. Sie selbst hatte einen sehr starken Orgasmus und »wußte« einfach, daß sie wieder schwanger war.

Etwas besorgt sank sie in Schlaf, aber auch voller Freude, daß ihre Idee mit den Liebessklaven bei Daddy Gerald noch immer funktionierte.

Etwa drei Wochen später erwies sich Charlenes Vorahnung als richtig. Ängstlich beichtete sie es Daddy Gerald, aber er war überraschenderweise sehr erfreut, daß ein kleiner Gerald Armond Gallago auf dieser Welt erscheinen wollte. Seiner Ansicht nach war es offenbar ihre Bestimmung, ein Kind zu haben, weil sie dauernd schwanger wurde. Und er entschied, daß sie es behalten würden.

Charlene wollte zu diesem Zeitpunkt in ihrem Leben kein Baby, wagte aber nicht, sich Daddy Geralds mystisch inspiriertem Beschluß zu widersetzen. Sie war außer sich vor

Angst, weil sie das starke Gefühl hatte, daß mit diesem Fötus etwas nicht in Ordnung sei in Anbetracht der Umstände, unter denen er empfangen worden war. Wenn sie ein behindertes Baby zur Welt brachte, war nicht auszudenken, was der egoistische Gerald Armond Gallego ihr antun würde.

15. Kapitel

Experiment am Golden Beach

Ein paar Tage nach ihren letzten Morden verfiel Gerald in eine tiefe Depression. Fast gelähmt lag er auf der Couch, trug nur seinen roten Minislip aus Seide und schaute sich wieder einmal mit glasigen Augen Zeichentrickfilme an, während Charlene neben ihm auf dem Boden hockte, wie üblich Gin trank und Pillen schluckte.

Aus unbestimmtem Grund hatte die beiden Turteltauben ein übermächtiger Anfall von Gewissensqualen gepackt.

Gerald Armond Gallego hatte nie zuvor auch nur einen Hauch von Schuldgefühl gespürt, ganz egal, was er angestellt hatte. Auf dem Gebiet der Kriminalpsychologie trennt Polizisten und Psychiater ein größerer Graben als Israel und die PLO, aber es gibt etwas, bei dem sie übereinstimmen: daß ein Psychopath kein soziales Gewissen hat und völlig unfähig ist, Schuld zu empfinden, ganz einfach deshalb, weil er glaubt, daß er das Recht dazu hat, was ihm nützt. Auf Gerald trafen kaum irgendwelche Schablonen zu, aber diese Hypothese paßte auf ihn wie sein winziger, roter Seidenslip auf seinen Hintern. Charlene hatte ihn gekauft, weil sie seinen kleinen Arsch darin einfach unwiderstehlich fand.

Neben den Schuldgefühlen quälte beide abgrundtiefes Selbstmitleid, weil Sharon und Tracy solche lausigen Liebessklaven gewesen waren.

»Wir haben uns all die Mühe gemacht, und dann so ein Reinfall«, winselte Gerald, und in seinen Augen standen Tränen des Zorns. »Ich meine, wir hätten erwischt werden können, und wie schmutzig diese kleinen Huren waren und, wer weiß, was noch alle! Außerdem hätten wir uns glatt eine Krankheit bei ihnen holen können! Das war echt grausam, so ein Reinfall!«

»Du hast absolut recht, Daddy«, murmelte Charlene zwischen einem Schluck Gin und einer Ladung Pillen. »Diese zwei waren unmoralisch und verdorben. Sie hätten eingesperrt gehört, um unschuldige Menschen vor ihnen zu beschützen! Gott! Ich zittere immer noch, wenn ich daran denke, was sie mit uns und unserem Baby hätten machen können!«

»Ja, zwei nichtsnutzige kleine Fotzen.« Gerald stemmte sich von der Couch hoch. Er ging zum Fenster und starrte hinaus auf den Bus, der in der Auffahrt parkte.

»Gehst du heute abend zur Arbeit?« fragte Charlene.

»Ja... ach, ich weiß nicht... ich bin so durcheinander wegen der ganzen Sache. Weshalb mußten wir bloß so ein verfluchtes Pech haben! He, hast du die Tür vom Bus offengelassen?«

»Natürlich nicht. Warum?«

»*Na, jetzt ist sie jedenfalls offen.* Vielleicht sind es die Bullen...«

Gerald rannte so, wie er war, zur Haustür hinaus, dicht gefolgt von Charlene, die nur Strumpfhosen und BH trug. Auf dem Bürgersteig blieben sie stehen, blinzelten verwirrt im hellen Sonnenlicht und schauten ängstlich die Straße auf und ab. Soweit sie sehen konnten, war kein Auto geparkt und von Bullen erst recht keine Spur.

»Vielleicht ist die Tür einfach von selbst aufgegangen«, meinte Charlene, die in ihrem vernebelten Kopf nach einer Erklärung suchte.

»Nee, nee«, Gerald schlich gebückt auf den Bus zu wie ein Löwe, der sich an einen Elefanten heranpirscht. Er beäugte das Gefährt mißtrauisch, als habe er es nie zuvor gesehen.

»Was ist?« flüsterte Charlene heiser.

»Weiß nicht... irgendwas ist da. Ich kann es spüren, aber ich kann's nicht *sehen*«, zischte er. »Ein Gefühl, als käme ein kalter Wind aus dem Bus.«

Charlene beugte sich nun ebenfalls vor, starrte mit großen Augen auf die offene Tür und glaubte diesen kalten Hauch direkt zu hören.

»Morgen, Leute!« tönte eine Männerstimme hinter ihnen. Gerald richtete sich mit einem solchen Ruck auf, daß sein Rückgrat knackte, und Charlene quietschte, als werde sie in den Hintern gepiekt. Sie wirbelten herum und sahen sich dem Briefträger gegenüber, der sie verblüfft und etwas ängstlich anschaute.

»Entschuldigt, Leute, wollte euch nicht erschrecken.« Er warf einen neidischen Blick auf Geralds roten Minislip und musterte verstohlen Charlenes Strumpfhose, die an den Knien ausgebeult war, im Schritt durchhing und eine klaffende Laufmasche am linken Bein von der Hüfte bis zum Knöchel hatte.

»Steht ihr gerade auf oder geht ihr ins Bett?«

»Gottverfluchte Scheiße!« brüllte Gerald plötzlich, sprang einen halben Meter in die Luft und schlug wild auf seine Füße. Erst jetzt merkte er, daß er minutenlang barfuß auf dem sonnendurchglühten Bürgersteig gestanden hatte.

Der Briefträger trat hastig zur Seite, drängte sich mühsam lächelnd an Gerald vorbei und marschierte die Straße hinunter, wobei er bei jedem zweiten Schritt über seine Schulter zurückblickte.

Es war das erste Mal, daß er die Bewohner der Bluebird Lane Nummer 2067 gesehen hatte, und er war wild entschlossen, ihnen nicht nochmal über den Weg zu laufen. Fünf Monate später wurde er vom FBI gefragt, ob er wisse, wohin das Paar gezogen sei. Aber er hatte keine Ahnung und meinte, falls irgendwo ein Raumschiff gesehen worden sei, dann seien die beiden halbgaren Freaks wahrscheinlich damit weg.

»Mach die Bustür zu«, befahl Gerald vom Rasen aus, wo er die Sohlen seiner versengten Füße auf dem kühlen Gras rieb.

»O nein, Schatz, verdammt, jetzt warte mal...« Charlene verstummte abrupt und schlug sich beide Hände vor den Mund, als ihr klar wurde, daß sie wie Sharon geklungen hatte. Gerald hatte es ebenfalls bemerkt und wurde bleich.

»Mach diese beschissene Tür zu, oder du kriegst den Arsch voll.«

Charlene schlich zum Bus, streckte die Hand aus und schob die Tür mit ihrem Zeigefinger zu. Dann sauste sie zu Daddy Gerald, versteckte sich hinter ihm und spähte unter seinem Arm auf das Fahrzeug.

»Sie sind da drinnen«, krächzte er. »Diese beiden kleinen Stromerinnen sind zurückgekommen, um uns als Geister zu quälen.«

»O Gott!« wimmerte Charlene. »Ich wußte es! Ich wußte es! Daddy, ich hab' solche Angst!«

»Warum wir?« jammerte Gerald. Seine schwarzen Augen schimmerten mit Tränen, und seine Arme waren beschwörend zur Decke gestreckt.

»Warum was?« Charlene streifte ihre sackigen Strumpfhosen ab und schlüpfte in einen Bademantel.

»Warum fühl' ich mich jetzt so schlecht wegen der beiden Mädchen? Das war doch sonst nie so.« Plötzlich setzte er sich kerzengerade auf und starrte Charlene an. »Glaubst du, ich habe sie gar nicht getötet? Ich meine, könnten sie sich ausgegraben haben... nee, die Schädel waren ja richtig zerschmettert...«

»Bist du sicher, Daddy?« flüsterte Charlene. Sie war ihr ganzes Leben lang hochgradig abergläubisch gewesen, und Geralds Geistergerede genügte, um ihre lebhafte Phantasie voll in Gang zu setzen.

»Du fährst besser nochmal hin und siehst nach.«

»Ich nicht!« quietschte Charlene und war fest entschlossen zu meutern, falls Daddy Gerald darauf beharrte.

Gerald warf sich auf die Couch. Ihm war klar, daß es diesmal keinen Zweck hatte, seinen Befehl mit Gewalt durchzusetzen. Sie würde einfach losfahren, sich ein paar Stunden irgendwo verstecken und dann berichten, die Gräber seien unberührt. Die einzige Möglichkeit, sich Gewißheit zu verschaffen, wäre, selbst zu fahren – und dazu hatte er absolut keine Lust. Er glaubte felsenfest, daß Sharon und Tracy drohend die knochigen Hände aus dem Grab reckten und ihre Geister ständigen Wohnsitz im Bus genommen hatten, um sich zu rächen. Charlene erging es nicht anders, sie war sogar davon *überzeugt*. Wenige Mordopfer haben die Möglichkeit, aus dem Grab heraus ihre Mörder auf die eine oder andere Weise büßen zu lassen, aber den beiden armen kleinen Mädchen gelang es – und zwar gründlich.

Am nächsten Morgen hatte Charlene einen plötzlichen Anfall von Übelkeit, der sie alle fünf Minuten erbrechen ließ, ihr migräneartige Kopfschmerzen verursachte und sie so schwindelig machte, daß sie sich nicht auf den Beinen halten konnte. Nach einer Stunde blieb sie zusammengerollt im Bad auf dem Boden liegen, vollkommen erschöpft und grün im Gesicht.

»O Daddy«, keuchte sie, »es ist schlimmer, als seekrank zu sein ... mein Magen knotet sich richtig zusammen ... glaubst du, es könnte unserem Baby schaden?«

»Bist du fertig mit Kotzen?« fragte Gerald, und als Charlene nickte, hob er sie auf und trug sie ins Schlafzimmer. »Es sind diese beiden Hexen, die dich so krank machen«, sagte er mürrisch und strich mit einem feuchten Waschlappen über ihr blasses, verschwitztes Gesicht.

»Ich gehe lieber zu einem Arzt«, meinte Charlene. »Vielleicht kann er etwas tun.«

Gerald glaubte im Grunde nicht, daß ein Arzt was nützen könnte, aber er brachte sie am Nachmittag zum Gynäkologen ihrer Mutter.

Der freundliche Doktor lachte und sagte, sie solle sich keine Sorgen machen, das sei ganz normal im ersten Drittel der Schwangerschaft. Zwischen ihrem Uterus und dem Verdauungstrakt bestehe absolut keine Verbindung, und nichts außer einem chirurgischen Eingriff könne einen Fötus zu diesem Zeitpunkt schädigen. Er verschrieb ihr Tabletten gegen die Übelkeit, empfahl ihr, große Mengen Vitamin B einzunehmen, und sobald sie erwache, ein paar Plätzchen zu essen und eine Cola zu trinken. Doch es half nichts. Am folgenden Morgen lag Charlene wieder um sieben Uhr vor der Toilette auf den Knien, würgte, stöhnte und wurde grüner und grüner.

Im Lauf der nächsten Woche ging Gerald ein- oder zweimal zur Arbeit ins Muskogee Joe's, aber sein Herz war einfach nicht mehr bei der Sache. Die unverhüllte Bewunderung seiner weiblichen Kunden ließ ihn gleichgültig, die üblichen Trinkgelder von fünf Dollar entlockten ihm kaum ein Lächeln, und er schlug rundweg sämtliche Angebote auf einen Quickie im Lagerraum ab.

Er ließ sich von Charlene um sechs in ihrem Olds zur Arbeit fahren und um zwei wieder abholen, nachdem er die Bar geschlossen hatte. Gerald gestand ihr offen, daß er Todesangst habe, allein im Bus zu sein, weil er ständig diesen kalten Hauch im Nacken fühle. Er berichtete, vor ein paar Tagen hätten plötzlich die Bremsen versagt, er sei um ein anderes Auto herumgeschleudert und habe es gerade noch verhindern können, gegen einen Telefonmast zu knallen. Um Sharon und Tracy zu vertreiben, legte Gerald einen Gartenschlauch vom Auspuffrohr in den geschlossenen Bus und ließ eine Stunde lang den Motor laufen. Dann öffnete er geistesabwesend die Tür und atmete eine ordentliche Dosis Kohlenmonoxid ein, wodurch er blau wurde und die ganze Nacht hustete. Sein nächster Einfall war, kochendes Wasser hineinzuschütten, aber Charlene meinte, das könne er vergessen, denn wenn Kohlenmonoxid nichts nütze, sei heißes Wasser erst recht zwecklos und würde bloß den Innenraum ruinieren. Schließlich verbrannte er ungefähr ein Pfund Räucherwerk mit Fliederduft im verschlossenen Fahrzeug, was nur zur Folge hatte, daß es wie eine Schwulensauna in San Francisco roch.

Charlene erinnerte sich später, daß Gerald in einer Art wahnwitziger Benommenheit herumlief, leise mit sich selbst redete und einen Plan nach dem anderen ausknobelte und wieder verwarf. Er saß die halbe Nacht im dunklen Wohnzimmer, starrte aus dem Fenster auf den Bus in der Auffahrt, murmelte vor sich hin und betete zu Gott, so behauptete Charlene, um ein Zeichen, was er wegen der Geister tun solle. Aber es erschien keine Schrift an der Wand oder eine Botschaft am Himmel unter Blitz und Donnerschlag.

Gegen Ende März 1980 fand Gerald dann mit seiner üblichen Spannkraft offenbar wieder in die Realität zurück. Er glaubte zwar nach wie vor, daß er Bus verhext sei – nur gab es da etwas, das seine ungeteilte Aufmerksamkeit verlangte, ein Plan, von dem niemand außer ihm selbst und einem einzigen anderen Menschen wissen durfte. Wie bei allen langfristigen Plänen Geralds war auch bei diesem eine Frau beteiligt. Dieses Vorhaben aber würde sich als der schlimmste Fehler erweisen, den Gerald Armond Gallego je gemacht hatte, denn es brachte ihn in die Todeszelle.

Eines Morgens fuhr er, ohne ein Wort zu sagen, frühzeitig in Charlenes Olds weg und blieb 48 Stunden lang verschwunden. Charlene war nicht übermäßig besorgt, da sie annahm, er mache sich bloß aus dem Staub wegen ihrer allmorgendlichen Quälerei, bei der sie täglich stöhnend auf den Knien über der Toilettenschüssel hing. Gerald sagte, er könne sein Frühstück nicht mehr runterkriegen, ihm würde richtig schlecht, wenn er sie eine Stunde lang würgen höre, und käme sich direkt schon selbst schwanger vor. Zum erstenmal war Charlene glücklich, daß sein sexuelles Problem offenbar wieder aufgetaucht war. Es ging ihr derart elend, daß sie fast an allem das Interesse verloren hatte. Sie kündigte sogar ihren Job, borgte sich ein paar Hunderter von Mom und Dad, damit Gerald sich wegen der Kosten für den Lebensunterhalt keine Sorgen machen mußte, und gab sich danach einfach diesen schrecklichen Anfällen von Übelkeit hin. Ihre Augen lagen tief in den Höhlen, und ihre Wangen wirkten eingefallen, sie verlor an Gewicht, was sie sich bei ihrer Magerkeit nicht leisten konnte, und war fest davon überzeugt, daß die bösen Geister von Sharon und Tracy jetzt in ihrem Körper hausten, um teuflische Rache an ihr und dem kleinen Gerald zu nehmen. In einem erschreckenden Traum hatte sie gesehen, daß das Baby mit Geralds Körper und Tracys Kopf geboren wurde, in einem anderen hielt eine Art Frankenstein-Doktor ein blutiges Bündel hoch und verkündete unter schallendem Gelächter, das Baby sei ein Idiot. Mit einem gellenden Schrei, der Gerald zu Tode erschreckte, war Charlene aufgewacht.

Das alles machte sie wütend und gereizt. Immerhin hatte sie die Mädchen nicht getötet, sondern Daddy Gerald – und er hatte nicht mal Kopfweh! Sie wurde noch gereizter, als Gerald nach zwei Tagen von seinem mysteriösen Ausflug zurückkehrte, wie ein neuer Mann aussah und sich auch so benahm. Er war kaum zur Tür herein, da sprang er auf Charlenes müden, schmerzenden Körper. Als es 45 Minuten später vorbei war, mußte sie zugeben, daß er an diesem Tag in Bestform war. Flüchtig fragte sie sich nach dem Grund, aber da Gerald die unberechenbarste männliche Libido hatte, die ihr je untergekommen war, wußte sie, daß Spekulationen zwecklos waren. Allerdings war sie ein wenig eingeschnappt, daß er ihr mehrere Male »Mary Ellen« ins Ohr geflüstert hatte im Verlauf dieses sonst recht angenehmen Intermezzos.

Am nächsten Morgen verkündete er, nachdem sie sich von der üblichen Quälerei erholt hatte, daß sie nochmal heiraten würden. Charlene kapierte überhaupt nichts, und da sie mit ihren Nerven am Ende war, nahm sie seinen Beschluß diesmal nicht mit der gewohnten Ergebenheit hin, sondern wollte wissen, was dieser Einfall solle.

»Das ist doch ganz einfach, Baby«, erwiderte er in dem sanften Ton, mit dem er sonst nur Hunde und Kinder anredete. »Um die beiden Hexen zu schlagen, müssen wir uns auf die rechte Seite Gottes stellen!«

Diese Bemerkung vergrößerte Charlenes Verwirrung nur noch, und sie fragte sich flüchtig, ob Gerald vielleicht irgendeiner Sekte wiedergeborener Christen in die Hände gefallen war während dieser beiden Tage, die er verschwunden gewesen war.

»Du weißt doch«, fuhr Gerald ernsthaft fort, »ich habe von meinen Eltern her diesen Teufel in mir und deshalb mein ganzes Leben lang Böses getan. Dieser Teufel hat Sharon und Tracy geholfen, mir all das anzutun...«

»Aber *dir* tun sie ja überhaupt nichts!« unterbrach sie seine unzusammenhängende Erklärung. »Ich bin es, die krank ist...«

»Ja, verstehst du denn nicht? Du gehörst mir, und das Baby ist meins, und sie benutzen meinen Teufel, um auf *dich* loszugehen!«

Charlene verdrehte ihre blutunterlaufenen Augen und hätte am liebsten gekotzt. Ihr war zu übel für eine Auseinandersetzung, und überhaupt – wenn er unbedingt heiraten wollte, was konnte es schon schaden? Gerald erklärte nicht, warum eine Heirat sie auf die Seite Gottes bringen oder ihnen helfen würde, die bösen Geister loszuwerden. Damals fand

Charlene die ganze Sache ungefähr so sinnvoll wie einen Film von Ingmar Bergman. Aber einige Monate später würde sie sich wieder deutlich daran erinnern.

Am Sonntag, dem 1. Juni 1980, fuhren sie mit Charlenes Eltern nach Reno, wo sie unter Geralds mittlerweile gut etabliertem Decknamen Steven Robert Feil getraut wurden. Charlene war ungefähr in der achten Schwangerschaftswoche, sah aus wie die Überlebende eines Konzentrationslagers, und bis auf ihr Jawort machte sie während der gesamten Prozedur den Mund nicht auf.

Auf der Rückfahrt nach Sacramento wirkten die Williams angespannt, nervös und abweisend. Offensichtlich verstanden sie nicht, aus welchem Grund Gerald ihre Tochter nochmal heiraten mußte, empfanden aber ein unbestimmtes tiefes Mißtrauen deswegen. Charlene fühlte sich so schwach und erschöpft, daß ihr alles egal war. Sie wollte bloß nach Hause, wo sie sich hinlegen und ungestört leiden konnte.

Gerald war als einziger der Hochzeitsgesellschaft in fröhlicher Stimmung. Er hatte seit der Unterredung im Hof nicht mehr mit seinem Schwiegervater gesprochen, aber jetzt verwickelte er Charles in eine lange Diskussion über Lebensversicherungen.

Als sie an diesem Abend in der Bluebird Lane 2067 eintrafen, war Gerald ungewöhnlich aufgeräumt und ignorierte sogar den Bus in der Auffahrt. Er teilte Charlene unverzüglich mit, daß sie Flitterwochen in Oregon machen würden und befahl ihr, die nötige Ausrüstung einzupacken, weil sie an einem abgelegenen Campingplatz in der Nähe von Gold Beach lagern wollten. Charlene hatte keine Lust, doch sie war einfach zu erschöpft, um sich zu wehren. Wenigstens würden ihr so seine Verwandten erspart bleiben samt ihren Hühnern und Hunden. Sie verbrachte die halbe Nacht damit, alles einzupacken und den Bus zu beladen, während Gerald auf der Couch schnarchte. Jedesmal, wenn sie mit einer weiteren Ladung Gepäck an ihm vorbeikam, murmelte sie leise: »Fauler Drecksarsch.«

Um fünf Uhr brachen sie auf. Charlene lag völlig erschossen auf dem Beifahrersitz, als Gerald rückwärts auf die Straße bog und in Richtung Norden losfuhr. Gegen sieben hing sie würgend hinten im Bus über einer leeren Kaffeedose und wünschte, sie wäre tot – oder noch besser, Gerald Armond Gallego sei tot.

Sie streckte sich auf dem Feldbett aus. Das Rütteln im Bus bereitete ihr hämmernde Kopfschmerzen, ihr war erbärmlich übel und schwindelig, sie haßte sich selbst, Daddy Gerald, Gerald Junior und am allermeisten diese beiden abscheulichen Ausreißerinnen, die an allem schuld waren. Schließlich sank sie in einen tiefen Schlaf und wachte erst 12 Stunden später wieder auf, als Gerald zum Tanken in Ashland anhielt, einer kleinen Stadt rund 10 Meilen jenseits der kalifornischen Grenze. Sie aßen in einem der typischen Cafés am Highway, die wie idyllische Blockhäuser wirken und in Wahrheit reine Touristenfallen sind. Charlene bat Gerald inständig, in einem Hotel zu übernachten, damit sie ein heißes Bad nehmen und richtig schlafen könne. Gerald war nach der zwölfstündigen Fahrt erschöpft und stimmte zu.

Am nächsten Morgen hatte sie einen ungewöhnlich schweren Anfall von Übelkeit und flehte ihn unter Tränen an, sie nach Hause zu bringen. Er wollte nichts davon hören. Schließlich sei er nach Oregon gekommen, um sich zu amüsieren, und genau das würde er auch tun. Es war nach zehn, als Charlene in der Lage war, weiterzufahren.

Gerald überquerte gegen vier Uhr den Rogue River am Wolf Creek und entschied, früh zu lagern, damit er nachmittags noch ein bißchen angeln könne. Um nicht in dem verhexten Bus schlafen zu müssen, hatten sie ein kleines Zelt mitgenommen, und er überwachte die Aufbauarbeiten Charlenes.

Bei Tagesanbruch stand Gerald bis zur Hüfte im Rogue River und angelte, als eine Wildhüterin hinter ihm auftauchte. Sie fragte nach seinem Angelschein, den er natürlich nicht hatte, und verlangte dann seine Personalpapiere. Während sie den Namen Steven Robert Feil mit ihrem Funkgerät durchgab, um ihn vom Computer der Staatspolizei überprüfen zu lassen, starrte er sie mit seinen großen, schwarzen Augen gebannt an. Die Wildhüterin war kaum 1,50 m groß, schlank, fast kindlich mager, hatte langes, blondes Haar unter ihrem Hut und sah wie höchstens 17 aus. Sie gab Gerald eine Lizenz zum Angeln ohne Schein, wünschte ihm einen schönen Tag, ging zurück zu ihrem Jeep, der hinter einer Baumgruppe geparkt war, und fuhr davon – höchstwahrscheinlich, um ein langes glückliches Leben mit Familie, Kindern und Enkeln zu genießen. Gerald stand am Ufer, während allmählich die Sonne aufging, fluchte vor sich hin und rückte energisch eine enorme Erektion zurecht. Seine glühenden Augen brannten beinahe ein Loch in den Rücken der Wildhüterin, die langsam verschwand.

Die Tatsache, daß sie mit ihrer Dienstmarke die Staatsgewalt von Oregon repräsentierte, eine Pistole trug, einen bleibeschwerten Knüppel und vermutlich noch eine versteckte Waffe an ihr Bein gebunden hatte, bedeutete ihm absolut nichts. Er hätte die blonde Minipolizistin leicht mit einem überraschenden Schlag gegen die Stirn oder in den Bauch fällen können. Das einzige, was ihr an diesem prachtvollen Junimorgen das Leben rettete, war das Funkgerät. Gerald wußte, wenn sie einen Hilferuf und ihren Standort durchgeben würde, fielen innerhalb von zehn Minuten ein Drittel der Oregon State Police über ihn her – und die meisten über 1,80 m groß, wenigstens 180 Pfund schwer und ohne weiteres fähig, den alten Straßenkämpfer Gerald Armond Gallego niederzutrampeln, zu verstümmeln oder zu töten.

Als er zurück zum Zelt kam, holte er wortlos aus und verdrosch Charlene, dann ging er zum Campingofen und machte Frühstück, wobei er leise grollend vor sich hin murmelte. Wie die meisten Frauen, die gewohnheitsmäßig Prügel kassieren, wußte Charlene instinktiv, daß jetzt nicht der richtige Zeitpunkt war, zurückzuschlagen oder auch nur eine Erklärung zu verlangen. In diesem Fall würde Gerald sie erst richtig durchprügeln. Außerdem erwartete sie jeden Moment ihre übliche morgendliche Tortur. Also rieb sie nur ihre brennende Wange und funkelte Daddy Gerald wütend an. Sie erfuhr erst am nächsten Tag, daß er sie aus lauter Frustration geschlagen hatte, weil er sich diese Miniausgabe eines Wildhüters nicht hatte schnappen können. Dieser weibliche Repräsentant der verhaßten staatlichen Macht wäre die ideale Kandidatin für seine demütigenden sexuellen Mißhandlungen gewesen – und natürlich für den erbärmlichen, gewaltsamen Tod von seinen Händen.

Die nächsten drei Tage ihrer Flitterwochen campierten sie abwechselnd in der Nähe von Gold Beach oder wohnten in billigen Motels entlang des Highway. Am 7. Juni 1980 fuhren sie gegen 15.00 Uhr über eine abgelegene, zweispurige Straße durch einen endlosen Kiefernwald, auf der sie schließlich, wie Gerald behauptete, den Pistol River erreichen würden. Dort wollte er – illegal natürlich – nach Lachs angeln. Als er in einer Meile Entfernung den Anhalter sah, war sein einziger Gedanke zunächst, aus Spaß mit dem Bus ein wenig auszuscheren, damit dieser Fußgänger gezwungen war, zur Seite zu weichen, und im schlammigen Graben landete.

Im Näherkommen erkannte er, daß es eine Frau war mit kohlschwarzem Haar, das bis auf ihre Hüfte herabhing. Sie trug ein knöchellanges, schwarzes Kleid im Großmutterstil, wie es die Hippies in San Francisco damals in den Sechzigern in Mode gebracht hatten. Er bemerkte, daß es sich vorne gewaltig wölbte und sie sich beinah zurücklehnen mußte, um das Gleichgewicht zu halten. Plötzlich explodierte in ihm die ganze aufgestaute Frustration, die die kleine, blonde Wildhütern in ihm hervorgerufen hatte, als sie ihm durch die Lappen ging. Durch sein tiefes, drohendes Knurren, das an einen eingesperrten Tiger im Zoo erinnerte, wurde Charlene aus ihrem Elend gerissen. Gerald rammte den Fuß auf die Bremse, umklammerte das Lenkrad so fest, daß seine Knöchel weiß wurden, und starrte vor sich auf die Straße.

»Was ist los?« fragte Charlene.

»Ich ... ich fahre zurück und hol' sie.«

»Was? Diesen schwangeren kleinen Hippie? Das kann nicht dein Ernst sein ... *wozu*? Sie hat einen solchen Bauch ... also, es sieht aus, als schleppt sie eine Schubkarre drin herum!«

»Ist mir egal«, sagte Gerald störrisch. »Ich *will* sie.«

»Aber wozu denn?« Charlene war völlig verwirrt, weil das Mädchen mit seinem mexikanischen Aussehen nicht im geringsten seinem Geschmack entsprach und vor allem auch noch mindestens im sechsten Monat schwanger war. Das machte einfach keinen Sinn.

»Verstehst du nicht, Baby?« Er starrte sie mit den hypnotischen Augen an. »Sie ist ein Geschenk von Gott! Extra geschickt, damit ich durch sie meine Phobie vor schwangeren Frauen überwinde.«

Charlene schaute ihn immer noch verständnislos an. Sie wußte, dieses Gerede über »Phobie« stammte aus einer der gruppentherapeutischen Sitzungen Geralds mit Gefängnispsychiatern. Aber er konnte doch nicht von ihr erwarten, daß sie ihm abkaufte, er sei fähig, es mit einer schwangeren Frau zu treiben – nicht nach den vielen tränentriefenden Jammergeschichten, die er ihr dauernd erzählt hatte, seit sie ihn kannte! Oder waren es nur Lügen gewesen, um einen Vorwand zu haben, seine schwangeren Frauen und Freundinnen sitzenzulassen... wie viele waren es überhaupt? Von wenigstens sechs hatte er ihr berichtet.

»Aber du hast gesagt...« Charlene verstummte bei seinem wilden Blick. Dieses Funkeln in seinen Augen ließ ihn aussehen wie einen Werwolf, der bereit war zum Angriff. Charlene erschrak darüber so sehr, daß sie vor lauter Nervosität einen Schluckauf bekam.

»Aber Daddy – hick – wenn du nicht – hick – nichts mit ihr – hick – machen kannst, warum – dann?«

»Weil sie von der Vorsehung geschickt ist«, sagte Gerald leise, »und wenn ich es schaffen soll, bei dir zu bleiben, während du in anderen Umständen bist, muß ich diese Phobie loswerden, die der Teufel mir eingepflanzt hat...«

»Hör endlich mit dieser Psychoscheiße aus dem Knast auf!« schrie Charlene trotz des Werwolfschimmers in seinen Augen. »Ich weiß – hick – nicht mal, was dieser Phobiekram soll – und du selbst garantiert auch nicht!«

»Mach mich nicht an, Fotze«, drohte Gerald. »Du kriegst ja deinen Anteil wie immer.«

Charlene fand diese Aussicht nicht sehr verlockend. Gerald wendete auf der schmalen Straße und fuhr dorthin zurück, wo das dunkelhaarige Mädchen immer noch hoffnungsvoll den Daumen ausgestreckt hielt, obwohl gar kein Auto in Sicht war.

»Hey, Mädchen«, rief er fröhlich. »Wohin willst du?«

»Heim«, antwortete die 1,53 m große Tramperin und schaute dem Tod ins Auge, als sie Gerald kokett zulächelte. »Fährst du mich hin?«

»Sicher, Baby«, sagte er, und Charlene wurde stocksauer, weil er eine andere Frau mit ihrem Kosenamen ansprach. »Wo lebst du? Und wie heißt du?«

»Helen, und ich lebe mit meinem Kerl in einem Wohnwagen drüben im Wald in der Nähe von Old Bridge. Weißt du, wo das ist?« Mühsam kletterte sie in den Bus und setzte sich lächelnd auf die blaue Kühlbox. Gerald verneinte, und sie erzählte ihm die ganze Geschichte der Wohnwagenparks von Old Bridge – eine Geschichte, die sogar Charlene interessierte. Es sei ein Platz, den die Leute von der staatlichen Wohlfahrtsbehörde gepachtet hatten. Nachdem Kanalisation, Telefon und Stromleitungen installiert waren, habe man mehrere gebrauchte Wohnwagen im Wald abgestellt und ein paar Dutzend Mütter, die mit ihren zahlreichen Kindern von Sozialhilfe lebten, dort untergebracht. Jeden Monat bekamen sie einen hübschen Wohlfahrtsscheck und waren auf diese Weise elegant abgeschoben – aus den Augen, aus dem Sinn.

Sie berichtete Gerald und Charlene von den Männern, die sich wegen der regelmäßigen Schecks an diese Frauen hängten, zu ihnen in die winzigen Wohnwagen zogen, das Geld einkassierten, die Lebensmittelmarken für sechzig Cent pro Dollar verkauften, die Kinder und ihre Mütter erbarmungslos verprügelten, wann immer ihnen danach war, und nur darauf aus seien, die Frauen sobald wie möglich zu schwängern, weil jedes Kind weitere 300 Mäuse pro Monat an Beihilfe einbrachte, sobald das Baby beim Staat registriert war.

Charlene war entsetzt. »Wenn mich ein Mann so behandelte, würde ich ihn hochkantig rausschmeißen«, schnaufte sie empört.

»Ach, ich weiß nicht«, antwortete Helen. »Immer noch besser als ohne Mann ... ich meine, es ist nicht so einsam, und was kannst du außerdem schon für einen Kerl kriegen, wenn du von der Wohlfahrt lebst?«

Charlenes Empörung schwand, da ihr einfiel, daß Daddy Gerald sie ganz genauso behandelte wie diese Schnorrer ihre Frauen – er schlug sie zusammen, wenn er in der Stimmung war, nahm ihr Geld, behielt sein eigenes und machte, was er gerade wollte, mit oder ohne ihre Einwilligung. Sie gestand sich sogar flüchtig ein, daß sie um keinen Deut besser war als die Frauen, auf die sie und Daddy Gerald Jagd machten, obwohl sie diese Schlampen verachtet, weil sie aus dürftigen Verhältnissen kamen, keinerlei Ambitionen über den Augenblick hinaus hatten, schmutzig, dumm und ungebildet waren.

Helen erklärte, daß sie mit einem arbeitslosen Holzfäller zusammenlebe, der sie oft zwei oder drei Tage lang im Wohnwagen einsperre, während er sich rumtrieb, mit Drogen handelte und anderen Frauen nachlief. Sie sagte, daß sie einen dreijährigen Sohn von ihm habe, aber nicht genau wisse, wer der Vater des Babys sei, das sie jetzt erwartet, was aber den Holzfäller kein bißchen störe, da ihn die zusätzlichen 300 weit mehr interessierten als der mögliche Erzeuger des Kindes.

»Bist du hispanischer Abstammung?« fragte Charlene.

»Scheiße, nein!« erwiderte Helen entrüstet. »Ich bin Mexikanerin – und verdammt stolz darauf! Hispanisch! So bezeichnen uns bloß die Gringos. Wir Mexikaner kennen diesen Ausdruck nicht.«

Charlene war irgendwie beeindruckt von Helens Stolz auf ihre Herkunft. Trotz ihrer liberalen Erziehung hatte sie nie viel für Mexikaner übrig gehabt und hätte Helen gern weiter ausgefragt, wie es sei, zu dieser Bevölkerungsgruppe zu gehören – genauso wie sie immer eifrig mit Tyrone über das Leben als Farbiger diskutiert hatte.

Gerald verlangsamte das Tempo und schaute nach rechts. Charlene sah eine große Wiese mit hohem Gras und ungefähr eine halbe Meile weiter ein kleines Waldstück.

»Hier geht ein Weg bis zu den Bäumen«, flüsterte er.

»Woher weißt du das?«

»Weil ich's gesehen habe, deshalb! Während du Blödsinn getrieben hast, habe ich aufgepaßt... he, Helen, wir fahren mal kurz zu diesem Wald rüber und holen ein paar Campingsachen, die wir letzte Nacht dort liegenlassen haben. Dauert nur 'ne Minute.«

»Okay. Ich hab's nicht eilig«, nickte Helen freundlich, und klammerte sich an die Kühlbox, als Gerald vom Highway in den Feldweg einbog.

Während der Bus über den kaum erkennbaren Pfad rumpelte, schaute Charlene dauernd zurück zum Highway. Sie hatte da einen blauen Lieferwagen gesehen, der kurz anhielt. Offenbar beobachtete der Fahrer sie. Sie war sehr erleichtert, als er schließlich weiterfuhr. Wirklich beknackt, dachte sie, wir kutschieren hier am hellichten Tag durch eine wildfremde Gegend mit einem Bus, der auffällt wie eine Küchenschabe auf einem Präsentierteller, und sind dabei, eine Tramperin beinah vor ihrer eigenen Haustür zu töten... Jesus, wir müssen völlig irre sein – oder werden wir allmählich einfach leichtsinnig, weil alles bisher so wunderbar glatt gelaufen ist?

Charlene zitterte, als ein Bild der Gaskammer so lebhaft vor ihr aufblitzte, daß sie eine volle Sekunde lang diesen Raum tatsächlich zu sehen glaubte. Ganz plötzlich erinnerte sie sich an den alten Film über Barbara Graham (*I Want to Live* mit Susan Hayward in der Hauptrolle). Sie war eine von vielen kleinen Huren gewesen, die sich mit Diebereien und anderen harmlosen Delikten durchschlug, bis sie schließlich den fatalen Fehler machte, sich in eine Sache einzulassen, die eine Nummer zu groß für sie war. Sie half zwei ausgebufften Gangstern, eine ältere Witwe zu Tode zu prügeln, die nicht verraten wollte, wo sie Geld und Schmuck versteckt hatte. Der Film war in seiner Tendenz Barbara gegenüber sehr wohlgesonnen gewesen und hatte sie eher als Opfer einer hinterhältigen Polizei als ihrer eigenen Gier dargestellt, und die Szene, in der sie an den Stuhl gebunden wurde, die letzten Minuten mit spastischen Zuckungen, Stöhnen und Atemnot beim Einströmen des Giftgases waren schrecklich gewesen. Einen grausameren Tod konnte Charlene sich kaum denken – und jetzt rollten diese Bilder vor ihrem inneren Auge ab, so daß sie schweißnaß war und außer sich vor Angst.

Gerald hielt an. »Was ist los?«

»O Daddy, ich hab' solche Angst!« Sie warf den Kopf zurück und brach in ein ohrenbetäubendes Heulen aus.

»Na, na«, sagte er leise und versetzte ihr mit der Hand einen wüsten Schlag auf den Mund, bei dem nicht nur das Geheul abrupt verstummte, sondern auch ihre Lippe aufplatzte und ihr Kopf gegen das Fenster schlug.

»Ist was?« rief Helen von hinten.

Gerald antwortete nicht. Er stieg aus, ging um den Bus herum, schloß die Tür auf, sprang hinein und zog seinen Revolver. »Runter auf den Boden mit dir, Fotze. Das ist eine Entführung!«

»O Gott – o Gott – o Gott!« Ihr wildes Geschrei kam so plötzlich, daß Gerald vor Schreck die Pistole fallenließ. Hastig tastete er danach und bemühte sich gleichzeitig, Helen im Auge zu behalten.

»Ich sagte, runter auf den Boden...«, begann er wieder.

Mit einem erstickten Gurgeln verdrehte sie die Augen und kippte vornüber von der Kühlbox direkt in Geralds Schoß, so daß er rückwärts aus der offenen Tür fiel. Mit dem Nacken schlug er auf dem Boden auf, während seine Füße noch im Bus steckten. Charlene, die noch ganz in ihren Alptraum versunken war, hatte kaum mitbekommen, was passiert war. Sie sah nur, wie Helen anscheinend über Gerald herfiel, und hechtete mit einem Urschrei über den Sitz. Sie landete auf dem bewußtlosen Opfer, packte zu und begann in blinder Wut ihren Kopf auf den Boden zu schlagen. Gerald rappelte sich mühsam hoch und rieb stöhnend seinen schmerzenden Unterleib.

»Was, zur Hölle, treibst du da?« Er kletterte in den Bus und schob die wutschnaubende Charlene zur Seite. »Tot nützt sie uns nichts.«

»Reiß ihr die Kleider runter und mach's mit ihr!« kreischte Charlene. »Sie ist nur eine asoziale Drecksfotze, die es nicht verdient zu leben – mach's, gottverdammt! Wenn du's nicht tust, mach' ich's!«

Gerald sagte später, daß Charlene ihm zum erstenmal wirklich Angst eingejagt habe. Natürlich hatte er sie gelegentlich wütend oder hysterisch gesehen, aber diese Raserei ging weit darüber hinaus. Ein solcher Zustand wird von Gefängnispsychiatern gern »schwere transitorische Manie« genannt, eine kurzzeitig auftretende Psychose, die angeblich die Ursache vieler Straftaten sein soll. Einfach ausgedrückt, verlieren gewisse Menschen in einem plötzlichen Anfall gewalttätigen Zorns jede Kontrolle und begehen abscheuliche Verbrechen. Als Gerald diese Erklärung zum erstenmal von einem ihm väterlich gesonnenen Psychologen hörte, hatte er seinen Kopf auf die Knie des naiven Doktors gelegt, eimerweise Krokodilstränen vergossen und beteuert, nun habe er endlich verstanden, jetzt wisse er, warum er dauernd all diese furchtbaren Dinge tue, für die er von einem mitleidlosen Staatsanwalt ins Gefängnis gesteckt worden sei. »Na also«, hatte der freundliche Seelenklempner gesagt und seinen Kopf getätschelt. »Da ich Ihnen nun die Ursache aufgezeigt habe, brauchen Sie bloß noch zu lernen, diesen Zorn zu beherrschen, und Sie werden nie wieder rauben, Überfälle begehen, stehlen oder irgend jemanden töten.« Gerald hatte wunderbarerweise solche mystischen Offenbarungen immer kurz vor seiner Anhörung vor dem Bewährungsausschuß, und es hatte noch jedesmal funktioniert.

Charlene saß zitternd auf der blauen Kühlbox. Ihr ganzer Körper bebte unter trockenen Schluchzern, aber der leere, starre Blick war aus ihren Augen verschwunden, und ihr Wutanfall schien vorüber. Helen war bei Bewußtsein. Mit dem Gesicht nach unten lag sie, an Händen und Füßen gefesselt, stöhnend auf dem Feldbett.

»Das brauchst du nicht, Mann«, sagte sie. In ihren sanften, dunklen Augen schimmerten Tränen. »Du kannst mich ruhig ficken, oder ich mach's dir auf französisch oder beides ... was immer du willst. Aber, um Gottes willen, tu mir nichts oder meinem Baby!«

Gerald beobachtete sie gespannt, und ein schwaches Lächeln erschien auf seinen Lippen bei dem wachsenden Entsetzen des Mädchens. Vielleicht lohnte diese Geschichte letzten Endes doch noch der ganzen Mühe. Sogar Charlene war verstummt und horchte auf, als das Opfer um sein Leben zu betteln begann.

»Ich habe ein dreijähriges Kind zu Hause, ich bin bald wieder Mutter und ...«

»Schön für dich!« warf Gerald ein. »Aber das heißt nur, daß du wenigstens zweimal gefickt hast. Warum tut ihr Fotzen immer so, als sei es etwas Besonderes, Mutter zu werden? Ein Fick ist alles, was dazu nötig ist.« Er deutete auf Charlene. »Selbst ein Schwachkopf wie sie bringt das fertig.«

»O Gott, was soll ich denn tun? Ich mache ja alles, alles, was du willst... bitte, tu uns nichts...«

Charlene stand auf und kniete sich neben Gerald. Vielleicht hat Daddy recht gehabt, die hier aufzulesen, dachte sie. Womöglich wird es diesmal ja wieder genausogut wie bei den ersten beiden Liebessklaven... könnte schon sein, wenn sie bloß noch mehr Angst hätte...

»Wir werden dich vergewaltigen«, sagte Charlene, »und du wirst es mit uns beiden treiben und...«

»Okay, okay«, stimmte Helen zu und nickte heftig. »Ich mach', was ihr sagt.«

»Und dann schneide ich diesen Bastard aus deinem Bauch raus und geb' ihn dir zu fressen!« kreischte Charlene ihr triumphierend ins Gesicht.

Mit einem unartikulierten Gurgeln wurde Helen erneut ohnmächtig.

»Scheiße!« murmelte Gerald.

»Bind sie los und zieh ihr die Kleider aus«, befahl Charlene und beging einen ernsthaften Bruch des Protokolls, was ihr üblicherweise einen Schlag aufs Maul oder einen Ellbogen in die Rippen eingebracht hätte, da Gerald äußerst empfindlich war, wenn eine Frau versuchte, ihn herumzukommandieren. Er band das gelbe Makrameeseil los und rollte gemeinsam mit Charlene das Opfer auf den Boden, mit dem Gesicht nach oben. Sie war sehr klein, aber gut gebaut, und Charlene inspizierte neugierig ihren Körper. Vor allem interessierte sie der plumpe Bauch, der sich wie der Rücken einer Schildkröte wölbte. Sie starrte auf eine schmale, bräunliche Linie, die von etwas oberhalb des Nabels wie mit einem Bleistift gezogen bis zu ihrem Schamhaar lief.

»Was ist das?« fragte sie argwöhnisch und strich mit ihrem Finger darüber.

»Nur die Haut, die anfängt sich zu dehnen. Das kriegst du auch noch.«

»Ja? Bist du sicher, Daddy? Ich meine, es ist nicht irgendeine Krankheit?«

»Nee. Ich hab' sowas schon bei meiner Mom gesehen. Wenn du dicker wirst, dehnt sich die Haut auf deinem Bauch...«

»Meine auch?« unterbrach Charlene ihn ängstlich.

»Natürlich.« Gerald verdrehte die Augen über ihre Dummheit. »Du bist ja nicht anders als andere Frauen – auch wenn du dir das einbildest.«

»Okay, okay, ich hab' ja nur gefragt! Hat sie irgendwelche wunden Stellen da unten oder sowas?«

»Nein, aber sieh sie dir lieber mal ganz aus der Nähe an.«

Charlene spreizte die Beine des Opfers und öffnete mit der Fingerspitze ihre Schamlippen. »Ich sehe nichts...«

»Kein Eiter oder irgendwas wie Ausfluß?«

»Nein... schau mal selbst, nur zur Sicherheit.«

Gerald begutachtete mit großer Sorgfalt die Geschlechtsteile des Opfers. Schließlich nickte er zufrieden. »Okay. Machen wir weiter.«

»Wirst du sie töten?« Charlene zog sich aus und legte ihre Kleider ordentlich gefaltet auf die blaue Eisbox.

»Klar. Müssen wir, oder?«

»Wahrscheinlich... aber hier geht es nicht. Ich hab' vorhin jemanden in einem Lieferwagen gesehen, der uns von der Straße aus beobachtet hat. Wenn man die Leiche hier findet, erinnert sich dieser Fahrer vielleicht an den Bus.«

»Hattest du deshalb solche Angst?«

»Zum Teil... sie wird wach.«

Das Opfer öffnete die Augen und sah eine nackte Charlene, deren Finger durch ihr Schamhaar strichen, und einen lächelnden Gerald, der sich splitternackt auszog.

Gegen 16.00 Uhr verließen Gerald und Charlene das Waldstück und fuhren zurück zum Highway. Ihr Opfer lag jetzt wieder angezogen und gefesselt mit dem Gesicht nach unten auf dem Feldbett. Stöhnend bettelte sie darum, daß man sie umdrehe, und klagte, sie habe Angst um ihr Baby und könne nicht atmen, wenn ihr ganzes Körpergewicht auf den Bauch drücke.

Gerald und Charlene überhörten ihre Bitten und redeten von ihrem eigenen Baby, das in ungefähr sieben Monaten zur Welt kommen würde – wie süß und hübsch der kleine Gerald Junior sein würde, wie sie mit ihm spielen, ihm alles nur Denkbare kaufen und ihn in die schönsten Sachen kleiden würden. Gerald versprach, seinem Sohn ein paar Cowboystiefel aus Schlangenleder zu besorgen, sobald der Bursche laufen könne.

Ach ja, meinten sie glücklich, es würde Riesenspaß machen, einen Gerald Armond Gallego Junior aufzuziehen.

Gold Beach ist ein einsamer, von Brandung umtoster Küstenstreifen, ein wunderschönes, unbesiedeltes Gebiet, das vorbeifahrende Touristen zum Anhalten einlädt, um auszusteigen und den kalten, windigen Strand entlangzugehen, die feuchte, klare Brise zu schnuppern und vielleicht einmal daran zu denken, wie Amerika ausgesehen haben muß, ehe der weiße Mann kam und fast alles in einen Asphaltdschungel verwandelte.

Die beiden Täter hielten ungefähr um 18.00 Uhr mit ihrem Opfer an einem abgelegenen, felsigen Uferstück. Helen jammerte, daß sie dringend müsse, und bat, sie doch heimgehen zu lassen. Sie würde niemandem etwas erzählen, aber ihr kleiner Sohn sei allein im Wohnwagen eingeschlossen, er spiele gern mit Streichhölzern und stecke womöglich alles in Brand.

»Du meinst, du hast dein Kind mutterseelenallein eingesperrt?« fauchte Charlene, drehte sich um und verpaßte ihr einen Schlag. »Was bist du bloß für eine Mutter? Man sollte dich ins Gefängnis stecken.«

»Okay, okay«, beschwichtigte Gerald. »Ich bringe dich runter an den Strand hinter einen dieser großen Felsen, da kannst du pinkeln. Sobald es dunkel ist, lassen wir dich frei, wenn du versprichst, uns nicht zu verraten.«

»Ich tu's nicht, das schwöre ich bei Gott!« keuchte Helen und klammerte sich an sein Versprechen wie ein Ertrinkender an einen Rettungsring.

»Schon gut, ich glaube dir. Baby, geh und bind ihre Füße los, damit sie laufen kann... aber laß die Hände gefesselt.«

Er stieg aus, öffnete die Hintertür und half Helen heraus, die einige Zeit brauchte, bis sie ihr Gleichgewicht gefunden hatte.

»Brauchst du nichts?« rief Charlene ihnen hinterher.

»Nee«, antwortete Gerald. »Ich hab' alles hier.« Er hob seine rechte Hand.

Als sie von der Straße aus nicht mehr zu sehen waren, riß Gerald ihr die Jacke runter, hob einen Felsbrocken auf und schlug zu. Helen fiel auf die Knie und wimmerte: »Oh, du hast gelogen, du hast gelogen...«

Gerald legte seine kräftigen Hände um ihren Hals, bis sie sich nicht mehr regte. Als er sie über den Sand schleifte, scharrten ihre Fersen eine halbvergrabene Radkappe frei. Er ließ die Leiche fallen und grub damit hastig eine flache, schmale Kuhle und warf sie hinein. Dann würgte er sie, bis er die Knochen in ihrem Nacken krachen hörte, und bedeckte die Leiche mit feuchtem Sand.

Charlene stand am Bus und schaute ihm erwartungsvoll entgegen. Er schleuderte die schimmernde Radkappe in die Luft und fing sie wie eine Frisbeescheibe wieder auf. Auf seinem Gesicht lag ein breites Lächeln.

»Alles fertig, Daddy?«

»Ja. Keine Probleme.«

»Warum hat sie geschrien?«

»Oh, nur weil ich gelogen hätte. Eine echt blöde Mexikanerin.«

Gerald startete den Bus und zündete sich eine Zigarette an. »Weißt du was, Baby? Wir könnten jeden Tag glatt 50 Mädchen umbringen – und man würde uns niemals auf die Schliche kommen.«

»Glaubst du, Daddy?« Charlene erschauerte bei dem köstlichen Gedanken an so viele Liebessklaven, die ihnen wehrlos ausgeliefert wären. Dann aber dachte sie an den ganzen dazugehörigen Aufwand beim Beseitigen der Leichen.

»Ich weiß es. Solange wir uns an Tramperinnen halten, an Drogensüchtige und solches Pack, schert sich keiner in der ganzen verdammten Welt darum. Wie du selbst gesagt hast, sind im Gegenteil alle *froh*, daß sie verschwunden sind und niemandem mehr Probleme machen.«

»Na ja, von dieser Sorte gibt's jede Menge.«

»Eben. Wir brauchen bloß aufzupassen, daß wir keine anderen erwischen, das genügt. Sogar das Gesetz schert sich einen Dreck um solches Gesindel.«

Ähnliche Überlegungen hatte auch Charlene angestellt. Ihr war von Anfang an klar gewesen, daß kein Hahn nach ihren Opfern krähen würde, weder in der Öffentlichkeit noch bei der Polizei. Die Bevölkerung kümmerte es nicht, solange sie nicht selbst betroffen war, und die Polizeibehörden waren viel zu beschäftigt, nicht in der Flut von Verbrechen zu ertrinken, die Tag und Nacht über sie schwappte. Sie konnten sich nicht mit Herumtreiberinnen abgeben, deren Familien nicht die geringste Ahnung hatten, wo sie steckten. Im Moment allerdings war Charlene die wunderbare Tatsache, daß Daddy Gerald es *durchaus* mit einer schwangeren Frau treiben konnte, viel wichtiger. Er hatte sie sogar geliebt, nachdem sie mit Helen fertig gewesen waren. Charlene war maßlos glücklich über die Gewißheit, daß er sie nicht verlassen würde und sie zusammengeschweißt waren bis zum Tag ihres Todes.

Am 22. Juni 1980, zwölf Tage nach ihrem Verschwinden, wurden Helens stark verwester, von Krabben angefressener, unkenntlicher Körper am Gold Beach gefunden. Touristen aus Westdeutschland hatten angehalten, um ihren Hund laufen zu lassen. Als er zu bellen anfing, ging das Ehepaar nachsehen und entdeckte, daß er an einem bleichen, knochigen Fuß zerrte. Helens Leiche wurde in die Gerichtsmedizin gebracht, wo eine Autopsie zeigte, daß ihre Lungen mit Sandkörnchen gefüllt waren – der eindeutige Beweis, daß sie lebendig begraben worden war. Ansonsten war der Körper zu sehr verwest, um auszumachen, welche Quälereien sie erlitten hatte. Ihr Fötus wurde auf sechs Monate und drei Wochen geschätzt und wäre wahrscheinlich bereits lebensfähig gewesen. Durch Fingerabdrücke gelang die Identifizierung des Opfers. Ihr arbeitsloser Lebensgefährte wurde sofort verhaftet. Aber der Holzfäller hatte ein Alibi und wurde am nächsten Tag freigelassen, obwohl ein Polizist einem Lokalreporter gegenüber andeutete, daß er weiterhin der Hauptverdächtige sei.

Es gab keine zornigen, trauernden Familienangehörigen, die in den Nachrichten vor laufenden Fernsehkameras weinten. Der Lebensstil der kleinen Tramperin, ihre jahrelange Abhängigkeit von der Wohlfahrt und die Tatsache, daß sie vermutlich keinen einzigen Tag in ihrem ganzen einundzwanzigjährigen Leben anständig gearbeitet hatte, stuften sie als mehr oder weniger wertlos für die Gesellschaft ein, und sie würde bald in irgendeiner staubigen Mordakte voller ungelöster Fälle vergessen sein.

Als der Staat Oregon schließlich von den kalifornischen Behörden in Kenntnis gesetzt wurde, daß Helens Mörder in Haft seien, lautete die Antwort im wesentlichen: Macht ihr Burschen mal und stellt sie vor Gericht. Wir haben nicht die Zeit, das Geld und die Lust, uns auf ein kompliziertes Verfahren einzulassen – bei dem vermutlich sowieso nichts herauskommt. Und außerdem gab es in Oregon keine Todesstrafe...

16. Kapitel

Das Geburtstagspräsent

Gerald und Charlene waren längst wieder in Sacramento, als Helens Leiche entdeckt wurde. Tatsächlich erfuhren sie erst über ein Jahr später davon. Charlene war in entsetzlicher Verfassung bei ihrer Rückkehr aus Oregon. Von Krämpfen geschüttelt, sank sie auf dem Bett zusammen und keuchte: »Ich sterbe, Daddy.«

Gerald stand in der Tür und schaute auf das wachsbleiche Gesicht, die zitternden Hände und ihren Körper, der nur noch Haut und Knochen zu sein schien. Charlene glaubte ihn sagen zu hören: »Noch nicht, Baby.« Und als es ihr gelang, mühsam ein Auge zu öffnen, war er verschwunden.

Einige Jahre vorher war Gerald kurz mit Voodoo und Satanismus in Berührung gekommen. Durch einen Farbigen, mit dem er zusammen gesessen hatte, war er in eine kleine Sekte von angeblichen Teufelsanbetern in Del Paso Heights eingeführt worden, die behaupteten, Satan persönlich zu unterstehen. Gerald, der immer ein offenes Auge hatte für alles, das sich vielleicht irgendwie als finanziell einträglich erweisen könnte, hatte sich einige Tage lang unter sie gemischt.

An dem Teufelskram selbst war er natürlich nicht im geringsten interessiert, aber er hoffte, durch die Sekte eine solide Verbindung zum Erwerb von Koks zu knüpfen. Er genoß es, einem halben Dutzend farbiger Mädchen zuzuschauen, die mit schwingenden Hüften und wippenden Brüsten einen satanischen Mambo tanzten, obwohl die unaufhörlichen Bongos und die monotonen Teufelsgesänge nach ein paar Minuten an seinen Nerven zerrten. Besser gefiel ihm die Tatsache, daß die Mädchen nach dem Tanzen mit jedem ins Bett gingen, der darauf Lust hatte, egal, ob Mann oder Frau. Als der Sektenführer begann, Katzen und Hunde herbeizuschleppen, die als lebende Opfer zerhackt werden sollten, wurde Gerald wild. Bei solch einem Vorfall nahm er dem Oberteufel das Opfermesser ab, schlug ihn nieder und bearbeitete ihn mit Fäusten und Fußtritten, bis er blutüberströmt war. Dann verkündete er, wenn er je wieder höre, daß hier nochmal ein Tier getötet worden sei, würde er zurückkommen und ihm jeden einzelnen Knochen im Leib brechen – angefangen mit den Zehen bis hinauf zum Hals. Gerald ließ alle Tiere frei und gelobte, sich nie wieder mit solchen Irren abzugeben.

Aber heute mußte er es.

Er fuhr mit dem Bus hinüber nach Del Paso Heights und betrat das kleine, stuckverzierte Haus, das von einem drei Meter hohen Maschendrahtzaun umgeben war. Es roch schlimmer als ein Schlachtfeld voll verwesender Leichen. Gerald traf den gleichen Voodoozauberer an, den er vor zwei Jahren zusammengeschlagen hatte.

Fünfzig Dollar wanderten aus seiner Tasche in die Hand des Hexenmeisters, und sie gingen hinaus zum Bus. Nach einer halben Stunde Hokuspokus mit grotesken Sprüngen, bei denen er die Beine warf und die Arme schwenkte, trockene Knochen rasselte, Beschwörungsformeln murmelte und wüstes Gebrüll ausstieß, erklärte der Voodoopriester, es sei ein schwerer Fall gewesen, aber jetzt sei der Bus sauber. Sämtliche bösen Geister, die dort gesteckt hätten, habe er ins Jenseits zurückgeschickt, wo sie für alle Ewigkeit bleiben würden. Als Gerald davonfuhr, hatte er das ungute Gefühl, lediglich um 50 Dollar leichter geworden zu sein. Aber er hatte es probieren müssen. Er mußte alles versuchen, weil er einfach nicht zulassen konnte, daß die Geister Charlene vernichteten, denn wenn sie starb, wäre seine letzte Chance auf ein glückliches Leben zerstört.

Eine Stunde später kam er nach Hause und war starr vor Schreck. Charlene saß in einem Wust leerer Schachteln aus einer Imbißbude am Küchentisch. Ihr Gesicht wirkte noch immer schauerlich, nahm aber langsam Farbe an.

»Hi, Daddy!« begrüßte sie ihn zwischen zwei Bissen. »Mir geht's wieder besser! Vor einer Stunde etwa hatte ich plötzlich solchen Hunger, daß ich losging und mir das ganze Zeug

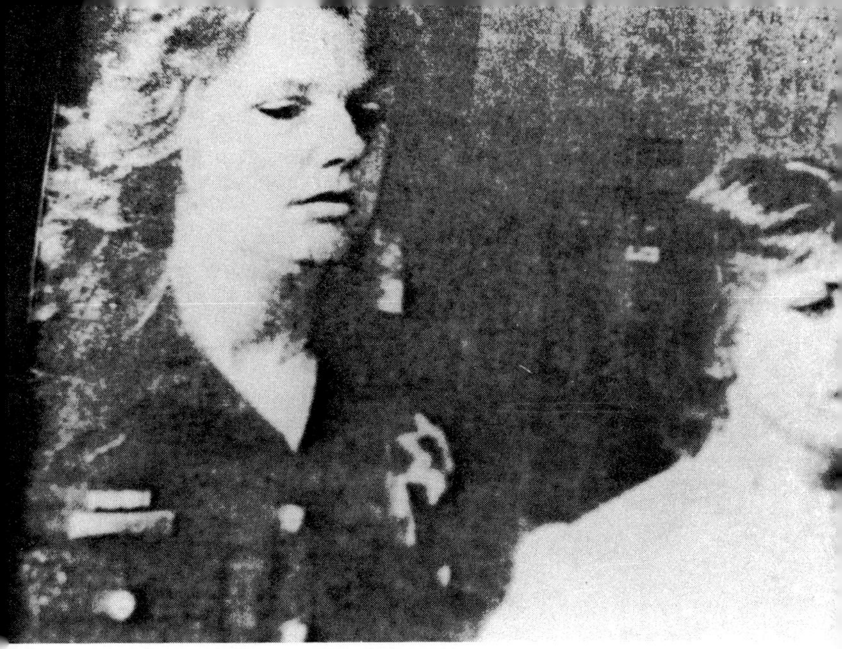

Charlene (rechts) auf dem Weg ins Gericht während Geralds Prozeß in Kalifornien (*Associated Press/Wide World Photo*)

Gerald Gallego während seines Prozesses in Nevada, der mit einem Todesurteil endete. (*Associated Press/Wide World Photo*)

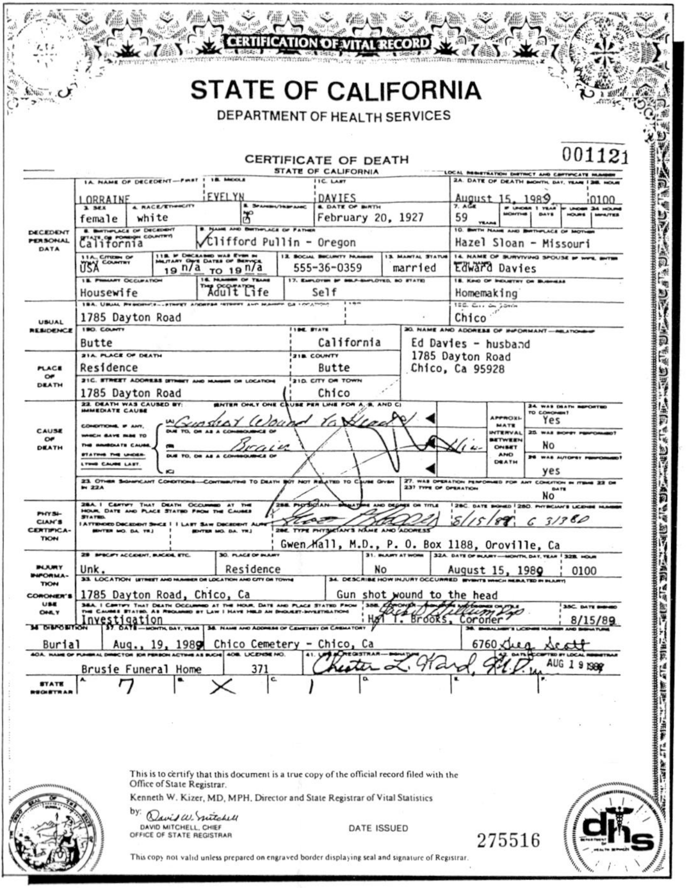

CERTIFICATION OF VITAL RECORD

STATE OF CALIFORNIA

DEPARTMENT OF HEALTH SERVICES

CERTIFICATE OF DEATH

STATE OF CALIFORNIA

001121

DECEDENT PERSONAL DATA	1A. Name of decedent—first	LORRAINE
	1B. Middle	EVELYN
	1C. Last	DAVIES
	2A. Date of death	August 15, 1989
	2B. Hour	0100
	3. Sex	female
	4. Race/Ethnicity	white
	5. Spanish/Hispanic	No
	6. Date of birth	February 20, 1927
	7. Age	59
	8. Birthplace of decedent	California
	9. Name and birthplace of father	Clifford Pullin - Oregon
	10. Birth name and birthplace of mother	Hazel Sloan - Missouri
	11A. Citizen of what country	USA
	11B. If deceased was ever in military give dates of service	19 n/a to 19 n/a
	12. Social Security Number	555-36-0359
	13. Marital status	married
	14. Name of surviving spouse	Edward Davies
	15. Primary occupation	Housewife
	16. Number of years this occupation	Adult Life
	17. Employer	Self
	18. Kind of industry or business	Homemaking
USUAL RESIDENCE	19A. Usual residence	1785 Dayton Road
	19C. City or town	Chico
	19D. County	Butte
	19E. State	California
	20. Name and address of informant—relationship	Ed Davies - husband, 1785 Dayton Road, Chico, Ca 95928
PLACE OF DEATH	21A. Place of death	Residence
	21B. County	Butte
	21C. Street address	1785 Dayton Road
	21D. City or town	Chico
CAUSE OF DEATH	22. Death was caused by: (A) Immediate cause	Gunshot Wound to Head
	(B)	Brain
	24. Was death reported to coroner?	Yes
	25. Was biopsy performed?	No
	26. Was autopsy performed?	yes
	27. Was operation performed	No
PHYSICIAN'S CERTIFICATION	28C. Date signed	8/15/89
	28D. Physician's license number	G 31380
	28E. Type physician's name and address	Gwen Hall, M.D., P. O. Box 1188, Oroville, Ca
INJURY INFORMATION	29. Specify accident, suicide, etc.	Unk.
	30. Place of injury	Residence
	31. Injury at work	No
	32A. Date of injury	August 15, 1989
	32B. Hour	0100
	33. Location	1785 Dayton Road, Chico, Ca
	34. Describe how injury occurred	Gun shot wound to the head
CORONER'S USE ONLY	35A.	Investigation
	35B. Coroner	Hal T. Brooks, Coroner
	35C. Date signed	8/15/89
	36. Disposition	Burial
	37. Date	Aug., 19, 1989
	38. Name and address of cemetery or crematory	Chico Cemetery - Chico, Ca
	39. Embalmer's license number	6760
	40A. Name of funeral director	Brusie Funeral Home
	40B. License no.	371
	41. Local registrar—signature	Chester L. Ward, M.D.
	42. Date accepted by local registrar	AUG 1 9 1989
STATE REGISTRAR	A. / B. / C.	7 / X / 1

This is to certify that this document is a true copy of the official record filed with the Office of State Registrar.

Kenneth W. Kizer, MD, MPH, Director and State Registrar of Vital Statistics

by: David W. Mitchell
DAVID MITCHELL, CHIEF
OFFICE OF STATE REGISTRAR

DATE ISSUED

275516

This copy not valid unless prepared on engraved border displaying seal and signature of Registrar.

Der Totenschein von Lorriane Davies. Auffällig sind die falsche Schreibweise ihres Vornamens (sie buchstabierte ihn stets »Lorriane«, obwohl es »Lorraine« ausgesprochen wurde) und die Rubrik 29 (»Genaue Angaben, ob Unfall, Selbstmord etc«), in die »Unk.« = unbekannt eingetragen ist.

hier kaufte.« Sie deutete auf die Reste des üppigen Festschmauses. »Willst du auch was?« fragte sie und schwenkte ein knuspriges, abgenagtes Hühnchenbein hoch.

»Du bist nicht mehr krank«, bemerkte Gerald mit ausdrucksloser Stimme und wirkte ziemlich bleich.

»Nee, ging einfach so weg.« Charlene schnippte mit zwei fettigen Fingern. »Ich war eingeschlafen, und da weckte mich irgendwas auf. Weißt du, ich bildete mir ein, das Bett wackele, fast wie bei einem kleinen Erdbeben. Ich fühlte mich wunderbar und unglaublich hungrig! Es war nichts zu essen im Haus, deshalb bin ich los zum...«

»Okay, okay. Iß auf, um Himmels willen, und halt dein verdammtes Maul.«

Gerald ging ins Wohnzimmer, setzte sich auf die Couch und starrte vor sich hin. Es hat funktioniert, dachte er, was anderes kann es nicht gewesen sein... dieser verschrumpelte, knochige, kleine Nigger hat Charlene wieder auf die Beine gebracht mit seiner Herumspringerei, dem Knochengerassel und... Gottverdammt! Das bedeutet, er hat *wirklich* die Macht... vielleicht ist er tatsächlich kein Schwindler, sondern ein echter Gefolgsmann des Satans und hat wahrhaftig seine Gaben. Wenn das wahr ist, dann könnte auch die ganze Scheiße, die ich immer über Teufel in mir verzapft habe, wahr sein. Nur hab' ich nicht die Macht zu heilen, sondern ich habe die Macht zu töten – zu töten, ohne daß mir irgend jemand was anhaben kann. Jetzt kapier' ich das alles... Gerald kam zu dem Schluß, daß der Teufel ihn nur getestet hatte, um zu sehen, wie er reagiert. Würde er Charlene in ein Krankenhaus bringen oder eher zu einem Jünger Satans gehen und ihn um Hilfe bitten? Ihm war jetzt alles klar. Er konnte mit Sicherheit bis an sein Lebensende töten, ohne etwas befürchten zu müssen. Er stand unantastbar unter dem Schutz des Teufels, den er von seinem Dad und Grandpa Pullen geerbt hatte.

Im Lauf der nächsten beiden Wochen blühte Charlene auf wie eine Frühlingsrose in der Morgensonne. Sie nahm rasch an Gewicht zu, ihre Kraft kehrte zurück, und sie konnte fühlen, so behauptete sie wenigstens, wie der kleine Gerald

Junior sich zu bewegen begann. Innerhalb von drei Wochen hatte sie diese ganz besondere, selbstzufriedene Ausstrahlung, die angeblich alle glücklichen schwangeren Frauen haben sollen. Sie wirkte wie die typische junge Mutter in den großen Frauenmagazinen, die ihr erstes Kind erwartete.

Als Gerald ihr von seinem Bittgang zu dem schwarzen Hexenmeister in Del Paso Heights erzählte, war sie so hingerissen über seine Fürsorge, daß sie sich leidenschaftlich auf ihn stürzte. Da er jedoch nicht konnte, verpaßte sie ihm glücklich eine Nummer auf französisch, und zwar, wie sie es gern nannte, der allerersten, superspitzen Extraklasse.

Gerald war die ganze Zeit über tief beeindruckt und fast ein wenig verängstigt, daß ihm durch Charlenes wundersame Erholung seine Teufelstheorie mehr oder weniger bestätigt worden war, ganz zu schweigen von der Tatsache, daß auch der kalte Windhauch aus dem Bus verschwunden war – und keine Polizisten an seine Tür klopften, die neugierige Fragen über sieben Leichen stellen wollten. Dieser friedvolle Zustand war allerdings nicht von Dauer, und gegen Ende Juni benahmen sich Gerald und Charlene in ihrem kleinen Haus wie zwei eingesperrte Raubtiere. Sie schlichen auf Zehenspitzen aneinander vorbei, funkelten sich wütend an und murmelten leise Beleidigungen. Charlene war wieder im Vollbesitz ihrer Kräfte, und damit kehrte auch ihr altes Gefühl der Überlegenheit zurück, und zwar in einem solchen Maße, daß sie alle Mühe hatte, es zu beherrschen, und sich mehrere, schmerzliche Rippenstöße wegen ihres vorlauten Mauls einfing. Die Spannungen und Reibereien begannen beim Aufwachen, und gegen Nachmittag eskalierte der Konflikt zu Schreien, die man in der ganzen Bluebird Lane rauf und runter hörte.

»Hure!«

»Ach ja? Na, zumindest konnten die anderen Kerle ihn hochkriegen, du blöder Drecksarsch mit deinem Affenschwanz und deinen Schrumpeleiern!«

»Ach ja? Bei deiner ausgeleierten Pussy würdest du nicht mal einen großen Schwanz merken, falls du ihn nicht im Ohr hast!«

»Ach ja? Minipfriem!«
»Tunnelpussy!«
»Alter Schlappschwanz!«
»Schlabbermöse!«
»Eunuch!«
»Lesbe!«

So ging es den ganzen Tag. Abends waren beide derart erledigt, daß sie sich schließlich in die Arme sanken, weinend aufs Bett fielen, sich entschuldigten und versuchten, dieses flackernde Fünkchen verzerrter Liebe am Leben zu halten, das sie bisher heil durch jede Krise gebracht hatte. Am 10. Juli lieferten sich Gerald und Charlene stundenlange, lautstarke Auseinandersetzungen und prügelten sich dermaßen, daß ihre Nachbarn zweimal die Polizei riefen. Zwei müde, zynische Veteranen mit 15 Dienstjahren auf dem Buckel nahmen die Anrufe wegen Ruhestörung in der Bluebird Lane 2067 entgegen. Der eine erfolgte um 3.00 Uhr morgens, am Samstag, dem 12. Juli, der andere um 4.00 Uhr morgens, am Montag, dem 14. Juli. Beide Berichte lauteten im wesentlichen: »Beteiligte behaupten, Stimmen, Schreie etc. kämen aus dem Fernseher... geben an, sie seien eingeschlafen nach dem Genuß von zwei Bier und hätten Lautstärke des Fernsehgeräts nicht bemerkt. Keiner der Beteiligten scheint unter Alkoholeinfluß zu stehen, Ehefrau sagt aus, sie sei nicht angegriffen worden... Ehemann entschuldigt sich wegen der Schwierigkeiten, es komme nicht wieder vor... mündliche Verwarnung erteilt...«

Diese beiden Besuche erschreckten Charlene zutiefst, denn sie wußte, wenn sie so weitermachten, könnten sie wegen Ruhestörung im Gefängnis landen. Man würde vielleicht ihr Haus und die Autos durchsuchen, und wer konnte schon ahnen, welche Spuren die Bullen möglicherweise fanden, die sie übersehen hatten? Charlene glaubte, wie die meisten Bürger, daß die Polizei Mordfälle durch Spuren löst. Ihr war nicht klar, daß auf diese Weise nur in hübsch konstruierten Fernsehfilmen Verbrechen aufgeklärt werden. Indizien dieser Art wären bei einem echten Gericht unzulässig, sofern sie nicht bei einer gerichtlich angeordneten Hausdurchsuchung entdeckt worden sind. Und um einen Durchsuchungsbefehl zu erhalten, muß man zuerst einmal Spuren haben, womit sich die Katze in den Schwanz beißt. Die Waage der Justiz neigt sich tatsächlich zugunsten des Kriminellen, und jeder Staatsanwalt betet darum, daß sich das Blatt eines Tages um 180 Grad drehe, damit er wie in den guten alten Zeiten endlich wieder Verbrechen durch Spuren lösen könnte und nicht nur auf Grund von harten Fakten und Zeugenaussagen. Aber bis dahin gilt der alte Polizistenspruch: »... vergiß alle Spuren und gib mir einen glaubwürdigen Informanten, denn sonst ist meine Chance, auch nur per Zufall einen Mord aufzuklären, so groß wie die Wahrscheinlichkeit, daß mir meine Ex-Frau freiwillig das Haus wieder zurückgibt...«

Am 15. Juli machte Charlene ungefähr um 10.00 Uhr morgens als eine Art Friedensangebot für Gerald Frühstück. Gerald nahm einen Bissen von dem verbrannten Rührei, schmiß den Teller auf den Boden und versetzte ihr mit der flachen Hand einen derartigen Schlag, daß sie gegen das Waschbecken fiel und nach Luft schnappte. Zusammengekrümmt hielt sie die Arme über den Bauch, ihr Gesicht war bleich vor Schmerz – und Gerald reagierte ganz außergewöhnlich. Er brach in Tränen aus, hob Charlene auf, trug sie ins Bett, legte sich neben sie und hielt seine verblüffte Ehefrau in den Armen, während er um Verzeihung bettelte.

»Ich tauge nichts für dich, Baby«, jammerte er. »Ich bin gemein, ich behandle dich wie Dreck und schlage dich, auch wenn du es nicht verdienst. Wenn du in der Gaskammer landest, ist es meine Schuld, weil ich dich in das alles reingezogen habe!«

»Nein, hast du nicht, Baby«, tröstete ihn Charlene zwischen mühsamen Atemzügen. »Ich wollte es genauso wie du. Es war schließlich meine Idee, weißt du noch? Die letzten zwei Jahre mit dir würde ich für nichts in der Welt eintauschen... es war die glücklichste, aufregendste Zeit meines Lebens.«

»Aber ich bin ein ganz nichtsnutziger Ehemann!« heulte

Gerald. »Du solltest in einem hübschen Haus leben, wie es deine Eltern haben, und ich sollte ordentlich arbeiten, und, wenn ich dann heimkomme, mich zu einem guten Abendessen mit dir hinsetzen...«

»Unsinn! Das paßt nicht zu dir, und schon gar nicht zu mir. Wir sind anders, Daddy. Ich bin keine brave Hausfrau und du kein Bilderbuchehemann. Ich habe keine Ahnung, warum du sexuell so verdreht bist, und erst recht nicht, warum das bei mir so ist. Irgendwie stimmt etwas nicht mit unseren Genen. So sind wir nun mal, so werden wir immer sein – und es gibt nichts, was wir dagegen tun können.«

»Vielleicht würde uns ein Psychiater helfen«, meinte Gerald und wischte sich die Augen mit dem Laken.

»Daddy, es ist okay, so zu tun, als glaubtest du diesen ganzen Scheiß, wenn du dadurch aus dem Gefängnis kommst. Aber du müßtest besser als jeder andere wissen, daß das alles Unsinn ist. Deine Persönlichkeit ändert sich doch nicht, nur weil dir ein Seelenklempner erzählt, ein Vorfall in deiner Kindheit sei der Grund für dein Verhalten. Komm schon, Daddy, hat dieser Psychomist dich je davon abgehalten, irgendetwas zu tun, was du wirklich wolltest?«

»Wahrscheinlich nicht«, gab Gerald zu. »Aber vielleicht würde... wenn wir uns Mühe geben, dran zu glauben... ach, ich weiß nicht – wie könnten wir je so einem Psycho-Onkel erzählen, was wir gemacht haben?«

»Genau, Daddy. Es gibt kein Zurück... wir beide müssen gemeinsam weiter unseren Weg gehen, ganz bis zum Ende.«

Gerald saß am Bettrand, hatte den Kopf in die Hände gestützt und starrte mit seinen unergründlichen, schwarzen Augen an die Wand. »Tut es dir leid, daß wir es getan haben, Baby?«

»Keine einzige Sekunde. Egal, wie es ausgeht, ich habe wenigstens etwas gehabt, das keine andere Frau je hatte – einen Kerl wie dich als Ehemann und unsere Liebessklaven.«

An diesem Abend zogen Gerald und Charlene los, um nach zwei neuen Opfern Ausschau zu halten. Sie fuhren zu einer beliebten Discothek in Rosevill und lauerten über eine Stunde auf dem Parkplatz. Es gab jede Menge Mädchen, aber kein einziges Paar tauchte auf. Entweder hielten sich alle in großen Gruppen zusammen oder waren in Begleitung von Jungen. Um 2.00 Uhr nachts kehrten sie nach Hause zurück, versuchten sich zu lieben, was danebenging, und sanken in einen unruhigen, gequälten Schlaf.

Die gesamte nächste Woche durchstreiften sie fast verzweifelt die Autobahnen, Einkaufszentren und Treffpunkte von Teenagern und fuhren sogar im Dunkeln die Straßen von Wohnvierteln auf und ab. Während sie an den Häusern vorbeistrichen und durch erleuchtete Fenster spähten, fragte sich Gerald, ob sie vielleicht wie Charles Manson in eines der Häuser schleichen sollten, in denen sie Frauen ohne Männer entdeckt hatten. Aber es schien ihnen zu riskant, und sie gaben den Gedanken auf. Tag und Nacht grasten sie ein Gebiet von 20 Meilen rund um Sacramento ab, doch jedesmal, wenn sie zwei mögliche Opfer sahen, ließ sie irgendeine Kleinigkeit zurückschrecken: Ein Streifenwagen fuhr plötzlich vorbei, es waren Passanten in der Nähe, oder Gerald hatte einfach ein ungutes Gefühl.

Es gelang ihnen, mit zwei hübschen Teenagern zu reden, aber die Mädchen weigerten sich rundweg, in den Bus einzusteigen, obwohl Charlene ihnen Stoff, Sex und schließlich sogar Geld anbot. Wie zwei ausgehungerte Raubtiere, die erkennen, daß sie aufeinander angewiesen sind, hatten Gerald und Charlene stillschweigend Waffenruhe miteinander geschlossen, und keiner gab dem anderen die Schuld an ihren Fehlschlägen. Ihre Frustration wurde jedoch immer unerträglicher. Gerald fuhr beim geringsten Laut aus der Haut, und Charlene litt plötzlich an Kopfschmerzen, die aus dem Nichts kamen, sie ein paar Sekunden lang mit entsetzlichen Stichen quälten und dann genauso schnell und unerklärlich wieder verschwanden.

Geralds Geburtstag, der 17. Juli, rückte näher. Charlene wußte, daß ihm nichts mehr Freude machen würde als ein paar junge, hübsche und leicht zu erschreckende Teenager – und sie war entschlossen, Daddy Gerald zu verschaffen, was er sich wünschte. Sie zog auf eigene Faust los, durchstreifte

Plattenläden, Schnellimbisse und öffentliche Schwimmbäder im ganzen Bezirk und verbrachte sogar eine Stunde auf dem Parkplatz eines staatlichen Vermittlungsbüros für Arbeitslose. Aber es gelang ihr nicht ein einziger Kontakt. Am Abend riskierte sie mehrere heimliche Telefonanrufe mit Geralds Tochter in Butte County, hängte aber auf, wenn Lorraine oder ihr Ehemann Ed am Apparat waren. Als sie schließlich Mary Ellen erreichte, war das Mädchen unfreundlich, beinah schon feindselig. Sie weigerte sich, über einen Geburtstagsbesuch bei ihrem Vater auch nur zu sprechen. Charlene war ziemlich verblüfft. Ein paar Monate später würde sie sich deutlich daran erinnern.

In der Nacht des 16. Juli versuchten Gerald und Charlene mehrere Stunden lang erfolglos, sich zu lieben. Als sie erkannten, daß es einfach nicht klappte, wandte ihr Gerald den Rücken zu und flüsterte: »Es tut mir leid, Baby.«

»Sei nicht albern, Daddy. Es ist nicht deine Schuld. Auf irgendeine Art und Weise kriegen wir morgen jemand, der uns hilft... immerhin ist es dein Geburtstag.«

Den größten Teil des 17. Juli, einem glühendheißen Dienstag, verbrachten sie mit Streifzügen durch die Stadt auf der Suche nach geeigneten Opfern. Am späten Nachmittag hielten sie kurz am Haus von Charlenes Eltern, um einen Kuchen abzugeben, den sie für Gerald gekauft hatte. Dann fuhren sie über den American River nach West Sacramento. Gerald bestand darauf, etwas zu angeln. Nach zwei Stunden, als kein Fisch auch nur am Köder geschnuppert hatte, gab er auf. Verloren saß er im Schatten einiger Weiden, trank Gin und starrte auf das Wasser. Er drängte Charlene mitzutrinken, aber sie weigerte sich, um Gerald Junior nicht zu schaden. Charlene hatte sogar Koks und Gras aufgegeben, denn sie wollte, daß der kleine Gerald Armond Gallego ein perfektes Geschöpf wurde – mit *ihrem* Gehirn und *Geralds* Aussehen. Es war bereits nach acht, als Gerald aus seiner Erstarrung erwachte und vorschlug, sich etwas abzulenken.

»Fahren wir ins Boat Inn und spielen ein bißchen Billard«, sagte er und verlangsamte das Tempo, um mitten auf der belebten Straße zu wenden, ohne auf das gellende Hupen und die wütenden Gesten der anderen Verkehrsteilnehmer zu achten.

»Wenn du willst«, meinte Charlene. »Aber ich möchte lieber weitermachen. Es ist schon so spät, wir haben Donnerstag, alle gehen früh nach Hause...«

»Vergiß es«, knurrte Gerald ungeduldig. »Wir finden sowieso nichts. Ich will mich entspannen.«

Charlene wußte, daß sein Entschluß feststand, und schwieg. Er bog auf den kleinen Parkplatz hinter dem Boat Inn ein, einer Kneipe mit Billardtischen, die hauptsächlich von Arbeitern besucht wurde. Sie waren schon öfter dort gewesen. Bierdunst und Zigarettenrauch schlug ihnen entgegen. Es gab nur sechs oder sieben Gäste, und hinter der Bar stand ein Kerl, der sich nicht anmerken ließ, daß er Gerald kannte, weil er ihn nicht mochte und sein hitziges Temperament fürchtete. Gerald ging sofort zu einem der Billardtische und begann gegen einen kleinen, älteren Mann zu spielen, der Charlene an seinen Stiefvater Ed Davies erinnerte. Sie schaute ihm ein paar Minuten lang zu, dann drehte sie sich um und wollte ihre Frisur im Spiegel hinter dem Tresen begutachten. Erschrocken fuhr sie zusammen, als sie dort eine auffallend hübsche Frau erblickte. Sie schien Ende 20 zu sein, hatte schulterlanges, blondes Haar, blaue Augen, war zierlich und hatte dennoch einen erfreulich kurvenreichen Körper. Sieht wie Mary Ellen aus, dachte Charlene.

»Wo kommst du her?« fragte sie.

»Oh, ich bin schon die ganze Zeit hier. Ich habe Dienst bis zum Schluß. Der Kerl vorhin hat mir nur geholfen, ein paar Vorräte aus dem Hinterzimmer herzuschaffen. Er ist eigentlich der Barmann für die Frühschicht.«

»Gib mir'n Gin.« Charlene vergaß ihre ganze Fürsorge für Gerald Junior und starrte wie hypnotisiert auf die Schenkel der Frau, die sich vorbeugte, um etwas aufzuheben.

»Wie heißt du?« fragte Charlene, als sie ihr das Glas brachte.

»Betty... aber gewöhnlich werde ich Betsy genannt. Und du?«

»Mildred ... und meistens werde ich Millie genannt – aber ich hasse beide Namen.«

Betty lachte und servierte dem kleinen, alten Mann ein Bier. Charlene beobachtete sie ungefähr 20 Minuten lang verstohlen, ehe sie zu Gerald an den Billardtisch ging.

»Gefällt sie dir, Daddy?« flüsterte sie und deutete mit einer Kopfbewegung hinter die Bar.

Gerald hob kurz und ohne sonderliches Interesse seinen Blick und beendete den Stoß. Doch dann richtete er sich ruckartig auf, erstarrte in der Haltung eines Jagdhunds, und seine unergründlichen, schwarzen Augen fixierten die blonde Barfrau. Betty schien seinen Blick zu spüren. Sie drehte sich um und schaute ihn etwas unsicher an, lächelte flüchtig und wandte sich hastig ab.

»Ja, Baby. Gefällt mir sogar sehr. Ich hab' sie gerade gründlich hypnotisiert ... sie wird alles tun, Baby, aber wie kriegen wir sie?«

»Überlaß das mir. Mach einfach genau, was ich sage.«

Gerald und Charlene verließen das Boat Inn um 1.45 Uhr, fünfzehn Minuten vor dem Schließen des Lokals. Sie warteten im Bus, der jetzt auf der anderen Straßenseite im Schatten eines großen Baums geparkt war. Als letzter Gast verließ der kleine, alte Mann die Bar, stieg in seinen Lieferwagen und fuhr davon. Nur ein blauer Pinto stand noch auf dem Parkplatz. Charlene nickte. »Los.«

Gerald gab Gas, überquerte die Straße und hielt neben dem Pinto. Charlene stieg aus, eilte zur Tür und klopfte mehrere Male, bis Betty rief: »Wer ist da?«

»Ich bin's, Millie. Ich habe meine Jacke vergessen. Könntest du sie mir bitte holen? Sie ist in der Nische hinter dem Billardtisch.«

»Okay, Sekunde.«

Die schwere Tür wurde aufgeschlossen, und Betty streckte ihr die hellgrüne Nylonjacke entgegen.

»Da bin ich dir aber wirklich dankbar, Betty«, lächelte Charlene. »Sie hätte gestohlen werden können ... holt dich jemand ab? Sonst würden wir dich nämlich riesig gern nach Hause fahren.«

»Danke, aber da drüben ist mein Pinto... ach, entschuldige, Millie. Ich muß in den Waschraum und dann gleich nach Hause. Mein Babysitter macht sich Sorgen, wenn ich zu spät komme.«

»Sicher. Hör zu, wir warten, bis du im Auto bist. Es ist so dunkel hier draußen.«

»Okay, aber das müßt ihr nicht, ich hab' keine Angst.«

Charlene ging langsam zurück zum Bus und nickte Gerald zu, der ausstieg und sich hinter den blauen Pinto stellte.

»Ich warte, bis sie drinsitzt«, sagte er und verbarg die Magnum 357 hinter seinem Rücken.

»Okay, mach's nur genau so, wie ich es dir gesagt habe. Ich halte Wache – und was immer passiert, laß sie nicht schreien.«

Das künftige Opfer verschloß gerade die schwere Tür und sperrte sorgfältig ab, ehe sie zu ihrem Auto eilte und Charlene zunickte. »Danke fürs Warten. Wirklich nett von dir.«

»Nicht der Rede wert, Betty.« Gerald tauchte hinter dem Pinto auf. Betty erschrak, als habe sie vergessen, daß dieser Mann, der sie förmlich mit seinen Blicken ausgezogen hatte, Charlenes Begleiter war.

»Komm, ich schließ' dir auf.«

Sie reichte ihm die Schlüssel. Er öffnete die Tür, schaute hinein und sagte lachend: »Okay, alles klar. Kein Irrer hat sich drin versteckt.«

»Danke.« Betty stieg ein und kurbelte das Fenster halb herunter. Rasch drückte Gerald den Pistolenlauf gegen ihre Stirn.

»Das ist eine Entführung, Fotze. Steig aus und geh rüber zum Bus. Ein Mucks, und ich blas' dir dein beschissenes Hirn raus.«

Gerald zerrte sie aus dem Auto, preßte die Pistole gegen ihren Kopf und führte sie zum Bus, wo Charlene die Hintertür aufhielt.

»Steig ein«, befahl er. »Leg dich auf das Feldbett. Baby, gib mir das Klebeband.«

Er drückte einen Streifen über ihren Mund und nickte Charlene zu. »Fahren wir.«

Charlene startete den Motor. »O Scheiße!« kreischte sie plötzlich, sprang hinaus, rannte zum Pinto und wischte hastig mit ihrer Nylonjacke Geralds Fingerabdrücke von der Tür und dem halbgeöffneten Fenster.

»Dieser dumme Drecksarsch bringt's noch fertig, daß wir erwischt werden«, murmelte sie.

Um 5.00 Uhr morgens lag Betty auf dem Boden des Schlafzimmers in der Bluebird Lane. Sie war voll bei Bewußtsein, hatte aber schon lange aufgehört, die zahllosen Demütigungen zu registrieren, die ihr im Verlauf der letzten drei Stunden angetan worden waren. Die Kidnapper hatten ein illustriertes Taschenbuch über Sadomasochismus als Gebrauchsanweisung benutzt. Sie peitschten sie mit einem Seil, die Frau malträtierte ihren After mit einem 20 cm großen, schwarzen Gummidildo, man hängte sie an den Handgelenken an einem Nagel in der Wand auf und peitschte sie erneut. Ihre Brustwarzen waren zerbissen, und sie hatte alle erdenklichen Praktiken über sich ergehen lassen müssen. Nachdem der Mann sie dreimal anal mißbraucht hatte, wobei sie die Frau mit dem Mund befriedigen mußte, zwang er sie zu Fellatio, bis er zum Höhepunkt kam. Teilnahmslos schaute Betty zu ihren Peinigern auf. In ihren Augen lag keine Angst, und ihre Stimme klang beinah ruhig. »Warum bringt ihr mich nicht um?«

»Du willst sterben?« fragte die Frau.

»Nein. Aber ich kann nicht mehr leben nach dem, was ihr mir angetan habt.«

»Affenscheiße!« schnaufte der Mann angewidert. »Ihr Fotzen seid alle gleich ... du hast nichts gemacht, was du nicht schon vorher getrieben hast, außer vielleicht, daß dir noch niemand den Arsch mit einem Seil verdroschen hat.«

»Falls ich solche Dinge getan habe«, entgegnete sie ganz sachlich, »dann aus freiem Willen und mit jemandem, den ich mochte ...«

»Warum willst du also jetzt sterben?«

»Weil ich meinen Kindern, meinem Freund und auch keinem anderen Menschen mehr ins Gesicht sehen kann. Ich schäme mich zu Tode. Bringt mich einfach um, *bitte*.«

»Das tun wir vielleicht sogar, wenn du so darum bittest«, lächelte der Mann und kniete sich neben sie.

»Erschießt mich.«

»Okay, du Hure«, sagte die Frau scharf. »Schluß mit dem Theater. Es wird bald hell, Daddy. Du bringst es besser hinter dich.«

Als sich seine Hände um ihre Kehle schlossen, schrie Charlene plötzlich: »Nein! Nicht hier! Nicht in unserem Schlafzimmer!«

Er schaute erschrocken auf. »Was denn? Warum nicht?«

»Die Geister, Daddy, die bösen Geister, denk doch mal daran.«

»Oh, ja, stimmt, Baby. Ich bringe sie in den Bus.«

Charlene daß in einem Lehnstuhl am Fenster und wartete. Nach fünf Minuten sprang sie auf und eilte zur Tür. Aus dem Bus drangen wütende Stimmen. Es klang nach einem heftigen Streit, aber sie konnte nicht alles verstehen. Sie lief nach draußen und klopfte. »Um Gottes willen, ich kann euch bis ins Haus hören! Mach zu, ehe jemand vorbeikommt.«

Ein wilder Anfall von Zorn und Eifersucht packte Charlene, weil sie wußte, daß Daddy Gerald es ein letztes Mal mit dem Opfer trieb, ohne es mit ihr zu teilen. Sie kehrte ins Haus zurück, setzte sich in den Schaukelstuhl und beobachtete das Fahrzeug. Es vergingen ungefähr 15 Minuten, bis Gerald ausstieg. Sie erwartete ihn an der Tür. »Ist es vorbei? Hast du sie getötet?«

»Ja.«

»Wie?«

»Erwürgt.«

»Ich will es sehen.« Charlene drängte ihn zur Seite und rannte zum Bus. Sie schaltete das Deckenlicht ein. Betty lag mit dem Gesicht nach oben auf dem Feldbett, nackt, die Augen weit offen, starr und leer wie die Glasaugen eines Spielzeugtiers. Ihr Hals war grotesk angeschwollen und grünlichblau, und ihr Körper war bedeckt mit Striemen, Kratzern und roten Flecken. Charlene fühlte sich an ein Bild erinnert, das sie von Menschen im letzten Stadium der Lepra gesehen hatte.

»Zufrieden?« fragte Gerald sarkastisch. Er setzte sich hinter das Lenkrad und startete den Motor.

»Ja. War es schwer?«

»Nee. Hat nur fünf Minuten gedauert. Aber sie hat etwas gezappelt.«

»Aha. Was jetzt?«

»Wir bringen sie runter zum Fluß und werfen sie rein. Mit ein bißchen Glück ist sie morgen schon bis zur Bucht getrieben und liefert den Haien eine erstklassige Mahlzeit.«

»Toll, Daddy. Fahr los... und herzlichen Glückwunsch zum Geburtstag. Hat dir dein Geschenk gefallen?«

Die Leiche erreichte nie die Bucht von San Francisco, sondern verblieb genau dort, wo sie gelandet war. Durch die Dunkelheit getäuscht, hatte Gerald sie nicht ins tiefe Wasser, sondern auf eine Sandbank geworfen, wo sie langsam mit der zurückgehenden Flut versank. Etwa drei Monate später, am 2. Oktober 1980, wurde sie an dieser Stelle gefunden.

Als der Babysitter der blonden Barfrau am Nachmittag des 17. Juli eine Vermißtenanzeige aufgab, zeigte die Polizei sich nicht sonderlich interessiert. Vermißtenanzeigen sind zeitraubende, lästige und unproduktive Angelegenheiten. Die Beamte nehmen noch nicht mal eine Meldung auf, ehe nicht mindestens 24 Stunden vergangen sind, einfach weil dieser verschwundene Ehepartner, Teenager oder senile Opa meistens innerhalb dieser Zeitspanne anruft oder wieder auftaucht. Bei rund einer Million vermißter Menschen pro Jahr ist es für die Polizei rein technisch unmöglich, mehr als auch nur einen kleinen Prozentsatz dieser Fälle zu überprüfen. Die einzigen Ausnahmen sind verschwundene Kinder unter zehn Jahren. Eine solche Meldung setzt gewöhnlich den ganzen Apparat in Gang, nicht nur wegen der Berichterstattung in den Medien, sondern auch weil die meisten Bullen durchaus ein Herz für kleine Kinder haben.

Drei Tage später tauchte ein geplagter Beamter aus dem Vermißtendezernat im Boat Inn auf, um ein paar Fragen zu stellen, in der Hoffnung, es würde nicht allzuviel Mühe und Zeit kosten.

Wie das Glück es wollte, war zufälligerweise der Barmixer, der Gerald kannte, im Dienst, und als der Bulle die Namen der Gäste wissen wollte, die an diesem Abend dort gewesen seien, war Steven Robert Feil der erste, den er notierte, dazu den seiner Begleiterin, einer kleinen Blonden namens Millie. Diese Namen wurden neben einigen anderen in einer Akte abgelegt und vergessen, bis ungefähr zweieinhalb Monate später, am Dienstag, dem 2. Oktober 1980, ein Fischer die sterblichen Überreste der blonden Barfrau fand. Krebse, Fische, Würmer und Vögel hatten beinah ebensoviel Schaden angerichtet, wie es die Haie getan hätten. Ein Skelett, ein paar Zähne und ein türkises Schmuckstück waren noch übrig, doch es reichte, um sie zu identifizieren.

17. Kapitel

Das holde Eheweib

Dem Evangelium der Sozialarbeiter und Psychologen nach, hätte Charlene Williams eigentlich zu einer ganz normalen amerikanischen Frau heranwachsen müssen. Sie hatte eindeutig das entsprechende Umfeld gehabt – liebevolle Eltern und eine charakterfeste Erziehung –, das solch eine Entwicklung garantiert, so behaupten jedenfalls die meisten Psychiater. Doch was heißt schon normal in dieser Branche?

In fassungslosem Staunen habe ich selbst einmal drei Stunden damit verbracht, einem halben Dutzend Psychoklempnern zuzuhören, die miteinander über den Grund für Charlenes Fehlentwicklung stritten. Eine Psychologin behauptete, Charlene sei unterdrückt und ihr ganzes Leben lang von Männern dominiert worden – zuerst von ihrem Vater, dann von ihren Freunden oder Ehemännern und schließlich von diesem Großmeister aller männlichen Chauvinistenschweine, Gerald Armond Gallego. Zwei ihrer Kollegen meinten, sie leide ganz einfach an einem hübschen, altmodischen Elektrakomplex, was in schlichten Worten bedeutet, daß Charlene insgeheim ihren Vater sexuell begehrt.

Ein anderer Psychiater vertrat die Ansicht, daß sie mehr Persönlichkeiten aus früheren Leben in sich trage als Bridey Murphy. Im Mittelalter sei sie eine Hexe gewesen und lebe diese Wesenszüge aus, wenn sie die schändlichen Mordtaten mit Gerald begeht. Der wiederum sei niemand anderer als die Reinkarnation von Tomás de Torquemada, dem Großinquisitor selbst, und natürlich sei völlig klar, daß es von Leichen nur so wimmeln müsse, wenn sich zwei solch blutrünstige Persönlichkeiten in Raum und Zei treffen. Ein anderer Kollege behauptete, Charlenes einziges Problem sei eine überwachsene Klitoris, und dieses Merkmal verursache Frauen mehr Probleme als sämtliche Chauvinistenschweine, Persönlichkeitsspaltungen und Elektrakomplexe zusammen. Hätte sie sich durch eine Operation nur diese vermaledeite Mißbildung entfernen lassen, wäre sie für den Rest ihres Lebens vollkommen normal gewesen.

Weshalb nun aber das alles Charlene dazu trieb, mit Gerald gemeinsam zehn grauenvolle Morde zu begehen, wird vermutlich nie ganz zu erklären sein...

Ihre eigene Aussage bietet hier mehr Aufschluß, und es gibt keinen erfahrenen Bullen in Amerika, dem das nicht voll und ganz einleuchten würde. *»Wir hatten nun mal diese sexuellen Phantasien, und da haben wir sie einfach verwirklicht. Schließlich war es so einfach, wir hatten unseren Spaß dabei, warum hätten wir es also nicht tun sollen?«*

Charlene Adelle Williams wurde am 10. Oktober 1956 in Stockton geboren, einer Kleinstadt in Kalifornien, 50 Meilen südlich von Sacramento. Den kalifornischen Gerichtsakten nach war sie 1,52 m groß, hatte blondes Haar und blaue Augen und ein Gewicht von ungefähr 100 Pfund. Vor dem 18. November 1980 war sie weder verhaftet noch sonstwie straffällig geworden.

Ihr Vater begann als Metzger bei einer Supermarktkette und arbeitete sich nach oben bis in eine Spitzenposition als Geschäftsführer. Charlene machte einen Abschluß an der Rio American High School in Sacramento, wo ihr Intelligenzquotient mit 160 gemessen wurde – ein Wert, den nur ein Prozent der Bevölkerung erreicht. Sie wurde später von einigen ihrer Klassenkameradinnen, darunter von ihrer besten – und soweit bekannt *einzigen* – Freundin als distanziert, hochmütig und scheu beschrieben. Andere nannten sie ein arrogantes, falsches kleines Luder mit großem Maul. Es hieß, daß sie es mit allem trieb, was nur einen Schwanz hatte, außerdem mit einem Farbigen befreundet war, den aber nie jemand zu Gesicht bekam, obwohl sie sich gern mit ihm brüstete.

Allgemein herrschte die Ansicht, daß Charles und Mercedes Williams ihr einziges Kind beinah unerträglich verhätschelten, ihm jeden Wunsch erfüllten und ihm alles erlaubten, was es wollte. Eines Tages entschied Charlene, »Geschäftsfrau« zu werden, also investierten ihre Eltern 15000

Dollar in einen Trödelladen in Folsom. Charlene nannte ihn »The Dingaling Shop« und verlor in kürzester Zeit das Interesse daran.

Einer ihrer Ehemänner sagte, daß sie ein weinerliches Hätschelkind gewesen sei und ihre Eltern sich dermaßen in ihre Ehe eingemischt hätten, daß sie von Anfang an keine Chance hatte. Er war heilfroh, sie loszuwerden, weil Charlene zudem eine chronische Lügnerin war, die ihre Finger nicht von anderen Männern lassen konnte und unaufhörlich über »bizarren Sex« redete. Ihre Lieblingsphantasie war ein Dreier mit zwei Frauen und einem Mann. Darüber hinaus wollte sie weder Make-up tragen, noch kümmerte sie sich um ihr sonstiges Aussehen, kleidete sich wie ein Hippie und meinte, ihre natürliche Schönheit sei genug, und wem das nicht reiche, der könne ihr gestohlen bleiben. Angeblich litt sie unter Asthma, was sie seiner Aussage nach nur als Waffe benutzte, wenn sie ihren Willen nicht bekam. Sie produzierte entsprechende Anfälle, bis ihre Eltern erschienen und jeder Laune augenblicklich nachgaben. Seine Meinung lautete: »Charlene war sexbesessen, schon ehe sie diesen Gallego traf. Dauernd redete sie darüber, von einer anderen Frau vergewaltigt zu werden, und verlangte sogar, ich solle eine Hure für uns engagieren. Ich hätte es getan, aber ich war die ganze Zeit so auf Heroin, daß ich einfach nicht lange genug klar im Kopf war, um es durchzuziehen.«

Kurz vor der Begegnung mit Gerald hatte Charlene eine heftige Affäre mit einem verheirateten Mann. Sie entdeckte, daß sie den meisten Spaß am Sex hatte, wenn er ihr erzählte, daß er gerade mit seiner Frau geschlafen habe. Manchmal schlich sie spät am Abend hinüber zu seinem Haus und traf sich mit ihm in der Garage, wo sie sich wild und leidenschaftlich auf einem Feldbett in der Ecke liebten. Die Tatsache, daß seine Ehefrau nur wenige Schritte entfernt im Haus schlief, trieb Charlene immer in eine ganz besondere Raserei. Bei wenigstens einer dieser Gelegenheiten bestand sie darauf, daß er danach ins Schlafzimmer zurückging, die Jalousie ein paar Zentimeter hochzog, das Licht einschaltete, seine Frau aufweckte und sie liebte, während Charlene zum Fenster hineinspähte. Die Affäre endete abrupt, als sie dem heillos erschrockenen Kerl sagte, sie wolle zu ihm und seiner Frau ins Bett steigen. Ihr Ehemann sagte, daß Charlene eines Abends, nachdem sie einen geheimnisvollen Anruf erhalten hatte, einen Selbstmordversuch unternahm, indem sie Desinfektionsmittel trank. Er war überzeugt, daß dieser Anrufer ihr verheirateter Liebhaber gewesen war, der ihr den Laufpaß gab.

Die Chancen, daß sich Gerald Gallego und Charlene Williams begegneten, waren mehr als gering. Wenn Charlene sich nicht aus freien Stücken und eigenem Willen auf Geralds Ebene herabgelassen hätte, wäre sie ihm vermutlich niemals über den Weg gelaufen.

Am 10. September 1977, einen Monat auf den Tag vor ihrem 21. Geburtstag, fuhr das kleine, hellblonde, blauäugige Mädchen, das aus der gehobenen Mittelschicht kam, zwei Ehen und zwei Scheidungen hinter sich hatte, hinüber nach South Sacramento, um etwas Koks zu kaufen. Sie kannte dort einen Dealer, der sich im Black Stallion Card Room, einem legalen Pokerclub, aufhielt. Charlene ging dann zur Toilette, schnupfte eine Kostprobe und schwebte fünf Minuten später auf Wolken wieder hinaus. Sie rannte direkt in Gerald Armond Gallego hinein, und zwar mit solcher Wucht, daß sie beide in dem engen Gang gegen die Wand prallten. Charlene warf einen Blick auf diesen prachtvollen, etwas ungehobelten Kerl und spürte, wie ihr Höschen naß wurde.

Gerald betrachtete diese elegant gekleidete junge Dame, die ganz eindeutig einer anderen Klasse angehörte, und witterte sofort Geld – woran es ihm gerade fehlte, weil er eben seinen letzten Dollar bei einem Pokerspiel verloren hatte. Statt also zu brüllen: »Warum paßt du nicht auf, wo du hinläufst, Miststück?«, ließ er seinen beträchtlichen Charme spielen, nahm Charlene galant am Arm, führte sie hinaus auf den Parkplatz, betrachtete angelegentlich ihr neues Auto und lud sie zu einem späten Dinner ein. Natürlich endete es damit, daß sie zahlte.

Abgesehen davon, daß er angeblich seine Brieftasche verloren hatte, erschien er Charlene als perfekter Gentleman, der ihr die Zigaretten anzündete, die Wagentür öffnete und sich überhaupt so korrekt benahm, wie es sich gehörte. Charlene mochte es, und besonders gefiel ihr die Tatsache, daß Gerald um ihre Telefonnummer bat und sich mit einem Händeschütteln verabschiedete, statt sie in irgendeiner Weise zu bedrängen. Am nächsten Tag erhielt sie 12 langstielige, rote Rosen mit einer Karte. »Für ein sehr süßes Mädchen. Meine Verehrung, Gerald Gallego.«

Eine Woche später mieteten Gerald und Charlene das Haus in der Bluebird Lane und zogen zusammen. Damit waren die Weichen gestellt, und das Schicksal nahm seinen Lauf. Exakt ein Jahr auf den Tag nach ihrem Treffen im Black Stallion Card Room begannen sie mit ihren mörderischen Vergnügungstouren.

Während der rund 30 Monate mit Gerald heiratete Charlene ihn nicht nur einmal, sondern gleich zweimal und unternahm nicht einen einzigen Versuch, ihn zu verlassen. Nie zog sie auch nur einen Moment lang in Betracht, ihn an die Polizei zu verraten, was sie beinah jederzeit hätte tun können.

Nach ihrer Verhaftung behauptete Charlene niemals, verrückt oder geistig unzurechnungsfähig zu sein, und wehrte sich auch nicht gegen die Darstellung der Anklage, daß sie und Gerald kaltblütige Mörder seien, die kidnappten und vergewaltigten, um ihre sexuellen Phantasien zu befriedigen, und anschließend töteten, um unentdeckt zu bleiben. Diese schlichte Tatsache, und nicht irgendwelche abwegigen Spekulationen, ist der Grund für Charlenes Verhalten.

Ein paar Kriminologen und zahlreiche Psychiater haben behauptet, daß Menschen, die es selbst nicht fertigbringen, Verbrechen zu begehen, ihre Hemmschwelle überwinden, wenn sie einen Partner finden, dessen Persönlichkeit die ihre entsprechend ergänzt. Wenn diese Theorie stimmt, sind Gerald und Charlene ein geradezu klassisches Beispiel. Ihre geheimen Wünsche paßten perfekt zusammen, und während es äußerst zweifelhaft ist, daß einer von ihnen allein seine sexuellen Phantasien derartig ausgelebt hätte, bildeten sie gemeinsam das optimale Team für Serienmorde.

18. Kapitel

Ich will so gern ein Daddy sein!

Es gibt Unterlagen, nach denen Gerald wenigstens siebenmal verheiratet war. Allerdings ist äußerst zweifelhaft, ob irgendeine dieser Ehen nach kalifornischem Gesetz legal war. In sämtlichen Fällen hatte er entweder im Hinblick auf sein Alter, seinen Namen oder den vorherigen Familienstand gelogen, und jede einzelne dieser Falschangaben genügt bereits, daß eine Ehe für null und nichtig erklärt wird. Höchstwahrscheinlich waren alle bis auf eine Bigamie, weil seine früheren Verbindungen noch nicht rechtskräftig geschieden waren. Um solche Kleinigkeiten kümmerte sich Gerald jedoch nicht. Er wußte, daß kein Mensch in Kalifornien jemals wegen Bigamie vor Gericht landet, falls nicht eine weitere Anklage dazukommt, wie zum Beispiel Heiratsschwindel. Eine solche peinliche Angelegenheit ist jedoch fast unmöglich zu beweisen, selbst wenn eine Geschädigte den Mut faßt, Anzeige zu erstatten und vor Gericht zu bezeugen, daß sie blöde genug war, sich von einem betrügerischen Liebhaber reinlegen zu lassen.

Gerald strengte sich nie besonders an, Frauen mit Geld aufzutreiben. Das war gar nicht nötig, weil jede Frau ihn nach Kräften und bereitwillig mit finanziellen Mitteln versorgte.

Mit Ausnahme von Charlene und der großen Schwedin kamen seine Partnerinnen alle aus seiner eigenen sozialen Schicht. Wie die meisten Kriminellen haßte es Gerald zu arbeiten, weil er einfach keinen Sinn darin sah. Schließlich hinderte es ihn daran, nach Lust und Laune seinen sonstigen vielfältigen Interessen nachzugehen.

Alle Welt wunderte sich immer, warum er kein Zuhälter wurde. Seine Mutter stellte nüchtern fest: »Die Frauen hätten alles für Gerald getan, und er hätte der reichste Zuhälter im Land sein können. Jesus, er war für dieses Leben geradezu geboren.«

Lorraine behauptete, daß Geralds erste Frau eine Amateurhure gewesen sei und gern professionell auf die Straße gegangen wäre, wenn er nichts dagegen gehabt hätte. Gerald wuchs in der Umgebung von Huren auf, und er kannte ganz sicher den Wert eines fügsamen, fleißigen Mädchens für ihren Luden. Vielleicht war die Vergangenheit seiner Mutter, die einschlägige Erfahrungen in diesem Gewerbe hatte, der Grund dafür, daß er die Finger davon ließ und nichts davon wissen wollte.

Wie Lorraine erzählte, machte Gerald seine erste Erfahrung mit dem Ehestand im Alter von 16. Die betreffende Frau, Ellen Weed, war 25, lebte in Bakersfield und war Kellnerin in einer Raststätte am Freeway 405, der vielbefahrenen Direktverbindung von San Diego zur Grenze von Oregon.

Gerald war gerade auf Bewährung wegen einer Serie bewaffneter Raubüberfälle, als die beiden sich trafen. Sein Bewährungshelfer hatte für ihn einen Job gefunden, bei dem er Bücher an Haustüren verkaufte. Kurz nachdem er an Ellen Weeds Tür geklopft hatte, lagen sie zusammen im Bett. Bei Geralds Fähigkeit, beinah sofort einen Treffer zu landen, war Mrs. Weed sehr bald danach in anderen Umständen. Als sie ungefähr im neunten Monat war, beschloß Gerald, sie zu heiraten. Über die Gründe läßt sich nur spekulieren. Die Tatsache, daß er so ziemlich für alles die Erlaubnis seines Bewährungshelfers brauchte und auch mit 16 unter dem gesetzlich vorgeschriebenen Alter war, kümmerte ihn absolut nicht.

»Ich war wie verrückt in diesen Mistkerl verliebt«, erzählte Ellen Weed. »Als wir heirateten, war unsere Tochter eine Woche alt, und ich hatte noch drei andere Kinder. Wir lebten in einem miesen, kleinen Zweizimmer-Apartment, und Gerald verdiente 15 Dollar am Tag.

Er hatte mir erzählt, er sei 20, und ich war außer mir, als ich herausfand, daß er erst 16 war! Man hätte mich ja glatt verhaften können wegen Verführung Minderjähriger. Können Sie sich vorstellen, daß *irgend jemand* Gerald Gallego verführen mußte?

Aber es war mir das Risiko wert. Klar, Gerald war vielleicht erst 16, aber er war besser im Bett als jeder andere Mann, den ich je hatte. Ich bin nicht allzu hübsch, und er schien mich wirklich gern zu haben. Die meisten Leute glauben, eine Hure kriegt so viel Sex, wie sie nur will. Aber das ist nicht so. Mit Freiern ist es reines Geschäft, und man bringt es schnell hinter sich.

Aber wenn man heimkommt, ist es schön, einen Kerl zu haben, der weiß, wie er sein Mädchen glücklich macht. Und Gerald wußte es. Wir haben uns stundenlang geliebt, und er hörte nicht eher auf, bis ich alles hatte, was ich wollte. Wahrscheinlich war das der einzige Grund, warum ich bei ihm blieb, als unser Verhältnis schlechter wurde.

Unsere Ehe dauerte nur acht Monate. Sicher, er prügelte mich von Anfang an und beschuldigte mich ständig, mit Kerlen zu schlafen, während er als Vertreter unterwegs war. Das will ich gar nicht abstreiten, denn einer von uns mußte ja Geld ranschaffen. In einer Stunde brachte ich es leicht mit zwei, drei Kunden auf zwanzig, dreißig Mäuse. Ich meine, ich übertrieb es nicht oder stolzierte etwa nachts die Straßen entlang.

Ich ging bloß zur ›Norway Bar and Grill‹, die einen Block von zu Hause weg war, angelte mir einen Freier oder zwei und machte mit ihnen eine schnelle Nummer im Hinterzimmer. Aber ich hab' nie jemanden heimgebracht, wie Gerald diesem Sozialarbeiter erzählte.

Eines Abends, das war kurz vor Weihnachten, glaube ich, gerieten wir in einen richtig wüsten Streit, weil das Apartment seit Tagen nicht saubergemacht worden war – vielleicht auch seit Wochen, ich weiß nicht mehr. Ehrlich gesagt, ich bin keine so übermäßig pingelige Hausfrau, ein bißchen Dreck und so stört mich nicht. Ich weiß noch, daß überall beschissene Windeln herumflogen, sogar im Waschbecken in der Küche, und Gerald brüllte, ihm würde davon so schlecht, daß er nichts essen könne.

Ich sagte irgend sowas wie ›armes Baby‹, und wenn ihm etwas dran liege, solle er doch selbst saubermachen. Und da passierte es. Er packte zu und schleuderte mich regelrecht durchs Zimmer. Na ja, ich wußte, wann es gescheiter war, das Maul zu halten, aber ich muß sagen, daß ich mich für eine Frau ganz gut zur Wehr setzen kann und mir ein kleiner Ehekrach ab und an nichts ausmacht. Früher fing ich sogar manchmal einen Streit mit einem neuen Kerl an, bloß um zu sehen, ob er ein richtiger Mann war und wieviel er sich von einer Frau gefallen ließ.

Jedenfalls schnappte ich mir einen großen Aschenbecher aus Glas und verpaßte Gerald einen Schlag direkt aufs Auge. Er zog sein Springmesser und wollte zustechen. Ich sprang gerade noch rechtzeitig zurück, aber ich bekam einen 5 cm langen Schnitt am Hals ab. Und *das* reichte! Toller Sex hin oder her, ich hatte keine Lust, mich umbringen zu lassen für einen Schwanz – nicht mal für seinen!

Also rannte ich runter zur ›Norway Bar‹ und rief meinen Dad und drei Brüder an. Sie kamen rüber und vertrieben Gerald, aber erst mit vorgehaltener Waffe. Ehrlich, ein Feigling war Gerald Gallego nicht!

Aber er hat es mir heimgezahlt... Mann, und wie! Der Bastard hat mir unsere Tochter weggenommen! Ich werde nie kapieren, wie ein Mann mit Geralds Herkunft und solchen aktenkundigen Vorstrafen das fertiggebracht hat, aber er schaffte es, und zwar völlig legal. Stellen Sie sich vor, so ein Typ, der auf Bewährung ist und sonstwas am Stecken hat, marschiert zu den Leuten vom Amt für Jugendschutz, und sie geben ihm einen kostenlosen Anwalt! Eines Abends platzen ein Mann und eine Frau von dieser Behörde bei mir herein, werfen mir einen Gerichtsbeschluß vor die Füße und schleppen das Kind weg. Und wie sie mit mir redeten – echt beleidigend. Die Frau sagte, mein Apartment sei das dreckigste, was sie je gesehen habe, und kein Schwein mit ein bißchen Selbstachtung würde dort leben wollen.

Ich hab' das Kind nie wiedergesehen. Gerald versteckte es bei irgendwelchen verfluchten Verwandten. Ich glaube bei seiner Mutter, und ich hatte Angst, es zu suchen. Ich wollte *auch* einen kostenlosen Anwalt vom Jugendamt kriegen, aber das wurde abgelehnt. Geld hatte ich damals genausowenig wie heute, also gab ich einfach auf.«

Dieses Kind war das Mädchen Mary Ellen, die von Gerald mißbrauchte Tochter. Wie er es geschafft hat, das alleinige Sorgerecht für sie zu behalten, wissen wohl nur die Behörden.

Die Sozialarbeiterin, die dafür verantwortlich war, daß Mary Ellen ihrer Mutter – ohne Besuchsrecht – weggenommen wurde, schrieb das folgende Gutachten für den Richter, der darüber zu entscheiden hatte, ob Gerald, einem 16jährigen Ex-Sträfling und Berufskriminellen ohne Job oder festen Wohnsitz, das Sorgerecht für das zehn Monate alte Baby zugesprochen werden sollte:

»... Gallego scheint seiner Tochter aufrichtig zugetan, und wenn er über sie spricht, spürt man seine Angst, das Sorgerecht zu verlieren. Er beteuert unter Tränen, wie gern er ein richtig guter Daddy sein möchte für sein kleines Mädchen, und daß ihm diese ganze Situation das Herz zerreißt. Mr. Gallego ist im Gegensatz zur Mutter höflich, ordentlich und sauber, gutgekleidet und hat uns bei unserer Arbeit in jeder Hinsicht unterstützt. Meiner fachlichen Einschätzung nach braucht Mr. Gallego die Verantwortung für dieses Kind, das ihm bei seiner Resozialisierung helfen und viel dazu beitragen wird, sein zukünftiges Leben zu formen...« Und das tat Mary Ellen in der Tat – freilich anders, als es sich die Behörden gedacht hatten.

Am Tag, als ihm das uneingeschränkte und endgültige Sorgerecht für Mary Ellen zugesprochen wurde, brachte Gerald sie zu seiner Mutter und kümmerte sich nicht mehr um sie, bis sie sechs Jahre alt war – da entschied er, daß sie jetzt reif genug sei für seine Sexspielchen.

19. Kapitel

Am falschen Ort zur falschen Zeit

Gerald und Charlene kamen nicht so richtig dazu, das Hochgefühl nach ihrem neunten Mord voll auszukosten. Sie diskutierten noch eifrig darüber, wie gut Betty als Liebessklavin gewesen war, als sie erfuhren, daß die Leichen von Sharon und Tracy gefunden und identifiziert worden waren.

Am Dienstag, dem 1. Juli 1980, hatte eine Familie im Limerick Canyon in Nevada ein Picknick gemacht. Plötzlich hörten sie ihren Hund unten am ausgetrockneten Bachbett bellen. Voller Befürchtungen, das geliebte Tierchen könne womöglich mit einer Klapperschlange spielen, eilten sie zu ihm. Der Hund war so eifrig damit beschäftigt, unter einem großen Baumstamm zu graben, daß der Sand nur so durch die Luft flog. Während sie amüsiert zuschauten, zerrte ihr Liebling einen menschlichen Arm hervor und brachte die schauerliche Trophäe triumphierend seiner Familie. Dort ließ er ihn zu ihren Füßen fallen, schaute freudig auf und erwartete das gewohnte, anerkennende Tätscheln und ein lautes Lob.

Ein paar Tage später wurde Sharons Skelett im Leichenschauhaus anhand von zahnärztlichen Unterlagen identifiziert. Die Polizei fand heraus, wer ihre beste Freundin gewesen war, und identifizierte so auch die Überreste von Tracy. Ihre persönlichen Habseligkeiten blieben verschwunden.

Als Gerald und Charlene davon hörten, beschlossen sie eine weitere Reise nach Oregon. In den Zeitungsberichten war zwar nichts von Anhaltspunkten auf den oder die Täter zu lesen, aber Gerald meinte, es könne nicht schaden, für eine Weile zu verschwinden. Er befahl Charlene, den Bus zu beladen, und sie brachten auf. Sie durchstreiften Oregon, Washington und Montana und fuhren dann hinunter nach Idaho, wobei sie immer ein Auge offenhielten nach möglichen Opfern. Aber sie begegneten niemandem, nicht mal einer Tramperin. Charlene rief jeden zweiten Tag ihre Eltern an, um ihnen mitzuteilen, wo sie waren, und um herauszufinden, ob irgend jemand sich nach ihnen erkundigt hatte. Als nach einem Monat immer noch alles ruhig zu sein schien, beendeten sie ihren kleinen Ausflug und fuhren wieder nach Hause.

Beim Einbiegen in die Auffahrt sahen sie einen Mann auf ihrer Veranda, der vor sich hindöste und eine Zigarette rauchte. Er stellte sich als Beamter aus dem Vermißtendezernat vor und wollte wissen, ob sie sich daran erinnerten, am Abend des 17. Juli im Boat Inn gewesen zu sein. Gerald fragte, warum ihn das interessiere, und erhielt die Auskunft, daß offenbar in dieser Nacht die Barkeeperin verschwunden und seither nicht mehr gesehen worden sei.

»Ja, wir waren da«, berichtete Gerald, »haben getrunken und Billard gespielt. Aber so genau kann ich mich nicht mehr erinnern, weil wir ziemlich gebechert haben und ...«

»Wie ist es mit Ihnen?« unterbrach ihn der Bulle ungeduldig und wandte sich an Charlene.

»Ich, eh... ich, eh – hick – ich erinnere mich auch an nichts.«

»Haben Sie mit der Frau geredet?«

»Hick – kann sein ... ich meine, wir haben uns jede Menge Drinks bestellt...«

»Hat sie vielleicht erzählt, daß sie sich nach der Arbeit mit jemandem trifft?«

»Nee, mir – hick – mir nicht.«

»Mir auch nicht«, sagte Gerald. »Ich wüßte gar nicht, daß ich mit ihr gesprochen hätte. Oder hab' ich das, Baby?«

»Nein.«

»Demnach können Sie sich an nichts erinnern, weil Sie beide unter Alkoholeinfluß standen?«

»Tja, so war's«, bestätigte Gerald, und Charlene nickte eifrig.

»Haben Sie irgendwas Verdächtiges gehört oder gesehen, zum Beispiel, daß jemand über die Frau geredet hat?«

»Nee«, antwortete Gerald. »Aber das hätte ich in meinem Zustand sowieso nicht mitgekriegt... und wie gesagt, ich habe überhaupt nicht weiter auf sie geachtet.«

»Okay.« Der Bulle zuckte mit den Schultern und steckte

sein Notizbuch ein. Diese beiden waren die letzten auf seiner Liste gewesen. »Dann kann ich die Sache wohl abschließen. Entschuldigen Sie die Störung. Hier ist meine Karte für den Fall, daß Ihnen später doch noch was einfällt. Garantiert stellt sich irgendwann heraus, daß sie sich mit einem Kerl abgesetzt hat, und einfach vergaß, Bescheid zu sagen.«

»Du und dein beschissener Schluckauf«, knurrte Gerald. Er saß auf der Couch, schaute sich abwechselnd Zeichentrickfilme an und warf wütende Blicke auf Charlene, die in einer Ecke auf dem Boden hockte und Gin schlürfte. »Dieser Bulle war entweder saublöd, oder er hat sich hervorragend verstellt. Selbst ein verfluchter Idiot hätte gemerkt, daß du lügst.«

»Ich konnte es nicht ändern, Daddy«, jammerte Charlene. »Du weißt doch, daß ich das immer kriege, wenn ich Angst habe. Aber der Kerl weiß ganz bestimmt nichts...«

»Ach ja? Sei mal nicht so sicher. Klar bin ich nicht so gescheit wie du, aber ich denke, wir sollten für eine Weile verschwinden.«

Charlene ließ sich umfallen und verdrehte angewidert die Augen. Sie war es herzlich leid, dauernd im Bus zu leben, zu campieren und mit Millionen Sandflöhen, Spinnen und anderen Insekten zu schlafen, die immer über sie herfielen, Gerald aber offenbar selbst in der größten Hungersnot nicht anrührten. (Charlene war der Meinung, daß sie sein verdorbenes Blut nicht mochten.) Und sie hatte es satt, im kratzigen Gras kauernd ihre Notdurft zu verrichten. Mehr als einmal war sie halbtot vor Schreck aufgesprungen, bevor sie fertig war, weil sie einen Stock für eine Schlange gehalten hatte.

»Ohne mich«, protestierte sie. »Wenn du fahren willst, nur los! Ich bleibe bei Daddy und Mama, bis du zurückkommst.«

»Ach ja?« Sofort war Geralds Mißtrauen geweckt. Daß Charlene einer solchen Entscheidung widersprach, war völlig untypisch.

»Jawohl! Hör zu, Daddy, dieser Bulle hat gesagt, er schließt den Fall ab... ich meine, bei auch nur dem geringsten Verdacht hätte er doch nicht lockergelassen oder uns wenigstens unsere Rechte vorgelesen oder sowas?«

»Vielleicht«, meinte Gerald zögernd, »aber ich weiß nicht, ich hab' da so ein Gefühl... also gut, wir bleiben.«

»Danke, Daddy«, seufzte Charlene erleichtert. Es waren nicht nur die Insekten und die primitiven hygienischen Bedingungen, die ihr jede Lust auf eine weitere Reise verleideten. Immerhin war sie im sechsten Monat schwanger. Da sie so zierlich war und Gerald Junior wuchs wie ein Elefantenbaby, fühlte sie sich allmählich sehr unbeholfen. Es war ungeheuer mühselig, in den Bus zu kommen oder auszusteigen. Wahrscheinlich war sie genau wie die meisten hochschwangeren Frauen: Sie wollte einfach nur ihr Nest bauen und in Ruhe die Ankunft des Babys erwarten.

»Wenn du nicht schwanger wärst, würde ich fahren. Und du kämst mit, oder es setzte was. Aber aus Rücksicht auf dich... hör zu, Baby, wir schaffen uns besser den Bus vom Hals. Ich mag ihn nicht mehr.«

»Daran habe ich dauernd gedacht, seit wir... du weißt, seit diesem Mädchen in Oregon. Wir müssen damit rechnen, daß uns dort jemand gesehen hat, und wir haben ihn achtmal hier in der Gegend benutzt.«

»Warum hast du das nicht schon längst gesagt, wenn du so ein ungutes Gefühl hattest?« fragte Gerald.

»Wozu? Du hättest sowieso nicht auf mich gehört!«

»Paß nur auf, was du redest, Fotze! Riskier weiter so eine große Lippe, und du brauchst ein paar neue Vorderzähne!«

»Tut mir leid, Daddy«, murmelte Charlene angemessen zerknirscht. »Soll ich dir einen blasen?«

»Nein, gottverdammt! Ist das alles, was du im Kopf hast? Hol mir das Telefon. Ich will eine Anzeige in den *Pennysaver* setzen und diesen beschissenen Unglücksbus loswerden.«

Charlene wartete brav neben Gerald, während er telefonierte. Sie wußte, daß er sehr aufgewühlt und nervös war. Das Angebot, ihm einen zu blasen, hatte sie nur gemacht, um ihn zu beruhigen. Vielleicht hätte es ihm gutgetan. Seit einiger Zeit war sie nicht mehr sonderlich interessiert an Sex, obwohl sie immer sorgfältig darauf achtete, sich nichts anmerken zu lassen. Es war inzwischen soweit, daß sie ohne die Mitwirkung eines Liebessklaven keinen Orgasmus mehr haben konnte. Charlene war darüber alles andere als erfreut, weil sie es immer genossen hatte, mit Gerald zu schlafen, selbst wenn sie wie ein Kuli schuften mußte, um ihm zu einer Erektion zu verhelfen. Wie all die anderen bizarren Umstände, die ihr Leben im Verlauf der Jahre bestimmt hatten, akzeptierte sie die Tatsache, daß die Tage und Nächte mit normalem Sex offenbar zwischen ihnen vorbei waren. Die erregende Stimulation gab es nur noch bei den gefahrvollen Spielen mit den Liebessklaven.

Der Bus wurde fast sofort an ein Ehepaar aus Orangevale verkauft. Sie boten einen vernünftigen Preis, und Gerald und Charlene waren heilfroh, das Gefährt, das ihnen so gut als rollende Schreckenskammer gedient hatte, loszuwerden. Aber Charlene wurde maßlos sauer, als Gerald das Geld nahm und ein paar Tage lang verschwand. Bei seiner Rückkehr hatte er vorne auf seiner Hose eindeutige Flecke. Trotzdem ließ Charlene sich von ihm mit ihrem dicken Bauch in die Kissen werfen und mehrere Stunden lang lieben. Sie täuschte sogar ein paar Orgasmen vor, während er ihr wiederholt »Mary Ellen« zuflüsterte, genau wie damals, als er mit dem Geld der großen Schwedin verschwunden gewesen war. Sein besudelter Hosenlatz aber störte Charlene. Doch sie hörte sich immerhin Geralds Erklärung an, daß ihm eine Schüssel Hafergrütze umgekippt sei.

»Ja?« meinte sie vorsichtig. »Dann hab' ich mich getäuscht... es sieht nämlich aus, als hättest du gefickt, ohne die Hosen auszuziehen, und allerhand Mösensaft und Spritzer abgekriegt.«

Gerald schüttelte abfällig schnaubend den Kopf, aber er schwieg.

Ende September waren sie dann wieder soweit, daß sie sich gegenseitig an die Gurgel gingen. Charlene fühlte sich mit zunehmend dickerem Bauch immer unwohler, und Gerald wurde noch mürrischer und hitzköpfiger. Sie hatten endlose Streitereien, versöhnten sich und zerstritten sich wieder. Fast jeden Abend in diesem Monat zogen sie los auf der Suche nach Opfern, aber Charlenes Vorschläge wurden entweder von Gerald abgelehnt oder die seinen von ihr.

Am Abend des 1. Oktober fiel Charlene während einer erbitterten Auseinandersetzung mit Gerald in Ohnmacht. Als sie wieder zu sich kam, war sie vollkommen hysterisch – sie stieß gurgelnde Schreie aus, sabberte und verdrehte die Augen. Der erschütterte Gerald beruhigte sie schließlich halbwegs, aber sie bekam einen Schluckauf, der stundenlang dauerte.

»O Gott! Daddy!« kreischte sie alle paar Minuten. »Ich brauche es! Ich brauche es unbedingt!«

Gerald wußte nur zu gut, was sie meinte. Es ging ihm selbst nicht anders. Ihm war vollkommen klar, daß sie beide am Rand einer irrwitzigen sexuellen Hysterie standen und dieser Zustand sie früher oder später dazu bringen würde, den entscheidenden Fehler zu begehen.

Am Samstag, dem 1. November 1980, gingen Gerald und Charlene erneut auf die Jagd nach Liebessklaven. Es sollte ihr letzter Streifzug werden. Nebelschwaden hingen in dieser klirrend kalten Nacht wie geisterhaft graue Leichentücher über Sacramento.

»Daddy, wir müssen einfach wenigstens eine erwischen«, sagte Charlene und schmiegte sich an ihn. »Ich bin im siebten Monat. In ein paar Wochen kann ich niemandem mehr was tun und es erst recht nicht genießen, wenn wir eine fangen... wir müssen es noch einmal machen, nur damit wir durchhalten, bis das Baby geboren ist.«

Sie durchstreiften die üblichen Treffpunkte von Teenagern, danach Wohngebiete und schließlich sogar das Kneipenviertel, ohne irgendwo auch nur den Hauch einer Chance zu sehen. Beide waren maßlos nervös und frustriert, und Gerald verkündete in seiner Wut, er würde das erste Weib packen, das in Sicht kam, ganz egal wie hoch das Risiko sei.

»Fahren wir zurück nach Arden Park und probieren es bei den Restaurants«, schlug er vor.

»Okay, aber das ist furchtbar dicht an zu Hause«, sagte

Charlene. Arden Park ist ein exklusives Viertel in der Nähe von North Sacramento, wo Charlenes Eltern lebten.

Ungefähr gegen 1.00 Uhr morgens, nach sechs Stunden hektischer Jagd, rollte der silbergraue Olds ohne Licht langsam und lautlos über den großen, nur trübe erleuchteten Parkplatz des Carousel Restaurants. Es standen immer noch Dutzende von Wagen auf dem Gelände des bekannten Lokals, und Gerald hielt an, um ein Transparent zu entziffern, das über der Tür hing:

»WILLKOMMEN ZUR PARTY DER SIGMA PHI EPSILON STUDENTENVERBINDUNG ZUM JAHRESTAG UNSERER GRÜNDUNG«

Charlene wünschte plötzlich, sie wäre ebenfalls aufs College gegangen. Dann würde auch sie zu einer exklusiven Verbindung wie Sigma Phi gehören und wäre jetzt hier in einem wundervollen Abendkleid und würde mit einem gutaussehenden, wohlhabenden Studenten tanzen...

»Da sind zwei!« Geralds heiseres Flüstern brachte sie mit einem Ruck wieder in die Realität zurück.

»Einer ist ein Kerl.«

»Ja... und die Fotze gefällt mir nicht. Ihre Titten sind zu groß.«

Im Schutz der Dunkelheit beobachteten sie einen hochgewachsenen, jungen Mann, der Arm in Arm mit einem blonden Mädchen ging, das ein knöchellanges Abendkleid trug. Er beugte sich zu ihr, küßte sie und tätschelte ihr stattliches Hinterteil.

»Lassen wir sie laufen«, meinte Gerald und schaute dem Paar hinterher, das in einen Wagen stieg und davonfuhr.

Fünf Minuten später sahen sie ein anderes Paar langsam den nebelverhangenen Parkplatz überqueren. Sie kamen unter einer Lampe vorbei. Das Mädchen war klein, hatte langes, blondes Haar und einen schlanken Körper. Trotz ihres eleganten, blauen Abendkleids sah sie wie ein Teenager aus. Der Mann war mittelgroß, mit einem dunklen Smoking bekleidet, und hatte seinen Arm um ihre Taille gelegt. Gerald wartete, bis sie bei einem kleinen Honda Civic stehenblieben, der in einer der dunkelsten Ecken geparkt war. Als der Mann die Tür aufschloß, trieb er den Olds vorwärts. Das junge Paar war so vertieft, daß sie den Wagen gar nicht bemerkten, bis Charlene heraussprang und dem Mann ihre Pistole unter die Nase hielt. Gerald schlüpfte hinüber auf den Beifahrersitz, lehnte sich aus dem offenen Fenster, richtete seine Magnum auf das Mädchen und flüsterte: »Packt eure Ärsche in dieses Auto. Ihr seid gekidnappt. Los, steigt ein!«

Charlene, die eine dreiviertellange, weitgeschnittene Skijacke über dunklen Hosen trug, riß dem Jungen die Schlüssel aus der Hand und warf sie unter den Honda.

»Hören Sie«, meinte er ganz ruhig, »nehmen Sie mich und lassen Sie Mary in Frieden... sie wird kein Wort sagen...«

»Halt dein verfluchtes Maul«, fauchte Charlene. »Steigt auf den Rücksitz! Los, oder ich blase ihr das beschissene Gehirn raus!«

Das Paar war kaum eingestiegen, als ein ziemlich großer, kraftvoll gebauter junger Bursche näherkam.

»Was geht hier vor?« fragte er und setzte sich neben Gerald.

»Halt dich da raus«, sagte der Mann auf dem Rücksitz mit angespannter Stimme. »Mach, daß du hier wegkommst. Ich brauche dich nicht.«

»Wer bist du?« fragte Gerald völlig verblüfft.

»Ich bin ein Studienkollege von Craig.«

»Ach ja? Verzieh dich, Arschloch!«

Charlene rannte herum zur anderen Seite und zerrte an seinem Ellbogen. »Steig aus, du Wichser«, zischte sie wie eine gereizte Schlange. »Los, raus mit dir!«

Der Student gehorchte, und Charlene rutschte hinter das Lenkrad. »Halt mal!« Er packte ihren Arm. »Warte, ich will erst wissen...«

Die 1,52 m große, im siebten Monat schwangere Charlene sprang aus dem Wagen, versetzte ihm eine Rechte ans Kinn und schickte den 1,98 m großen, 200 Pfund schweren Burschen, der in der Collegemannschaft Football spielte, aufs Pflaster. (Er hatte schon etliche Biere intus, und Charlene mußte einen Glückstreffer gelandet haben.)

Rasch stieg sie wieder hinter das Lenkrad, setzte den Wagen zurück und schoß dann mit quietschenden Reifen los.

Noch immer benommen von dem unerwarteten Schlag, schaute der Student auf das Nummernschild, ROV – 240, während der Wagen im Nebel verschwand. Er war möglicherweise an diesem Abend der glücklichste Mann auf der Welt – er hatte Gerald Gallego auf einem Jagdzug ins Gesicht gesehen – und es überlebt.

Mit ihren beiden Gefangenen fuhren Gerald und Charlene über die American River Brücke nach Sacramento hinein, die 16. Straße zur Capitol Avenue hinunter und bogen nach links. Am Broadway beginnt der Folsom Boulevard, der zugleich der Anfang des U. S. Highway 50 ist.

Ungefähr 30 Meilen weit fuhren sie in Richtung Carson City auf dieser vierspurigen Autobahn zu einem großen Naherholungsgebiet, dem Bass Lake. Der See war ein beliebter Ort für Picknickausflüge, wo man Ruderboote mieten und die ländliche Atmosphäre genießen konnte.

Charlene saß am Steuer, und Gerald hielt vom Beifahrersitz aus die Gefangenen mit der Waffe, die er ihr abgenommen hatte, in Schach.

»Wie heißt ihr?« fragte er den Mann freundlich.

»Craig Miller, und das ist Mary Beth Sowers. Was haben Sie mit uns vor?«

»Ich denke, ich werde dich ausrauben und dann barfuß hier irgendwo rausschmeißen, damit wir Zeit haben, zu verschwinden«, entgegnete Gerald in harmlosem Plauderton. »Wir wollten euch kidnappen, aber die kleine Idiotin hier hat euch mit jemand anderem verwechselt. Sieht aus, als hätten wir das falsche Paar erwischt.«

»Ich habe ein paar Dollar in der Tasche, aber wir sind bestimmt keine Entführung wert«, sagte Miller. Er war so erleichtert, daß seine Stimme sich überschlug wie die eines nervösen Teenagers.

»Das sind wir ganz sicher nicht«, nickte Mary mit einem nervösen Kichern. »Ich habe ungefähr zehn ...«

»Halt die verfluchte Klappe«, befahl Gerald. »Ich finde schon heraus, wieviel Geld ihr habt. Nach links!«

Charlene bog von der Autobahn auf eine gepflasterte Straße ein, an der ein Hinweisschild zum Bass Lake stand. Sie fuhr über den verlassenen Campingplatz, vorbei an Picknicktischen und rostigen Mülleimern und hielt nach zehn Minuten mitten auf einer kleinen Viehweide. Der frühe Morgennebel hing tief über dem Boden, und es war kalt und feucht.

»Zieht eure Schuhe aus – alle beide.« Gerald deutete mit dem Pistolenlauf auf Miller. »Du steigst aus und stellst dich vors Auto. Paß auf sie auf«, befahl er Charlene, die aus ihrer Handtasche die Magnum nahm und das Mädchen bewachte. Miller stand vor dem rechten Scheinwerfer. Gerald hatte die Tür geöffnet und beugte sich halb aus dem Wagen.

»Willst du den Kerl ficken?« fragte er Charlene.

»Nein, mach schon.«

Drei Schüsse hallten über die neblige Viehweide, als Gerald rasch hintereinander aus der kleinen Halbautomatik feuerte. Craig Miller fiel um und schlug mit dem Gesicht auf den Weg.

»O Gott!« stöhnte Mary und bedeckte ihr Gesicht mit den Händen.

Ein Polizeifoto der Leiche zeigte, daß die Kugeln Miller aus einer Entfernung von ungefähr dreieinhalb Metern dicht nebeneinander ins Herz trafen, was ihn vermutlich innerhalb von wenigen Sekunden tötete.

Gerald stieg auf den Rücksitz und legte seinen Arm um Mary Beth Sowers. »Du wirst heute nacht meine kleine Mary Ellen sein!« lächelte er glücklich.

»Wir machen es lieber hier«, meinte Charlene. »Es ist schon spät.«

»Nein. Nicht nach diesen Schüssen. Laß uns heimfahren.«

Gegen 2.30 Uhr parkte Charlene in der Bluebird Lane. Obwohl ihre beiden Entführer wiederholt das Gegenteil beteuerten, muß dem Opfer klar geworden sein, daß man sie töten würde. Sie kannte ihren Wagen, ihre Gesichter und jetzt auch die Wohnung. Charlene lief voraus, schloß die Haustür auf und half anschließend Gerald, ihre Gefangene ins Schlafzimmer zu schleppen. Hastig schaltete sie sämtliche Lichter ein und prüfte, ob Jalousie und Vorhänge gut geschlossen waren – vielleicht in Erinnerung an ihre Tage als Spannerin.

»Jesus, runter mit den Klamotten«, flüsterte sie. »Ich kann's nicht mehr länger aushalten.«

In wüster, hemmungsloser Raserei fielen die Gallegos über ihre Opfer her. Sie wurde anal mißbraucht, während Gerald ihr den Mund zuhielt, um die Schreie zu ersticken, zu Fellatio und Cunnilingus gezwungen und mußte die üblichen Bisse in die Brustwarzen erdulden. Nach einer Stunde gab Charlene auf, weil der große Bauch ihr bei den Spielchen im Weg war. Sie war völlig erschöpft, vorübergehend befriedigt und meinte zu Gerald, er solle sich amüsieren, solange er wolle. Dann zog sie einen Schaukelstuhl an die offene Schlafzimmertür, nahm ihre Violine und spielte meisterhaft Brahms' Wiegenlied. Hin und wieder döste sie ein oder beobachtete Daddy Gerald, der mit rücksichtsloser Wildheit das Opfer mißbrauchte, wobei er ständig wiederholte: »... Mary Ellen, meine süße Mary Ellen ...«

Ungefähr gegen 4.00 Uhr morgens verließen Charlene und Gerald die Bluebird Lane in ihrem Olds. Mary Beth Sowers saß auf dem Rücksitz. Sie fuhren über die U. S. 80 nach Norden, bogen, etwa 15 Meilen von Sacramento entfernt, in die Greenback Lane ein, folgten ihr bis zum Sierra Boulevard und wandten sich dann nach links. Zwanzig Meilen weiter bog Charlene nach links und eine einsame Straße voller Schlaglöcher. In knapp zwei Meilen Entfernung lag die kleine Ortshaft Loomis. Früher war hier einmal nach Gold gesucht worden, und im ganzen Gebiet fanden sich noch immer zahlreiche Baggerlöcher und Gräben, die aus dieser Zeit stammten. Hier parkte Charlene und wandte sich an Gerald, der neben der vor Angst erstarrten Mary Sowers saß und fürsorglich seinen Arm um sie geschlungen hatte.

»Ist das der Platz, den du gemeint hast?« fragte sie.

»Ja. Hast du nochmal Lust auf sie?«

»Bist du komplett irre?« kreischte Charlene. »Es ist fast heller Tag! Mach Schuß mit der kleinen, reichen Nutte und laß uns verschwinden, ehe ein Farmer uns sieht!«

»Warum machst *du* es diesmal nicht?«

»Nein! Komm schon, Daddy, mach voran.«

Gerald schleppte Mary Beth Sowers, die wieder ihr blaues

Abendkleid trug und in ihrer Benommenheit völlig wehrlos war, zu einem flachen Graben. Er senkte sie in die Vertiefung und schoß ihr dreimal in den Kopf. Die Autopsie würde später zeigen, daß sie die gleichen Verletzungen erlitten hatte wie die vorherigen Sexsklaven – zerrissener After, zerbissene Brustwarzen und natürlich die Schußwunden.

Wenn die FBI-Statistiken über Serienmörder korrekt sind – und das sind sie vermutlich –, sind 98 Prozent der Opfer solcher Täter »... namenlose, unbedeutende Menschen, die aus eigenem Verschulden in die entsprechende Situation geraten und keine Verbindung mit ihren Mördern hatten...«. Im Fall von Craig Miller und Mary Beth Sowers hatten sie zwar in der Tat keine Verbindung mit ihren Mördern, aber sie waren alles andere als unbedeutende Namenlose, die aus eigener Schuld in eine solche Lage geraten waren. Eher war es so, wie die Bewährungshelferin Mary Frey meinte, die über das Umfeld der Gallegos und ihrer Opfer Ermittlungen für den obersten Gerichtshof von Contra Costa County durchführte: »... wenn irgend jemand zufälligerweise zur falschen Zeit am falschen Ort war, dann Craig Miller und Mary Beth Sowers...«

Miller war 22 und Doktorand an der California State University in Sacramento. Er war Vizepräsident seiner Studentenverbindung, 1979 zum Mann des Jahres gewählt worden, Mitglied der American Marketing Association und hatte ungefähr sieben Monate vor seinem Abschluß ein Angebot auf gleichberechtigte Partnerschaft in einer angesehenen Werbeagentur. Er war ein junger Mann, der wußte, was er wollte und wie er sein Ziel erreichen konnte. Er hatte Familie, Freunde, Ehrgeiz und den Verstand, aus diesen Trümpfen etwas zu machen. Außerdem war er verlobt mit Mary Beth Sowers, einer schönen, einundzwanzigjährigen Blondine, die bei der Wahl zur Miss Shasta County Zweite gewesen war.

Mary Beth war die Tochter von Cecily und Harold Sowers, einem prominenten Kernphysiker aus Redwood City in Kalifornien. Sie studierte Finanzwesen im letzten Studentenjahr und strebte einen akademischen Grad an der CSUS an, gehörte zur Studentenverbindung von Alpha Chi Omega und hatte gleichfalls sieben Monate vor dem Abschluß ein Angebot erhalten: einen Job im Management einer Finanzfirma. Sie war intelligent, hatte Charakter und einen starken Willen, war aktiv und ehrgeizig. Allen, die sie kannten, erschienen sie als das typisch amerikanische Bilderbuch-Paar, zwei junge Erwachsene, die ganz sicher Erfolg im Leben haben würden.

Gerald und Charlene Gallego hatten endlich den verhängnisvollen Fehler begangen, den die meisten Psychopathen irgendwann einmal machen: entweder aus Arroganz oder wegen des Kitzels, den Risikofaktor zu erhöhen – vielleicht aber auch nur aus reiner Dummheit, wie manche sagen. Sie hatten zwei Opfer ausgewählt, die keine Herumtreiber, Drogenabhängige, Sozialhilfeempfänger oder Namenlose waren, und diese Tatsache würde ihnen neben einer äußerst feindseligen Presse den ganzen Haß der Gesellschaft eintragen, die ihnen mit archaischer Gewalt entgegenschlug.

20. Kapitel

Die Flucht

Zitternd und bebend lagen Gerald und Charlene nebeneinander im Schlafzimmer in der Bluebird Lane 2067 und hielten sich an den Händen. Nacktes Entsetzen hatte sie gepackt, und sie wimmerten wie zwei hilflose Waisenkinder, die sich im Wald verlaufen hatten. Mehrere Stunden lang hatte die Euphorie angehalten, dann brach die finstere Realität mit ganzer Wucht über sie herein.

»O Gott!« heulte Charlene. »Dieser große Typ hat unsere Autonummer! Daddy, ich hab' solche Angst!«

»Ich auch, Baby«, schniefte Gerald. »Es ist einfach nicht fair... ich meine, warum mußte er daherkommen und seine Nase in unsere Angelegenheiten stecken? Das ging ihn doch gar nichts an!«

»Ich weiß, Daddy. Herrgott, ich wünschte, du hättest ihn erschossen!«

»Wollte ich, aber es ging ja nicht auf diesem Parkplatz.«

»O Daddy, was sollen wir bloß tun?« Charlene packte seine Hand so fest, daß er vor Schmerz aufschrie.

»Ich weiß nicht... hab' zu viel Angst, um nachzudenken. Jesus, laß meine Hand los!« Gerald setzte sich auf und schneuzte sich ins Bettlaken. »Hör zu, Baby, als erstes säuberst du schleunigst den Olds und danach dieses Schlafzimmer. Dann hab' ich Zeit zum Nachdenken.«

Froh, daß sie eine Aufgabe hatte, die sie beschäftigte, sprang Charlene auf und machte sich an die Arbeit. Mit Feuereifer säuberte sie das ganze Haus und schrubbte sogar die Wände ab, für den Fall, daß Mary Beth Sowers irgendwo Fingerabdrücke hinterlassen hatte. Als sie den Olds gewaschen und mit dem Staubsauger gereinigt hatte, fuhren sie zum Sacramento River, wo Gerald die Pistole in das schlammig braune Wasser warf. Zu Hause stopften sie all ihre schmutzigen Kleider, einschließlich der Sachen, die sie am

Abend zuvor getragen hatten, in einen Wäschesack. Danach machten sie sich auf zu Charlenes Eltern, um dort die Waschmaschine und den Trockner zu benutzen, weil Gerald fand, es sei zu riskant, in einen Waschsalon zu gehen. Charlene war nicht der Meinung, daß es noch eine Rolle spiele, denn garantiert würde der große Typ früher oder später zur Polizei rennen, dort seine Geschichte erzählen und die Autonummer ihres Olds angeben. Und dann steckten sie, wie Daddy Gerald es so gern ausdrückte, wirklich in Scheiße bis zur Oberlippe.

Charlene parkte einen Block vom Haus ihrer Eltern entfernt, und sie gingen zu Fuß weiter, wobei Gerald den vollgestopften Wäschesack über seiner Schulter trug. Sie waren so durcheinander, daß sie den fremden Wagen vor dem Haus nicht bemerkten, als sie die Einfahrt hinunter zum Hintereingang marschierten. Mercedes öffnete, ehe sie klopften, und beim Anblick ihres Gesichts wußte Charlene, daß sie bereits in der Scheiße versunken und ihre Tage und Nächte mit Liebessklaven vorbei waren.

»Die Bullen sind hier«, flüsterte Mercedes. »Verschwindet – versteckt euch und ruft mich später an.« Sie schloß die Tür, ehe Charlene Fragen stellen konnte.

Gerald und Charlene eilten zum Auto und fuhren zu einer Tankstelle, wo er ihr befahl, zum Haus zurückzukehren und herauszufinden, was die Bullen genau wollten.

»Es könnte ja wegen dieses Haftbefehls in Butte County sein«, meinte er hoffnungsvoll. »Ich wette, das ist es.«

»Ich weiß nicht, Daddy. Ich habe ein ganz schlechtes Gefühl.«

»Egal. Sei jedenfalls auf der Hut. Wenn es zwei Bullen sind, werden sie mit ihren alten Tricks versuchen, dich auszuhorchen, also erzähl lieber gar nichts. Sag einfach, wir seien im Kino gewesen, hätten uns anschließend betrunken, und du könntest dich an nichts mehr erinnern. Kapiert?«

»Ja. Ruf mich in dreißig Minuten an. Bis dahin weiß ich bestimmt, was sie wollen.«

Auf dem Weg zum Haus ihrer Eltern wußte sie im Grunde schon, wie unwahrscheinlich es war, daß die Bullen an einem

Sonntagmorgen wegen eines zwei Jahre alten Haftbefehls aus Butte County unterwegs waren. In diesem Moment entschloß sie sich, Daddy Gerald zu schützen, ganz egal, wie, selbst wenn man sie für tausend Jahre ins Gefängnis steckte.

Während Gerald und Charlene damit beschäftigt waren, die Waffe wegzuschaffen und ihre Wohnung und das Auto zu schrubben, hatten die Freunde und Studienkollegen von Craig und Mary Beth alle Mühe, die Polizei wenigstens so weit zu bringen, ihre Geschichte anzuhören.

»Eine Vermißtenanzeige kann erst aufgenommen werden, wenn der Betreffende seit mehr als 24 Stunden verschwunden ist«, hieß es.

»Aber sie sind gekidnappt worden!«

»Ach ja? Woher wissen Sie das? Vielleicht sind sie nur mit jemandem weggefahren, um Nachschub an Bier zu holen.« Dem Beamten war die ganze Sache herzlich egal, und er gähnte unaufhörlich in ihre ernsten jungen Gesichter.

Schließlich sickerte dann von ganz oben bis zum letzten müden Bullen die Mitteilung durch, daß die Vermißten der Sohn und die Tochter von irgendwelchen prominenten Einwohnern seien und man besser etwas unternahm, um wenigstens in den Nachrichten um elf Uhr gut dazustehen. Doch selbst dann war es bereits Mittag, ehe die Polizei endlich zuhörte und die Autonummer durch ihren Computer überprüfen ließ. Der Computer spuckte die Information aus, daß die Nummer ROV - 240 ein Oldsmobil Cutlass, Baujahr 1977 war, registriert auf Charles und Mercedes Williams in 4233 Berrendo Drive, Arden Park, Kalifornien. Eine Überprüfung der beiden Führerscheine zeigte, daß es sich um ein Ehepaar mittleren Alters handelte, deren Fotos und Beschreibungen nicht mal annähernd zu den beiden paßten, die mit diesem Olds auf dem Carousel-Parkplatz gewesen waren, wie der Studienkollege eifrig bestätigte. Nun war das Interesse der Polizei geweckt – wenn auch an einem möglicherweise gestohlenen Auto, das bei einer Entführung benutzt worden war. Daher schickten sie gegen 14.00 Uhr, am

Sonntag, dem 2. November 1980, zwei Detektive zu den Besichern dieses Olds.

Mr. und Mrs. Williams sagten, daß der Wagen eigentlich ihrer Tochter gehöre, Mrs. Charlene Feil, die mit ihrem Ehemann, Steven Robert Feil, in der Bluebird Lane 2067 in North Sacramento lebe. Sie hätten keine Ahnung, wo der Wagen oder ihre Tochter am gestrigen Abend gewesen seien oder wo sie sich jetzt aufhalte. Genau in diesem Moment fuhr wie in einer Szene aus einem Roman von Agatha Christie das fragliche Oldsmobile vor dem Haus vor, und eine junge, blonde Frau stieg aus. Das Ehepaar Williams hätte nicht überraschter sein können, wenn plötzlich Godzilla auf ihrer Schwelle erschienen wäre. Die Bullen erkannten in Charlene augenblicklich die Frau, die den Studenten niedergeschlagen und den Olds gefahren hatte, mit dem Miller und Sowers vom Carousel Parkplatz verschleppt worden waren. Nur eins überraschte sie maßlos – diese Frau war hochschwanger, was nirgends erwähnt worden war.

»Das ist unsere Tochter, Charlene Feil«, murmelte Mercedes.

Auf die Frage nach ihrem Aufenthalt letzte Nacht antwortete Charlene, sie sei so betrunken gewesen, daß sie sich nicht erinnern könne, wo sie und ihr Ehemann gewesen seien. »Soweit ich weiß, gingen wir ins Kino und dann irgendwohin, um etwas zu trinken. Und überhaupt fuhren wir gar nicht den Olds. Wir waren mit dem Triumph meines Mannes unterwegs.«

Charlene saß auf der Couch und log munter drauflos, bis das Telefon läutete. »Das ist meine Großmutter.« Sie sprang auf und eilte an den Apparat in der Küche. »Ich habe ihr gesagt, sie soll mich hier anrufen.«

»Ich bin's, Baby.« Geralds Stimme war angespannt und heiser.

»Es ist nicht wegen Mary Ellen«, flüsterte Charlene. »Aber ich glaube nicht, daß sie viel in der Hand haben.«

»Haben Sie dir deine Rechte vorgelesen, ehe sie anfingen, mit dir zu reden?«

»Nein.«

»Okay, dann werden sie dich auch nicht verhaften. Sobald sie weg sind, hol mich im Red Sail ab. Ich bin in der Nische, in der du immer sitzt.«

»Gut, Daddy.« Charlene hängte auf, drehte sich um und erbrach sich ins Waschbecken der Küche.

»Sie ist schwanger und hat einen Kater«, erklärte Mercedes den Beamten. »Ich muß Sie bitten zu gehen und später zurückzukommen, wenn Sie noch weiter mit ihr reden wollen.«

Draußen erblickten die Bullen einen roten Triumph, der am anderen Ende der Auffahrt geparkt war, notierten die Nummer, überprüften den Olds und fuhren zur Bluebird Lane 2067, um mit Steven Robert Feil zu sprechen. Sie trafen dort niemanden an. Als sie wegfahren wollten, kam die Meldung, daß ein Jäger die Leiche von Craig Miller auf einer Viehweide in der Nähe des Bass Lake gefunden hatte.

Charlene holte Gerald in der Bar ab und berichtete ihm, was die Bullen gesagt hatten.

»Wir ziehen lieber Leine«, verkündete er so ruhig, als hätten sie alle Zeit der Welt.

»Vielleicht können wir zu deiner Mutter nach Chico fahren?«

Aber Gerald meinte, dort würde man sie zuallererst suchen. (Außerdem würde Ed Davies ihn vermutlich auf der Stelle erschießen.)

»Wie wäre es mit Oregon?« fragte Charlene verzweifelt.

»Nee, da sind zu viele Feinde. Wir fahren einfach los nach Osten und anschließend hinunter nach Texas. Den Olds schaffen wir uns in Reno vom Hals und nehmen einen Bus. Wieviel Geld hast du?«

»Ungefähr 100 Dollar. Wo sind die 15000 versteckt?«

»Da komme ich jetzt nicht dran. Wenn wir in Texas untergetaucht sind, lasse ich sie mir bringen. Aber wir brauchten mehr Geld und ein paar warme Kleider. Ruf deine Mom an und sag ihr, sie soll uns in dieser Bar in Organgevale treffen – du weißt schon, welche.«

Gegen 19.00 Uhr erschienen die lieben, guten Eltern in der Bar, überreichten Gerald und Charlene das Geld und ein paar warme Kleider, die sie gerade gekauft hatten, und baten sie inständig, nicht zu flüchten. Wie immer beugten sie sich aber Charlenes Willen, verabschiedeten sich herzlich und winkten ihnen nach, als sie davonfuhren.

Ungefähr zur selben Zeit überprüfte die Polizei den roten Triumph, der auf Steven Robert Feil zugelassen war. Man zeigte ein Führerscheinfoto dieses Feils dem Studenten, der in ihm sofort den Mann im Olds erkannte. Die Polizei raste wieder los, aber natürlich waren die Turteltauben längst ausgeflogen. Sie sprachen mit Charlenes Eltern, und Mr. Williams, der hoffte, auf diese Weise seiner Tochter zu helfen, sagte ihnen, der richtige Name seines Schwiegersohns sei Gerald Armond Gallego.

Als die Bullen diesen Namen in den Computer tippten und einen Blick auf Geralds Vorstrafenregister warfen, gaben sie sofort eine Fahndung nach beiden Gallegos durch wegen Verdachts auf Mord und Kidnapping mit dem Hinweis, daß sie bewaffnet und gefährlich seien. Nach einer Durchsuchung der Wohnung in der Bluebird Lane, wobei man eine Magnum 357 fand, eine halbautomatische Pistole Kaliber 25 und ein AR-15 Gewehr mit zwanzig Schuß im Ladestreifen, wurde zusätzlich noch ein Haftbefehl erlassen. Eine Nachfrage beim kalifornischen Department of Justice ergab, daß die Waffen von Charlene Adelle Williams in einem Laden für Jagdbedarf in North Sacramento gekauft worden waren. Die Fahndung erwies sich als kompletter Fehlschlag, weil das hochmoderne Kommunikationssystem der Polizei im Wert von mehreren Millionen Dollar den ganzen Nachmittag lang zusammengebrochen war und deshalb keinerlei Meldungen an die kalifornische Highway-Patrol und die Sheriffstationen weitergeleitet wurden. Als es endlich wieder funktionierte, waren Gerald und Charlene über alle Berge.

Am nächsten Morgen setzten sich Mr. und Mrs. Williams mit der Polizei in Verbindung und berichteten, ihre Tochter habe sie telefonisch informiert, daß weder sie noch Gerald etwas von einem Mord wüßten und nur wegen dieses offenstehenden Haftbefehls in Butte County geflohen seien. Die Bullen glaubten kein Wort dieser Geschichte, vor allem als die Williams weiter verkündeten, daß sie sich einen Anwalt genommen hätten, der ihre Tochter von nun an vertrete, und alle weiteren Fragen über ihn zu laufen hätten. Daraufhin entschloß man sich, das FBI einzuschalten, da die Verdächtigen offensichtlich eine Staatsgrenze überschritten hatten und der Fall somit zu einer Angelegenheit der Bundesbehörden geworden war.

Zwischen dem 3. und 16. November erhielt das Ehepaar Williams mehrere Telefonanrufe von ihrer Tochter und Gerald, die ihnen mitteilten, daß sie den Olds auf dem Parkplatz des Circus-Casinos in Reno finden würden. Das FBI war über diese Anrufe informiert, vermutlich weil das Telefon der Williams angezapft worden war, nachdem die Familien der letzten beiden Opfer mit ihrem zuständigen Senator der Kongreßabgeordneten gesprochen hatten, und diese sich hinter die Behörden klemmten. Tatsache ist, daß am Sonntag, dem 16. November, Mr. und Mrs. Williams morgens ihr Haus verließen und in Richtung Reno fuhren – gefolgt von mehreren FBI-Agenten. Hinter Reno nahmen sie die U. S. 40 nach Salt Lake City, Utah. In der Kleinstadt Sparks in Nevada hielten sie kurz an einem Büro der Western Union und kehrten dann nach Sacramento zurück. Einige Beamte setzten die Überwachung fort, während andere bei der Western Union Erkundigungen einzogen. Offenbar hatten Mr. und Mrs. Charles Williams gerade 500 Dollar an ihre Tochter überwiesen, und zwar postlagernd an das Büro der Western Union in der Dodge Street 1818 in Omaha, Nebraska. Die Agenten informierten das FBI von Omaha, daß man die Gallegos verhaften solle, notfalls mit gezielten Schüssen, da sie bewaffnet und gefährlich seien. Die Art und Weise, wie das FBI von Omaha Gerald und Charlene gefangennahm, hätte dem verstorbenen J. Edgar Hoover zumindest ein Lächeln entlockt.

21. Kapitel

Die Bestien sind in Ketten

Während das FBI ihre Eltern beobachtete, bestieg Charlene mit Gerald einen Bus nach Salt Lake City. Sie hatten einfache Fahrkarten und ungefähr 30 Dollar in den Taschen. Charlene trug dicke Hosen und eine weite, knielange Daunenjacke, die ihren großen Bauch völlig verbarg. Gerald war in dunkle Wollhosen und eine Windjacke aus Nylon gekleidet. Sie sahen genau wie alle anderen Fahrgäste aus – müde, sorgenvoll, pleite und ein wenig schäbig.

Teilnahmslos schaute Charlene aus dem Fenster hinaus auf die kalte Wüste. Als sie am Humboldt Sink vorbeikamen, versuchte sie die Abzweigung zu erkennen, die zu der Stelle führte, wo sie die beiden Mädchen verscharrt hatten. Charlene fragte sich, ob die Kojoten sie wohl schon gefressen hatten, oder ob sie dort immer noch dicht nebeneinander in dieser Fötushaltung lagen. Eigentlich ist es egal, dachte sie. Wir werden sie schon sehr bald sehen . . . ob es weh tut, durch Giftgas zu sterben? Gott, ich hoffe nicht! Ich kann Schmerzen nicht aushalten. Sie erinnerte sich an den Film über Barbara Graham. Die Todesszene in der Gaskammer war wirklich schrecklich gewesen. Charlene faßte sich unwillkürlich an die Kehle und dachte flüchtig an Helen und Betty, die Gerald erwürgt hatte. Aber weit mehr beschäftigte sie die Überlegung, wie ihr Körper aussehen würde, wenn man ihn aus der Gaskammer trug. Gerald sagte, daß sich jeder bescheißt und bepißt. Hoffentlich mache ich das nicht, dachte sie. Daddy und Mama werden mich an einem hübschen Plätzchen beerdigen, das weiß ich. Lieber möchte ich mit Daddy Gerald zusammensein, aber das wird sicher nichts. Der Arme wird vermutlich in Potter's Field enden neben all den Pennern und Ausgestoßenen, deren Leiche niemand beansprucht.

Bis sie Salt Lake City erreichten, hatte Gerald eine Möglichkeit ausgeknobelt, wie sie sich neue Identitäten verschaffen konnten. Als er Charlene eingeweiht hatte, nahmen sie sich das Telefonbuch vor und suchten 20 Namen heraus. Diese Leute riefen sie an, behaupteten, für die Partei der Republikaner zu arbeiten und einige Informationen über registrierte Wähler abklären zu müssen – den vollständigen Namen und das Geburtsdatum, den Geburtsort, die Namen und Geburtsdaten der Eltern. Innerhalb einer Stunde hatten sie einen Mann und eine Frau ausfindig gemacht, die in Utah geboren und etwa in ihrem Alter waren. Anschließend gingen sie zum Bureau of Vital Statistics und kauften beglaubigte Kopien der Geburtsurkunden dieser beiden. Als sie das Gebäude verließen, besaßen sie narrensichere Tarnungen – jetzt brauchten sie sich nur noch ein Auto zu besorgen und ihre Führerscheine zu beantragen. Das wollte Gerald gleich nach der Ankunft in Texas erledigen.

Was sie sonst noch in Salt Lake City taten, nachdem sie die 500 Dollar ihrer Eltern abgeholt hatten, weiß niemand genau. Es gab Spekulationen, daß sie auf die Schnelle eine Entführung und einen Mord begingen, aber diese Theorie ließ sich nicht halten.

Am Freitag, dem 14. November, erreichten Gerald und Charlene gegen Mittag Omaha in Nebraska und nahmen Zimmer im Hill Town Inn, neun Blocks vom Büro der Western Union in der Dodge Street 1818 entfernt. Gerald trug sie als Mr. und Mrs. Steven Galloway aus Chico, Kalifornien, ein. Er zahlte für das Zimmer, das 23 Dollar pro Tag kostete, mit einem Hundertdollarschein.

»Sie schienen nette, freundliche Leute«, sagte die Rezeptionistin Susan Urban später. »Meistens saßen sie im Motel-Restaurant, außer am Sonntagabend, da gingen sie aus und holten sich Sandwiches auf ihr Zimmer.« (Das FBI fand halbverzehrte Sandwiches mit Eiersalat im Abfalleimer.)

»Mit der Frau habe ich nicht weiter geredet. Sie sprach die ganze Zeit über kaum ein Wort. Jeden Abend kam sie in die Lobby und benutzte das Münztelefon. Ich habe keine Ahnung, wen sie anrief, aber sie hat eine ganze Menge Vierteldollars gebraucht. Ich mußte sie ihr wechseln...

Nein, ich hatte keine Ahnung, daß sie schwanger war. Sie

trug immer diesen langen, sackigen Mantel, da konnte man überhaupt nichts sehen. Der Mann fragte mich, ob ich irgendwelche Jobs in der Gegend wisse und ob wir Zimmer mit einem monatlichen Festbetrag vermieteten. Einmal, am Samstag, glaube ich, fragte er, was für einen Wagen ich hätte und ob ich hier in der Nähe lebte. Ich hielt sie für ein nettes junges Paar, das nach Omaha gezogen war...«

Miss Urban wußte nicht, daß das nette junge Paar mehrere Stunden lang ihr Auto beobachtet hatte in der Hoffnung, sie draußen auf dem Parkplatz zu kidnappen, das Auto zu stehlen und sie irgendwo zwischen Nebraska und Texas zu ermorden. Offensichtlich eignete sie sich in Geralds Augen nicht als Liebessklavin, aber mit ihrem Wagen und einem Vorsprung von 48 Stunden – vorher würde man die Rezeptionistin nicht vermissen – hätten er und Charlene Dallas erreichen und problemlos mit ihren Falschnamen untertauchen können. Am Samstag, dem 15. November, rief Charlene abends ein letzes Mal zu Hause an und bat ihre Eltern, ihnen am nächsten Tag 500 Dollar zu schicken, damit sie das Geld am Montagmorgen bei der Western Union abholen könnte.

Gerald schlief gern lange, so auch am Montag, dem 17. November 1980. Gegen 11.00 Uhr waren mehrere FBI-Agenten und zwei unauffällige Autos seit drei Stunden rund um die Dodge Street in Stellung und warteten auf die Gallegos. Ungefähr gegen 11.30 Uhr sah der Agent, der an der 17. Straße, Ecke Dodge stand, Gerald und Charlene Hand in Hand auf das Büro der Western Union zuschlendern. Beim Anblick dieser Beute vergaß er seine eisigen Füße, die tauben Hände und seine laufende Nase.

»Sie kommen«, flüsterte er in sein Funkgerät. »Achtung Sind stehengeblieben. Mann geht nordwärts die Gasse runter. Frau betritt Büro.«

»Alle Einheiten in Bereitschaft«, kam die leise Antwort. »Ich nehme die Frau erst, wenn sie drinnen ist.«

Charlene betrat das Büro, ging zum Schalter und sagte: »Ich bin Charlene Williams. Sie haben eine Geldanweisung für mich.«

Der Angestellte schaute auf und nickte. Plötzlich hörte sie eine freundliche Stimme hinter sich. »Charlene?«

Sie drehte sich lächelnd um. »Ja?«

»FBI. Ich nehme Sie fest, da Sie sich einem Haftbefehl wegen Mordes durch Flucht widersetzt haben. Bleiben Sie ganz ruhig, Charlene. Ich will nicht, daß ich Sie oder Ihr Baby erschießen muß.«

Dann sprach er einen knappen Befehl in sein Funkgerät. »Schnappt ihn.«

Bei dem Wort »FBI« gaben Charlenes Knie nach, und ihr wurde ganz schwach. Sie dachte nur noch: Ich hab' diesem blöden Drecksarsch immer gesagt, daß das FBI uns eines Tages erwischen wird.

Draußen raste ein Auto rund um den Block, um Gerald den Weg abzuschneiden, während ein anderes hinter ihm in die Gasse bog. Gerald sah den Wagen auf sich zukommen, schien den anderen aber nicht zu bemerken. Er trat zur Seite an eine Backsteinmauer und schlenderte gelassen weiter. Plötzlich beschleunigten die Agenten hinter ihm das Tempo, setzten die Stoßstange vor Geralds Knie und stießen eine Tür auf, damit er auch in dieser Richtung nicht davonlaufen konnte. Der Fahrer sprang heraus, schob ihm die Waffe unter die Nase und schrie: »FBI! KEINE BEWEGUNG, WICHSER! NICHT EIN WIMPERNSCHLAG!«

»Okay, okay!« rief Gerald, während er die Hände hob.

»EIN ZUCKEN, UND ICH BLAS' DIR DEN KOPF WEG, DU WICHSER!«

Jetzt war das zweite Auto zur Stelle, und sechs Waffen richteten sich auf Gerald. Zwei Agenten warfen ihn mit dem Gesicht nach unten auf das kalte, schmutzige Pflaster, legten ihm Handschellen an und durchsuchten ihn sorgfältig. Sie verpaßten ihm Fußfesseln, warfen ihn auf den Rücksitz und teilten ihm mit, daß er wegen Mordverdachts verhaftet sei. Dann lasen sie ihm peinlich genau seine Rechte vor.

»Ihr habt den Falschen erwischt«, protestierte Gerald. »Ich bin Steve Galloway!«

»So, so«, höhnte der Agent. »Und ich bin Prinz Eisenherz.«

»Ja«, lachte ein anderer, »und ich J. Edgar Hoover... setz

dich anständig hin, Arschloch, jetzt wanderst du nämlich ins Kittchen!«

Gerald wußte nicht, ob Charlene ebenfalls verhaftet worden war, bis US-Marshals ihn zwei Stunden später einem Richter vorführten, der über eine Freilassung gegen Kaution entscheiden mußte. Dort sah er sie zwischen zwei weiblichen Beamten sitzen. Sie lächelte ihm kurz zu und senkte dann den Kopf. Der Staatsanwalt, der offensichtlich einen gefährlichen Psychopathen erkannte, wenn er einen vor sich hatte, verlangte, die Kaution solle auf 1 Million Dollar festgesetzt werden.

»Euer Ehren«, plädierte er, »als das FBI das Motelzimmer der Angeklagten durchsucht hat, fand man Geburtsurkunden, die in betrügerischer Absicht unter falschen Angaben erworben worden waren. Diese beiden sind zweifellos extrem gefährlich und werden bei erster Gelegenheit flüchten. Ferner besteht der Verdacht, daß sie auch hier Mordtaten verübt haben.«

»Euer Ehren«, sagte einer der US-Marshals, »Mr. Gallego hat sich allen erkennungsdienstlichen Maßnahmen widersetzt. Er wollte sich weder durch Fingerabdrücke noch durch Fotografieren von uns registrieren lassen und hat rundweg jedes Entgegenkommen verweigert.«

»Euer Ehren«, rief Gerald. »Ich habe mich diesen Maßnahmen widersetzt, weil die Leute vom FBI mich heimtückisch auf der Straße überfallen haben und mir derart enge Handschellen anlegten, daß mein Kreislauf ins Stocken kam! Darüber hinaus, Euer Ehren, haben sie mich zweimal verbal beleidigt und einen Wichser genannt!«

Der Richter enthielt sich einer Bemerkung, setzte für den Angeklagten eine Kaution von 100000 Dollar fest und befahl eine Anhörung für den folgenden Tag, um zu entscheiden, ob das Beweismaterial ausreichte, um Gerald und Charlene festzuhalten, bis eine Auslieferung vereinbart war.

»Ich wußte überhaupt nichts von einem Haftbefehl, der gegen mich in Kalifornien wegen Mordes besteht, Richter«, rief Gerald. »Selbstverständlich bin ich bereit, zurückzukehren und alles aufzuklären, weil *ich* nichts zu verbergen habe.«

»Dann werden wir ja morgen wohl kaum Probleme haben, Mr. Gallego.« Damit erklärte der Richter die Sitzung für geschlossen.

Gerald und Charlene wurden ins Douglas County Correctional Center gebracht. Direktor Joe Vitek sagte später: »Sie waren vollkommen ruhig und gefaßt. Ganz und gar keine Hippietypen, sondern gut gekleidet. Als wir sie trennten, winkten sie sich richtig traurig zum Abschied zu.«

Drüben in Kalifornien seufzte Lorraine Davies, als sie die Neuigkeiten hörte: »Oh, dem Himmel sei Dank! Ich bin ja *so* erleichtert! Jetzt können sich die beiden Ärmsten endlich von diesen schrecklichen Anschuldigungen reinwaschen...«

Die Familie Williams weigerte sich, etwas zu sagen – vermutlich weil die Bullen gerade dabei waren, mit einem Durchsuchungsbefehl ihr Haus auseinanderzunehmen auf der Suche nach Spuren, die auf weitere Verbrechen von Gerald und Charlene hinwiesen. Es gab schließlich genügend ungelöste Fälle, die die Polizei nur gar zu gern irgendjemandem angehängt hätte. Wer konnte denn schon wissen, was diese beiden blutrünstigen Irren alles angestellt hatten? Die Bullen glauben grundsätzlich, daß schlichtweg jeder irgendwas am Stecken hat, und musterten sogar Charles und Mercedes Williams mit hoffnungsvollen Seitenblicken.

Dieselbe Fernsehreporterin, die über den Mord der Gallegos berichtet und Gerald dabei Liebe, Hilfe, Verständnis und ewigwährende Freunschaft angeboten hatte, schaute an diesem Abend in die Kamera, kniff die stahlblauen Augen zusammen und verkündete ihrem Publikum im Ton eines biblischen Racheengels am Tag des Jüngsten Gerichts: »Die Bestien sind in Ketten.«

22. Kapitel

Der letzte Verrat

Die Verhaftung von Gerald und Charlene wegen der Entführung und Ermordung von Craig Miller und Mary Beth Sowers setzte einen irrsinnigen Ansturm von Reportern in Gang. Kamerateams aus Los Angeles, San Francisco, Sacramento und dem Mittelwesten schwärmten im alten Gerichtsgebäude von Placerville umher wie Haie um einen sterbenden Wal. Als die ausländische Presse erschien, wurde es noch toller.

Alle brüllten, forderten Aufmerksamkeit, und jeder drängelte rücksichtlos und unter Verwünschungen den anderen beiseite. Eifersüchtig machte man obszöne Gesten hinter den Rücken der prominenten Nachrichtenmoderatoren aus New York, die in dicken Limousinen herangekarrt wurden und in verblüffend gleicher Aufmachung erschienen. Sie trugen durchweg importierte, englische Burberry-Trenchcoats und Nerzkappen, die sie sich offenbar von einem Drehtermin aus Moskau mitgebracht hatten. Die Einheimischen fanden, daß es zwar ein bißchen kalt in Placerville sein mochte, es aber absolut nicht nötig sei, daß man sich kleidete, als herrschten 40 Grad minus. Zwei Dutzend Fernsehreporter versuchten ihre »Exklusiv-Berichte« zur gleichen Zeit zu filmen, und alle standen nur wenige Schritte voneinander entfernt, weil jeder das malerische alte Gerichtsgebäude aus Kulisse haben wollte. Es gab Amerikaner, Briten, Westdeutsche, Franzosen, Italiener, Japaner und eine Reihe anderer Ausländer. Die meisten waren gezwungen, alles nochmal neu zu filmen, weil ihre Mikrophone laut und deutlich das Geschwätz der Kollegen aufgenommen hatten. Ein unternehmungslustiger Engländer hatte die Nase voll von diesem Zirkus und ging hinunter zur Hauptstraße, wo er eine lebensgroße Puppe an einem Seil über dem Bürgersteig baumeln sah, die ein Schild um den Hals trug mit der Aufschrift: »Hangtown«. Diesen

Namen hatte Placerville, das ungefähr 35 Meilen von Sacramento entfernt liegt und Sitz der Kreisverwaltung von Placer County ist, in den Tagen des Goldrauschs erhalten, als alle Hinrichtungen durch Erhängen auf dieser Straße vor den Augen einer jubelnden Menge vollstreckt wurden. Er beendete seinen Bericht mit der erhängten Puppe im Hintergrund und verbrachte danach eine angenehme halbe Stunde mit einer sehr betagten, aber äußerst rüstigen Dame namens Ida Webb, die ihm erzählte, sie habe seit 1900 jede Gerichtsverhandlung in Placerville besucht.

»Diese Geschichte ist die beste, seit 1910 Blacky Lopez überführt und am selben Tag noch gelyncht wurde«, erklärte sie. »Aber, liebe Güte, ich bin wirklich schockiert darüber, wie diese Reporter sich aufführen, besonders dieses hübsche, kleine, asiatische Mädchen aus New York. Es ist nicht zu fassen, sie sieht so jung und nett und unschuldig aus, aber wahrhaftig, ich habe mit eigenen Ohren gehört, wie sie diesem Mike sagte, er solle... nun, ich kann das nicht mal *aussprechen*!«

Am Tag vor der Auffindung von Mary Beth Sowers Leiche telefonierte ihr Vater persönlich mit dem kalifornischen Justizminister George Deukmejian, der später Gouverneur wurde. Mr. Sowers verlangte von ihm unverblümt, die Gallegos zum Reden zu bringen, da die Möglichkeit bestehe, daß seine Tochter noch am Leben sei und irgendwo versteckt gehalten werde. Ihr Leben stehe auf dem Spiel, und diese beiden Teufel hätten durch ihre Verbrechen sämtliche Rechte und Privilegien verwirkt. Falls Mr. Sowers damit meinte, daß man Gerald und Charlene auf die Folterbank schnallen sollte, bis sie den Aufenthaltsort seiner Tochter preisgaben, war er vermutlich nicht der einzige, der so empfand. Ganz sicher hätten viele Polizisten und die Familien anderer Opfer ihm lebhaft zugestimmt. Selbst die Presse tadelte ihn nicht für seine »anarchische« Haltung. Vielmehr schlugen die Medien, als die verweste Leiche von Mary Sowers zwei Tage später gefunden wurde, eine ähnliche Tonart an. Es sei ein abscheulicher Frevel, kreischten alle, wenn ein prominentes

Paar mit einer strahlenden Zukunft und wohlhabenden Familien der Oberschicht so furchtbar hingeschlachtet werde von zwei wertlosen Existenzen wie Gerald und Charlene Gallego.

Bei dem ganzen Rummel, der die Telefone mächtiger Politiker überall in Kalifornien läuten ließ, fanden es wahrscheinlich die Freunde und Verwandte der anderen Opfer ein wenig seltsam oder sogar ungerecht, daß eine Gruppe armer, vernachlässigter Kinder, die herumstromerten und Drogen nahmen, von denselben Reportern und Politikern total ignoriert wurden, als man sie ermordet aufgefunden hatte. Da Gerald und Charlene es ablehnten, auch nur ein Wort mit irgendwelchen Journalisten zu reden, verstärkten diese ihre Bemühungen, etwas über das Paar in Erfahrung zu bringen. Man fand heraus, daß sein Vater in Mississippi hingerichtet worden war, und textete Schlagzeilen nach dem Motto: »Die Sünden der Väter«. Die Stories wurden so wild und unsachlich, daß sich viele Einheimische fragten, ob die Reporter dasselbe Gerichtsverfahren besuchten wie sie selbst.

Gerald und Charlene wurden in das alte Stadtgefängnis von Placerville gesteckt, um auf eine Anhörung zum Kautionsbeschluß und auf die Anklageerhebung zu warten. Charlene wurde von ihrem hochkarätigen Strafverteidiger vertreten, und Gerald, der kein Geld hatte, erhielt einen Pflichtverteidiger. Weder er noch Charlene sprachen zu irgend jemandem ein Wort, auch nicht zu ihren Anwälten. Am Freitag, dem 21. November 1980, brachte man sie durch eine Nebentür ins Gericht, um den rund 200 Reportern aus dem Weg zu gehen, die dicht an dicht in dem schmalen Gang des hundertjährigen Gebäudes standen. Der Richter befahl, die Saaltüren zu schließen, ehe sich allzu viele Reporter hineingedrängt hatten, erlaubte aber allen Bürgern, die Platz fanden, den Zutritt. Darunter war auch die kleine alte Lady, Ida Webb, die mit wirkungsvollen Ellbogenstößen fröhlich einen Sitz in der ersten Reihe ergatterte.

Gerald und Charlene saßen drei Stühle voneinander entfernt auf der leeren Anklagebank. Gerald trug einen orangefarbenen Overall und Charlene Gefängniskluft aus blauem Baumwolldrillich, die wie ein Sack um sie hing. Sie starrten ein paar Minuten lang mit großen, erschrockenen Augen in den Saal. Und dann schauten sie sich an. In diesem Moment schrie Charlene los: »Warum tut ihr uns das an?« Der ganze Raum erstarrte in eisigem Schweigen.

»Jawohl!« rief Gerald. »Wir sind keine Tiere im Zoo! Ist das hier etwa eine faire Verhandlung? Wann bringt man die Löwen rein?«

»Ihr behandelt meinen Mann wie ein wildes Tier«, stöhnte Charlene. »Legt ihm Fußfesseln an und alles.« Sie senkte den Kopf und begann leise zu jammern.

»Jawohl!« brüllte Gerald. »Könnt ihr dieses arme Mädchen nicht in Frieden lassen? Sie kann nicht mehr... sie wird schließlich bald Mutter!«

Charlenes Anwalt eilte herbei und klopfte ihr beruhigend auf die Schulter. Ihre Eltern schauten mit Tränen in den Augen auf die geliebte Tochter. Als die Ordnung wiederhergestellt war, stand der Schriftführer auf und verlas die Anklagepunkte – Entführung und vorsätzlicher Mord an Craig Miller. Charlenes Anwalt plädierte auf nicht schuldig, und Gerald weigerte sich, etwas zu sagen. In seinem Namen plädierte der Pflichtverteidiger der Form halber auch auf nicht schuldig.

Dann erhoben sich der Staatsanwalt und die Verteidigung abwechselnd zu ihrem verbalen Tanz um Leben und Tod, der fast 30 Monate dauerte.

Der Verteidiger verlangte Charlenes Freilassung zu einer vernünftigen Kaution und behauptete, daß sie dringend Behandlung durch ihren Gynäkologen brauche. Außerdem bestehe kein Fluchtrisiko, da sie bei ihren Eltern wohnen würde, die die Kaution stellen und im Gerichtssaal anwesend seien. Die Staatsanwaltschaft legte Widerspruch ein. Beide Angeklagte seien gleichermaßen gefährlich und fluchtverdächtig, was sie vor kurzem erst demonstriert hätten. Ferner erinnerte er das Gericht daran, daß die Beklagten wahrscheinlich ebenfalls an der Ermordung von Mary Beth Sowers beteiligt waren – wogegen sich die Verteidigung heftig verwahrte und Beweise verlangte, ehe man versuche, seiner Mandantin einen zweiten Mord anzulasten.

Der Richter lehnte eine Kaution ab und ordnete an, daß beide Beklagten weiterhin in Haft blieben. Als Termin für die Vorverhandlung setzte er den 8. Dezember fest.

Diese Anhörung war mehr oder weniger eine reine Formalität gewesen. Aber die Vorverhandlung war etwas anderes, da der Staatsanwalt dort genügend Beweise präsentieren mußte für die direkte Beteiligung der Gallegos an der Entführung und Ermordung Craig Millers. Damit sah es bislang eher dürftig aus – es gab eine Leiche mit drei Einschüssen, einen Collegestudenten, der behauptete Miller und Sowers zusammen mit den Gallegos in einem Wagen gesehen zu haben, und zwei Angeklagte, die sich überstürzt aus dem Staub gemacht hatten, als die Polizei bei ihnen auftauchte, doch angeblich nur aus Angst vor strafrechtlicher Verfolgung wegen einer völlig anderen Sache. Es wäre durchaus möglich, daß der Richter ihnen Glauben schenkte, denn andererseits gab es kein einziges, eindeutiges, juristisch zuverlässiges Beweismittel, das einen der Gallegos mit der Leiche in Verbindung brachte. Die Beweislast lag auf Seiten der Staatsanwaltschaft.

Auch nach der Entdeckung von Marys Leiche war der Staatsanwalt nicht viel besser dran. Er hatte jetzt sechs Kugeln, von denen drei bei Miller und drei bei Sowers gefunden worden waren. Die Ballistiker stellten fest, daß alle aus derselben Waffe stammten. Aber sie paßten nicht zu der 25er Halbautomatik, die zu Hause bei den Angeklagten in der Bluebird Lane sichergestellt worden war. Natürlich *wußte* der Staatsanwalt, daß sie die Täter waren, aber das nützte ihm herzlich wenig. Er hatte das ziemlich ungute Gefühl, daß die Gallegos, wenn nicht plötzlich ein Wunder geschah, ungestraft davonkommen würden. Hätte er von den anderen acht Opfern gewußt, wäre er vermutlich glatt einem Herzanfall erlegen.

Ein weiterer Faktor, der ihn in seiner Überzeugung, daß die Gallegos ihrer Wege gehen würden, noch bestärkte, war die Äußerung etlicher Lokalpolitiker, daß Placer County sich einfach keinen Prozeß dieser Größe leisten könne. Der Justizminister lehnte den Antrag, einen Bundesstaatsanwalt zu schicken, damit sich der gesamte Staat die Kosten teilen könne, höflich ab. Statt dessen schlug er vor, den Prozeß hinüber ins Sacramento County zu verlegen, das zweifellos eher zu solchem Aufwand in der Lage sei. Aber es war unwahrscheinlich, daß die Beklagten irgendwo im Gebiet von Sacramento wegen des ungeheuren Presserummels eine faire Verhandlung erhielten. Jeder Richter dort wäre vermutlich verpflichtet, eine Verlegung des Gerichtsorts anzuordnen... und so weiter und so fort.

Daher waren nach dem ersten Überschwang, dem gerechtfertigten Zorn und der Aussicht auf einen beruflichen Aufstieg die Erwartung angesichts der Realität eher gedämpft. Es ging im Grunde nur noch darum, wer es sich leisten konnte, Gerald und Charlene vor Gericht zu stellen. Eine derartige Debatte war gut für die Beklagten, für die Opfer und die Gerechtigkeit allerdings weit weniger.

Und es kam, wie erwartet. Bei der Vorverhandlung wurde der Prozeß nach Sacramento County verlegt. Gerald und Charlene erhielten vom Gericht die Auflage, sich der Anklage auf vorsätzlichen Mord an Craig Miller und Mary Beth Sowers zu stellen. Auch wenn der örtliche Staatsanwalt verärgert war, den Fall zu verlieren, empfand er doch Genugtuung, weil die Mörder wenigstens vor Gericht kamen.

Gerald wurde sofort ins Gefängnis von Sacramento County verlegt, während Charlene ins Rio Cosumnes Women's Correctional Center in Elk Grove gebracht wurde. Rio Consumnes war bei allen, die dort arbeiteten oder einsaßen, als Rio Cunnilingus bekannt. Es gilt unter weiblichen Strafgefangenen als ein äußerst strenger Knast.

Sämtliche Journalisten und Klatschreporter von Bangkok bis Berlin hatten sich bemüht, ein Exklusiv-Interview von Charlene zu bekommen, doch derartige Ersuchen wurden rundweg abgelehnt.

Als sich die Tür schließlich in Rio Cosumnes hinter ihr schloß, war Charlene heilfroh, daß sie nicht mehr im Rampenlicht stand und sich vorbereiten konnte auf die Geburt des kleinen Gerald Armond Gallego, der jetzt mit jedem Tag kommen konnte.

Kurz nach Weihnachten saß Gerald im Hochsicherheitstrakt für Schwerverbrecher im obersten Stockwerk des Sacramento County Jail. Er teilte sich eine Zelle mit einem Bankräuber namens Amos Katz, der schon fünfmal eingelocht gewesen war, eine kleine Strafe absaß, normal war, humorvoll und Gerald stundenlang mit Episoden aus seinem Gewerbe unterhielt.

Gerald mochte ihn nicht besonders, weil Amos ein hochkarätiger Krimineller war, wie Gerald es immer hatte sein wollen, und er wußte, daß sein Zellengenosse auf ihn herabschaute, weil er in dessen Augen kaum mehr als ein belangloser Strolch war, ungeachtet des ganzen Rummels in der Öffentlichkeit. Amos war schwer zu beeindrucken, und Gerald fühlte sich sehr unbehaglich in seiner Gesellschaft.

Ansonsten konnte er recht beruhigt Bilanz ziehen über seine gegenwärtige Situation. Alles in allem stand es gar nicht schlecht. Als der Zirkus in den Medien vorerst abgeflaut war, atmete er bedeutend freier. Er hatte seit dem zehnten Lebensjahr Bullen, Psychologen, Bewährungshelfer und das ganze Justizsystem manipuliert und war eigentlich nicht übermäßig besorgt. Solange er und Charlene den Mund hielten, würde es nie zu einem Prozeß kommen, das war ihm klar. Ein Dutzend Anträge und Gesuche waren in seinem Namen eingereicht worden, in denen man verlangte, daß man ihn auf freien Fuß setzt, die Anklage fallen läßt oder Haftentlassung auf Kation gewährt. Er beschwerte sich außerdem, daß so ziemlich alle Welt, von Ronald Reagan bis zu Jesus, seine Rechte verletzt habe, oder er bat um eine Verlegung des Gerichtsorts nach New York City und schlug als Alternative jede Menge anderer Orte im ganzen Land vor.

Charlene hatte einen Antrag auf Abtrennung ihres Verfahrens eingereicht und verlangte eine separate Verhandlung. Ein freundlicher Richter hatte zugesagt, jedes einzelne Gesuch zu erwägen, und Gerald wußte, daß das etliche Monate dauern würde. Natürlich waren da noch die anderen acht Morde – und der Gedanke daran war ihm gar nicht geheuer. Er wußte nur zu gut, daß zwischen ihm und der Gaskammer lediglich Charlenes absolutes Stillschweigen stand. Bisher schien sie sich außergewöhnlich gut zu halten, obwohl sie zum erstenmal eingesperrt war. Sie und Gerald hatten ein halbes Dutzend Kassiber miteinander gewechselt. Im letzten hatte sie in wunderschöner Handschrift geschrieben: »Mach dir keine Sorgen um mich. Ich weiß genau, was ich zu tun habe. Du sollst nur wissen, daß die vergangenen drei Jahre die glücklichsten und aufregendsten meines Lebens waren... ich kann es nicht erwarten, unser Baby zu sehen. Ich weiß ganz sicher, daß es ein zweiter, wunderbarer Gerald Armond Gallego sein wird...«

Der kleine Gerald Armond Gallego Junior kam am Samstag, dem 17. Januar 1981, auf die Welt, die sich ihm in Gestalt einer Station des Gefängniskrankenhauses präsentierte, wo seine Mutter erschöpft auf dem schmalen Bett und am rechten Handgelenk an die Wand angekettet lag. Zwei Wochen später wurde das Baby von seiner Großmutter und Urgroßmutter mütterlicherseits abgeholt, und sofern es nicht den Neigungen seines Vaters, des Großvaters väterlicherseits und des Urgroßvaters Pullen gefolgt ist, lebt er vermutlich noch heute bei ihnen, obwohl keiner zugeben wird, daß der Junge überhaupt existiert.

Im Lauf der nächsten zehn Monate hatten Gerald und Charlene zahlreiche Auftritte vor Gericht, ein Dutzend Eingaben wurden von beiden Seiten eingereicht, und sie harrten zufrieden der Dinge, während die Leichen ihrer bekannten und unbekannten Opfer in den einsamen Gräbern verwesten. Eine Informationssperre war über den gesamten Fall verhängt worden, damit in den Medien Stillschweigen herrsche und die Öffentlichkeit die ganze Sache vergessen konnte, bis es zum Prozeß kam – wenn das überhaupt je der Fall sein sollte. Ende Oktober 1981 konnte Gerald plötzlich spüren, daß Charlene langsam seiner Kontrolle entglitt und er allmählich seinen Einfluß auf sie verlor. Sie schrieb ihm kaum noch und schickte auch kaum Botschaften mit Besuchern, die zu ihm kamen. Er wußte nicht, daß Charlene sich in einige lesbische Affären im Gefängnis verstrickt hatte und daß die Behörden ihre farbige Zellengenossin, die zugleich ihre Geliebte war, gegen eine bezahlte Informantin ausgetauscht hatten.

Eines Nachts hatte Gerald einen Alptraum oder eigentlich eher eine Vision. Er sah die runde, unheimliche, blaßgrüne Gaskammer im Gefängnis von San Quentin und wachte schweißgebadet auf. Kaltes Entsetzen hatte ihn gepackt. Er erkannte in diesem Moment endgültig, daß er die Kontrolle über Charlene verloren hatte und sie sich gegen ihn wenden würde, wenn sie das Gefühl hatte, es sei an der Zeit. Er würde jede Menge Mitleid und ebensoviel Glück brauchen, um auch nur den Hauch einer Chance zu haben, falls sie beschloß zu singen.

Zum erstenmal seit vielen Jahren dachte Gerald an seinen guten, alten Dad und begann zu kalkulieren. Wenn sein Vater wirklich ein dreifacher Mörder gewesen war, den man hingerichtet hatte... und dazu dann noch sein eigenes, hartes Schicksal als mißhandeltes, vernachlässigtes Kind aus armen Verhältnissen, ohne Erziehung, ohne einen Funken Zuneigung – ja, liebe Güte, damit ließ sich doch etwas anfangen! Ein paar Psychoklempner, ein mitleidiger Richter und gerührte Geschworene – bei dieser Kombination war glatt alles möglich! Gerald hatte unzählige Male erlebt, wie so etwas funktioniert. Charlene war das schwache Glied in der Kette, und damit war ihm klar, daß er gleich etwas unternehmen mußte. Also setzte er sich hin und schrieb einen Brief an den Gouverneur von Mississippi, William Winter.

Der Brief war in ordentlicher Druckschrift verfaßt und datiert vom 2. November 1981 – ein Jahr auf den Tag, an dem Gerald und Charlene Craig Miller und Mary Beth Sowers getötet hatten. Er lautete folgendermaßen:

Sehr geehrter Herr,

ich trete mit einer ganz besonderen Bitte an Sie heran. Mein Vater, Gerald Albert Gallego, wurde, soweit ich weiß, am 2. März

1955 in Ihrer Strafanstalt wegen Mordes an zwei Polizisten in der Gaskammer hingerichtet.

Ich wuchs in Kalifornien bei meiner Mutter auf, und als ich älter wurde, fragte ich sie ständig nach meinem Vater und erhielt stets die Antwort, er sei im Krieg umgekommen. Bis zum heutigen Tag weigerte sie sich, mir irgend etwas zu erzählen. Was ich an Informationen habe, stammt von anderen Menschen, weil meine Mutter mir nichts erzählen wollte. Ich habe nie auch nur ein Bild meines Vaters gesehen.

Das hat mich fast mein ganzes Leben lang beschäftigt. Heute bin ich an einem Punkt, wo ich einfach wissen muß, wie mein Vater dazu kam, anderen Menschen das Leben zu nehmen. Wenn das der Wahrheit entspricht, geht es über meinen Verstand.

Ich muß wissen, was für ein Mensch er war. Meine Großmutter hat mir erzählt, er sei ein guter Mensch gewesen, ein freundlicher Mann, der für sie völlig unbegreiflich zum Mörder wurde.

Gouverneur, ich kann Ihnen nicht sagen, wie wichtig diese Bitte für mich ist. Ich habe jetzt selbst einen Sohn, Gerald Armond Gallego Junior. Um seinetwillen muß ich Näheres in Erfahrung bringen. Ich weiß, Sie sind ein vielbeschäftigter Mann, aber helfen Sie mir.

Danke. Hochachtungsvoll, Gerald A. Gallego
620 H Street, Sacramento, Ca 95814

Gerald erwähnte nicht daß dies die Adresse des Gefängnises von Sacramento County war – oder daß er dort einsaß.

Der Brief wurde Christine Huston übergeben, der Leiterin des Aktenarchivs für das Justizvollzugswesen in Mississippi, und am 18. Januar 1982 schrieb sie folgende Antwort:

Sehr geehrter Mister Gallego,

der seelische Konflikt, an dem Sie jahrelang gelitten haben, wird in Ihrem Brief deutlich, und mein Versuch, auf Ihre Bitte zu antworten, fällt mir sehr schwer.

Ich habe persönlich die Akte Ihres Vaters überprüft und kann Ihnen leider keine Auskünfte geben über Erfahrungen, Einflüsse oder Belastungen durch Herkunft oder Umfeld, die sein Verhalten geprägt haben. Es ist unmöglich, sich allein aus dem objektiven

Tatbestand, für den er voll Vergeltung leistete, ein Urteil über einen Mann zu bilden.

Wenn ich mich lediglich an die kalten, harten Fakten halte, so wurde Ihr Vater im Circuit Court von Jackson County, Pascagoula, Mississippi, am 10. Juni 1954 nach einem Prozeß wegen Mordes an zwei Polizisten zum Tode verurteilt. Am 3. März 1955 wurde er um 14.00 Uhr in der Gaskammer im Hochsicherheitstrakt, Parchman, Mississippi, hingerichtet.

Unsere Akten zeigen, daß Ihr Vater ein Mann mit Gewissen war. Vor seinem Tod bekundete er seinen Glauben an Gott und erbat die Vergebung der Verwandten seiner beiden Opfer.

Dies ist der schwierigste Brief, den ich je geschrieben habe, und ich hoffe, er wird Ihnen den inneren Frieden bringen, den Sie so lange gesucht haben.

Wenn Sie angesichts der nüchternen Tatsachen Enttäuschung verspüren, finden Sie vielleicht Trost in dem Gedanken, daß Ihr Vater ein aufrichtiger Christ wurde, ehe er starb ...«

»Da scheißt du glatt 'n Wurm!« staunte Gerald, als er den Brief seinen Mitinsassen vorlas. »Die Ärsche sind darauf reingefallen! Sie ist so überwältigt vor Mitleid, daß man direkt die Tränen auf dem Papier sehen kann! Wenn die Geschworenen diesen Brief über meinen armen Vater lesen, werden sie sich wegen mir die Augen ausheulen!«

»Klingt, als sei dein Dad wie ein richtiger Mann abgetreten«, sagte Katz, der Bankräuber. »Wie ist es mit dir, Kumpel? Bringst du auch so viel Mumm auf, wenn's soweit ist?«

»Mich kriegt niemand auch nur in die Nähe dieser Gaskammer!« fuhr Gerald ihn an. »Es gibt kein Justizsystem in der Welt, das ich nicht schlagen kann!«

»Ach ja? Wenn du getan hast, was ich glaube, und deine Lady plaudert, bist du ein toter Mann, Kumpel.«

Gerald wußte, daß er recht hatte, aber er verdrängte die aufsteigende Angst und setzte sich hin, um der gutherzigen Frau in Mississippi einen Dankbrief zu schreiben – vielleicht brauchte er sie ja noch mal.

Liebe Mrs. Huston,

soeben habe ich Ihren Brief erhalten, und ich kann Ihnen nicht sagen, wie bewegt ich war. Aus jeder Zeile spricht Ihre Freundlichkeit und Anteilnahme und die des Gouverneurs. Leider finde ich nicht die richtigen Worte, um Ihnen beiden zu danken. Ich und mein Sohn, Gerald Armond Gallego Junior, werden es niemals vergessen.

Es fällt mir schwer, gerade jetzt diesen Brief zu schreiben. Ich möchte nur sagen, daß ich die Taten meines Vaters bereue und immer tiefes Mitgefühl für die beiden Männer, die er tötete, und ihre Familien empfinden werde. Daß ich mich mit meiner Bitte an Sie wandte, hatte einen sehr triftigen und wirklich zwingenden Grund. Das zu erklären würde ein Leben lang dauern. Ich danke Ihnen nochmals aus tiefstem Herzen und werde Sie immer in meine Gebete einschließen. Sie sind eine sehr freundliche Lady!

Herzlichst, Gerald Gallego

In Rio Cosumnes war Charlene es langsam gründlich leid, endlos eingesperrt zu sein. Sie hatte es satt, darauf zu warten, daß Gerald endlich einen heldenhaften Retter spielte und sie aus der Patsche holte mit der Aussage, er habe sie gezwungen, ihm bei den Entführungen und Morden zu helfen, wie er es immer und immer wieder versprochen hatte. Sie hörte ihn direkt noch: »Baby, wenn wir erwischt werden, sage ich, daß ich dich gezwungen habe und die ganze Sache allein meine Idee war...«

Wort gehalten hatte er bisher jedenfalls nicht, und Charlene bezweifelte, daß sie damit noch rechnen konnte. Am Sonntag, dem 27. Juli 1981, machte sie einen ersten Versuch, aus dem Gefängnis herauszukommen, indem sie verkündete, sie könne bezeugen, daß Gerald Craig Miller und Mary Beth Sowers getötet habe, wenn der Staatsanwalt zustimme, sie auf Kaution freizulassen. Als ihr Angebot die zuständigen Stellen erreichte, wurde es ignoriert. Irgendwann Ende April 1982, nach sechs Monaten im Knast, als weder der Prozeß noch die Freiheit auch nur einen Schritt näher schienen als am Tag ihrer Verhaftung und Gerald immer noch eisern schwieg, ging Charlene die Sache ernstlich an.

Eine ihrer Erklärungen lautet, daß ihr mit Schrecken klar geworden sei, daß Gerald nicht die Absicht hatte, sie zu retten. Man würde sie also genauso verurteilen wie ihn. Auch wenn im Lauf des letzten Jahrhunderts nur acht Frauen in Kalifornien hingerichtet worden waren, hatte Charlene nicht vor, das Risiko einzugehen, Nummer neun zu werden. Ein weiterer Grund war, daß sie von verläßlicher Seite gehört hatte, Gerald habe sämtliches Bargeld seiner Tochter zugesteckt, die 15000 Dollar, die er der großen Schwedin gestohlen hatte, ebenso wie den Ertrag aus dem Verkauf des Busses. Außerdem habe er den Plan gefaßt, eine Lebensversicherung über 50000 Dollar auf Charlene abzuschließen und sobald wie möglich einen tödlichen Unfall zu inszenieren. Wenn er dann abkassiert hätte, wollte er mit Mary Ellen nach Texas verschwinden und glücklich bis in alle Ewigkeit dort mit ihr sein Leben genießen.

Ihr Argument war, daß die Schuld in der Einsamkeit ihrer Zelle immer schwerer auf ihr gelastet habe, und sie einfach ihr Gewissen befreien mußte, allein schon ihrer Familie und ihres Babys wegen...

Nun, was auch immer dahintersteckte, Charlene rief am Dienstag, dem 2. März 1982, ihre Anwälte an und teilte ihnen mit, daß sie bereit sei zu einem Handel. Als Gegenleistung für eine mildere Gefängnisstrafe würde sie ihnen nicht von zwei, sondern von zehn Morden erzählen, und zwar mit allen Details. Das Ganze klang derart unwahrscheinlich, daß keiner ihr glaubte. Man empfahl ihr vielmehr, sie solle aufhören, solchen Unsinn zu schwatzen, ehe sie sich buchstäblich um Kopf und Kragen rede. Aber sie ließ nicht locker, und schließlich trafen sich Charlene, ihre Anwälte, der Staatsanwalt und mehrere Polizeibeamte aus sämtlichen Bezirken, in denen diese Morde angeblich stattgefunden hatten, zu einem kleinen Gespräch. Auch diesmal dachten alle, daß sie lüge.

Nach der Unterredung allerdings, die mehrere Stunden dauerte und in der sie einen mit zahlreichen Einzelheiten gespickten Bericht über eine entsetzliche, dreijährige Serie von zehn brutalen Morden lieferte, wurden die Bullen und

Anwälte hellhörig. Niemand konnte so viel wissen, wenn er nicht dabeigewesen war.

Ihrem Anwalt gegenüber legte Charlene ein volles und umfassendes Geständnis ab. Daraus leitete die Staatsanwaltschaft ab, was sich am besten vor Gericht gegen Gerald verwenden ließ. Danach wurde es versiegelt, so daß es nicht gegen Charlene benutzt werden konnte, selbst wenn sie nicht mehr gegen Gerald aussagen wollte. Im Grunde hatte sie nichts preisgegeben, womit sie sich selbst schaden konnte; die Todesstrafe jedenfalls hatte sie nicht mehr zu befürchten – ein brillantes juristisches Manöver ihres Verteidigers.

Es gab zahlreiche bittere Debatten zwischen verschiedenen Parteien unter den Juristen – wie konnte man guten Gewissens einen Handel abschließen mit einer nicht minder schuldigen, kaltblütigen Helfershelferin, die ihre Komplizenschaft bei diesen grauenvollen Morden selbst zugegeben hatte? Die Antwort darauf war ganz einfach: Um einen der beiden in die Gaskammer zu bringen, mußte man in Kauf nehmen, daß der andere mit 16 Jahren und 8 Monaten davonkam. Der Staatsanwaltschaft blieb gar nichts anderes übrig. Ein Staatsanwalt aus einem anderen County drückte es angeblich so aus: »... einem geschenkten Gaul schaut man nicht ins Maul. Man greift dankbar zu und gibt sich mit der Todesstrafe für den Mann zufrieden. Für die Frau hätte man ohnehin keinen ähnlichen Urteilsspruch erreicht – nicht bei der Rechtsprechung, wie wir sie in Kalifornien haben. Abgesehen von Miller und Sowers gibt es keine Opfer, deretwegen man Rücksicht auf die öffentliche Meinung nehmen müßte, also ist es am besten, Charlenes Handel mitzumachen.« Alle – ausgenommen Gerald Armond Gallego natürlich – würden bekommen, was sie sich wünschten, und konnten zufrieden sein.

Einige Experten hatten allerdings ihre Zweifel wegen der ziemlich unklaren kalifornischen Gesetzeslage – in Punkto Beweismaterial, das von einem Tatbeteiligten geliefert wird. Laut Gesetz ist jeder, der am Tatort eines Verbrechens anwesend ist, moralische Unterstützung, Beihilfe und Vor-

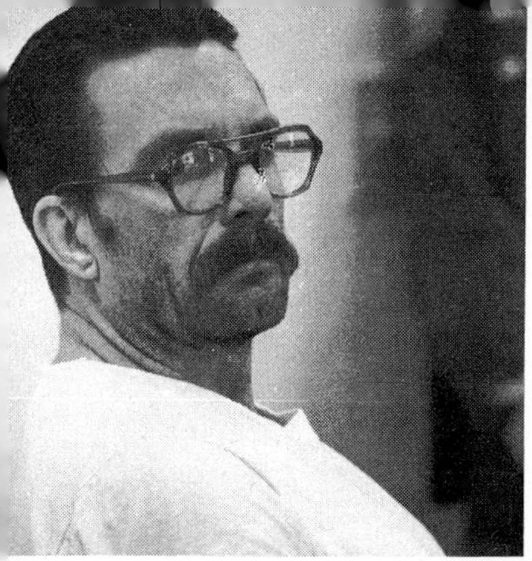

David Raymond Hunt vor der Anklageerhebung in Woodland, nachdem er aus dem Gefängnis von Lewisburg in Pennsylvania überstellt worden war.
(*Barbara Cheny/The Davis Enterprise*)

Richard Harold Thompson vor Gericht in Woodland in Erwartung der Anklageerhebung
(*Alison Portello/The Davis Enterprise*)

Sue Ellen Hunt in Gewahrsam von Polizisten des Yolo County, als gegen sie, ihren Ehemann David und seinen Komplizen Richard Thompson Anklage wegen mehrfachen Mordes erhoben worden ist.
(*Alison Portello/The Davis Enterprise*)

DAVID C. HENDERSON
District Attorney of Yolo County
P. O. Box 1247
725 Court Street (308 Courthouse)
Woodland, California 95695
Telephone: (916) 666-8180
D.A. File No: tmf

Attorney for The People

Muni. Ct. No. 2-35701

FILED
YOLO COUNTY
NOV 29 1989
by [signature] Deputy

YOLO COUNTY SUPERIOR COURT

COUNTY OF YOLO, STATE OF CALIFORNIA

THE PEOPLE OF THE STATE OF CALIFORNIA, Plaintiff, vs. DAVID RAYMOND HUNT, aka ARTHUR McKAY DURAND, JR., Defendant.	No. 1 1 1 0 4 APPLICATION AND ORDER FOR WRIT OF HABEAS CORPUS AD PROSEQUENDUM

COMES NOW the plaintiff herein represented by the District Attorney of Yolo County, and represents and shows:

That there is now confined in the Federal Prison at Lewisburg, Pennysylvania, one DAVID RAYMOND HUNT, aka ARTHUR McKAY DURAND, JR., who is in the custody of the Warden, Sheriff, or Jailor thereof; that said prisoner is presently charged in the Yolo County Municipal Court with two violations of Penal Code section 187, MURDER, and Penal Code section 190.2(3), SPECIAL CIRCUMSTANCE MORE THAN ONE MURDER; and that said prisoner must appear to answer said charges on December 8, 1989; and that in Order to secure the attendance of said prisoner it is necessary that a Writ of Habeas Corpus ad Prosequendum be issued commanding said Warden to produce said prisoner to the Yolo County Municipal Court, Department D, 725 Court Street, Woodland, California, on December 8, 1989, at 1:30 p.m.

WHEREFORE, your petitioner prays for an order directing the issuance of a Writ of Habeas Corpus ad Prosequendum, out and under the seal of the Court, commanding said Warden to have and produce said prisoner in Department D of the Yolo County Municipal Court on said date, then and there to respond to and answer the charges made against the prisoner, and at the termination of said case to house him in a local facility.

IF IS FURTHER PRAYED that the United States Marshall be reimbursed for his services and costs in the transportation and custody of said prisoner.

DATED: November 28, 1989.

[signature]
DAVID C. HENDERSON
DISTRICT ATTORNEY

Der Antrag des Yolo County für die Überstellung von David Raymond Hunt aus der Justizvollzugsanstalt Lewisburg.

schub leistet, strafrechtlich verantwortlich für das von seinem Komplizen begangene Verbrechen. Nach der gesetzlichen Bestimmung in bezug auf Mittäter kann andererseits kein Beklagter auf Grund des unbestätigten Zeugnisses eines Komplizen wegen eines Verbrechens bestraft werden. Es ist eine erstaunliche und verdrehte Situation, daß die eine Bestimmung ein Schlupfloch öffnet und die andere Bestimmung es wieder schließt. Doch genau hier verdienen Staatsanwälte und Strafrechtverteidiger ihr Geld – nämlich beim Versuch, Mittel und Wege zu finden, aus diesen Gesetzeslükken ihren Vorteil zu schlagen.

Die Staatsanwaltschaft wußte, daß sie im Fall Gallego zudem die üblichen Vorurteile der Geschworenen gegenüber Charlene einkalkulieren mußte, wenn sie gegen ihren eigenen Ehemann aussagte. Die richtige Strategie wäre daher, es so hinzustellen, daß sie nicht wirklich gegen ihren Ehemann aussagte, weil diese Ehe vor dem Gesetz überhaupt nicht bestanden hatte.

Man entschloß sich, es zu riskieren. Schließlich konnte nur wer wagt, gewinnen... und vielleicht hatte der Staatsanwalt Glück und geriet an Geschworene, die ihm günstig gesonnen waren.

Auch der Staat Nevada hätte die Gallegos mit Freuden vor Gericht gestellt, während Oregon ablehnte. Nevada willigte jedoch ein, hinter Kalifornien zurückzustehen, und unterzeichnete ein Abkommen gleichen Inhalts, wie jenes, das Kalifornien mit Charlene geschlossen hatte. Im wesentlichen besagte es, daß die Staatsanwaltschaft angesichts ihrer Kooperation, die von entscheidender Bedeutung für die Justiz sei, unter der Voraussetzung, daß sie wahrheitsgemäß beim Prozeß gegen Gerald Armond Gallego aussage, keine Todesstrafe gegen sie beantragen würde. Als Gegenleistung für ein Schuldbekenntnis auf Mord zweiten Grades in den beiden Fällen Miller und Sowers würde die Staatsanwaltschaft die Höchststrafe auf 16 Jahre und 8 Monate ohne Bewährung und ohne vorzeitige Entlassung wegen guter Führung ansetzen. Die Staatsanwaltschaft behauptete mit ungerührter Miene, man habe sich auf dieses Strafmaß geeinigt, weil es dem entsprach, was ein Angeklagter bei einem Urteilsspruch von 25 Jahren bis lebenslänglich wegen Mord zweiten Grades tatsächlich absaß.

Mitte Oktober 1982 war man in Kalifornien somit bereit, den Prozeß gegen Gerald zu eröffnen. Der Verhandlungsbeginn wurde auf den 15. November festgesetzt. Eine Verlegung des Gerichtsorts war angeordnet worden, und der Prozeß sollte in Martinez stattfinden, einer kleinen Küstenstadt an der San Francisco Bay im Contra Costa County.

23. Kapitel

Tod dem Monster!

Die ehrwürdige Amerikanische Juristenvereinigung definiert in ihren Grundsätzen zum Berufsethos, daß die vordringlichste Pflicht eines Anwalts im Dienste des Staates nicht die sei, eine Verurteilung zu erreichen, sondern dafür Sorge zu tragen, daß Gerechtigkeit geschieht. Wer immer sich das ausgedacht hat, wäre auch ein guter Verfasser von Politikerreden gewesen, denn in der Realität will ein Staatsanwalt nur eines: seine Forderung durchsetzen und den Prozeß gewinnen. Eine gerechte Behandlung des Angeklagten ist ihm ungefähr ebenso gleichgültig wie einem hungrigen Löwen eine Antilope, die er über die afrikanische Steppe jagt. Diese Haltung ist schlicht eine Überlebensfrage – kein Sieg für den Staatsanwalt heißt kein öffentliches Ansehen, das wiederum bedeutet nicht viel Hoffnung auf eine Beförderung und schon gar keine Chance auf ein politisches Amt. Ohne solche Aussichten hat ein Staatsanwalt nach 20 Jahren bestenfalls eine lausige Pension zu erwarten oder er findet sich in einer Privatpraxis wieder, in der er betrunkene Autofahrer verteidigt und sich mit Anzeigen von Hundebissen abgeben muß. Die Verteidigung arbeitet nach dem gleichen Prinzip, nur umgekehrt. In Kalifornien hat der Verteidiger, wie in zahlreichen anderen Staaten, einen enormen Vorteil gegenüber dem Staatsanwalt, weil er, laut Gesetz, jeden noch so geringen Beweis sofort vom Staatsanwalt mitgeteilt bekommen muß. Dagegen wird vom Verteidiger nicht verlangt, daß er den Staatsanwalt über irgend etwas informiert. Meistens weiß man jedoch, außer wenn ein Zeuge mitten in der Verhandlung beim Lügen ertappt wird, was der Verteidiger im Sinn hat. Diese Sachlage überrascht, schockiert und enttäuscht sicher eine Generation, die mit Perry Mason und Hamilton Burger aufgewachsen ist. Aber es läuft nun einmal nicht so, daß der Angeklagte während der Verhandlung aufspringt und zugibt: »Ja, ja! Ich hab's getan!«, oder daß ein verdächtig aussehender Kerl im Zuschauerraum zur Tür schleichen will, wenn der Verteidiger enthüllt, daß in Wahrheit ein anderer das Verbrechen begangen hat, das dem Beklagten zur Last gelegt wird. Während die Staatsanwaltschaft darauf programmiert ist, um jeden Preis zu gewinnen, wird der Verteidiger alles in seinen Möglichkeiten tun, was nicht gerade den Ausschluß aus dem Anwaltsstand oder Arrest provoziert, um einen Freispruch zu erreichen. Was die Geschworenen angeht, wird beinahe jeder, der sich auf diesem Gebiet ein wenig auskennt, im vertraulichen Gespräch die Ansicht vertreten, daß die meisten nicht nur regelrecht dumm, sondern nachweislich verrückt seien. Und aus diesem Grund sind Geschworene so unberechenbar.

Am Montag, dem 15. November 1982, wurde die Verhandlung gegen Gerald Armond Gallego in Martinez eröffnet, wobei der äußerst zuversichtliche Angeklagte als sein eigener Anwalt auftrat. Ein Stab juristischer Berater und Privatermittler – alle zu seiner Unterstützung vom Gericht angestellt – war in seinem Namen ermächtigt, Zeugen vorzuladen. Er hatte sich einen Schnurrbart wie Tom Selleck wachsen lassen und trug einen dunklen Nadelstreifenanzug mit einem rosafarbenen Hemd und einer roten Krawatte. Seinen Pflichtverteidiger, dem es gelungen war, den Prozeß zwei Jahre lang hinauszuzögern, hatte Gerald gefeuert. Ein anderer war als Berater ernannt worden, aber Gerald verweigerte ihm die Erlaubnis, am selben Tisch zu sitzen, und behauptete, er brauche keinen Babysitter. Von allen Polizeiprotokollen hatte Gerald Kopien, Zugang zu sämtlichen Beweismitteln gegen ihn und sogar eine Kopie der Aussage, die Charlene im Zeugenstand machen würde. Er musterte das Gericht, und nach ein paar Sekunden eröffnete er die Sitzung mit der Aussage, daß er die Absicht habe, vierzig Zeugen aufzurufen. Dann beantragte er gleich als erstes die Niederschlagung des Verfahrens mit der Begründung, daß ihm das Recht auf einen baldigen Prozeß verweigert worden sei. Das Ersuchen wurde abgelehnt.

Die Auswahl der Geschworenen dauerte über einen Monat. Einmal hatte Gerald die Jury mit zehn Frauen besetzt, getreu seiner Theorie, daß keine echte Frau ihn schuldig sprechen würde. Schließlich überredeten ihn seine Berater klugerweise, sich mit sieben Frauen und fünf Männern zufriedenzugeben.

Alle Beteiligte konnten beobachten, daß Gerald die Rolle des Anwalts hervorragend stand. Für einen Laien war er gar nicht schlecht. Er kannte die Etikette im Gerichtssaal und war durchaus vertraut mit der korrekten Anrede des Vorsitzenden, der Geschworenen und des Staatsanwalts. Jeden Morgen wurde er aus dem Gefängnis, das einen Block entfernt lag, in Handschellen und Fußfesseln zum Gericht eskortiert. Sein Mittagessen nahm er allein in einer Zelle ein, machte sich Notizen und rauchte Kette. Aber im Gegensatz zu üblichen Angeklagten, die sich nicht von ihrem Platz rühren können, durfte er in der Rolle als sein eigener Verteidiger nach Lust und Laune frei im ganzen Gerichtssaal umherwandern – sehr zum Schrecken von Charlenes Anwalt, der aber nichts dagegen unternehmen konnte.

Die Staatsanwaltschaft rief etwa dreißig Zeugen auf, um Gerald die Morde an Miller und Sowers nachzuweisen. Gerald wurde beim Kreuzverhör gut mit ihnen fertig und war nach Aussage von Beobachtern kaum schlechter als die meisten erfahrenen Anwälte.

Eine dieser Zeugen war Mercedes Williams, die erst nach Strafandrohung erschien. Sie schwor tränenreich, daß Gerald ihr bei einem Besuch im Gefängnis gesagt habe, er wolle seine Verteidigung auf verminderte Zurechnungsfähigkeit aufbauen und wahrheitswidrig behaupten, er und Miller hätten wegen eines Drogengeschäfts eine Auseinandersetzung gehabt, die sich zu einem Kampf zugespitzt habe, bei dem er Miller in Notwehr tötete. Während einer ihrer Besuche habe Gerald gesagt: »Also, Mom, mit einem Urteil auf 15 Jahre wegen verminderter Zurechnungsfähigkeit wäre ich sofort einverstanden.« Mrs. Williams behauptete außerdem, daß sie das FBI freiwillig über die Anrufe ihrer Tochter wegen der Geldüberweisungen informiert habe. Nachdem sie ihre

Aussage beendet hatte, biß sich Gerald auf die Lippen, senkte den Blick und sagte: »Richter, ich habe keine Fragen an diese Zeugin.«

Schließlich wurde Charlene in den Gerichtssaal geführt. Sie war ordentlich frisiert, hatte leichtes Make-up aufgelegt und trug diesmal keine Teenagerkluft, sondern eine langärmelige Bluse im viktorianischen Stil mit einem langen, beigen Rock. Gerald gestattete seinem Rechtsbeistand, mit ihr ein Kreuzverhör anzustellen, in der Hoffnung, sie aus dem Gleichgewicht zu bringen, weil sie vermutlich erwartete, daß er sie selbst attackieren würde.

»... können Sie mir sagen, ob Sie irgend etwas taten, um zu verhindern, daß einer dieser Menschen ermordet worden ist?« fragte der Anwalt.

»Ich saß einfach nur da wie eine hilflose Närrin«, antwortete Charlene unter Tränen. Sie weinte fast während der ganzen Zeit im Zeugenstand. »Ich habe nichts, gar nichts getan.«

»Und Sie finden nicht, daß Sie ebenfalls ein ganz kleines bißchen für diese Taten verantwortlich sind?«

»Doch, das bin ich. Ich hätte eine Waffe nehmen und ihn erschießen sollen, das weiß ich heute.«

»Dann sagen Sie mir doch ...«

»Na gut! Meine Pflicht als Ehefrau war, ihm zu gehorchen in guten und in schlechten Zeiten, bis der Tod uns scheidet. Ich hatte kein Recht, ihn von diesen Dingen abzuhalten oder wegzulaufen. Gerald hat viele verschiedene Seiten. Mein Leben mit ihm war eine Mischung aus Liebe, Angst und Freude. Ich wünschte, ich wäre tot. Das einzig Gute, was mir geblieben ist, ist mein Sohn Gerald Junior.«

»Sie sagen, er habe Ihnen befohlen, diese Mädchen anzulocken ... welche Art von Mädchen wollte er?«

»Sie mußten sehr jung sein, sehr hübsch.«

»Und Sie haben sie ihm verschafft?«

»Ja, das tat ich.«

»Unter welchem Vorwand?«

»Ich erzählte etwas über eine Party oder bot ihnen Drogen an oder beides, glaube ich.«

»Warum haben Sie die Mädchen angelockt?«

»Damit er sich seine sexuellen Phantasien erfüllen konnte.«

»Sie hatten keine solchen Phantasien?«

»Nein.«

»Nun gut. Wie ging es dann weiter?«

»Ich brachte sie zum Bus, wo Gerald eine Waffe zog und sagte, sie seien gekidnappt.«

»In all den Fällen, um die es hier geht, verlief es stets nach dem gleichen Muster?«

»Ja.«

»Erzählen Sie uns das etwas genauer.«

»Wir fuhren in der Gegend herum und hielten nach Mädchen Ausschau – nach solchen, die ihm als Sexualpartner gefielen. Wenn wir welche sahen, lockte ich sie zum Bus.«

»Anschließend haben Sie Ihrem Ehemann, dem Mann, den Sie immer noch lieben, geholfen, sie sexuell zu mißbrauchen und später zu töten, ist das richtig?«

»Ja.«

»Aber haben Sie nicht vorhin hier im Gerichtssaal gesagt, daß Sie an den sexuellen Mißhandlungen und der tatsächlichen Ausführung der Morde nicht aktiv beteiligt waren?«

»Das ist wahr.«

»Aha, dann sollen wir, dieses Gericht und die Geschworenen, also annehmen, daß Sie Ihr Leben und Ihre Freiheit riskiert haben und alles, was für eine junge Frau kostbar ist, nur um Ihrem Ehemann zu helfen, *seine* sexuellen Phantasien zu befriedigen?«

»Ja.«

»Und Sie selbst hatten gar nichts davon, außer *ihn* glücklich zu machen?«

»Nein.«

»Gut, kommen wir für einen Moment zu der Bardame. Sie sagten, Sie haben sie nicht nach draußen gelockt und auch nichts getan, um sie in Sicherheit zu wiegen, als sie hinaus auf den Parkplatz kam?«

»Das habe ich nicht.«

»Wissen Sie, warum sie nicht davongelaufen ist oder geschrien hat?«

»Nein.«

»Haben Sie Geralds Fingerabdrücke vom Wagen des Opfers abgewischt, nachdem er sie in Ihren Bus geschafft hatte?«

»Ja.«

»Warum?«

»Ich wollte nicht, daß man uns erwischt.«

»Dann haben *Sie* den Bus nach Hause gefahren, wo Sie es sich in einem Schaukelstuhl bequem machten, während er draußen im Fahrzeug das Opfer vergewaltigte und ermordete?«

»Ja.«

»Nachdem Ihr Ehemann das Opfer mißbraucht und getötet hatte, haben Sie ihm geholfen, die Leiche wegzuschaffen?«

»Ja.«

»In sämtlichen zehn Fällen, um die es sich in dieser Vorverhandlung dreht, gestehen Sie, daß Sie Ihrem Ehemann geholfen haben, die Opfer in Ihre Gewalt zu bringen und später die Leichen zu beseitigen. Nun aber sagen Sie, daß Sie weder an irgendwelchen sexuellen Mißhandlungen noch an den Morden beteiligt waren?«

»Ja.«

»Ich habe vorläufig keine Fragen mehr.«

Jetzt hatte Gerald endlich seit fast zwei Jahren die Gelegenheit, von Angesicht zu Angesicht mit Charlene zu reden. Wahrscheinlich glaubte er immer noch, er könne sie beeinflussen oder genügend einschüchtern, um sie zur Änderung ihrer Aussage gegen ihn zu bringen. Nach Auffassung vieler Beobachter war das der eigentliche Grund, weshalb er darauf bestand, sich selbst zu verteidigen.

Gerald begann gleich mit einem Punkt, der seiner Ansicht nach all ihre bisherigen und die noch folgenden Aussagen in Mißkredit bringen würde. »Ist es nicht eine Tatsache, Mrs. Gallego, daß Sie eine Lesbierin sind und eine lesbische Beziehung gehabt haben, während Sie im Gefängnis waren?«

»Nun, ich habe vielleicht eine homosexuelle Beziehung,

wie manche es beschreiben würden, im Gefängnis gehabt, aber ich würde mich nicht als lesbisch bezeichnen«, antwortete Charlene und schaute ihm direkt in die Augen.

»Tatsächlich nicht?«

»Nein.«

Der ganze Gerichtssaal wartete gespannt und hoffte, Geralds nächste Frage würde lauten, wie sie sich denn sonst bezeichne. Aber er hakte nicht weiter nach.

»Nun, Mrs. Gallego«, fuhr er fort und erwiderte ihren Blick mit seinen Rasputinaugen. »Sie haben mich, Ihren Ehemann, vor diesem Gericht aller möglichen Verbrechen bezichtigt. Sie haben gelogen, nicht wahr?«

»Nein«, antwortete Charlene ungerührt.

Gerald schlug einen anderen Weg ein. »Mrs. Gallego, ich möchte, daß Sie mir helfen, diesen Geschworenen verständlich zu machen, warum Sie jetzt behaupten, daß ich Craig Miller erschossen habe.«

Charlene begann wieder zu weinen und stieß schluchzend hervor: »Ich hörte Schüsse und sah einige Lichtblitze, und dann sank Miller vor dem Wagen zu Boden.«

»Er fiel hin, als Sie die Blitze sahen?«

»O Gerald, um Himmels willen!« rief Charlene und rang nach Atem.

»Mrs. Gallego, wenn Sie glauben, ich würde nicht um mein Leben kämpfen, nur weil Sie zu weinen anfangen...«

»Einen Moment, Mr. Gallego!« mahnte der Richter. »Sie stellen lediglich Fragen, und ich sorge für Ordnung im Gerichtssaal! Antworten Sie, Mrs. Gallego.«

»Es passierte alles gleichzeitig – die Schüsse, die Lichter und sein Sturz.«

»Gut, Mrs. Gallego. Wurden alle Schüsse abgefeuert, ehe er zu Boden fiel?«

»Ich weiß nicht! Ich... ich schätze, es geschah gleichzeitig.«

»Aber Sie sahen, daß ich Craig Miller erschoß, richtig?«

»Ja.«

»Welche Gefühle hatten sie? Angst?«

»Ich glaube, eher einen Schock.«

»Einen Schock? Aber hatten Sie Angst? Was haben Sie damals empfunden? Sie hatten gerade gesehen, wie ich einen Menschen tötete.«

»Ich hatte noch nie einen Mord erlebt. Wie sollte ich da etwas fühlen?«

»Genau das frage ich *Sie*. Was haben Sie empfunden?«

»Mir war schlecht.«

Und so ging es sechs Tage lang weiter – ein wütendes Ehepaar, das sich im Gerichtssaal stritt. Er stellte Fragen, und sie versuchte ihn zu überlisten, indem sie mit einer anderen Frage antwortete.

Am sechsten und letzten Tag gab Gerald seinen besten Schuß ab.

»Was haben Sie gedacht oder empfunden, als ich zu Mary Beth Sowers auf den Rücksitz stieg und anfing, sie zu befummeln, nachdem ich Craig Miller getötet hatte?«

»Die ganze Sache war widerlich. Ich war einfach krank vor Angst und Abscheu. Eben erst hatte ich miterlebt, wie ein Mensch getötet wurde! Das war das einzige, was mich in diesem Moment beschäftigte.«

»Sicher. Was passierte dann?«

»Ich fuhr nach Hause, und Sie brachten Mary Beth Sowers in unser Schlafzimmer.«

»Wo waren Sie?«

»Ich wartete im Wohnzimmer.« Mit einem schwachen Lächeln auf den Lippen schaute Charlene ihm ohne einen Wimpernschlag in die Augen.

»Wie lange haben Sie gewartet?«

»Ich weiß nicht genau, aber ich habe schließlich gesagt, daß es fast Morgen sei und wir einen geeigneten Ort suchen müßten, um sie zu töten.«

»Also war Mary noch am Leben?«

»Ja. Sie setzten sich mit ihr auf den Rücksitz, und ich fuhr nach Ihren Anweisungen hinaus ins Placer County. Dort haben Sie mich gefragt, ob ich sie töten wolle.«

»Was haben Sie geantwortet?«

»Ich sagte natürlich nein und daß Sie mir versprochen hätten, ich bräuchte nie eines der Opfer umzubringen. Dann haben Sie sie aus dem Auto gezerrt und sind mit ihr irgendwo hingegangen. Kurz darauf hörte ich einige Schüsse.«

»Wie viele?«

»Drei.«

»Wie klangen diese Schüsse?«

»Wie aus einer kleinkalibrigen Handfeuerwaffe.«

Gerald änderte erneut die Richtung und fragte: »In welcher Verfassung befand ich mich, als Miller erschossen wurde?«

»Meiner Ansicht nach? Sie schienen zu wissen, was Sie taten.«

»Warum haben Sie die Polizei angelogen, als sie bei Ihren Eltern erschien, um mit Ihnen über Miller und Sowers zu reden?« fragte Gerald und wechselte wiederum die Richtung.

»Um *Sie* zu beschützen – oder vielmehr uns. Ich hatte Angst und wollte nicht, daß man uns erwischt.«

»Waren Sie erleichtert über das Erscheinen der Polizei?«

»Nein, nicht wirklich.«

»Mrs. Gallego, warum haben Sie bei all dem mitgemacht, den Bus und das Auto gefahren und mir geholfen, diese ganzen Entführungen und Morde zu begehen, die ich Ihrer Darlegung nach begangen habe?«

»Ich hatte Angst um mein Leben – und um das unseres ungeborenen Kindes...« Charlene senkte den Kopf und schluchzte.

»Aha. Warum haben Sie nicht wenigstens eine der zahllosen Gelegenheiten, die Sie hatten, genutzt, um wegzulaufen oder die Polizei zu rufen?«

»Das hätte ich tun sollen...«

»Aber Sie haben nichts unternommen, oder?«

»Nein.«

»Haben Sie, Mrs. Gallego, mir gezeigt, wo *Sie* Mary Beth Sowers erschossen haben?« rief Gallego plötzlich.

»Ich habe Mary Beth Sowers nicht erschossen!« fuhr Charlene auf. »*Sie* wissen das!«

»Warum haben Sie der Polizei so viele Lügen bei unserer Verhaftung erzählt?«

»Ich log, um Sie zu schützen! Und das wissen Sie, Gerald Gallego!«

»Mrs. Gallego, die einzige, die Sie heute offenbar mit Ihren Lügen schützen wollen, sind Sie selbst.«

»Das ist nicht wahr!«

Gerald wirbelte plötzlich herum und schaute Charlene mit funkelnden Augen an. »Mrs. Gallego, ist es nicht vielmehr so, daß Sie sich so bereitwillig als Zeugin zur Verfügung stellen, WEIL SIE IN WIRKLICHKEIT EINE MÖRDERIN SIND?«

»NEIN!«

»DOCH, DAS SIND SIE!«

»DAS BIN ICH NICHT! SIE LÜGNER!«

»Mr. Gallego! Mr. Gallego!« Der Richter beugte sich vor und schrie ebenfalls. »Bitte, Mr. Gallego! Unterlassen Sie sofort diese unzulässigen Deutungen der Antworten der Zeugin!«

Während der Unterbrechung tauschten die Zuschauer witzige Kommentare über das interessante Kreuzverhör aus. Es war so spannend, als sei man im Schlafzimmer eines streitenden Ehepaars zu Gast.

Gerald nahm eine Akte in die Hand. »Mrs. Gallego, ich werde einige Aussagen verlesen, die Sie der Staatsanwaltschaft gegenüber gemacht haben, und Sie um Ihren Kommentar dazu bitten. Man hat Sie gefragt, warum Sie freiwillig ausgesagt haben, und Sie erwiderten: ›Es gab zahlreiche Gründe. Zunächst wollte ich ihm nicht schaden. Er ist mein Ehemann, und ich liebe ihn sehr.‹ Haben Sie das gesagt?«

»Ja.«

»Auf die Frage, ob Sie ihn immer noch lieben, antworteten Sie: ›Ich liebe ihn, aber ich habe jetzt einen Sohn, an den ich denken muß, und ich kann nicht einsehen, warum ich nach all dieser Zeit noch immer unschuldig im Gefängnis bin und meinem Sohn die Mutter entziehe.‹ Haben Sie das gesagt?«

»Ja.«

»Und haben Sie ferner gesagt: ›Falls Gerald das getan hat, will ich ihn nie wiedersehen. Ich habe richtig Angst vor ihm, aber ich liebe ihn auch.‹ Sind das Ihre Worte?«

»Ja, diese Aussage habe ich gemacht.«

»Mrs. Gallego, können Sie sich denken, wie maßlos wütend ich war, daß Sie unseren Sohn in Ihre Lügen hineinzogen, um mit diesem rührseligen Beigeschmack Ihre Geschichte besser an den Mann zu bringen?«

Charlene kicherte und hielt sich die Hand vor den Mund, antwortete aber nicht.

»Mrs. Gallego, ich habe hier ein paar Briefe, die Sie mir im Gefängnis schrieben. Ich möchte, daß Sie sie den Geschworenen vorlesen.«

»Warum?«

»Weil sie beweisen, daß Sie zu keiner Zeit vor mir Angst gehabt haben können. Lesen Sie!« befahl er und drückte ihr die Blätter in die Hand.

»Dieser ist datiert vom 17. Januar 1982«, begann Charlene. »›Heute ist der erste Geburtstag unseres Sohnes. Weißt du, wir sind wirklich glücklich, solch einen schönen und gesunden Sohn zu haben. Ich brauche ihn nur anzuschauen und kann dich sehen. Ich liebe unseren Sohn ganz wahnsinnig, und ich liebe dich. Egal, was die Leute sagen oder was man uns antut, die Tatsache bleibt trotzdem, daß unsere Liebe wundervoll war und es immer sein wird. Du bist der einzige Mann, den ich je geliebt habe, und der einzige, den ich je lieben werde. Schatz, ich vermisse dich, und ich brauche dich. Ich wünschte, wir könnten zusammen sein.‹«

Charlene reichte den Brief Gerald und nahm den zweiten. »Dieser ist datiert vom 5. Februar 1981 ... ›Was für eine Überraschung, heute morgen von dir zu hören. Danke für das wunderschöne Kätzchen und die Rosen. Du wußtest schon immer, was ich gern mag.‹« (Sie lächelte.)

»Das war auf den Brief gemalt«, erklärte Charlene, schaute mit kalten Augen zu Gerald auf und las weiter: »›Ich denke immer an unsere Campingausflüge, bei denen du für mich Gitarre gespielt hast, und daran, wie sehr du mich liebst. Bitte, verlaß mich niemals. In meinen Träumen bin ich bei dir. Gute Nacht. In Liebe, deine Ehefrau Charlene.‹«

»Haben Sie diese Briefe geschrieben?«

»Ja.«

»Und Sie erwarten vom Richter und diesen Geschworenen, daß sie glauben, eine Frau, die ihrem Ehemann solche Briefe schreibt, habe *Angst* vor ihm gehabt? Oder daß sie ihm aus lauter Angst geholfen habe, Menschen zu kidnappen und zu töten?«

»Ja.«

Gerald schaute sie mit beinahe ungläubigem Schreck an und versuchte offensichtlich zu begreifen, daß er nicht mehr länger ihr süßer Daddy war, sondern daß sie sich endgültig und unwiderruflich von ihm abgewandt hatte und ihn tatsächlich mit allen Kräften in die Gaskammer bringen wollte.

»Mrs. Gallego«, sagte er langsam und schien Mühe zu haben, seine Gedanken zu sammeln. »Erlauben Sie mir noch eine Frage... warum... warum haben Sie den Wagen gesäubert und die Wände abgewaschen am Morgen, nachdem Miller und Sowers...«

»Weil Sie es mir *befohlen* hatten«, antwortete Charlene rasch.

»Ja... das tat ich...«, murmelte Gerald.

Der Richter zuckte zusammen, der Staatsanwalt strahlte, und der juristische Berater preßte seine Hände so fest zusammen, daß die Knöchel knackten. Gerald hatte gerade gestanden, daß er Charlene befohlen hatte, belastende Spuren zu vernichten. Dadurch mußten bei den Geschworenen unwillkürlich der Eindruck entstehen, daß er die Verbrechen begangen hatte, die man ihm zur Last legte, und jede Glaubwürdigkeit, die er möglicherweise während des Kreuzverhörs von Charlene bei ihnen aufgebaut hatte, war zunichte gemacht.

Nun wurde Gerald vereidigt und betrat selbst den Zeugenstand. Sein Gesicht war von einem dunklen Rot überzogen, als sei sein Blutdruck plötzlich gewaltig in die Höhe geschnellt.

»Das Problem ist, daß ich an diesem Abend alles mögliche an Drogen und Alkohol intus hatte, und was ich Ihnen erzählen kann, ist das, was Charlene Gallego mir am nächsten Morgen berichtet hat.

Einiges davon wird Ihnen nicht gefallen... mir selbst auch

nicht, aber ich habe mich entschlossen, daß es gesagt werden muß, damit Sie, die Geschworenen, verstehen, was wirklich passiert ist. Ich muß es Ihnen erzählen, weil es niemand sonst tun wird, schon gar nicht Charlene Gallego.

Also, ich glaube, ich habe Craig Miller wirklich erschossen. Aber ich bezweifle meine Schuldfähigkeit, denn es war Notwehr. Und was Mary Beth Sowers angeht, so werde ich Ihnen zweifelsfrei beweisen, daß *ich* sie nicht erschossen habe, sondern Charlene Gallego.

Ich will versuchen, nichts auszulassen, so wie Charlene es getan hat, als sie auf diesem Stuhl saß. Ich bin ehrlich gewesen, und das will ich auch weiterhin sein.

Nachdem wir in Omaha verhaftet worden waren, begannen Charlene, meine Schwiegermutter Mrs. Williams und ich uns allerlei Geschichten auszutüfteln, die wir als Alibis verwenden könnten. Und dabei fiel uns eine ganze Menge ein.

Ursprünglich hatte ich Charlene in Omaha gesagt, wenn wir verhaftet würden, solle sie mir die ganze Schuld zuschieben und behaupten, sie sei gar nicht dabei gewesen. Ich wollte sie um jeden Preis schützen. Das habe ich ihr versprochen. Und da ich inzwischen weiß, daß ich Craig Miller tatsächlich erschossen habe, spielt es für mich keine Rolle mehr, ob es nun ein Mord oder zwei waren. Warum soll ich nicht auch noch die Schuld für den Tod von Mary Beth Sowers auf mich nehmen? Weil ich sie nicht getötet habe, deshalb!

Aber als Charlene hier derartige Lügengeschichten verbreitete, hatte ich das Gefühl, daß ich ihr dieses Versprechen nicht mehr schulde, und jetzt werde ich die *wahre* Geschichte erzählen...

Charlene und ich gingen an diesem Abend aus. Wir trugen beide Waffen. Sie hatte eine Pistole, Kaliber 25, die sie 1977 gekauft hatte, und ich eine Magnum 357. Wir besuchten eine Bar, ich begann zu trinken und mit einem Kerl, den ich unter dem Namen Ernie kannte, Drogen zu nehmen. Ich war schließlich soweit, daß ich nicht mehr genau wußte, wo ich war oder in wessen Gesellschaft. Ich erinnere mich nicht mal daran, dort weggegangen zu sein. Einiges ist mir allerdings im Gedächtnis geblieben, aber ich weiß nicht, ob es Tatsachen sind oder das, was Charlene mir erzählt hat, oder was ich in den Zeitungen gelesen habe.

Deutlich erinnere ich mich erst wieder an zu Hause und daß es Tag ist. Charlene wäscht mit mit einem nassen Handtuch ab, weil mein Gesicht blutig ist. Ich habe aufgeplatzte Lippen und einige Beulen am Kopf.

Ich fragte, was passiert sei, und sie erzählte mir, daß wir irgendwo Craig Miller getroffen und beschlossen hätten, ihn auszurauben. Er habe dieses Mädchen bei sich gehabt, deshalb hätten wir sie, nachdem wir sie ausgeraubt hatten, gekidnappt und dann irgendwo abgesetzt, um Zeit zur Flucht zu gewinnen.

Charlene sagte, daß Miller mich dabei angegriffen und versucht habe, mich zu entwaffnen, und daß er mich niederschlug und wie verrückt verprügelte. Dann sei er auf sie losgegangen. Er habe sie töten wollen. Da sei ich aufgesprungen, habe ihn von hinten erschossen und sei dann wieder in Ohnmacht gefallen. Charlene sagte, daß sie vergeblich versucht habe, mich aufzuwecken, und in ihrer Angst habe sie schließlich Mary Beth Sowers erschossen, um das ganze Verbrechen zu vertuschen und mich – oder vielmehr *uns* – und unsere gemeinsame Zukunft zu schützen. Es war alles ein schrecklicher Alptraum für mich, wissen Sie, ich konnte es kaum glauben. Ich zittere heute noch, wenn ich daran denke.

Als ich mich ein bißchen besser fühlte, ließ ich mich von Charlene zur angeblichen Leiche des Mädchens fahren, um mich selbst zu überzeugen. Ich mußte es einfach mit eigenen Augen sehen. Es ist nicht so, daß ich ihr nicht glaubte, weil ich damals genau wußte, daß Charlene mich nicht anlügen würde, aber ich mußte es selbst sehen. Sie brachte mich also zu dieser Stelle, aber ich konnte nichts finden. Da zeigte sie mir Mary Beth Sowers. Ich schaute auf die Leiche und rannte weinend zum Auto zurück.

Ich war außer mir vor Wut. Ich glaube, ich habe Charlene sogar geschlagen. Es war schon schlimm genug, daß einer von uns ein Mörder war, aber jetzt waren wir beide Mörder! Wir haben sofort die Waffen weggeworfen, alle anderen Spuren beseitigt und sind nach Omaha aufgebrochen. Wir wollten dort unter anderen Namen ein neues Leben beginnen, mit unserem Kind, das jeden Tag geboren werden sollte...

Ich habe die Absicht, auf verminderte Zurechnungsfähigkeit zu plädieren wegen Drogen- und Alkoholeinfluß, weil es tatsächlich die Wahrheit ist. Ich erinnere mich nicht, *irgend jemanden* vorsätzlich getötet zu haben, und schon gar nicht Mary Beth Sowers, wie ich wohl glaubhaft belegt habe.«

Das Gericht zog sich zu einer zweistündigen Mittagspause zurück. Danach nahm Gerald wieder den Zeugenstand ein.

»Der Bezirksstaatsanwalt fragte mich, ob Charlene mich sexuell befriedigt habe«, sagte er, »und Sie hörten meine Antwort: in keiner Weise. Ich möchte das gern den Geschworenen erklären. Charlene Gallego ist eine *Lesbierin*!

Vor einigen Jahren kam ich eines Tages von der Arbeit nach Hause und erwischte sie mit einem anderen Mädchen im Bett. Danach konnte ich kein sexuelles Interesse mehr an ihr aufbringen. Ja, ich wollte sie sogar verlassen, aber ich liebte sie zu sehr. Heute widert es mich an, daran zu denken, aber ich liebte sie, und sie versprach mir, daß sie es nie mehr tun würde. *Aber sie log! Mich, ihren Ehemann, hat sie angelogen!*

Ich werde jetzt eine Zeugin aufrufen, die all das beweisen kann, was ich gesagt habe, und ganz eindeutig bekräftigen wird, daß ich mit Fug und Recht Charlene Gallegos bisherige Aussage und alles, was sie möglicherweise noch sagen wird, in Zweifel ziehe.«

Seine Zeugin war Nancy Romero, eine ehemalige Strafgefangene, die mit Charlene in Rio Cosumnes gesessen hatte.

»Hat Charlene Gallego Ihnen gegenüber irgendwelche sexuelle Annäherungsversuche gemacht, während Sie mit ihr im Gefängnis waren?« fragte Gerald.

»Ja. Sie hat bei mehreren Gelegenheiten versucht, mich zu verführen. Einmal wollte sie meine Hand halten, und ich habe sie heftig zurückgestoßen. Sie wurde sehr wütend.«

»Was hat sie gesagt?«

»Daß sie es mir heimzahlen würde, sie habe da so ihre Methoden.«

»Welche Methoden?«

»Nun, sie hatte diese schwarze Geliebte, die bösartig und gemein war, und ich wurde von anderen Insassen gewarnt, daß die mir in der Dusche auflauern würde.«

»Welchen Ruf hatte Charlene Gallego dort im Gefängnis?«

»Sie war eine Unruhestifterin, bekannt für ihre wirklich schmutzigen Redensarten, tyrannisch und eine sehr aggressive Lesbierin.«

»Was haben Sie getan, nachdem Sie von ihr bedroht wurden?«

»Ich bat darum, in Schutzhaft genommen zu werden.«

»Wurde Ihnen das bewilligt?«

»Ja.«

Geralds Tochter Mary Ellen Gallego wurde den Geschworenen als Zeugin in absentia präsentiert. Ihre Aussage wurde während einer stundenlangen Privatsitzung im Richterzimmer in Anwesenheit des Verteidigers und des Staatsanwalts abgegeben und später vom Richter für die Aufnahme in die Akten beim Prozeß verlesen. Gerald verlangte nachdrücklich, daß seine Tochter nicht vor Gericht erscheine, und gab dadurch zu, daß ihre Anschuldigungen der Wahrheit entsprachen. (Andernfalls hätte er sie als Zeugin aufrufen lassen und ins Kreuzverhör genommen. Aber er vermutete, daß ihm ihre Aussage mehr schaden würde, wenn sie von ihr persönlich kam, als wenn sie vom Richter verlesen wurde, und daß selbst ein Kreuzverhör mit allen Tricks oder ein Leugnen seinerseits diesen Eindruck nicht verwischen konnte.) Aber auch Mary Ellen bat, nicht gegen ihren Vater von Angesicht zu Angesicht in einer öffentlichen Verhandlung aussagen zu müssen.

Gerald wurde während dieser Verlesung auf eigenen Wunsch aus dem Saal gebracht. Unterdessen verließ die 19jährige Mary Ellen heimlich das Richterzimmer, das Gesicht hinter der Jacke eines Polizisten versteckt, so daß sie der hechelnden Reportermeute entkommen konnte. Immerhin war sie die Zeugin, auf deren Auftritt alle gelauert hatten.

»Die Zeugin wurde von der Staatsanwaltschaft unter Strafandrohung vorgeladen«, verlas der Richter. »Wenn es nach ihrem Wunsch gegangen wäre, hätte sie nicht gegen ihren Vater ausgesagt. Sie weiß, daß ihre Äußerungen ihn möglicherweise schwer belasten und die Staatsanwaltschaft in ihrem Bestreben unterstützen, die Todesstrafe gegen ihn zu beantragen.

Die sexuellen Mißhandlungen ihres Vaters haben zwiespältige Gefühle bei ihr hinterlassen. Manchmal haßt sie ihn, manchmal liebt sie ihn, und manchmal weiß sie nicht, welche Gefühle sie für ihn empfindet.«

Ein staatlicher Ermittler beugte sich zu einem Kollegen und bemerkte, daß ihr Wert als Zeugin des Staatsanwalts gegen Gallego gerade flötengegangen sei, und wenn sie ihn nicht hasse, wozu dann überhaupt diese Aussage?

»Er versicherte ihr«, las der Richter weiter, »daß es ganz natürlich sei, wenn sie ihm solche sexuellen Handlungen erlaube. Manchmal protestierte sie dagegen, gab aber im allgemeinen nach. Seit dem Alter von 6 Jahren kam es regelmäßig zu solchen, oft gewaltsam erzwungenen Übergriffen, die bis zu ihrem 14. Lebensjahr fortgesetzt worden sind. Sie bestanden aus Beischlaf, Oral- und Analverkehr. Seinen 33. Geburtstag feierte ihr Vater, indem er sie und eine minderjährige Freundin mißbrauchte. Gelegentlich war Charlene Gallego während dieser Vergehen anwesend. Der sexuelle Mißbrauch hörte erst auf, als die Zeugin es den Behörden von Butte County meldete und am 25. September 1978 offiziell Anklage gegen Gerald Gallego erhoben wurde.«

Die Staatsanwaltschaft hatte wahrscheinlich auf einen persönlichen und dramatischeren Auftritt der Zeugin gehofft, der weit wirksamer gewesen wäre. Sie mußte sich aber mit einem Eintrag in die Akten zufriedengeben, daß Gerald Gallego neben allem anderen ein Vater war, der Inzest begangen und Kinder mißbraucht hatte.

Es kam die Zeit für das obligatorische psychiatrische Gutachten auf Antrag der Verteidigung. Ein klinischer Psychologe von einem Provinz-College betrat den Zeugenstand, um den

Geschworenen die Motivationen des Angeklagten darzulegen. Er gab an, daß sein Honorar für vier Tage Arbeit plus Auslagen 5800 Dollar betrage.

»... Gerald hat einen Hirnschaden und wird für den Rest seines Lebens eine Gefahr für die Gesellschaft sein«, berichtete er. »Das steht außer Frage. Den Grund dafür kann ich nicht genau sagen, aber diese Gegebenheit könnte verantwortlich sein für sein offensichtlich abnormales sexuelles Verhalten. Sein Gehirn ist auf die Größe geschrumpft, die für einen 75jährigen alten Mann normal ist. Er sieht ganz einfach die Welt anders als wir.«

Wie er nun eigentlich Geralds Gehirn gemessen hatte und was denn der Unterschied war zwischen der Größe eines 35jährigen und eines 75jährigen Gehirns wurde nie geklärt, und keiner machte sich die Mühe, nachzufragen. Aber vermutlich sank der Verteidigung vor Schreck das Herz in die Hose, als er bemerkte: »Dieser Mann ist kein guter Mensch. Er hat bizarre Verbrechen begangen. Kriminelles Verhalten ist nicht die zwangsläufige Form eines Gehirnschadens, und erst recht ist ein solches Leiden keine Entschuldigung. Es hat nichts mit dem zu tun, was dieser Mann verbrochen hat. Meiner Einschätzung nach hat er kaltblütig gemordet!«

Warum die Verteidigung einen Psychologen aufgerufen hatte, der anscheinend sein möglichstes tun wollte, um den Beklagten für schuldig zu erklären, ist wahrhaftig ein Rätsel. Einer war offenbar verrückt – entweder dieser und die folgenden Psychoklempner mit ihren bizarren Aussagen oder Geralds juristische Berater, die ihn überredet hatten, solche Zeugen zu benennen, oder das Gesetz, das derartige Gutachter zuläßt. Gerald Armond Gallego war es jedenfalls ganz sicher nicht.

Ein zweiter Psychologe wurde auf Antrag der Verteidigung vereidigt, und nachdem er verkündet hatte, daß sein Honorar 10000 Dollar betrage, blickte er an die Decke und meinte: »Gerald sieht aus wie ein Erwachsener und spricht wie ein Erwachsener, aber er hat den Verstand eines kleinen Jungen. Und dieser kleine Junge hat derart widersprüchliche Gefühle von Liebe und Haß für seine Mutter, daß er während dieser realen Gewalttaten gegenüber anderen Frauen symbolisch mit ihr schlief und sie gleichfalls tötete.«

Zwei der Gerichtsdiener schauten sich an und verdrehten die Augen, um auszudrücken: »O Gott, jetzt geht die altbekannte Scheiße wieder los nach dem Motto: Ich hasse meine Mama!«

»... meine Diagnose«, fuhr der Doktor fort, »lautet auf eine ernsthafte Persönlichkeitsstörung, deren Hauptmerkmal das Fortbestehen von infantilen Charakteristika ins Erwachsenenleben ist. Es ist fast unmöglich, die Gründe für Geralds retardierte emotionale Entwicklung exakt festzustellen. Vermutlich greifen in seinem Fall genetische und organische Faktoren ineinander über, und er konnte seine kaum unterdrückten infantilen Wünsche wie Ängste, Zorn und Haß bis ins Erwachsenenleben beibehalten.

Seine Morde sind das Resultat von verdrängten Haßgefühlen gegen seine Mutter. Die Opfer wurden von ihm als Teile seiner Mutter gesehen, gegen die er jetzt auf eine außergewöhnlich ungehemmte Art und Weise vorgehen konnte.

Stark zu sein ist wichtig für Gerald, weil er große Angst um seine Männlichkeit hat...«

Bei diesen Worten sprang Gerald so heftig auf, daß sein juristischer Berater ihn am Arm packen und mit Gewalt zurückhalten mußte.

»... daraus resultiert sein Verlangen, zu dominieren und andere immer und überall zu beherrschen. Das ist deutlich bei all seinen Taten sichtbar – die Opfer wurden gefesselt, gedemütigt, gequält... was seine Beziehung zu Charlene betrifft, so war sie einerseits ein Mensch, den er dominieren konnte, andererseits ist sie jedoch selbst eine dominierende Persönlichkeit, an die er sich anlehnen konnte. Aufgrund seines Verlangens nach einem Vater erschuf er sich einen in seiner Phantasie. Seine Mutter war sein Vater – er wünschte sich, diese so unendlich wichtige Mutter zu besitzen. Wenn Gerald sexuell mit seiner Tochter verkehrte, behandelte er sie zugleich als seine Ehefrau und als seine Mutter... die Ehefrau seiner Phantasie... Gerald hat das Gefühl, daß sein Vater in ihm selbst ist. Wenn Gerald hingerichtet wird, ist er stark gewesen. Wenn er am Leben bleibt, ist er schwach gewesen. Gerald braucht seinen Vater außerhalb seiner selbst und in sich selbst!«

Die allgemeine Wirkung dieser Zeugenaussage faßte mehr oder weniger ein älterer Herr in der ersten Reihe zusammen, der sich zu seinem Begleiter beugte und in hörbarem Flüsterton fragte: »Wovon redet der Kerl jetzt überhaupt? Hat er gesagt, Gallego wollte es mit seiner Mutter treiben – oder mit seinem Vater?«

Es gibt bei jedem Strafrechtsprozeß eine weitere Prozedur, bekannt als MA – Mütterchens Auftritt –, wobei die Mutter des Angeklagten den Zeugenstand betritt und tränenreich versichert, daß *ihr* Junge die ihm zur Last gelegten Vergehen bestimmt nicht getan habe, weil er immer ein guter Junge gewesen sei, daß er nie viel Geld auf einmal aus ihrer Handtasche gestohlen habe und immer so ein lieber kleiner Bursche war, der keiner Fliege was zuleid tat und erst recht keinem Menschen. Niemand schenkt dem Ganzen allzuviel Beachtung, aber Mama fühlt sich danach besser, der Staatsanwalt wirkt menschlicher, weil er es in die Akten aufnimmt, und der Verteidigung bietet es eine allerletzte Chance, die Stimmung etwas zugunsten des Angeklagten zu beeinflussen. Die Prozedur findet immer statt, und Geralds Prozeß war keine Ausnahme.

Die 56jährige Lorraine Davis behauptete, nach einer Krebsoperation in einem Krankenhaus in Chico auf dem Sterbebett zu liegen, weshalb sie nicht persönlich erscheinen könne. Es wurde ihr gestattet, eine eidesstattliche Aussage auf Tonband zu machen, die für die Geschworenen abgespielt wurde.

»Ich will, daß mein Sohn stirbt. Der Junge, den Sie dort vor sich sehen, ist nicht der, den ich kenne, denn mein Junge konnte nicht mal ein Huhn schlachten.

Er hatte solch ein schreckliches Leben, immer benachteiligt und vernachlässigt, es gab verbotene Liebe und körperliche und seelische Mißhandlungen. Er war ein Muttersöhnchen, weinte, wenn ich zur Arbeit gehen mußte, und wollte die ganze Zeit von mir gehalten werden.«

Lorraine berichtete weiter von ihrer Heirat im Teenageralter mit George Bennet, von der Ehe mit Harold Hunt und dann von Geralds Vater.

»Gerald, das war wirklich ein Schwachkopf. Wenn ihm jemand gesagt hätte, am Ende des Regenbogens liege eine Million Dollar, wäre er glatt nachschauen gegangen. Ich habe Gerald nie erzählt, daß sein Dad ein Mörder war oder wie er starb. Gerald wünschte sich so sehr einen Vater, und ich dachte, ich hätte das Problem gelöst, als ich George Bulgar heiratete.

Er war damals gerade sechs, und George behandelte ihn wie seinen kleinen Jungen, bis Georges eigener Sohn geboren wurde. Danach beachtete er Gerald nicht mehr. Er durfte nicht auf seinen Knien sitzen und ihn nicht umarmen – es war, als existiere er nicht mehr.

George Bulgar war *extrem* eifersüchtig auf meine anderen Kinder und erlaubte ihnen kaum, in meine Nähe zu kommen. Einmal beschuldigte er mich, Sex mit meinen beiden Söhnen zu haben.

George war Alkoholiker und schlug mich und die Kinder ständig. Es klingt jetzt so dumm, aber damals ... na ja, heute wüßte ich, was ich tun würde, aber damals war das anders.«

Lorraine berichtete, sie habe Bulgar vor ungefähr 18 Jahren verlassen und El Davies geheiratet. Bulgar sei inzwischen gestorben, aber sie wisse nicht genau, wann.

»Seit er zehn Jahre alt war, wurde Gerald häufig eingesperrt – einmal wegen sexuellen Vergehens an einem kleinen Mädchen. Ich habe eine Menge Fehler gemacht. Statt zu versuchen, Geralds Liebe zu kaufen, hätte ich ihm beibringen sollen, sie sich zu verdienen. Aber es war eben leichter, ihm ein Fahrrad zu kaufen als ihm Zeit zu schenken.

Das letzte Mal habe ich Gerald an dem Abend gesehen, an dem wir herausfanden, daß er seine Tochter mißbraucht hatte. Wir saßen unter einem Walnußbaum und redeten, ich hielt ihn fest in den Armen und sagte ihm, daß er Hilfe brauche. Er beteuerte weinend, das wisse er jetzt, und er wolle mir erklären, was passiert sei. Er versprach, sich sofort ärztlich behandeln zu lassen, da er eingesehen habe, daß es wirklich unverzeihlich sei, was er getan habe, aber er liebe sie so sehr, daß er einfach vergaß, wie die Liebe zu einer Tochter aussehen sollte. Dann umarmten und küßten wir uns, und er fuhr mit dieser Charlene davon.

Wenn er diese Frau nicht getroffen hätte, wäre das alles nicht passiert. Sie ist und war eine Lügnerin, aber ich dachte, sie liebt ihn, und ich wollte, daß ihn jemand so liebt, wie er es braucht...

Meine Gefühle für Gerald sind sehr gemischt. Ich kann nicht glauben, daß er fähig ist zu den Dingen, die man ihm vorwirft. Ich liebe ihn, und trotzdem verstehe ich ihn nicht, aber ich will nicht, daß er stirbt... Gott erschafft jeden auf dieser Erde aus einem bestimmten Grund, und Er muß auch *irgendeinen* Grund gehabt haben, Gerald zu erschaffen...«

Lorraine erwähnte weder die Tatsache, daß sie und ihre Schwester von ihrem Vater sexuell mißbraucht worden waren, noch daß sie Geralds Tochter aufgezogen hatten. Ob Mary Ellen ihr je von Geralds Übergriffen erzählt hatte, ehe sie es Ed Davies berichtete, sagte sie nicht.

Die Beratung der fünf Männer und sieben Frauen der Jury dauerte 14 Stunden. Am Mittwoch, dem 22. Juni 1983, drei Jahre und sieben Monate nach dem Tod von Craig Miller und Mary Beth Sowers, betraten sie wieder den Gerichtssaal. Geralds Gesicht war bleich, und er preßte die Hände zusammen, als die Schriftführerin Laura Sherwood das Urteil verlas.

»Wir, die Geschworenen, haben laut Paragraph 187 des kalifornischen Strafgesetzbuchs den Angeklagten Gerald Armond Gallego des vorsätzlichen Mordes gemäß der Anklagepunkte drei und vier für schuldig befunden. In Anbetracht der besonderen Umstände sprechen wir uns daher für die Todesstrafe aus...«

Gerald erlaubte einem der Anwälte, die er gefeuert hatte, einen letzten Appell an den Richter, ehe das Urteil verkündet wurde. Der Verteidiger zitierte Clarence Darrows berühmte Worte gegen die Todesstrafe in seinem Schlußplädoyer im Fall Loeb und Leopold von 1927:

»Das Blutvergießen muß hier und jetzt ein Ende finden.

Haß und Grausamkeit sollten nicht die Herzen von Menschen beherrschen. Neben der Gerechtigkeit müssen auch Erbarmen und Liebe ihren Platz haben, und darum bitte ich Sie. Ich wünsche Ihnen, Richter, die Weisheit und den Mut, das Rechte zu tun.«

Der Staatsanwalt stand auf und konterte. »Gallegos Taten sind ungeheuerlich barbarische Verbrechen. Die Staatsanwaltschaft hat *genug* von Gerald Armond Gallego...«

Der Richter gab anschließend die erschwerenden Umstände von Geralds Verbrechen zu bedenken und las aus dem Gutachten der Bewährungshelferin Mary Frey vor:

»Gerald Armond Gallegos abartiges Verhalten ist so tief eingefleischt und besteht seit so langer Zeit, daß es bestenfalls gefährliche Dummheit wäre und vermutlich sogar kriminell, den Vorschlag einzubringen, man möge ihn wieder auf freien Fuß setzen, um zu versuchen, ihn in die Gesellschaft einzugliedern.

Gerald Armond Gallego ist ein wahrhaftes Monster, verschlagen und unaufrichtig, ohne Empfindungen wie Einfühlungsvermögen und Mitleid, und er ist nicht zu einem Leben in einer freien Gesellschaft fähig.

Er hat eine Serie von monströsen Verbrechen begangen. Die Opfer haben ihr Leben verloren, nur weil sie gerade verfügbar waren, als Gerald Armond Gallego den Drang fühlte, seine abnormalen Phantasien auszuleben.«

»Herr Anwalt«, antwortete der Richter auf den Appell des Verteidigers, »zwar ist es wahr, daß Mr. Gallego ein hartes Leben gehabt hat, es ist jedoch ebenso wahr, daß viele Menschen ein Leben haben, das weit schwieriger ist. Dennoch begehen sie nicht solch abscheuliche Verbrechen. Die Geschworenen haben ihn dieser Verbrechen für schuldig befunden und die Todesstrafe empfohlen. Ich habe nicht die Absicht, mich in diese Empfehlung einzumischen und etwa Gnade und Mitleid in Erwägung zu ziehen. Vielmehr versichere ich Ihnen, daß ich durchaus ›den Mut habe, das Rechte zu tun‹, indem ich Mr. Gallego in die Gaskammer schicke. Er ist ein weiteres leuchtendes Beispiel für unser wirkungsloses Justizsystem, das ihm wahrhaftig jede Chance gegeben hat, sich zu bessern, und er hat keine davon wahrgenommen... ich bin nicht der Ansicht, daß er auf Grund seiner Herkunft oder seines Umfelds nicht anders hatte handeln können und zwangsläufig dazu getrieben wurde, Mary Beth Sowers und Craig Miller zu töten...«

Dann befahl der Richter, Gerald an den Sheriff von Contra Costa County zu überstellen, der ihn ins Gefängnis von San Quentin bringen würde, wo die Hinrichtung durch die Verabreichung von tödlichem Gift vollstreckt werden sollte. Bei Einbruch der Nacht war Gerald auf dem Weg nach San Quentin zu den 134 anderen Insassen im Todestrakt. Sein Aufenthalt dort würde nur kurz sein.

Ungefähr zur selben Zeit richtete Geralds liebste Fernsehreporterin wieder ihre stahlblauen Augen in die Kamera und verkündete ihrem Publikum voller Genugtuung, daß das Monster sterben würde.

Die Verhandlung hatte sechs Monate und zehn Tage gedauert und die Steuerzahler ungefähr 2 Millionen Dollar gekostet. Die kalifornische Justiz ist, wenn schon sonst nichts, zumindest teuer. Der Prozeß gegen die Nazi-Kriegsverbrecher in Nürnberg hatte acht Monate gedauert, aber er endete damit, daß eine ganze Reihe von Massenmördern am Strang baumelte. Im Fall von Gerald Armond Gallego gab es keinen einzigen im Gerichtssaal in Martinez, der daran glaubte, daß er tatsächlich in der Gaskammer sterben würde.

Ein Polizist, der aus Oregon gekommen war, um den Prozeß zu beobachten, stand im Korridor und sagte kopfschüttelnd zu einem Reporter: »Wenn wir die Todesstrafe nicht vollstrecken oder lebenslänglich verurteilte Mörder nicht tatsächlich solange ins Gefängnis schicken, könnten wir ihnen genausogut eine Lizenz zum Töten verkaufen und uns den ganzen Zirkus sparen...«

Alle erinnerten sich daran, daß die oberste Richterin des Supreme Court von Kalifornien, Rose Bird, und ihre vier Kollegen jedes Todesurteil verworfen hatten, das ihnen zur Revision vorgelegt wurde – über sechzig Fälle insgesamt, darunter auch den eines Kinderschänders und Mörders, der nicht nur gestanden hatte, ein dreijähriges Mädchen bei lebendigem Leib enthäutet und dann seinen Penis in ihren Mund eingeführt zu haben, während er ihre Nase zuhielt, bis sie erstickt war, sondern alles auch noch aufgeschrieben und fotografiert hatte, um sich später daran zu ergötzen. Die vorsitzende Richterin Bird entschied, daß die Polizei nicht die privaten Aufzeichnungen des Beklagten gegen ihn hätte benutzen dürfen, nur weil sie diese zufällig zusammen mit den Fotos in seinem Wagen fanden. Sie ordnete an, daß der Mann einen neuen Prozeß verdiene, und verwarf das Geständnis und die Fotos als Beweismaterial.

Der wütende Vater von Mary Beth Sowers schrieb an den Richter von Woodland, der Charlenes Abkommen mit der Justiz gebilligt hatte: »Mit einer Verurteilung zu 16 Jahren ist der Gerechtigkeit in keiner Weise Genüge getan angesichts der Tatsache, daß sie eingestandenermaßen an Morden beteiligt war, die so abscheulich, entsetzlich und grausam waren und von beispielloser Entartung zeugen. Ihre Strafe ist skandalös und eine Verhöhnung der Opfer.«

Mary Beth Sowers Großmutter Sara Marsh sagte: »Ich glaube nicht, daß wir einen anderen Urteilsspruch ertragen hätten. Es ist eine schreckliche Tragödie gewesen. Mir kommt es vor, als sei es gestern gewesen, als sie starb... jeder glaubt, so etwas passiere nur anderen, aber allein 1981 wurden zwanzigtausend Teenager ermordet, genau wie unsere Mary Beth...«

Ihr Bruder Jerry Sowers meinte: »Ich habe bisher nie etwas von der Todesstrafe gehalten, aber jetzt will ich nur eins – daß dieser Gallego ZAHLT, und zwar mit seinem Leben. Irgend jemand sollte ihn töten. Wenn ich es nicht tue, dann der Staat von Kalifornien oder Nevada. Das hätte schon vor langer Zeit geschehen sollen.

Vor allem aber war ich enttäuscht von dem Urteilsspruch, weil ich weiß, daß er in Kalifornien nicht viel bedeutet. Um ganz ehrlich zu sein, ich glaube nicht, daß man ihn in diesem Staat jemals hinrichten wird. Ich will dafür sorgen, daß er nach Nevada kommt. Ich glaube, dort wird man es tun.«

Das wollte man in Nevada tatsächlich und begann sofort mit entsprechenden Schritten.

24. Kapitel

Verschleppung und neuer Prozeß

Die Behörden von Nevada waren bereit, Gerald wegen Entführung und Ermordung zweier Mädchen in ihrem Staat den Prozeß zu machen, aber zunächst mußten sie ihn erst einmal haben. Die Tore von San Quentin hatten sich kaum hinter ihm geschlossen, als man schon schriftlich beim Büro des Gouverneurs in Sacramento seine Auslieferung beantragte. Wie alle anderen glaubte auch Gerald, im Todestrakt von San Quentin sei er, so ironisch es klingt, vor der Hinrichtung sicher. Deshalb wollte er gegen die Auslieferung auf jede erdenkliche Art und Weise kämpfen. Der Gouverneur von Kalifornien, George Deukmejian, bemerkte, er habe die Auslieferungspapiere sofort unterzeichnet, als sie auf seinem Schreibtisch lagen, und räumte ein, daß »... Gallegos Todesurteil in diesem Staat möglicherweise niemals vollstreckt wird bei einem obersten Gerichtshof unter Rose Bird...«.

Geralds Anwälte in San Francisco machten Eingaben geben die Auslieferung ihres Mandanten, und als Abgesandte von Nevada nach San Quentin kamen, waren sie gezwungen, ohne ihren kostbaren Gefangenen wieder abzureisen. Die gewitzten Burschen aus Nevada erhoben Einspruch, beauftragten einen Polizisten aus Sacramento als ihren Interessenvertreter – und warteten.

Sie hatten Glück, und das kalifornische Appellationsgericht verwarf den Antrag auf Geralds Verbleib in San Quentin. Dabei kam es dazu, daß Gerald mehrere Stunden lang unter keinem Gerichtsbeschluß stand, bis seine Anwälte ein neues Gesuch eingereicht hatten. Schleunigst eilte der Interessenvertreter Nevadas mit einigen andern Bullen ins Gefängnis. Sie zeigten ihre gerichtliche Verfügung für Geralds Überstellung vor, luden ihn in ein Auto und rasten mit Höchstgeschwindigkeit die 90 Meilen zum Sacramento Metropolitan Airport, wo ein zweimotoriges Flugzeug des Sheriffs von Nevada wartete. Gerald wurde an Bord geschleppt, und schon war die ganze fröhliche Truppe mit ihrem entführten Gefangenen auf dem Weg nach Nevada.

Hochzufrieden sagte ein Polizist: »Es war wirklich schwierig, ihn dort rauszukriegen, ehe erneut ein gerichtliches Verbot erlassen wurde. Aber wir haben es geschafft.«

Ein wutschnaubender und völlig überraschter Anwalt Gallegos bellte: »Ich wußte nicht mal, daß er weg ist! Unserer Ansicht nach ist diese Auslieferung illegal...«

Erst jetzt, als sie Gerald hatten, entdeckten die Behörden in Pershing County ein gewaltiges Problem – wie sollte man die geschätzten 60000 Dollar für einen Prozeß in einem Bezirk mit kaum 4000 Einwohnern aufbringen?

Ein prominenter Kolumnist aus Sacramento veröffentlichte über dieses Thema einen Artikel und regte an, daß jeder Leser einen Dollar einschicken solle, um zu helfen, Gerald vor Gericht zu stellen. Die Reaktion war überwältigend. Craig Millers Mutter schickte 25 Dollar. Ein Brief lautete: »Hier ist ein Dollar als mein Beitrag für Amerikas Sicherheit vor Strolchen wie ihm.« Aus Sacramento schrieb ein Bürger: »Hier sind 100 Dollar. Wenn der Gerechtigkeit genüge getan worden ist, folgt ein weiterer Scheck für die Begräbniskosten dieses Bastards.« In einem anderen Brief hieß es: »Ich schicke 5 Dollar. Wenn Sie Gallego schuldig sprechen und er behaupten sollte, er sei ein wiedergeborener Christ, verbrennt ihn bei lebendigem Leib.« Ein Mann aus Ohio schrieb: »Ich schicke einen Scheck über zehn Mäuse. Wenn er hingerichtet wird, mache ich ein Faß auf.« Eine Texanerin meldete sich: »Hier sind zwei Dollar von meiner Sozialhilfe. Davon können Sie den Strick kaufen.«

Die Post wuchs an zu einer Flut, und nahezu 30000 Dollar kamen an Spenden für Geralds Verhandlung zusammen. Noch nie zuvor hatte man versucht, mit Spendenmitteln einen Prozeß zu finanzieren, aber es funktionierte.

Die Zellen der Gallegos im Gefängnis von Lovelock in Nevada waren kaum 18 Meter voneinander entfernt. Bis zu seinem Prozeß wanderte Gerald die ganze Nacht umher und schlief tagsüber, Charlene las den ganzen Tag und spielte den größten Teil der Nacht auf ihrer Geige.

Ob Geralds Auslieferung an Nevada völlig legal war, wurde nie vor einem Gericht ausgefochten, und der Prozeß wurde auf den 23. Mai 1984 festgesetzt. Sein Anwalt reichte tatsächlich ein Gesuch auf seine Zurückverlegung nach Kalifornien ein, aber es wurde abgeschmettert, und er legte keine Berufung ein. Dabei hätte er sehr wahrscheinlich sogar gewonnen. Offensichtlich hatte Gerald inzwischen genug davon, sich selbst zu verteidigen, und erlaubte dem Gericht nun, einen ausgezeichneten Anwalt für ihn zu benennen.

Am 24. Mai 1984 betrat Charlene, die im Rahmen ihres Abkommens mit der Justiz freiwillig einer Rückkehr nach Nevada zugestimmt hatte, erneut den Zeugenstand gegen ihren Ehemann. Die Verteidigung legte sofort Einspruch ein unter Berufung auf das Gesetz, nach dem kein Ehepartner gegen den anderen aussagen könne. Aber wie auch in Kalifornien wies die Staatsanwaltschaft darauf hin, daß Gerald und Charlene gesetzlich nie wirklich verheiratet gewesen waren. Der Richter gab diesem Argument statt, und der Prozeß begann.

Nachdem seine Starzeugin vereidigt worden war, bat der Staatsanwalt Charlene zu berichten, was an diesem verhängnisvollen Morgen geschehen sei.

»Nun, Gerald wachte auf und sagte: Ich will ein Mädchen.«

»Was meinte er damit?«

»Ich verstand es so, daß er wieder ein Mädchen kidnappen, vergewaltigen und töten wollte, das seine sexuellen Phantasien erfüllte.«

»Was haben Sie darauf gesagt oder getan?«

»Nichts. Wir zogen uns an und fuhren herum auf der Suche nach Mädchen, die ihm gefielen.«

»Lassen Sie uns das ein wenig näher beleuchten, Charlene. Erzählen Sie den Geschworenen, wieso Sie sich nach dieser langen Zeit so deutlich an alles erinnern können.«

»Das liegt – irgendwie an meinem Gedächtnis. Es ist wie

ein Film, der vor mir abläuft. Ich kann heute noch alles hören und vor mir sehen.«

»Fallen Sie etwa in einen hypnotischen Zustand oder so etwas Ähnliches.«

»Nein, das nicht.«

»Gut, erzählen Sie uns, was als nächstes geschah.«

»Wir suchten bei einem Einkaufszentrum, bis wir die Mädchen sahen, die Gerald gefielen. Er sagte, ich solle sie holen.«

»Und haben Sie das getan?«

»Ja.«

»Wie gingen Sie dabei vor?«

»Ich bot ihnen Rauschgift an und sagte, wir wollten eine Geburtstagsparty steigen lassen, ob sie mitmachen wollten.«

»Und sie stimmten zu?«

»Ja. Wir gingen zum Bus, wo Gerald wartete. Als wir einstiegen, zog er eine Pistole, sagte, sie seien gekidnappt, und meinte: ›Ihr beiden seid doch sowieso für niemanden irgendwas wert.‹«

»Hatten die Mädchen Angst?«

»Ich glaube, sie hielten es für einen Scherz. Gerald versicherte, es würde ihnen absolut nichts passieren.«

»Fahren Sie fort.«

»Ich half ihm, sie zu fesseln, und setzte mich ans Steuer. Gerald war hinten bei ihnen. Er unterhielt sich richtig nett und freundlich mit ihnen, und sie lachten. Als wir nach Reno kamen, befahl mir Gerald, ich solle anhalten. Er ging dort in einen Laden und kaufte einen Hammer.«

»Sagte er, zu welchem Zweck?«

»Nein. Aber wir wußten beide, wozu – um sie damit zu töten.«

»Okay, berichten Sie weiter.«

»Wir fuhren zu einem Platz, wo wir einmal Camping gemacht hatten, weit draußen in der Wüste...«

»Sie, Gerald und die beiden Opfer?«

»Ja. Ich parkte den Bus. Es war sehr kalt, aber ich stieg aus und hörte, wie Gerald Sex mit ihnen hatte. Wegen der

Kälte stieg ich dann wieder ein und schaute dabei zu, und – nach einer Weile fragte er mich, ob ich mitmachen wolle.«

»Was haben Sie gesagt?«

»Ich sagte nein.«

Zum erstenmal zeigte Gerald eine Reaktion. Er umfaßte die Lehne seines Stuhls und starrte Charlene in wilder Wut an. Wenn Blicke töten konnten, wäre sie auf der Stelle umgefallen.

»Was geschah dann?«

»Gerald sagte den Mädchen, wir würden die Nacht über bleiben, und er wolle einen Platz zum Campieren suchen. Er ging einen Abhang hinunter und grub dort das Grab. Ich konnte es nicht sehen, aber ich wußte, was er machte.«

»Hatten Sie Angst?«

»Ja. Ich war nicht sicher, ob er nicht auch mich töten würde.«

»Was war mit den Mädchen? Hatten sie Angst?«

»Nein, sie schienen die ganze Zeit über nie Angst zu haben. Gerald brachte sie in der Dunkelheit nacheinander den Hügel hinunter und tötete sie mit dem Hammer. Eines der Mädchen sagte, ihr sei kalt, und er legte ihr seine Jacke um die Schultern, ehe er mit ihr wegging.«

»Sie sagen also, daß er beide Opfer mit dem Hammer getötet hat, den er nur für diesen Zweck kaufte?«

»Jawohl.«

»Fahren Sie fort.«

»Danach rief er, ich solle zu ihm kommen, aber ich hatte Angst – Angst, daß er mir vielleicht etwas antun könne. Er kam wieder zurück und verlangte, ich solle mir das Grab ansehen. Ich wollte nicht. Er meinte, daß sie schon tot seien, und führte mich zu der Stelle, wo sie begraben waren...«

»Er sagte Ihnen, daß er die Mädchen getötet und dort begraben habe?«

»Ja, das stimmt.«

»Was geschah als Nächstes?«

»Nicht viel. Wir fuhren nach Winnemucca und parkten dort für den Rest der Nacht. Dann fuhren wir zum Lake Tahoe, wo wir in ein nettes Hotel zogen und zwei Tage lang feierten. Als wir wieder nach Hause kamen, beseitigten wir alle Spuren, die Handtaschen und so weiter, und ich wusch gründlich den Bus, innen und außen.«

»Warum?«

»Weil Gerald es mir befahl.«

»Hat er Ihnen geholfen?«

»Nein. Er saß nur da und schaute zu.«

Das Gericht verkündete eine Unterbrechung von dreißig Minuten. Alles verließ den Saal auf einen Kaffee und eine Zigarette, außer dem Angeklagten. Gerald wirkte wie in Trance. Mit grauem Gesicht saß er am Tisch und starrte regungslos vor sich hin. Ein besorgter Gerichtsdiener berührte seine Schulter. Er sagte später, es habe ausgesehen, als sei Gerald tot und müsse jeden Moment umkippen.

Charlene betrat danach wieder den Zeugenstand, und die Staatsanwaltschaft bat sie, dem Gericht zu erzählen, wie ihr Leben mit Gerald ausgesehen habe.

»Ich verstehe nicht ganz«, erwiderte sie.

»Nun, vielleicht fangen wir damit an, wie er Sie behandelt hat.«

»Oh, zuerst war er aufmerksam, rücksichtsvoll, höflich, und es machte Spaß, mit ihm zusammenzusein. Aber bald wurde er gemein und tyrannisch, wollte mich die ganze Zeit kontrollieren und behauptete, ich hätte zu tun, was er sagte. Ich war für ihn nur eine Dienstbotin.«

»Ein echter Chauvinist, was?« tönte eine Männerstimme aus dem Publikum. Der Richter runzelte die Stirn und mahnte zur Ordnung.

»Ich arbeitete und zahlte sämtliche Rechnungen. Was er mit seinem Geld tat, wußte ich nicht. Irgendwann befahl er mir, ich solle mein Haar in Ponys und Zöpfen tragen, enge Jeans und T-Shirts anzuziehen, und einmal zwang er mich, mir das Haar extrem kurz zu schneiden und – und...« Charlene schluchzte und zerquetschte ein paar Tränen. »Er sagte, ich sei zu alt für ihn, und er wolle, daß ich mich wie ein Kind anziehe, wissen Sie, wie ein Teenager. Ich sollte aussehen wie seine 14jährige Tochter. Er hat mich dauernd herabgesetzt und meinte, ich sei dumm und häßlich.«

»Wie war Ihr Sexualleben mit ihm?«

»Es war die ganze Zeit problematisch. Er versuchte ständig die unterschiedlichsten Praktiken, Dinge, die mich verletzten und die ich nicht wollte, aber wenn es mir weh tat, hatte ich halt Pech. Er machte es trotzdem.«

»Reden Sie von analem Sex?«

»Ja«, flüsterte Charlene und schluchzte ein paar Minuten lang, erwiderte aber auf die Frage des Richters, daß sie keine Unterbrechung brauche.

»Fahren Sie fort, bitte.«

»Die meiste Zeit über hatte er Erektionsschwierigkeiten. Er behauptete, es sei meine Schuld... alles, was im Schlafzimmer schiefging, war *immer* meine Schuld!« Charlene weinte erneut, während der Staatsanwalt geduldig wartete, der Richter an die Decke schaute, der Verteidiger höhnisch grinste, die Zuschauer die Augen verdrehten und Gerald sie mit seinem altbewährten starren Blick anfunkelte.

»Dann... dann – er – wenn er *konnte*, kam er nicht zum Höhepunkt«, schluchzte Charlene, wischte die Tränen ab und schaute zum Staatsanwalt. »*Irgendwas* war immer mit ihm...«

»Sie wollen damit sagen, daß Ihr Sexualleben die ganze Zeit über höchst problematisch und Gerald nie zufrieden mit Ihnen war, ist das richtig?«

»Hm-hm.«

»Und aus diesem Grund wollte er, wie Sie es nennen, ›Liebessklaven‹ haben?«

»Ja.«

»Und Sie halfen ihm, sich seine Phantasien zu erfüllen, weil Sie ihn liebten und glaubten, er würde Sie verlassen, wenn Sie sich weigerten?«

»Ja.«

»Nun gut, Charlene, finden Sie nicht, daß Sie für Ihre Beteiligung an diesen Morden ebenfalls die Todesstrafe verdienen?«

»Ja! Ja!« schrie Charlene und fügte dann schnell hinzu: »Aber das würde diese Kinder nicht ihren trauernden Angehörigen zurückgeben! Ich weiß, was ich getan habe...«

»Hat jemals irgendwer seitens der Justiz, ich selbst oder sonst jemand, auch nur angedeutet, daß Sie für das, was Sie getan haben, etwas anderes verdienten als die Hinrichtung?«

»Nein«, keuchte Charlene, senkte den Kopf und weinte laut, während der Richter die Vertagung der Sitzung verkündete.

Am nächsten Morgen stand der Verteidiger auf und versuchte, die einzig wirkliche Chance zu nutzen, die er hatte – Charlenes Glaubwürdigkeit als Zeugin zu widerlegen.

»Charlene, ist es nicht Tatsache, daß Sie ein Abkommen mit der Staatsanwaltschaft geschlossen haben, das folgendermaßen aussieht: Sie bekennen sich in zwei Fällen des Mordes zweiten Grades schuldig und erhalten dafür eine Verurteilung zu 16 Jahren auf Grund Ihrer Kooperation als Zeugin gegen Gerald Gallego, Ihren Ehemann?«

»Ja, das ist wahr« antwortete Charlene freundlich.

»Sind diese ganzen Geschichten nicht eine einzige Sammlung von Lügen – zu dem Zweck, Ihr eigenes Leben zu retten?«

»Nein. Ich habe nichts, wofür ich leben sollte, nichts, weshalb ich um mein Leben kämpfen sollte. Ich weiß, was ich getan habe und woran ich beteiligt war, und ich weiß, was ich *nicht* getan habe. Ich habe nicht versucht, die Morde zu verhindern. Mir ging es nur darum, Gerald Gallego zufriedenzustellen – meinen Ehemann, wie Sie betonen.«

»Aha. Sie halten sich ihm wohl für haushoch überlegen, nicht wahr? Jedenfalls hatten sie keinerlei Probleme, beim Prozeß in Kalifornien einen Narren aus ihm zu machen. Wenn er Sie etwas fragte, was Sie nicht beantworten wollten, fingen Sie an zu lachen oder zu weinen, nicht wahr?«

»Ich verstehe nicht, was Sie wollen ...«

»Sie spekulieren doch eindeutig darauf, mit Ihren Tränchen uns böse, böse Männer zu erweichen, nicht wahr?«

»Nein, Sir.«

Eine Zuschauerin murmelte laut genug, daß jeder in dem kleinen, ovalen Gerichtssaal es hörte: »Sie stellte die Tränen an und ab wie eine Wasserleitung. Man sollte sie mitsamt ihrem Mann draußen in der Wüste vergraben, damit die Leute mal zur Abwechslung nach *ihren* Leichen suchen müssen – was aber ohnehin keiner will...«

Der Richter rief den Saal zur Ordnung und verkündete, bei der nächsten Unterbrechung würde er den Betreffenden ins Gefängnis stecken.

»Charlene«, lächelte der Verteidiger, »ich lechze schon den ganzen Tag danach, Ihnen diese Frage zu stellen... bitte erklären Sie mir, dem Gericht und diesen Geschworenen doch mal, warum Sie, um alles in der Welt, drei Jahre lang Ihrem Ehemann geholfen haben, sich *seine* Sexphantasien zu erfüllen. Das möchten sicher alle hier gerne hören.«

»Gut. Ich lernte Gerald zu einer Zeit in meinem Leben kennen, als ich gerade versuchte, auf eigenen Füßen zu stehen.« Charlene hielt für einen Moment inne, um weitere Tränen wegzuwischen. »Eine unabhängige Frau wollte ich sein, wissen Sie, und niemanden mehr brauchen müssen, keinen Ehemann, keinen Freund, nicht mal meine Eltern. Andere geschiedene Frauen schafften es allein, dann würde ich das auch können. Ich hatte bereits in zwei Ehen versagt... und als ich Gerald traf...« Charlene begann hysterisch zu schluchzen. Nach einer kurzen Pause war sie in der Lage, ihre Aussage fortzusetzen. Sie war gefaßt, obwohl ihre Augen gerötet waren, und sie zitterte. Gerald funkelte sie giftig an.

»Sie können fortfahren«, nickte der Richter ihr zu, nachdem die Protokollführerin ihre bisherige Aussage verlesen hatte.

»Wie ich eben zu erklären versuchte, wollte ich es einfach allein schaffen, aber ich war bisher auf allen Gebieten ein Versager gewesen, und als ich Gerald traf, wollte ich nicht länger allein sein – oder erneut versagen.

Er gab mir das Gefühl, mich wirklich so zu akzeptieren, wie ich war, und schien mich aufrichtig gern zu haben. Ich wollte den Rest meines Lebens mit diesem Mann verbringen und hätte ihm zuliebe alles getan. Ich war entschlossen, genau so zu sein, wie er mich haben wollte. Ich wußte, ich würde nie mehr jemand anderen finden, der mich so annimmt, wie ich bin. Er bedeutete Sicherheit für mich. Ich wollte nicht wieder versagen. Besser kann ich es nicht erklären, aber das ist der Grund, warum ich bei ihm blieb und bei all dem mitmachte. Ich hoffe, Sie können das verstehen. Gerald erfüllte ein verzweifeltes Verlangen in meinem Leben. Ich weiß, es ist keine Entschuldigung für das, was ich getan habe, aber das ist der Grund, wie es dazu kam.«

»Das ist alles sehr interessant, Charlene, aber Sie hatten doch keinerlei Probleme, die zwei anderen Ehemänner abzuschieben, nicht wahr?«

»Nein.«

»Es störte Sie nicht im geringsten, oder?«

»Nein, aber vor Gerald hatte ich außerdem Angst. Er schlug mich. Ich fürchtete, er würde mich umbringen, wenn ich nicht – nun, wenn er wütend auf mich würde, weil ich nicht mitmachte. Tief in meinem Herzen wußte ich, wie unsere Beziehung enden würde. Es gab nur eine Möglichkeit. Er würde mich töten, weil ich zu viel wußte.«

»Aha. Sagen Sie, Charlene, erfinden Sie das nicht alles gerade, um Gerald so schlecht wie möglich darzustellen, damit es den Geschworenen nicht in den Sinn kommt, ihn freizusprechen – egal, ob es genug handfeste Beweise für eine Verurteilung gibt oder nicht?«

»Ich versuche einfach nur, Ihre Frage zu beantworten.«

»Sicher. Charlene, da ist noch eine andere Frage, die ich Ihnen überaus gerne stellen möchte – wenn Sie, wie Sie behaupten, von Gerald gezwungen wurden, ihm bei diesen Morden zu helfen, warum haben Sie ihn dann nicht erschossen? Sie hatten unzählige Möglichkeiten dazu und wissen sehr gut, wie man mit einer Waffe umgeht, nicht wahr?«

»Das kann ich nicht beantworten. Ich liebte Gerald. Ich wollte nicht wieder allein sein. Ich habe nur versucht, ihn zufriedenzustellen.«

Charlene brach wieder mal mit Schluchzern, Schluckauf und Jammern zusammen, und der Richter vertagte die Verhandlung.

Eine klinische Psychologin betrat den Zeugenstand, um die übliche Erklärung im Sinn der Verteidigung abzugeben und dem Muster: Warum er es tat und warum er trotzdem nicht dafür verantwortlich ist.

»... emotional hat Gerald das Niveau eines fünf- oder sechsjährigen Kindes«, lautete ihre Darlegung. »Er hat extreme Probleme, seine Gefühle zu kontrollieren, und ein sehr geringes Selbstwertgefühl. Auch dieser Prozeß hat ihm das Empfinden vermittelt, daß ihm eine ziemlich negative Bewertung entgegenschlägt. Gerald leidet an einer Art Hirnschaden, der bewirkt, daß er sich in höchstem Maß passiv und von anderen abhängig fühlt.

Dagegen hat Charlene, die Frau, mit der er mehrere Jahre lang zusammen war, einen Intelligenzquotienten von 160. Einen solchen Wert besitzt nur ein Prozent der Gesamtbevölkerung, und vom Standpunkt eines Psychologen aus muß sie weit mehr Kontrolle über ihre Beziehung gehabt haben als Gerald.

Wie wir alle wissen, ist die beste Methode, künftiges Verhalten vorherzusagen, wenn man sich das bisherige Verhalten ...«

Der Verteidiger erhob hastig Einspruch gegen seine eigene Zeugin, ehe die Dame weiterschwafelte und der Staatsanwalt sie fröhlich feixend ins Kreuzverhör nehmen konnte. Gerald hatte einfach kein Glück mit Psychologen. Einspruch hin oder her, die Geschworenen hatten gehört, daß sein vergangenes Verhalten sich wiederholen würde, und das war das einzige, was sie von der ganzen Aussage in Erinnerung behalten würden.

»Die gesamte Anklage stützt sich auf Erzählungen einer Frau, die eine Lügnerin ist, wie sie selbst eingestanden hat«, sagte der Verteidiger in seinem Schlußplädoyer zu den Geschworenen. »Mr. Gallegos Ehefrau hat die Geschichte der Sexphantasien von vorne bis hinten erfunden, und auf einer solchen Basis darf niemand verurteilt werden. Würde es sich um ein Einbruchsdelikt handeln, ließen Sie ihn binnen zehn Minuten zur Tür hinausgehen.

Die äußerst dürftigen Beweise, die es gibt, bringen vielleicht Charlene mit den Verbrechen in Verbindung, nicht aber Gerald. Sie ist dazu fähig und hatte die entsprechenden Möglichkeiten. Sie weiß mit einer Waffe umzugehen, sie kann ebensogut wie Gerald einen Hammer schwingen, und sie ist weit intelligenter als er. Wenn Sie ihn für schuldig halten – worin besteht dann der Unterschied zwischen seiner Schuldhaftigkeit und der ihren? Wir wissen, daß irgend jemand sich für diese Morde verantworten muß – aber doch sicher kein Unschuldiger. Ich werde Sie bitten, etwas zu tun, das sehr viel Mut erfordert – ich möchte, daß Sie ihn für nicht schuldig befinden.«

Dann stand der Staatsanwalt auf und zeigte den Geschworenen Bilder der Opfer.

»Wissen Sie, was das ist?« fragte er. »Das ist Realität gewordenes Grauen und Entsetzen! Ich habe ja nur darauf gewartet, daß die Verteidigung uns erzählt, wie Charlene dazu fähig war, Sperma in die Körper dieser Mädchen zu fabrizieren. Sie mag vielleicht überaus intelligent sein, aber das ist nun doch außerhalb ihrer Möglichkeiten. Der Richter wird Sie darauf hinweisen, Charlenes Zeugenaussage auf Grund ihrer Komplizenschaft entsprechend vorsichtig zu beurteilen, da sie an der Verübung dieser Verbrechen beteiligt war. Ich denke, Sie werden in der Lage sein, Ihre Äußerungen und ihre Persönlichkeit richtig einzuschätzen.«

Der Staatsanwalt schloß mit den Worten: »Tun Sie einfach Ihre Pflicht und befinden Sie ihn für schuldig. Alles andere wäre eine Karikatur der Justiz.«

Die Jury aus sechs Männern und sechs Frauen beriet sich drei Stunden und vierzig Minuten. Es war der 7. Juni 1984. Ihr Urteil lautete auf schuldig des zweifachen vorsätzlichen Mordes und der Empfehlung, für beide Fälle ein Todesurteil auszusprechen. Sie befanden Gerald ferner in zwei Fällen der Entführung für schuldig und setzten die Strafe auf zweimal lebenslänglich ohne Bewährung fest. Dem Richter blieb nur noch übrig, ihre Empfehlung zu billigen und das Urteil zu verkünden.

Gerald stand auf, und zum erstenmal während seines

Prozesses wandte er sich direkt ans Gericht und die Geschworenen.

»Euer Ehren, dieses Gericht begeht einen schweren Fehler. Mit Hilfe der Medien und der ganzen Macht der Presse können Sie heutzutage jeden Menschen verurteilen – irgendwas findet sich immer.

Ich habe während dieser Verhandlung geschwiegen, und es ist mir nicht leichtgefallen. Aber ich bin im Grunde ein sehr ruhiger Mann und überlasse meinem Anwalt das Reden. Leider muß ich nun erkennen, wie grundverkehrt das war. Ich war schon schuldig, ehe ich überhaupt hierherkam, und es ging hier gar nicht um Wahrheit und Gerechtigkeit. Jeder, der das nicht sieht, ist ein Narr. Ich habe diese Mädchen nicht getötet, und Sie haben nichts, absolut nichts, um mir eine Schuld nachzuweisen. Das *einzige*, was gegen mich sprach, war diese gekaufte Zeugin der Staatsanwaltschaft, Charlene Gallego. Eine gedungene Mörderin ist sie und mehr nicht, und ihr Lohn besteht in der Zusicherung einer milden Strafe. Wenn ich einen fairen Prozeß gehabt hätte, wäre ich freigesprochen worden. Was Sie mir angetan haben, ist falsch.

Ich verstehe nicht, wie der Staatsanwalt in einem solchen Fall überhaupt Anklage erheben konnte. War er dabei? Das einzige, was er weiß, ist das, was Charlene Gallego ihm erzählt hat, und das einzige, was sie erzählt hat, war das, was ihr in den Kram paßte. Das alles war ein abgekartetes Spiel, das im Hinterzimmer des Büros der Staatsanwaltschaft mit Charlene besprochen wurde.«

Der Richter fragte, ob das alles sei, was er zu sagen habe. Als Gerald nickte, verurteilte er ihn zum Tode durch eine Injektion, auszuführen im Staatsgefängnis von Nevada in Carson City.

25. Kapitel

Epilogus atque Sententiae

Gegenwärtig wartet Gerald Armond Gallego seit fünf Jahren im Todestrakt von Nevada darauf, daß seine Hinrichtung vollstreckt wird. Er hat die erste Runde von Berufungsmöglichkeiten vor Bezirksgerichten erschöpft und fängt nun noch einmal auf höherer Ebene an. Im September 1989 wurde sein letzter Antrag vom obersten Gerichtshof des Staates Nevada zurückgewiesen, mit der Begründung, daß Charlenes Abmachung weder ungesetzlich war noch Geralds Recht auf einen fairen Prozeß in Lovelock beeinträchtigt habe.

Gerald ist gut zurechtgekommen im Gefängnis, bis auf einen Kampf mit einem anderen Insassen im Jahr 1987, bei dem er dem Mann ein Stück vom Ohr abbiß.

Ganz egal, was aus seinen Berufungen wird, er wird nie wieder einen Fuß in die Freiheit setzen. Ein weiteres Todesurteil erwartet ihn in Kalifornien. Die Richterschaft des Supreme Court unter dem Vorsitz von Rose Bird wurde 1987 abgewählt und ersetzt durch Juristen, die 90 Prozent aller Todesurteile bestätigt haben. Falls Gerald irgendwann einmal hingerichtet wird, wird sein Tod weit weniger schmerzvoll sein, weit würdevoller und bedeutend schneller als die Todesurteile, die er an seinen und Charlenes Opfern vollstreckt hat.

Tod durch injiziertes Gift bedeutet, daß der Gefangene ungefähr 15 Minuten vor der festgesetzten Zeit an ein Krankenbett gebunden wird. Er wird in die Todeszelle gefahren, und zwei Nadeln werden in die Venen seines linken und rechten Armes eingeführt. Von diesen Nadeln laufen Schläuche zu einer kleinen, pumpenartigen Maschine, die hinter einem Wandschirm von einem Arzt oder medizinischen Techniker bedient wird. Nach den üblichen Formalitäten und letzten Worten wird die Apparatur auf ein Zeichen des Gefängnisdirektors in Gang gesetzt. Fünfzig Milligramm

Thiopental wird in den rechten Arm gepumpt, und der Gefangene fällt augenblicklich in ein Koma. Dann wird eine Mischung aus Oradauan, Lorazepan und Kadmiumchlorid in den linken Arm geleitet, was zur Folge hat, daß das Herz innerhalb von wenigen Minuten aufhört zu schlagen.

Es ist fast exakt die gleiche Mischung von Chemikalien, mit denen man herrenlose Hunde und Katzen tötet.

Ein Polizist aus Texas, der als Zeuge einer solchen Hinrichtung eines mehrfachen Mörders in Huntsville beiwohnte, sagte, daß der Tod viel zu leicht gewesen sei. »Der Kerl schlief einfach ein, als knipse man ein Licht aus. Er wußte oder fühlte absolut gar nichts. Was ist das für eine Strafe?«

Charlene sitzt gegenwärtig ihre 16 Jahre und 8 Monate in der Frauenabteilung desselben Gefängnisses ab, in dem Gerald wartet. Zur Zeit dieser Niederschrift befindet sie sich in Einzelhaft wegen tätlicher Bedrohung einer Wärterin, die einen Kampf unterbinden wollte, bei dem sich Charlene mit einer anderen Insassin, ebenfalls einer aggressiven Lesbierin, um eine neu eingelieferte Gefangene stritt, die sie beide süß fanden. Vorausgesetzt, sie wird nicht von einer anderen Inhaftierten getötet oder ihre Verteidigung findet einen neuen Weg, wird Charlene im August 1997 freigelassen. Sie wird dann 41 Jahre alt sein und hat wahrscheinlich noch viele gute Jahre vor sich. Vermutlich wird sie das Geld und den Besitz ihrer Eltern erben und ein bequemes Leben frei von Sorgen führen können.

Gerald Armond Gallego Junior wird 16 sein, wenn seine Mutter nach Hause kommt. Es läßt sich nur spekulieren, wie ihr gemeinsames Leben aussehen wird. Schlimmstenfalls wird es immer noch bedeutend besser sein als alles, was die Opfer ertragen mußten, die ihr Leben durch die Hände von Gerald und Charlene Gallego verloren haben.

Und nun, nach drei Generationen einer Familie, in der es wimmelte von Mord, bewaffnetem Raub, Vergewaltigung, Entführung, Inzest und fast jedem anderen Delikt, das den Strafgesetzbüchern bekannt ist, scheint sich die Geschichte der Gallegos bruchlos fortzusetzen, und es ist kein Ende in Sicht.

Zwei bedeutende und sensationelle Geschehnisse sind noch in dieses blutrünstige Epos einzufügen. Mitte August 1989 starb Lorraine Davies, Gerald Gallegos geliebte Mutter und die Hauptquelle für viele der Informationen in diesem Buch, durch einen Kopfschuß. Sie wurde im Wohnzimmer ihres Hauses, einer umgebauten Scheune in der kleinen Stadt Chico in Kalifornien, mit einem Loch in der Stirn aufgefunden. Und drei Monate später, Mitte November 1989, fast exakt neun Jahre auf den Tag nach Geralds und Charlenes Verhaftung, wurde Geralds Halbbruder David Hunt, dessen angeblicher Vater der große Texaner Harold Hunt ist, festgenommen wegen Entführung und vorsätzlichem Mord. Es gibt kaum Zweifel, daß diese Taten in einem gewissen Zusammenhang mit denen der Gallegos stehen – wieviel sie miteinader zu tun haben, ist, wenigstens offiziell, gegenwärtig noch reine Mutmaßung. Auf den folgenden Seiten will ich versuchen, einige dieser Theorien zu beleuchten, die sich allmählich herauskristallisieren und die sich sehr wahrscheinlich beim Prozeß gegen die Hunts in den kommenden Monaten nachweisen lassen.

Am 13. November 1989 wurden der 45jährige Hunt und seine 44jährige Ehefrau Sue Ellen verhaftet und beschuldigt, am 20. Dezember 1980 in Davis in der Nähe der Universität von Kalifornien, etwa 20 Meilen von Sacramento entfernt, zwei Menschen entführt und anschließend ermordet zu haben. Die Polizei von Woodland vermutet, daß sie dieses Verbrechen nach dem Muster der Gallegos begangen haben, um den Verdacht von Gerald und Charlene abzulenken, die damals im Gefängnis waren und auf ihren Prozeß wegen der Ermordung von Craig Miller und Mary Beth Sowers warteten. Ihre Überlegung lautete wohl, wenn weiterhin ähnliche Morde begangen werden, dann müssen sich die wirklichen Mörder noch immer in Freiheit befinden, und demnach säßen Gerald und Charlene zu Unrecht im Gefängnis. Eine solche Masche erkennt selbst der blutigste Nachwuchspolizist, aber es ist eine beliebte Methode gewissenloser Psychopathen, denen jedes Mittel, und sei es noch so abscheulich, recht ist, um den eigenen Hals aus der Schlinge zu ziehen. Die Tatsache, daß aus diesem Grund unschuldige Menschen einen entsetzlichen Tod erleiden müssen, bedeutet ihnen absolut nichts.

Ein weiterer zu lebenslänglich verurteilter Sträfling, der 51jährige Richard Harold Thompson, wurde ebenfalls verhaftet wegen Beihilfe und/oder Beteiligung an diesen Morden.

Thompson und Hunt waren viele Jahre lang Zellengenossen in San Quentin gewesen, und ihre Freundschaft geht bis in die Mitte der sechziger Jahre zurück. Nach Angabe der kalifornischen Behörden hat Hunt, der gerade auf Bewährung in Freiheit war, am 11. Oktober 1980 Thompson geholfen, aus dem Gefängniskrankenhaus in Marin County zu fliehen. An diesem nebligen Morgen entstieg er mit zwei Wächtern einem Gefängnisfahrzeug, als hinter einem Auto ein Mann mit einer Skimaske auftauchte, eine Waffe auf sie richtete und den Wärtern befahl, Thompson die Handschellen und Fußfesseln abzunehmen. Anschließend zwang er sie, sich flach auf die Straße zu legen, und Thompson verschwand mit seinem Retter im dichten Nebel. Er wurde ein paar Monate später gefaßt, gab aber natürlich nie den Namen der Person preis, die Leben und Freiheit riskiert hatte, um ihm zur Flucht zu verhelfen. Zu dieser Zeit hatten die beiden Morde bereits stattgefunden. Die Wächter konnten mit Sicherheit nur sagen, daß der Bewaffnete groß und hager war – eine Beschreibung, die auf Hunt paßte.

David Raymond Hunt wurde am 13. September 1944 in Sacramento geboren. David ist der mittlere Name seines angeblichen Vaters, während Raymond von seinem Großvater Pullen stammt. Wenn das Leben seines Halbbruders Gerald schrecklich war, dann muß es Hunt sogar noch schlimmer ergangen sein. Er wurde mehr oder weniger von aller Welt aufgezogen – von Großeltern, Tanten, Cousinen, mit seiner Mutter befreundeten Huren und einer endlosen Parade von Babysittern. Nur die Mutter kümmerte sich nicht um ihn.

Obwohl sie nicht sicher sein konnte, daß David tatsächlich ihr Enkel war, versuchte seine angebliche Großmutter väterlicherseits, sich nach Kräften um David und Gerald zu kümmern, und versorgte sie, so gut es ihr möglich war. Sie machte eine ganze Reihe Fotos von den beiden und tat ihr Bestes, die Kinder ein wenig Liebe spüren zu lassen, wann immer Lorraine ihnen erlaubte, sie zu besuchen oder bei ihr zu bleiben. Sie war keine wohlhabende Frau, bot aber dennoch an, beide zu adoptieren. Lorraine weigerte sich allerdings und ließ ihre Kinder lieber weiterhin von einer kakerlakenverseuchten Bruchbude zur anderen ziehen. Sie lud sie bei gutherzigen Angehörigen oder gleichgültigen Babysittern ab, und wenn niemand sonst verfügbar war, mußten die Jungen zusehen, wie sie sich allein durchs Leben schlugen, während sie ihren diversen Interessen nachging.

Als David vierzehn war, hatte Lorraine bereits George Bulgar geheiratet, der seine Bar verloren hatte und in die Zuhälterei eingestiegen war. Anscheinend konnte er jedoch auch damit nicht klarkommen, obwohl er zwei attraktive, fleißige Mädchen in seinem Stall hatte. Eine war ein hübscher, schlanker Rotschopf, die eine 14jährige Tochter mit rötlichblondem Haar namens Rayette hatte. Während der Erntesaison brachten George und Lorraine ihre Mädchen stets hinaus zu den Barackenlagern der Farmhelfer rund um Sacramento und vermieteten sie an die Filipinos zu einem Pauschalpreis von 200 Dollar pro Nacht.

Bulgar wurde mehrere Male wegen Zuhälterei verhaftet, saß ein paar Monate ab, wurde freigelassen und machte augenblicklich weiter wie zuvor. Er war inzwischen ein torkelnder, sabbernder Alkoholiker, der Lorraine und ihre beiden Söhne David und Gerald ebenso wie seine schwer schuftenden Huren windelweich prügelte. Als er wegen Anstiftung Minderjähriger zu unmoralischen Handlungen verhaftet wurde, stand ihm eine längere Zeit im Gefängnis bevor. Da entschied Lorraine endlich, sich davonzumachen. David und Gerald waren damals beide in Erziehungsheimen, deshalb mietete sie die Bruchbude in der Heraldsburg Street in Chico und versuchte unterzutauchen. Allerdings nahm sie die hübsche, 14jährige Rayette mit, möglicherweise als Geldquelle, weil sie sich selbst ein bißchen in der Zuhälterei betätigen wollte. Wie auch immer, jedenfalls machte Lorraine faktisch eine Sklavin aus dem Mädchen.

Rayette verbrachte 24 Stunden am Tag damit, für Lorraine zu kochen, das Haus zu putzen, zu waschen, zu bügeln und Kammerzofe ihrer selbsternannten Wohltäterin zu spielen. David war nur zwischen seinen Gefängnisstrafen zu Hause, aber er und das hübsche kleine Aschenputtel kamen prächtig miteinander aus. Die wenige Freizeit verbrachte Rayette mit Lesen, versuchte sich etwas zu bilden und ihre Ausdrucksweise und Umgangsformen zu verbessern. Lorraine hatte von Bulgar zwei kleine Kinder, daher war Rayette ständig auf dem Sprung. Sie versorgte die Sprößlinge, das Haus und Lorraine, der sie beim Anziehen und Baden half und entspannende Massagen verabreichte.

Wenn sie ins Kino gingen, blieb Rayette gewöhnlich mit den lärmenden Kindern in der Eingangshalle, damit Lorraine ungestört den Film genießen konnte. Rayette hatte den Befehl, gelegentlich nachzufragen, ob sie Popcorn brauche, Süßigkeiten oder vielleicht ein Cola.

Lorraine stritt ab, das Mädchen jemals auf den Strich geschickt oder Männer nach Hause gebracht zu haben, denen sie zu Diensten sein sollte. Bei Lorraines Herkunft und ihrer übermächtigen Geldgier sind solche Mutmaßungen nicht allzu abwegig.

David Raymond Hunt war in dieser Zeit immer wieder wegen zahlreicher Verbrechen in Erziehungsanstalten, wurde aber gewöhnlich nach ein paar Monaten auf Empfehlung eines Psychiaters freigelassen, der ihn für geheilt von sämtlichen kriminellen Neigungen erklärte.

1961, im Alter von 17 Jahren, überfiel er die Stagecoach Stop Bar am Folsom Boulevard nördlich von Sacramento. Als er seine Waffe zog und Geld verlangte, warf der Eigentümer einen Blick auf den mageren Nachwuchsbanditen und lachte. David gefiel das überhaupt nicht, und der Barbesitzer ging in einem Kugelhagel zu Boden. Er überlebte mit drei Schüssen in der Brust. David wurde innerhalb weniger Stunden gefaßt. Diesmal wurde er nicht mehr nach dem Jugendrecht verurteilt und bekam seine Quittung – fünf Jahre in San Quentin wegen bewaffneten Raubüberfalls und versuchten Mordes. Aber natürlich ging alles wieder nach dem alten Lied. Exakt 23 Monate später empfahl ein Gefängnispsychologe seine Freilassung. Er wurde nicht mehr länger als Gefahr für die Gesellschaft betrachtet, vielmehr befand man, er habe sich rehabilitiert durch den Besuch gruppentherapeutischer Sitzungen und seiner Teilnahme an Unterrichtsklassen, die der Highschool entsprechen. Er habe sein Selbstwertgefühl wiedergewonnen, habe sein falsches Verhalten eingesehen und würde es nie wieder tun. Die zuständigen Behörden müssen einige Skrupel gehabt haben bei der Empfehlung des Seelendoktors, denn als sie ihn 1963 freiließen, hängten sie ihm einen reichlich langen Schwanz an – zehn Jahre Bewährungsfrist.

Das bedeutete freilich nicht viel für David Raymond Hunt – genauso wie es seinem Halbbruder Gerald Armond Gallego nicht viel bedeutete. Innerhalb weniger Tage war er bereits wieder in seinem alten Gewerbe tätig und beging Raubüberfälle. Diese Karriere setzte er fort, bis er den fatalen Fehler machte, seine Aktivitäten über die Grenzen des Bundesstaats auszudehnen, und mit dem FBI zusammenrempelte – derselben Behörde, die auch Gerald und Charlene zu Fall brachte. Das FBI sollte schließlich auch dafür sorgen, daß David in einer Strafanstalt landete, die nicht von naiven Psychologen und gutgläubigen Sozialarbeitern geführt wurde.

Hunt wurde Anfang Oktober 1980 auf Bewährung aus San Quentin entlassen, wo er eine Strafe wegen bewaffneten Raubs abgesessen hatte. Er hatte dort reichlich Zeit gehabt, mit seinem Zellengenossen Richard Thompson dessen Flucht zu planen. Thompson täuschte nach einem verabredeten Plan eine Krankheit vor und wurde in eine Gefängnisklinik transportiert, in der die Insassen von San Quentin regelmäßig behandelt wurden. Dort tauchte Hunt auf und holte seinen alten Freund raus. Beide waren nun bereit zu Taten, die den Interessen ihrer Angehörigen zugute kamen.

Ein wichtiger Informant erklärte bei einem geheimen Gespräch mit Ermittlern, daß Gerald Armond Gallego irgendwann im November 1980, kurz nach seiner Verhaftung wegen der Morde an Miller und Sowers, seiner Mutter ausrichten ließ, daß er sie sehen wolle. Bei diesem Treffen, so nimmt man an, verlangte er, daß Lorraine jemanden dazu überreden solle, einen Mord an einem jungen Mann und einer Frau in ähnlicher Manier zu begehen, wie er seine Morde ausgeführt hatte, um den Verdacht von ihm und Charlene abzulenken.

Lorraine setzte sich daraufhin vermutlich mit David in Verbindung und schlug vor, daß er die Bitte seines Bruders erfülle. Da es sich um eine Familienangelegenheit handelte, waren möglicherweise noch andere daran beteiligt. Zahlreiche Angehörige und Freunde gelten weiterhin als verdächtig. David hatte in Richard Harold Thompson und in seiner eigenen Ehefrau Sue Ellen schon bereitstehende Helfer. Und Lorraine war, wenn diese Aussagen wahr sind, ebenfalls beteiligt.

Am Samstag, den 20. Dezember 1980, verließen gegen 22.00 Uhr John Harold Riggin und Sabrina Marie Gonsalves, ein 18jähriger Student und eine gleichaltrige Studentin der Universität von Kalifornien in Davis, einen Schnellimbiß in der Nähe des Campus und fuhren ungefähr 20 Meilen weit in Richtung Sacramento. Kurz hinter der Yolo-Chaussee wurden sie vermutlich von einer Frau angehalten, die neben einem Kleinbus stand und behauptete, sie habe Probleme mit dem Motor. Sie bat Riggin, es sich doch mal anzuschauen. Als er näher kam, wurde er wahrscheinlich von zwei Männern überwältigt. Seine Freundin versuchte offensichtlich nicht, wegzulaufen und wurde ebenfalls in den Bus gezerrt.

Ihre Leichen wurden am nächsten Nachmittag von einem Streifenwagen der Highway Patrol im Gebüsch direkt neben der Straße gefunden. Man hatte nicht versucht, sie zu verstecken, da sie von jedem vorbeifahrenden Auto aus hätten gesehen werden können, aber dichter Nebel behinderte den größten Teil des Tages die Sicht. Laut Befund des Gerichtsmediziners waren ihre Köpfe eingeschlagen worden und die

Kehlen durchgeschnitten, doch keine der Leichen wies Anzeichen von sexuellem Mißbrauch auf. Es ist anzunehmen, daß die Hunts und Thompson die Details der Sexualmorde kannten, die Gerald und Charlene verübt hatten, und ihren Opfern wohl ähnliche Abscheulichkeiten zugefügt hätten, damit es noch echter wirkte, es aber schlicht und einfach nicht fertigbringen konnten.

Etwa 50 Meilen nördlich von Davis in einer einsamen, waldigen Gegend zwischen Lincoln und Marysville in Kalifornien angelten am Montag, dem 22. Dezember 1980, trotz der Kälte ein Junge und ein Mädchen im Teenageralter in einem kleinen Bach, ungefähr 500 Meter von der selten befahrenen Landstraße entfernt.

Man nimmt an, daß ihnen eine große, schlanke, rothaarige Frau näherte, die Probleme mit ihrem Bus vortäuschte und dem Jungen 20 Dollar versprach, wenn er sie zu einer Werkstatt fahren würde, damit sie einen Abschleppwagen mieten könne. Der Junge war einverstanden, und zu dritt gingen sie zurück zur Straße. Ein vorbeifahrender Autofahrer sah zwei Männer, von denen einer groß und hager war, eine rothaarige Frau und zwei Teenager neben einem blauen Bus stehen, die offenbar in eine Auseinandersetzung verwickelt waren. Da er keine Lust hatte, hineingezogen zu werden, fuhr er weiter.

Am selben Tag wurden die beiden Teenager gegen 18.00 Uhr abends von einem Paar gefunden, das durch diese Gegend gewandert war. Die Leichen lagen deutlich sichtbar nur etwa drei Meter von der Straße entfernt. Ihre Köpfe waren eingeschlagen und die Kehlen von einem Ohr zum anderen durchgeschnitten. Wieder stellte der Gerichtsmediziner keinerlei Anzeichen von sexuellem Mißbrauch fest.

In Sacramento verkündeten die Zeitungen in grellen Lettern: SERIENMÖRDER SCHLAGEN WIEDER ZU! Und Gerald Gallegos alte Nemesis, die Fernsehreporterin, blickte erneut mit böse funkelnden Augen in die Kamera und schimpfte: »Hat unsere Polizei wirklich die Schuldigen eingesperrt? Oder ist dies eine neue Gruppe von Serienmördern, die hilfeschreiend in einem Dschungel voll gleichgültiger Menschen umherirren, die sich weigern, ihre jammervollen Bitten um Liebe und Aufmerksamkeit zu hören?«

Die Menschen hörten sehr wohl, aber es gefiel ihnen ganz und gar nicht – besonders nicht den Polizisten, die an dem Fall Gallego gearbeitet hatten. Nur ein Nachahmungstäter, mehr nicht, behaupteten nervöse Polizeisprecher vor den Fernsehkameras, ohne Verbindung zu Gerald und Charlene Gallego ... natürlich führen wir Ermitlungen durch, aber mit den Gallegos besteht bei diesen Morden absolut kein Zusammenhang ... (Das war nämlich das letzte, was man einräumen wollte. Sonst hätte man möglicherweise zu dem Schluß kommen müssen, daß die ganze Mühe vergebens gewesen war und man die Falschen eingesperrt hatte, während die richtigen Mörder noch immer frei durchs Land streiften.)

Diese offizielle Version hielt sich acht lange Jahre. Gerald und Charlene hatten ihren Prozeß, wurden für schuldig befunden und verurteilt. (Interessanterweise forderte Geralds Anwalt während der Verhandlung unter Strafandrohung Dokumente an, die sich auf die Nachahmungsmorde bezogen. Offenbar hoffte er, es würden sich genug Ähnlichkeiten zeigen, um anzunehmen, der wirkliche Täter sei noch auf freiem Fuß. Natürlich funktionierte seine Strategie nicht.)

Lorraine Evelyn Davies lebte mit ihrem Ehemann in ihrer umgebauten Scheune in der Dayton Road 1785 in Chico, Kalifornien. Wann immer sie einen Telefonanruf erhielt oder Besucher, die sie nicht kannte, behauptete sie, die Putzfrau zu sein. Sie plante weiterhin verwickelte und oft undurchführbare Betrügereien, und sie arrangierte Dutzende von geheimen Treffen mit einem Ex-Bullen und Schriftsteller aus Südkalifornien, dem sie ihre gequälte Seele und die Lebensgeschichte ihrer gesamten Familie offenlegte, einschließlich ihrer eigenen, erbärmlichen fünfzigjährigen Existenz in einer Welt, die sie sich selbst geschaffen hatte.

Die Opfer der Nachahmungstäter ruhen in ihren einsamen Gräbern und verwandeln sich langsam in der kalten Erde wieder zu Staub.

1984 kidnappte David Raymond Hunt angeblich eine Frau und stellte ihrer Familie eine Lösegeldforderung. Beim Versuch, das Geld abzuholen, wurde Hunt festgenommen. Man verurteilte ihn zu 32 Jahren Gefängnis und wies ihn in die Bundesanstalt von Lewisburg in Pennsylvania ein.

Es gibt eine Anzahl von Justizvollzugsanstalten, die der Steuerzahler finanziert und die bekannt sind als staatliche Ferienclubs, in denen Kriminelle der besseren Sorte ihre Zeit absitzen. Diese Einrichtungen verfügen über Swimmingpools, Tennisplätze, Joggingpfade, wunschgemäße Mahlzeiten, Kabelfernsehen, Einzelzimmer ohne Schlösser, Gymnastikräume mit der modernsten Ausrüstung zum Bodybuilding, es gibt Uraufführungen von Filmen, Büchereien, die so gut ausgestattet sind wie Universitätsbibliotheken, und bequeme Wohnmobile für die monatlichen Wochenendbesuche von Ehefrauen, damit die Vorzugskriminellen nicht zu angespannt und gereizt werden, womöglich noch an Flucht denken oder schwul werden und die Regierung in tödliche Verlegenheit bringen, indem sie in der »Geraldo Rivera Show« erscheinen und behaupten, das Justizwesen habe sie zu warmen Brüdern gemacht.

Doch Lewisburg ist kein solcher Ferienclub. Neben der Strafanstalt von Marion in Illinois ist es das härteste Kittchen unter den Staatsgefängnissen der USA.

David war erst wenige Wochen dort, als eine Frau, die behauptete, seine Ehefrau Sue Ellen Hunt zu sein, Besuchsrechte beantragte. Sie war groß, schlank, sehr hübsch und rothaarig. Die Behörden, die es leid waren, jedesmal vor Gericht gezerrt zu werden, wenn sie ein solches Ersuchen ablehnten, ließen Sue Ellen als Hunts Ehefrau registrieren. Sie bezog ein Apartment in Lewisburg und besorgte sich einen Job als »Beraterin« bei einem staatlichen Programm mit der Aufgabe, Jobs für entlassene Strafgefangene und, wie sie augenzwinkernd von Kennern der Szene genannt werden, *ehemalige* Drogenabhängige zu vermitteln. Ob sie daneben eine weitere Einkommensquelle hatte, ist nicht bekannt, aber sie schien mit ihrem Verdienst von 1000 Dollar monatlich in erstaunlich guten Verhältnissen zu leben.

In der Zwischenzeit begann in Kalifornien Lorraine Davies über Geld nachzudenken. Geld war etwas, vielleicht das *einzige,* das Lorraine wirklich liebte. Sie gierte regelrecht danach, und manchmal war ihre Gier so groß, daß sie jede Hemmung vergaß und selbst Freundschaften aufs Spiel setzte. Zum Beispiel hatten sie und George Bulgar 1958 mit einem netten Ehepaar Bekanntschaft geschlossen, das mehrere Stufen über ihnen auf der sozialen Leiter stand. Diese Leute fanden, aus welchem Grund auch immer, Gefallen an Lorraine – vermutlich tat sie ihnen leid. Aber sie sollten sehr bald schon erfahren, daß Mitleid bei ihr ungefähr ebenso angebracht war wie das Streicheln einer gereizten Klapperschlange. An einem Sommerabend tauchten gegen 22.00 Uhr Lorraine und George an der Haustür ihrer Freunde auf. Lorraine überschüttete sie mit wüsten Beschuldigungen, daß sie ihrem 16jährigen Sohn David Whisky gekauft hätten, der jetzt sturzbesoffen und halbtot auf dem Rücksitz ihres Wagens liege. (George zeigte selbst einige recht offensichtliche Anzeichen von Trunkenheit.) Lorraine verlangte 200 Dollar in bar als Entschädigung, andernfalls drohe ihnen eine Anzeige wegen des Erwerbs von Alkohol für einen Minderjährigen. Das Paar durchschaute rasch ihren offenkundigen Bluff und sagte es ihr auf den Kopf zu, worauf wohl jeder andere in einer solchen Situation froh gewesen wäre, einen Rückzieher machen zu können, und schleunigst verschwunden wäre – nicht so Lorraine. Sie trieb das Spiel bis zum Ende und rief tatsächlich die Polizei. Noch in der Auffahrt ihrer Freunde erstattete sie einem Hilfssheriff gegenüber Anzeige.

Der Hilfssheriff war ziemlich verlegen, da er wußte, daß George Bulgar ein meterlanges Vorstrafenregister hatte und daß David Hunts Akten bereits denen von John Dellinger Konkurrenz machten. Aber er mußte sich an seine Vorschriften halten und befragte pflichtgemäß den Angestellten des Ladens, der angeblich den Alkohol verkauft hatte. Der bestätigte Lorraines Geschichte nicht, und die Affäre war damit ebenso beendet wie Lorraines Freundschaft mit einem Paar gesetzestreuer Bürger.

Man kann sich unschwer vorstellen, wie Lorraines endlose

Manöver dieser Art ihre zahlreichen Bekannten verärgert haben. Gelegentlich mag es auch etwas weniger harmlos ausgegangen sein und den Betreffenden derart in Wut versetzt haben, daß er bereit war, es ihr mit Gewalt heimzuzahlen.

Es ist ganz klar, daß man bei einer Überprüfung von Lorraines Vergangenheit über jede Menge erbitterte Feinde stolpert. Aber es waren nur wenige bereit, offen über sie zu reden. Harold Hunt, ihr zweiter Ehemann, war nicht direkt ein Feind, doch ihre vielen Fehler kannte er sehr wohl. Sie war schlau wie ein Rudel Füchse, und ihr Denken kreiste ausschließlich um Geld, das sie sich auf jede nur mögliche Weise zu verschaffen suchte.

Hunt erinnerte sich, daß ihn Lorraine schon damals mit 16, ein paar Monate nach ihrer vorgetäuschten Heirat in den vierziger Jahren, mit allen Mitteln zu überreden versuchte, eine Frau zu kidnappen, für die ihre Mutter arbeitete, ein dickes Lösegeld zu kassieren, die Frau danach zu töten und die Leiche zu verstecken. Harold Hunt sagte, er sei zwar noch ziemlich jung gewesen, aber nicht dumm, und habe sich strikt geweigert. Daraufhin knobelte Lorraine einen anderen Plan aus. Sie wollte Soldaten aus Bars hinaus in dunkle Gassen locken, wo Hunt sie mit einer Keule niederschlagen sollte, damit sie ihre Opfer in Ruhe ausrauben könnten. Doch Hunt lehnte auch dieses Angebot ab, wie er sagte.

Fast jeder Psychiater würde einräumen, daß Lorraine beträchtliche sexuelle Komplexe hatte, aber Hunt behauptete, das sei total aus der Luft gegriffen – Lorraine habe sich manchmal nach außen hin den Anschein gegeben, prüde und zimperlich zu sein, doch in Wirklichkeit habe sie großen Spaß am Sex gehabt und sei immer bereit gewesen, alles auszuprobieren, was ihr oder ihrem Partner gefallen könnte. Hunt berichtete, daß sie ihm ein paar Minuten nach ihrem ersten sexuellen Zusammensein auf dem Rücksitz eines Wagens gestanden habe, ja, es habe ihr gefallen, aber sie sei nicht sicher, ob sich das für eine Frau gehöre, und sie wisse nicht, ob sie lügen und es abstreiten oder ihm die Wahrheit sagen solle. Aber als er ihr versicherte, die Wahrheit sei besser, habe Lorraine nie irgendwelche Probleme mit Sex gehabt, bis sie viele Jahre später ins Hurengeschäft einstieg und ihn bitten mußte, ihr Fellatio beizubringen.

Lorraine und Harold Hunt verloren nach ihrer Trennung den Kontakt miteinander. Sie trafen sich zufällig nach etlichen Jahren wieder, als er eines Nachts in das Etablissement kam, das ihrem zukünftigen Ehemann George Bulgar gehörte. Lorraine arbeitete dort als Barfrau, und sie nahmen ihre Beziehung wieder auf, allerdings auf einer viel lockereren Basis.

»Ich weiß noch, daß ich mich einmal nach ihrer Arbeit in Bulgars Kneipe mit ihr treffen sollte«, erinnerte er sich, »aber sie sagte, sie komme ungefähr zwei Stunden später, weil sie vorher etwas erledigen müsse. Keine Ahnung, warum ich beschloß, ihr zu folgen. Sie wurde von einem Zuhälter, wie sie mir später gestand, abgeholt und hinaus zu einer miesen, kleinen Wohnwagensiedlung in West Sacramento gefahren. Ich beobachtete von meinem Auto aus, wie Lorraine zu einem Wohnwagen ging, an die Tür klopfte und eintrat. Damals wußte ich natürlich, was sie tat, und fuhr einfach weg. Es ging mich ja wirklich nichts mehr an... wir waren einfach Freunde. Richtige Liebe empfanden wir nicht mehr füreinander... wenigstens ich nicht.

Ich traf mich allmählich immer seltener mit ihr und habe sie das letzte Mal Ende 49 oder Anfang 50 gesehen. Ich erinnere mich, daß sie auf dem Motelbett saß und ihren BH ausziehen wollte... sie mußte an die dreißig Dollar Kleingeld dort reingestopft haben. Über das ganze Bett kullerten Münzen wie aus einem zerbrochenen Sparschwein. Wir beide mußten wahnsinnig lachen, weil sie so große Titten hatte, und durch die Münzen sahen sie noch massiger aus. Sie sagte, es seien ihre Trinkgelder, die sie an diesem Abend in der Bar kassiert hatte.«

Vermutlich fingen Lorraine und George Bulgar kurz darauf mit der Zuhälterei an und stiegen professionell in dieses Gewerbe ein. Ob sie dabei finanziell erfolgreich waren, läßt sich nicht sagen. Etwas Greifbares vorzuzeigen hatten sie jedenfalls nicht. Sie fuhren nie ein neues Auto, und es gibt keine Unterlagen, daß Lorraine jemals Immobilien besaß, bis sie mit Ed Davies verheiratet war. Selbst dann war es lediglich eine heruntergekommene, umgebaute Scheune, in der nicht mal ein Hilfsarbeiter mit Selbstachtung gelebt hätte. Ed Davies hatte sicher ein gutes Durchschnittseinkommen, aber das konnte Lorraine niemals zufriedengestellt haben. Erneut muß ihre Gier die Oberhand über ihren gesunden Menschenverstand gewonnen haben, und sie beging den verhängisvollen Fehler, der falschen Person auf den Pelz zu rücken.

Eine bestimmte Familienangehörige meinte 1986 zu einem Ex-Bullen in Beverly Hills: »Wenn Sie irgendwelchen Einfluß auf diese schwachsinnige Lorraine haben, sagen Sie ihr, sie sei dabei, den Hals zu riskieren. Warum? Weil sie gerade versucht, von jemandem Geld abzukassieren, der sie umbringen wird, wenn sie nicht schleunigst einen Rückzieher macht.«

Der Ex-Bulle hatte keine Ahnung, was damit gemeint war, und er wollte es auch gar nicht wissen. Aber er fühlte sich verpflichtet, die Warnung weiterzugeben, doch Lorraine erwiderte: »Ich weiß Ihre Besorgnis zu schätzen, aber keine Angst, es ist nicht gefährlich. Wer würde schon so ein altes Weibstück wie mich töten?« Die Antwort auf diese Frage bekam sie drei Jahre später... Am Freitag, dem 15. August 1989, wurde Lorraine gegen 1.00 Uhr morgens in ihrem Haus, höchstwahrscheinlich von ihrem Ehemann Ed, mit einer Schußwunde im Kopf tot aufgefunden. Gehirnmasse, Blut und Schädelstücke klebten an der Wand hinter ihr. Nach einer Autopsie wurde sie vier Tage später in Chico begraben. Nur sehr wenige Familienangehörige nahmen an der Beerdigung teil. Sie war 62 Jahre alt und offensichtlich bei bester Gesundheit (was ihre Behauptung während Geralds Prozeß vor sechs Jahren Lügen strafte, daß sie an Krebs leide). Zudem war sie noch immer eine gutaussehende Frau, und keiner hätte sie auf mehr als 45 geschätzt. Die amtlich festgestellte Todesursache lautete auf »Schußwunde in Kopf und Gehirn«. Einzelheiten sind unbekannt.

Chico ist eine kleine Stadt im Gebirge. Die braven Bürger

und die Bürokraten in den örtlichen Behörden sind eine eng miteinander verschweißte, ziemlich verschlossene Gesellschaft. Außer einer kurzen Todesanzeige erschien kein Wort in der Presse. Und als einige Wochen später ein Antrag auf eine Kopie des gerichtsmedizinischen Befunds gestellt wurde, wurde er zwar mehrere Male versprochen, doch bis zu dieser Niederschrift steckt der Bericht in irgendwelchen amtlichen Kanälen fest. Dabei hat man den Antrag nie offiziell abgelehnt, sondern hat immer versprochen: »Sicher, sobald wir drankommen.« Das alles deutet für jeden, der mit der Bürokratie vertraut ist, darauf hin, daß jemand im Fall Lorraine Evelyn Davies eine Hinhaltetaktik angeordnet hat.

Tatsache ist, daß sich die Ortspolizei von Chico ebenso wie die Behörden von Butte County nie sonderlich um ihr vorzeitiges Ableben gekümmert zu haben scheinen. Trotz des deutlichen Hinweises auf ihrem Totenschein, der unterschrieben und datiert ist vom 15. August 1989, daß der tödliche Schuß, der in die Mitte der Stirn eindrang und am Hinterkopf austrat, ehe sich die Kugel in die Wand bohrte, aus einer »unbekannten« Quelle stamme, scheint es keinerlei Ermittlungen gegeben zu haben.

Statt zu riskieren, sich mit neugierigen Reporterfragen herumschlagen zu müssen, beschlossen die Behörden sehr wahrscheinlich, sämtliche Informationen über ihren Tod unter Verschluß zu halten. Eine andere Möglichkeit ist, daß die Ermittler aus Butte County tatsächlich mit ihren Kollegen aus Woodland in Kontakt waren, zwei und zwei zusammengezählt haben und die entsprechenden Schlußfolgerungen zogen, was die Verbindung des Falls Hunt-Thompson mit den Gallegos angeht. Wie dem auch sei, jedenfalls haben offenbar alle bis zum gegenwärtigen Zeitpunkt so getan, als sei ihnen Lorraines Tod völlig unbekannt. (Zeitungsartikel über die Vorverhandlung gegen Hunt und Thompson bezogen sich sogar noch am 24. Dezember 1989 weiterhin auf Lorraine in der Gegenwartsform, obwohl sie seit mehr als vier Monaten tot war.)

War Lorraines Tod ein Mord? Selbstmord? Ein Unfall? Bislang bleiben diese Fragen offiziell unbeantwortet. Aber ein Agent einer gewissen Polizeibehörde, die mit der Angelegenheit vertraut ist, behauptete kurz nach ihrem Begräbnis, ein »sehr, sehr verläßlicher Informant« habe sich gemeldet und erklärt, er wisse, warum sie umgebracht wurde und wer dahinter stecke.

Wer dieser Informant sein könnte, ist momentan reine Spekulation. War es einer von Lorraines unmittelbaren Blutsverwandten? Ihre Schwester Ramona? War es Ed Davies? Er ist sicher der wahrscheinlichste Kandidat, und sein Motiv dafür liegt auf der Hand: den Tod seiner Frau zu rächen.

Der Informant behauptete, Lorraine habe jemanden erpreßt, der an der Ostküste im Drogenhandel tätig war, und Geld für ihr Schweigen über vier Morde verlangt, die ungefähr vor acht Jahren in Kalifornien geschehen waren. Ihre Forderungen liefen mit Unterbrechungen über einen Zeitraum von zwei oder drei Jahren. Vermutlich wurde ihr Erpressungsopfer es langsam leid oder bekam Angst und tötete entweder Lorraine selbst oder heuerte einen Killer an für diesen Job.

Wen hat sie erpreßt? Nun, der Informant soll angeblich geantwortet haben, die Ehefrau irgendeines Kerls, der im Bundesgefängnis von Lewisburg in Pennsylvania sitzt. Und wegen welcher Morde? Wer denkt da nicht an diese Nachahmungstaten, die 1980 stattfanden, nachdem die Gallegos verhaftet worden waren?

Ist es möglich, daß Ed Davies, falls er tatsächlich dieser Informant ist, so wenig über das Treiben der Angehörigen seiner Frau gewußt haben sollte, daß er nicht zu dem offensichtlichen Schluß gekommen ist: Es war Sue Ellen, die Lorraine erpreßt hat? Nun, das mag durchaus sein. Davies ist ein bescheidener, zurückhaltender Mann, der keinen Grund hatte, sich in die komplizierte und oft brutale Familiengeschichte seiner dominanten Ehefrau einzumischen. Was konnte schließlich schon Gutes bei neugierigen Fragen über solche Typen wie Gerald Gallego und David herauskommen?

Die Behörden dagegen kamen zu solchen Schlußfolgerungen und zögerten keine Sekunde, David Raymond Hunt, seine Ehefrau Sue Ellen und Richard Harold Thompson als Hauptverdächtige für die Morde an John Riggin und Sabrina Gonsalves zu verhaften.

Man sollte beachten, daß die Polizei und die Staatsanwaltschaft wie alle anderen gern den Weg des geringsten Widerstands gehen. Da es den Behörden freisteht, welche Mordfälle sie strafrechtlich verfolgen, wählen sie sich zwangsläufig solche aus, bei denen mit den geringsten Mühen und Kosten eine Verurteilung zu erreichen ist. In diesem Fall haben sie sich die Morde an Riggin und Gonsalves ausgesucht. Bisher sind weder Lorraines Tod noch der des Jungen und des Mädchens, die am 22. Dezember 1980 neben der Straße in Marysville gefunden worden waren, irgendwo erwähnt worden. Man könnte sich vorstellen – und hoffen –, daß die Behörden diese drei Morde vorerst einmal sicherheitshalber zurückhalten, falls der Prozeß wegen der Ermordung von Riggin und Gonsalves zu nichts führt.

Am 13. November 1989 wurden Davis Raymond Hunt vom FBI in seiner Zelle in der Strafanstalt von Lewisburg verhaftet und Sue Ellen am selben Tag von ihrem Arbeitsplatz abgeholt. Alle drei wurden des zweifachen vorsätzlichen Mordes und der zweifachen Entführung mit Tötungsabsicht beschuldigt.

Sue Ellen wurde sofort nach Sacramento geflogen und in das dortige Gefängnis gebracht, obwohl der Prozeß in Woodland, Kalifornien, stattfinden würde, einer kleinen Stadt auf dem Land im Yolo County. Etwas kniffliger war die Frage, wo man Hunt und Thompson bis zum Prozeß verwahren sollte. Beide Männer waren erfahrene Ausbruchskünstler, beide wurden als extrem gefährlich eingestuft und hatten draußen zahlreiche Freunde, die ihnen so manchen Gefallen schuldig waren.

Thompson wurde nach Kalifornien geflogen und in eine Einzelzelle im berüchtigten, ausbruchssicheren Folsom Prison gesteckt, etwa 20 Meilen nördlich von Sacramento. Hunt wurde unter strengster Geheimhaltung in die Stadt geflogen und nach seiner Ankunft ins Sacramento County Jail in eine Zelle im Kellergeschoß gebracht, die im allgemeinen für

Gefangene reserviert ist, die auf ihren Transport in den Todestrakt waren.

Am 4. Dezember 1989 wurde Sue Ellen dem obersten Gerichtshof zu einem Untersuchungsverhör vorgeführt. Sie plädierte auf nicht schuldig und wurde vorläufig ins Gefängnis von Yolo County in Woodland verlegt.

Am 21. Dezember 1989 riegelten um 9.00 Uhr morgens Polizeieinheiten ein Gebiet von vier Häuserblocks rund um das alte Gerichtsgebäude im Zentrum von Sacramento ab und ließen niemanden mehr hinein oder hinaus. Polizisten auf Motorrädern fuhren langsam die leeren Straßen auf und ab, kontrollierten geparkte Autos, die Papiere von Fußgängern und starrten die Fenster hinauf. (Ein Mann wurde beinahe verhaftet, als er sich wütend mit einem Bullen anlegte. Zeitungsreportern erzählte er später, daß er einen Termin bei seinem Friseur verpaßt habe, für den er nun bezahlen müsse, und er habe die Absicht, die Stadt zu verklagen.)

Gegen 10.00 Uhr kam ein abgedunkelter Kleinbus, der buchstäblich umringt war von Polizeieinheiten, die Straße heruntergerast und hielt mit quietschenden Reifen vor dem Gericht. Die Tür flog auf, Bullen strömten heraus, richteten nach allen Seiten ihre Waffen, und dann wurden Hunt und Thompson aus dem Bus geführt. Beide trugen Beinfesseln, die miteinander verbunden waren, und ihre Handschellen waren sicherheitshalber zusätzlich an einem schweren, braunen Ledergürtel befestigt. Durch ein weiteres Paar Handschellen am Unterarm waren beide Männer fast Schulter an Schulter aneinandergekettet. Die Gefangenen schleppten wenigstens 50 Pfund Stahl und brauchten fast zehn Minuten für die rund 10 Stufen hinauf zum Gerichtsgebäude.

Die Polizei von Sacramento hatte keine derartige Show mehr abgezogen seit der Verhaftung von Charlie Mansons Obermama Anette (Squeaky) Fromm, als sie versucht hatte, Präsident Gerald Ford in einem Park in Sacramento zu erschießen, weil er, wie Squeaky behauptete, nicht genug zum Schutz der Mammutbäume tue. Alles in allem war es ein sehenswerter Zirkus. Sogar ein kleiner Helikopter schwirrte tief über den Köpfen herum. Jedermann genoß es – wahrscheinlich mit Ausnahme des Burschen, der seinen Termin beim Friseur verpaßt hatte. Hunt und Thompson wurden in einen Gerichtssaal gebracht, der für diese Art von Gefangenen mit sämtlichen Sicherheitsvorkehrungen ausgestattet war. Sie wurden an einen Tisch geführt, und ihre Pflichtverteidiger nahmen zwischen ihnen Platz. Lächelnd tauschten sie ein paar Worte miteinander und nickten, dann wurde die Verhandlung eröffnet.

Hunt wirkte wie ein Ketzer vor der päpstlichen Inquisition mit seinen klirrenden Ketten, als er plötzlich aufstand und dem erschrockenen Richter mitteilte: »Euer Ehren, um dem Gericht Zeit zu sparen, möchte ich bekanntgeben, daß ich an dem Tag, an dem dieses Verbrechen begangen wurde, dem 20. Dezember 1980, mit Sue Ellen Hunt in Carson City, Nevada, war, wo wir heirateten. Ich glaube, daß Euer Ehren ausreichende und unwiderlegbare Beweise dafür in den Akten des Bureau of Vital Statistics in Carson City finden werden.« Hunt nahm Platz, schaute sich im Gericht um und lächelte über die Wirkung seiner Worte.

Der Richter starrte ungläubig auf den Staatsanwalt, dieser starrte mit offenem Mund auf Hunt, die Verteidigung sah aus, als habe sie gerade den Hauptgewinn in der Lotterie gezogen, und vier bleiche Polizeiermittler wirkten, als habe man *sie* gerade wegen Mordes angeklagt. Es war eine jener Situationen, bei denen einem, wie es salopp im Justizgewerbe heißt, der Arsch auf Grundeis geht. Ein Angeklagter präsentiert plötzlich Beweise, die den anderen unbekannt sind. Der ganze Fall kann in ein totales Chaos gestürzt werden, und der Staatsanwalt und seine Häscher können wie ein Haufen Idioten dastehen.

Der Staatsanwalt drehte sich um und funkelte die Bullen an, die ihm den Fall auf den Schreibtisch gelegt hatten – mit der Versicherung, die Beweislage sei glasklar, astrein und *absolut* hieb- und stichfest.

Der Richter schien sich als erster zu erholen und fragte, was die Staatsanwaltschaft zu sagen habe – worauf diese eine kurze Besprechung verlangte. Die Verteidigung, der Staatsanwalt und das Ermittlungsteam trafen sich am Richtertisch, wo sie aufgeregt miteinander flüsterten, wild gestikulierten und einander wütend anzischten. Der Staatsanwalt verlangte zu wissen, warum die Verteidiger Hunts Alibi verschwiegen hätten, worauf diese höhnten, daß man sie nicht darum gebeten habe, und außerdem hätten sie gar nicht gewußt, was Hunt sagen wolle, als er aufstand... sie waren ihrem Mandanten vor zehn Minuten zum erstenmal begegnet. Gleichzeitig verlangten sie jetzt, daß alle Beschuldigungen gegen die beiden Angeklagten abgewiesen wurden.

Die Staatsanwaltschaft bat um eine dreißigminütige Unterbrechung, die bewilligt wurde, um mit der zuständigen Behörde in Carson City zu telefonieren und sich zu vergewissern, daß es dort tatsächlich die fragliche Heiratslizenz in den Akten gab.

Die Verteidigung, die nichts besseres zu tun hatte, begleitete sie zum Telefon. Natürlich hatten ein David Raymond Hunt und eine Sue Ellen »Wilson« am 20. Dezember 1989 um 13.15 Uhr eine Heiratslizenz erwirkt und waren von einem Friedensrichter um 14.30 Uhr getraut worden.

Nun war es an der Zeit, ein paar juristische Kungeleien zu inszenieren, eine altehrwürdige Methode, mit der 80 Prozent aller Strafrechtsfälle geregelt werden – mit oder ohne Wissen des Gerichts oder des Beklagten. Die geheiligten Hallen der Justiz sind nämlich für jeden, der ein wenig mit ihnen vertraut ist, genau das: die Korridore, wo Anwälte und Staatsanwälte streiten, drohen, betteln, bluffen und schauspielern, bis sie sich auf den bestmöglichen Handel mit ihrem Gegner geeinigt haben.

Das Szenario zwischen dem Staatsanwalt und der Verteidigung verlief wahrscheinlich etwa so:

»Diese Heiratslizenz bedeutet absolut nichts! Das könnte jeder andere für Hunt und sein Mädchen beantragt haben.«

»Ach ja? Das werden Sie erst mal *beweisen* müssen!«

»Ach ja? Das *werde* ich auch, verdammt nochmal! Ich gehe jetzt rein und bitte um Aufschub von dreißig Tagen, um mir ein Exemplar dieser sogenannten Heiratslizenz zu beschaffen!«

»Ach ja? Nun, wir werden die Niederschlagung des Verfahrens verlangen, weil diese Beschuldigungen schwachsinnig sind! Was halten Sie *davon*?«

»Ich glaube, Sie sind selbst schwachsinnig, und jetzt gehe ich und mache mir freie Bahn, um dieses Alibi zu zerschmettern!«

Und so weiter und so fort...

Tatsache ist, daß der Richter den Antrag der Verteidigung abwies, einen Aufschub für den Staatsanwalt bis zum 16. Januar 1990 gewährte und in den Akten vermerkte, daß die Staatsanwaltschaft die Todesstrafe für Hunt und Thompson verlange und für Sue Ellen lebenslänglich ohne Bewährung. Der Forderung, daß die Beklagten in Haft bleiben, wurde stattgegeben.

Hunts Überraschungsalibi war eine gute Kriegslist, und zwar eine altbewährte, die alle Sträflinge mit einer derart langen Knastkarriere wie Hunt und sein Halbbruder Gerald mit Vorliebe aus dem Hut zaubern. Es war eine exzellente Verzögerungstaktik, und genau darauf kommt es für Kriminelle im amerikanischen Justizsystem an. Schließlich müssen sie die Zeit ohnehin absitzen, und je länger ein Prozeß, aus welchen Gründen auch immer, verschoben wird, desto besser sind die Chancen, daß die Staatsanwälte aufgeben oder in Pension gehen und von jemandem ersetzt werden, der kein Interesse hat an einer zeitraubenden Wiederaufnahme eines Verbrechens, das in der Öffentlichkeit längst vergessen ist; daß Zeugen sterben, verschwinden oder sich ganz einfach weigern, zum x-ten Mal aus ihrem Privatleben gerissen zu werden.

Es ist schon ironisch, aber Tatsache, daß viele verurteilte Mörder den Richter, den Staatsanwalt, die Zeugen und ihre Verteidiger überleben. Natürlich wird jeder, der jemals auch nur einen durchschnittlichen Fernsehkrimi verfolgt hat, sofort darauf hinweisen, daß Hunt und Sue Ellen, wenn sie um 14.30 Uhr in Carson City geheiratet hatten, leicht bis 22.00 Uhr die rund 60 Meilen nach Yolo County gefahren sein konnten, um in aller Ruhe Riggin und Gonsalves zu töten. Aber das muß der Staatsanwalt erst einmal irgendwie beweisen.

Der Staatsanwalt von Woodland im Yolo County, Kalifornien, hat unnachgiebig erklärt, daß er und nur er allein die Hunts und Thompsons wegen der Entführung und Ermordung von John Riggin und Sabrina Gonsalves vor Gericht stellen wird. Über den gesamten Fall ist auf Gerichtsbeschluß eine Nachrichtensperre verhängt worden, ebenso würden die Verteidigung und die Zeugen zum Schweigen verdonnert, um einen Antrag auf Verlegung des Gerichtsorts zu verhindern. Schließlich möchte die Anklagebehörde von Yolo County sich diesen ganzen prestigeträchtigen Rummel in der Öffentlichkeit nicht entgehen lassen, den die Verurteilung von Gerald Gallegos Halbbruder und Schwägerin einmal auf sich ziehen wird.

Was Richter Harold Thompson betrifft, so meinte ein Bulle: »Ich weiß wirklich nicht, wie er in diese ganze Geschichte reinpaßt, aber selbst wenn er nur wegen der hübschen Fahrt mitkam, wird er sein blaues Wunder erleben, zur Strafe, daß er sich mit den Hunts eingelassen hat.«

Im Hinblick auf Berichterstattung in den Medien könnte das Yolo County ein paar Schlagzeilen gut gebrauchen – zur Abwechslung mal positive. Der oberste Sheriff des County steht wegen Bestechlichkeit, Verschwörung, organisiertem Verbrechen und anderen schweren kriminellen Vergehen vor einem großen Geschworenengericht, und die zehnjährige Verzögerung in der Entwicklung des Falles Riggin-Gonsalves hat die lokale Polizei nicht gerade bei den Bürgern beliebter gemacht. Wenn alles gesagt und getan ist, wenn die hochtrabenden Reden vor Fernsehkameras vorbei sind und das ganze nichtssagende Geschwätz der Presse verstummt ist, sollte man sich an den alten Polizistenspruch erinnern: »Bei einem Mord, den ein Fremder an einem Fremden begeht, kannst du Spuren vergessen. Gib mir einfach einen guten, verläßlichen Informanten...« Und zum Glück ist man offensichtlich über einen gestolpert.

Bislang gibt es im Fall Gallego-Hunt wenigstens 50 Opfer, die völlig grundlos abgeschlachtet worden sind. Warum fallen in Amerika Hunderte und Aberhunderte bekannter und unbekannter Menschen Serientätern zum Opfer? Sind sie alle selbst schuld an ihrem Schicksal? Hielten sie sich nur an den falschen Orten zur falschen Zeit auf? Oder hatten sie einfach Pech? Auch nur der Versuch einer Antwort auf diese rhetorischen Fragen muß den Anschein erwecken, als schiebe man den *Opfern* die Schuld an ihrer Ermordung zu. Eins ist jedenfalls sicher: Ohne Gerald Armond Gallego, David Raymond Hunt, Richard Harold Thompson und ihre weiblichen Helfershelfer ist es fast undenkbar, daß auch nur einer dieser fünfzehn jungen Leute auf eine solche Weise sein Leben verloren hätte.